El tren pasa primero

Seix Barral Biblioteca Breve

Elena Poniatowska
El tren pasa primero

Diseño original de la colección: Josep Bagà Associats
Diseño de portada: Óscar O. González
Fotografías de portada: cortesía del Museo de los Ferrocarrileros,
© Salvador Zarco Flores y autor desconocido.

© Elena Poniatowska
c/o Schavelzon Graham Agencia Literaria
www.shavelzongraham.com

Derechos reservados

© 2017, Editorial Planeta Mexicana, S.A. de C.V.
Bajo el sello editorial SEIX BARRAL M.R.
Avenida Presidente Masarik núm. 111, Piso 2
Colonia Polanco V Sección
Delegación Miguel Hidalgo
C.P. 11560, Ciudad de México
www.planetadelibros.com.mx

Primera edición impresa en México: octubre de 2017
ISBN: 978-607-07-4442-6

Impreso en los talleres de Litográfica Ingramex, S.A. de C.V.
Centeno núm. 162, colonia Granjas Esmeralda, Ciudad de México
Impreso y hecho en México – *Printed and made in Mexico*

A Emmanuel Haro Poniatowski, mi hijo mayor, doctorado de Estado de la Universidad Pierre y Marie Curie, en el día de sus cincuenta años.

7 de julio de 1955 - 7 de julio de 2005

Quisiera que los nombres de Robert Alegre, Rodrigo Ávila, Antonio Helguera, Begoña Hernández, Ramiro González Ayón, Giovanni Proiettis, Salvador Zarco y Martin Zurek estuvieran siempre ligados a este libro, ya que les debo un inmenso agradecimiento.

El título de esta novela proviene de mi entrañable amiga Sara Poot Herrera, que lo vio en un crucero de su Mérida natal.

PRIMERA PARTE

1

Los rostros desencajados de quienes no habían pegado el ojo en toda la noche se juntaron en un círculo que empezó a girar sobre sí mismo, como si obedeciera a la fuerza de succión de una centrífuga. El silencio se hizo de piedra. Nadie se movía, ni siquiera Rodrigo, el hijo de Saturnino Maya, de nueve años. El embudo invisible los jalaba a su interior. Ninguno se atrevía a mirar su reloj, salvo Trinidad, que murmuró:

—Van a dar las diez.

—A lo mejor la gente se raja —dijo Saturnino Maya de la Sección 14.

Si los ferrocarrileros no cumplían con la orden de huelga, todos serían destituidos. La noche anterior, Saturnino Maya había expresado el mismo temor: «¿Y si la gente no responde?». «¿Cómo no va a reaccionar? —se levantó el viejo Ventura Murillo—: La unidad está asegurada, andan calientes, no van a apendejarse después de todo lo que les ha dicho Trinidad».

—¿Pero cuál va a ser su reacción?

—He allí una pregunta inquietante —ironizó Murillo.

—¿Cuál cree que pueda ser la reacción del gobierno, compañero Trinidad? —insistió Saturnino, su hijo siempre de la mano.

Los delegados de siete de las secciones aguardaban inquietos:

—Lo más que pueden hacer es corrernos.

—¿Encarcelarnos? —los ojos de Saturnino Maya lo miraron con aprehensión. Era tan delgado y querido que Trinidad tuvo que contenerse para no abrazarlo.

—Ejercer el derecho de huelga no es un delito y de eso no pueden acusarnos. ¡Perder el empleo, eso sí, pero hay que correr el riesgo porque vale la pena!

Ya eran las diez. ¡Qué espanto! Podían escucharse las respiraciones. Allí donde antes se oía el resoplido de las locomotoras entrar en la estación, ahora se asentaba el silencio. Todo el rumbo era ferrocarrilero, los trenes partían y las vías resplandecían al sol, las calles mismas emprendían el viaje. ¡Adiós! ¡Adiós! La posibilidad de irse latía en la mirada del estudiante, en la inquietud de la niña, en la añoranza del anciano. Había más movimiento en Peralvillo que en el resto de la ciudad. Las sinfonolas repetían los boleros de moda que iban subiendo desde la acera hasta la ventana más alta: «Yo sé que nunca besaré tu boca, / tu boca de púrpura encendida, / yo sé que nunca llegaré a la loca / y apasionada fuente de tu vida». Al lado de Rodrigo, su hijo, Saturnino levantó los ojos. «¿Ya oyeron, carnales? Ya estuvo que no la hicimos. Esta canción es un mal augurio». «Cállate pendejo», por poco y le pega Silvestre Roldán.

Ninguno de ellos se había metido jamás en nada semejante, hasta hoy aceptaban los aumentos que conseguían los líderes, cada dos, cada cuatro años, pero jamás se habrían lanzado a algo tan peligroso de no ser por Trinidad. Lo miraban con recelo. ¿Acaso el suyo no era un acto suicida? Carranza les hizo cuadro de fusilamiento a los tranviarios del DF. En Nueva Rosita, Coahuila, o en Río Blanco, Veracruz, habían matado a obreros —hombres y mujeres— por mucho menos. En los oídos de Jacinto Dzul Poot resonaban las palabras de su padre, también ferrocarrilero: «La suya es una loca aventura, una empresa sin fin, va a terminar en sangre».

—En menudo lío nos hemos metido —murmuró Roldán traduciendo el miedo de los demás.

—He pasado noches a la intemperie —repuso ásperamente Trinidad Pineda Chiñas—, he amanecido empapado por el rocío de la madrugada, me ha costado mucho ponerme de pie y creí que jamás lo lograría de tan entumecido; he aguantado días sin comer, cuando me ha ido bien, dormí en sótanos o en carros de ferrocarril, tuve hambre y frío, sentí que ningún fuego, ningún abrazo me calentaría, pero en medio de mi pobreza sé que si un solo hombre lucha y no se deja morir, la vida vale la pena.

—Órale, no filosofees, digas lo que digas estamos metidos en un lío —insistió Silvestre inclinándose sobre él cuan largo era.

—No es lío, es una justa reclamación, un derecho que tenemos la o-bli-ga-ción de ejercer.

—Nos van a chingar —volvió Silvestre a la carga.

—¿Prefieres seguir como antes?

—No estábamos tan mal.

—Todas las secciones de ferrocarriles van a responder —Saturnino Maya secundó a Trinidad.

—Ojalá y no te equivoques, cabrón.

En los rostros lívidos, las señales del insomnio eran evidentes.

—No pude cerrar los ojos en toda la noche pensando que si en el momento preciso, los trabajadores no suspenden labores, el fracaso significará nuestra destitución del servicio —insistió Silvestre.

Otros delegados esperaban en la calle. Afuera, se hacían cruces los mecánicos de tercera, los de segunda, los compañeros venidos de Apizaco, los de Orizaba, los de Aguascalientes, los mecánicos de la casa redonda, los de servicios especiales, los bodegueros, los de talleres de reparación, compresoras de aire, electricidad, fraguas, soldadura eléctrica y autógena, pailería, reparación de carros y pintura. «Aquí estamos todos, a la expectativa». «No cabemos, compañeros, lo siento». La casa de Ventura Murillo en la Calzada de los Misterios era apenas una vivienda. Dentro de las vecindades, se alineaban el interior 5, el interior 8, el 16, el 34. Adentro en dos piezas, familias de ocho y hasta de doce, cuatro en una cama, emprendían el largo viaje del día hacia la noche. En las aceras cercanas a la estación pululaban los puestos de café con piquete que los hombres del riel toman en jarritos de barro en la madrugada, los tacos, las tortas de pierna, el olor a fritanga, el olor a hombre que hacía que la quesadillera exclamara, la nariz metida en su rebozo: «Órale mis pedorros». Contra el muro de la casa de Ventura, muchos dejaban, encadenadas, sus bicicletas.

Adentro, el círculo en torno al teléfono se apretaba. Al principio sus ondas fueron expansivas y giraban suavemente, pero ahora atizaban su angustia. «¿Qué irá a suceder?». La incógnita los mantenía en vilo. La proximidad de las diez de la mañana aumentó el temor de los hombres.

—Nuestra lucha es justa —declamó Trinidad— y debemos tener confianza.

Sólo había un mundo y estaba en este cuarto, sólo un tiempo y era el de su espera. ¡Qué espantosa lentitud! Vivían un momento solemne, no se lo decían, pero el minuto que definiría su vida caía inexorable; ninguno podía haberlo expresado, pero a todos les colgaba el alma del minutero.

Era la primera vez que todo el sistema ferroviario iba a la huelga en el país sin emplazar a la empresa. Las diez, las diez y cinco, las diez y diez, las diez y cuarto; Trinidad imantado, no despegaba los ojos del teléfono, como si el solo poder de su mirada hiciera que las cuarenta secciones de la República llamaran: «Nadie se mueve, estamos en huelga»; Ventura Murillo, Saturnino Maya y su hijo Rodrigo de ocho años, Silvestre Roldán, el yucateco Jacinto Dzul Poot cerraban el círculo, codo con codo. Dzul Poot acostumbraba preguntar: «¿Todo bien?», y solían responderle que sí, pero ahora repetía como un autómata: «Todo bien, todo bien, todo bien, todo bien» como si rezara.

Afuera los ferrocarrileros, las manos en los bolsillos, aguardaban en silencio. Algunos, cabizbajos, sentados en la acera le daban vuelta a su paliacate rojo. Se veían mayores que su edad. ¿O era la espera la que marcaba así sus facciones? Una vez dada la orden de huelga, el papel de los telegrafistas en cada estación resultaba crucial porque ellos la transmitían a los trabajadores de vía, los de talleres, de oficinas, de trenes, de alambres, cada quien en su área tenía que parar a la hora indicada.

A las diez y diecisiete, por fin, el teléfono sonó y el líder estuvo a punto de dejarlo caer. Los compañeros se arremolinaron en torno al aparato. Al colgar gritó:

—¡El paro es general. Ningún tren está circulando!

—Trinidad recuperó la alegría que sentía de niño.

Los primeros informes de las secciones de provincia confirmaron: «Nadie trabaja. Las banderas rojo y negro cubren todas las instalaciones del sistema».

En la circular girada a las cuarenta secciones de la República, el Comité de Huelga estipuló que si el tren quedaba a media corrida debería llegar a la próxima estación y detenerse. Desde luego los servicios de hospitales, puestos de socorro y cuadrillas sanitarias continuarían funcionando; los trenes militares y de auxilio, los oficinistas y pagadores seguirían tras su escritorio.

—El paro es completo —a Trinidad le tembló la voz.

El teléfono siguió repiqueteando y al anotar las informaciones de cada sección, también le temblaba la mano:

—El país entero está paralizado.

Las palmadas en la espalda sonaban como golpes de tambor. «La hicimos, mano, la hicimos». Silvestre Roldán se limpió los ojos con el brazo de su chamarra, Jacinto Dzul Poot lo hizo con su paliacate. Era imposible contener la emoción. Al primero que levantaron en brazos fue a Rodrigo quien rio a carcajadas. Saturnino Maya se colgaba de sus compañeros en cada abrazo. El pelo prematuramente blanco de Ventura Murillo era una bendición. A él le pusieron el Planchadito por la pulcritud de su overol de mezclilla, pero ahora, en mangas de camisa, se refugiaba en los brazos de sus compañeros riendo o quizá llorando. Era lo mismo. El rostro de Silvestre Roldán había recuperado el color.

Cada llamada traía una buena noticia. Después del miedo al fracaso, las noticias de la República llegaban jubilosas. Afuera, en la calle, el ambiente se hizo festivo. Algunos sin más entonaron «La rielera».

—El compañerismo y la disciplina sindical saltan a la vista —dijo pomposamente Roldán.

—Esto es hoy, mañana quién sabe —intervino Saturnino.

—No jodas, tu pesimismo es reaccionario.

—Tiene razón Saturnino —intervino Trinidad—. Hay que recomenzar siempre, se gana, se pierde, se gana, se pierde, se vuelve al principio. Mañana habrá que empezar todo de nuevo, nada está fijo, todo cambia, la Tierra se mueve, nosotros también, la luz nunca es la misma, todo se va y no regresa, las olas de mar...

—Ya párale, pinche Tito, el triunfo te enloqueció o ¿qué te pasa? —Ventura Murillo palmeó a Trinidad.

Por primera vez en muchas horas, el líder se sentó. Infló y desinfló el pecho en un hondo suspiro, quizás el más profundo desde que había nacido. Sentía eso, un nacimiento, algo blanco después de la intensa guerra con los patrones, el lento, desesperante diálogo con la gerencia, las asambleas con los compañeros que a ratos parecían tan inamovibles y cerrados como la empresa. Sonrió a Silvestre Roldán que desde su altura se desplomó a su lado y le preguntó:

—¿Cómo la ves?

—Respiro a todo pulmón y renace mi confianza, porque yo me estaba rifando el empleo.

—Todos nos jugamos el empleo.

—Sí, pero tú tienes mujer, hijos. Yo no tengo nada. El trabajo es mi vida.

—Ser ferrocarrilero es lo mejor que puede sucederle a un hombre —sonrió Saturnino.

La suya era una profesión heredada de padre a hijo y la ejercían como uno de los más nobles oficios desde que Teodoro Larrey fundó la Unión Mexicana de Mecánicos en 1900. En el México de peones y de hacendados de Porfirio Díaz, los ferrocarrileros destacaban por su rudeza. Se sabían aguerridos, broncos, soberbios. En el pasado no le tuvieron miedo al «Mátalos en caliente» de don Porfirio y ahora —el gremio más envidiado de México— se convertían en agentes de cambio. Su paliacate rojo anudado al cuello era su grito de guerra.

Al ver la respuesta de sus compañeros, hasta los charros que pretendieron sabotear el movimiento suspendieron labores.

Los trabajadores llamaban charros a sus dirigentes al servicio del gobierno porque el 14 de octubre de 1948, a plena luz del día, Alfonso Ochoa Partida, quien era realmente un charro, tomó el local del sindicato a la fuerza, con la ayuda de cien policías disfrazados de civiles y guardias presidenciales y a ese asalto se le llamó *Charrazo*. Con su sombrero galoneado y sus pantalones estrechos con botonadura de plata, Alfonso Ochoa Partida montaba a caballo, manejaba la reata, tiraba becerros y los amansaba. Además de consumado jinete y de su amor por el Florián, su caballo, trabajaba en Ferrocarriles y al ponerse al servicio del presidente Miguel Alemán se volvió el primer líder sindicalista comprado. A partir de él, cada vez que un líder traicionaba a sus agremiados, los obreros concluían «ya dio el charrazo». Ese allanamiento le dio la puntilla al sindicalismo independiente. «La clase obrera nos hace los mandados», se jactó el presidente de la República.

«¿Cómo va mi muchacho?», pasaba el viejo ferrocarrilero don Nicasio a la estación a preguntarle al mayordomo. «Cuídemelo, cualquier desobediencia, dígamela para que yo lo enderece». También saludaba a su locomotora. «Cuídenmela, yo la tuve como reina». «También yo la consiento», respondía el nuevo maquinista. Sin embargo, lo que Nicasio veía lo entristecía, los talleres de reparación mal acondicionados, las vías en pésimo estado, el equipo también, las máquinas descompuestas amontonadas en la casa redonda y lo que le contaba su hijo lo calaba hasta la médula de los huesos. «Fíjate que uno de los cabos le dijo al compañero Javier Rizo: "Si quieres, vete, no trabajes, yo te cubro, nomás pásame una feria"».

Desde temprano, las cantinas, cada vez más numerosas en Nonoalco, se llenaban de jóvenes «cubiertos». «Mira papá, la misma empresa nos empuja». Al maquinista Ventura Murillo lo habían obligado a arrastrar con su máquina veinte carros cargados a toda su capacidad y, aunque protestó diciendo que su Adelita no soportaría el esfuerzo, el jefe le ordenó que saliera, si no lo acusaría de tortuguismo, es decir de ir a paso de tortuga y sabotear no sólo su propio trabajo sino el de sus compañeros. En una pendiente pronunciada, el tren se chorreó y fue a estrellarse contra otro y a don Renato lo procesaron, «¡Gracias a Dios a él no le pasó nada, pero su multa fue de diez mil pesos! ¿Te imaginas, papá? Diez mil pesos». «Ya no es como antes, don Nicasio, para todo nos acusan de tortuguismo». Nada peor que el tortuguismo, ir a paso lento para retrasar la llegada de la mercancía. «Eso no es cosa de hombres». Dañaba la economía del país, era un atentado en contra de la nación. El viejo ferrocarrilero Nicasio sacudía la cabeza, su hijo vivía tiempos de corrupción sindical que a él lo enfermaban. «¿Acaso se trata de acabar con los ferrocarriles mexicanos?».

—Primero hay que crear la riqueza para poder repartirla —sostenían los partidarios del charrismo.

Entre tanto, el puesto público era una fuente de enriquecimiento personal.

Trinidad vivía en el Hotel Mina y aunque nunca previó lo que le sucedería, a la hora en que todos se recogían en su casa, extrañaba a Sara, su mujer, la rutina dominguera, la tardeada en el parque con sus hijos. Clemencia, una compañera robusta y categórica, ofreció lavarle su ropa. «Cuando quieras puedes venir a comer; donde caben siete caben ocho, compañero» y ahora lamentaba haberse negado. Le había calado la soledad.

Claro, tenía a Bárbara, su sobrina, pero ella no le preguntó siquiera cómo se las arreglaba en la ciudad. Tampoco inquiría por su mujer y sus hijos que venían siendo sus primos segundos. ¡Qué muchacha rara ésa, educada a la moderna! Trinidad extrañaba los grandes cielos rojos, el calor, la vegetación tupida, los perfumes del cilantro, el del epazote en la olla hirviente de frijoles negros, el de la ropa recién planchada con almidón.

—Vamos a echarnos unas cerbatanas bien helodias para celebrar.

El líder se tomaba una, quizá dos, pero cuando se disponían a la tercera, regresaba a la oficina.

—¡Ya ven cómo sí respondieron! ¡Ya ven cómo sí se podía!

Al día siguiente el paro sería de cuatro horas y a medida que pasaran los días aumentaría; al cuarto día sería de ocho horas hasta alcanzar el paro general, todos los trenes detenidos en las vías.

—Yo temía la reacción de las ramas de trenes y alambres porque a ellos la empresa los ha privilegiado, pero también suspendieron labores. —Trinidad no cabía en sí de satisfacción.

—Yo conozco al gremio y sé de lo que son capaces —intervino Ventura Murillo—. Sabía que el paro se generalizaría en todo el país.

—Cantar victoria antes de tiempo es de pendejos —sentenció Silvestre Roldán.

Los ferrocarrileros habían adquirido una seguridad nunca antes conocida. ¡Qué alarde de unidad el suyo! La respuesta rebasaba todas las esperanzas.

2

Trinidad extrañaba a la multitud, los rostros de los pasajeros tras del vidrio, el estremecimiento de los vagones de carga, los viajeros corriendo en el andén, familias enteras con su numerosa prole cargando mochilas y costales, por aquí órale Sergio, no te me pierdas, la gente y sus urgencias, la maleta, te digo que subas mi maleta, se nos va a perder la café, la negra ya la tengo, la café es la que falta, allá abajo vi la café, ésa, sí, ésa, no te digo, no entiendes que la café, los bultos humanos y los de semillas, los huacales de pollos asustados como gente, las gallinas con ojos de mujer espantada, los puercos que de algún modo adivinaban que los llevaban a matar, los sacos de cebollas confundidos con las familias que a su vez eran papas amontonadas, híjole, a éstas no les quitaron ni la tierra, los empellones, los codazos, las pisadas sobre el asfalto, córrele que nos deja el tren, el polvo, la voz resonante de la gente bajo la gigantesca cúpula, su premura, su ansiedad, un viaje es una incógnita, partir es morir un poco, el llamado de lo desconocido, el olor a herrumbre, a chapopote, la variadísima gama de estridencias, las temibles ruedas a punto de arrancar sobre los rieles, el chirriar de las carretillas, ahí va el golpe, el claxon de algún taxi afuera de la estación, qué ganas de joder, por qué tocan tan fuerte, creen que van a resolverlo todo con sus gritotes, órale, córranle, píquenle, jálenle, quítense, la manada de los cuerpos lomo contra lomo buscando la salida, eso era Buenavista, la pura vida, el estallido, la máquina del tiempo. Y luego las ventanillas entreabiertas, bájenle, álcenle, no se asomen, adiós, adiós, nos vemos, cuídense mucho, los labios de los niños ensalivando la ventanilla, ya se va el tren, adiós, escríbeme, no nos olviden, adiosito, la nariz aplastada contra el cristal, quizá no regresemos, el tren, qué gran aventura, las advertencias, qué te pasa, estás loco, te vas a caer, súbele al vidrio, no sabes viajar, va a venir un túnel y te va a decapitar, tu cabeza entre los rieles, tu cabeza pelota rodando sobre los durmientes, de aquí para allá, el bamboleo, se va el tren, el tren de la vida, se te fue el tren.

La locomotora vencía al aire, a la gravedad, era el progreso sobre rieles, la esperanza, la modernidad, el futuro ¡ah, el futuro! Los ferrocarrileros resoplaban con él, lo impulsaban con la fuerza de su voluntad, repetían: «La Revolución Mexicana se hizo en tren, para ganar, Pancho Villa volaba locomotoras y puentes. Su peor enemiga, la máquina. Sin las tropas federales enviadas por tren, vencería y por eso quería acabar con ella, hundir los rieles bajo los cascos de sus caballos, reducirlo todo a una chatarra inservible».

«Llega el tren y sé qué hora es», decía Ventura Murillo a pesar de la proverbial impuntualidad de los ferrocarriles mexicanos. La carátula blanca de relojes con agujas monumentales presidía el muro principal de la estación y aunque Trinidad escuchaba a un hombre advertirle a otro que no se apurara, que el tren no iba a dejarlo porque ninguno salía a tiempo salvo El Mexicano, el pasajero corría y su solo esfuerzo lo volvía una figura entrañable.

También entrañables eran los superintendentes de fuerza motriz y maquinaria, los que pedían la renovación del equipo tractivo, los que reconstruían las locomotoras con partes de otras y las dejaban como nuevas, rechinando de limpias, rechinando de buenas, los que juraban que las máquinas y convoyes comprados en Estados Unidos podían construirse mejores y a más bajo precio en México. «Contamos con obreros capacitados, podemos hacerlo».

Ahora, con la huelga, los convoyes aguardaban inmóviles en los patios de la nueva estación central de Buenavista, la muerte, hermano, la muerte y el silencio concentrado bajo las altas bóvedas lo sacaba de quicio, era como si se hubiera acabado el mundo. A Trinidad le pesaba esta parálisis, pero creía a pie juntillas que los patios devastados, los brazos caídos, la espera interminable culminarían en el triunfo.

—La nuestra es una buena causa·—sentenció Roldán.

—Tiene que serlo —lo secundó Maya.

Después de tres días de espera, la familia acampaba en el andén. Incluso, la mujer había tendido ropa en los brazos de una carretilla. ¿Cómo y con qué había lavado camisas y calzones?

La desolación de Buenavista se había comunicado a los que esperaban. El piso cubierto de basura, el agua encharcada, la miseria de estar allí tan sin nada hacían que la estación pareciera un inmenso cementerio.

—Las locomotoras son mujeres —decía Ventura Murillo— y el cabús, el último de sus hijos.

—Sí —daba su aquiescencia Silvestre Roldán—. En ellos tengo a toda mi familia.

—La locomotora es femenina, sí, pero los vagones son fálicos —sonreía Saturnino Maya.

El olor y la suciedad de la sala de espera llegaban hasta la calle. Adentro algunos pasajeros dejados de la mano de Dios inquirían de vez en cuando: «¿Y el tren?». Cuando todavía se correteaban, los niños habían preguntado: «¿Cuántos días nos vamos a quedar aquí?». Ahora ya ni corrían, dormitaban como un montón de hilachos en las piernas de su madre también sucia en un improvisado campamento.

—¿Qué no les han dicho que no hay servicio?

El tufo a éter de los baños impregnaba hasta la madera de las bancas de la sala de espera.

—¿Y el tren? Somos de la barranca de Meztitlán, vamos a Hidalgo.

—¿No leyeron el escándalo del paro en los periódicos? ¡Qué periódico iban a comprar si no tenían para comer! Y de poder comprarlo ¿sabrían leer siquiera? Pobre de nuestro país, de veras, pobre, carajo, qué miseria la nuestra.

«Algún día la acumulación de capital será considerada un crimen contra la humanidad, pero por el momento, allí están ellos inermes ante la gran injuria del enriquecimiento de unos cuantos», pensaba Trinidad.

La tierra era un crucero de rieles que los trenes acinturaban de lado a lado, ningún perímetro más jovial diría López Velarde; del altiplano al mar, del desierto a la selva, del pico nevado a la veta de plata en el socavón, los trenes la hacían bailar al son de sus largos silbidos, dos a la salida, y otros en cada parada reglamentaria. ¡Cuánto peligro corrían, qué posibilidad de descarrilamiento! Muchos furgones llevaban minerales, algunos carros tanque, petróleo. Hacía poco en La Balastera —que lleva ese nombre por el balasto, la grava para las vías del ferrocarril— las lluvias deslavaron un ducto de Pemex y una chispa causó una explosión que mató a varios pasajeros y a ocho miembros de la tripulación. Así era esto, nunca se sabía qué chispa podía encender la mecha, qué desgracia surgiría a la vuelta de la primera curva.

Era extraño no oír el ruido de las locomotoras, ni siquiera el de una carretilla, sus ruedas sobre el asfalto. ¡Qué raro no ver a los truckeros, los soldadores y los pintores manchados de aceite aguardando en grupos en el andén, la pátina de su ropa dándoles una antigua nobleza! Algunos de ellos venían de los campamentos de peones de vía, allí habían empezado, reparando los tramos entre México y Toluca, Maravatío y Acámbaro, Morelia y Zamora y eran los más humildes, los más olvidados. La huelga abarcaba por igual a los ingenieros, los herreros, los carpinteros, los talabarteros, los vagoneros, los peones de vía, los talleristas, los maquinistas, los mecánicos y despachadores, los fogoneros y oficinistas y finalmente los garroteros que iban y venían por la estación sin saber en qué ocuparse. «Nos hemos vuelto fantasmas de nosotros mismos», comentó

Saturnino Maya, aficionado a la filosofía. Trinidad imaginaba que en cualquier momento el jefe de estación saldría con un silbato en la boca y una bandera roja enrollada cual paraguas, levantaría el brazo y la desplegaría para dar la señal de partida. Oiría la presión del agua de la manguera que limpia ruedas, techo y costados de furgones, pero ésas eran imágenes del pasado, nadie agitaba banderín alguno, ninguna locomotora arrancaría, ningún convoy en movimiento, ni él volvería a sentir en todo el cuerpo el particular vaivén de los carros que jala la locomotora. Campanita de oro, déjame pasar, con todos mis hijos, menos el de atrás. En el Ferrocarril Central era el cabús, en el Nacional un pequeño armón con todas las herramientas.

¡Ah, el tren! Nada sobre la Tierra lo conmovía tanto, ni siquiera Bárbara o Sara o Scherezada, su hija, la que contaba un cuento cada noche para que el sol saliera al día siguiente. El tren era su modo de estar sobre la Tierra, era su padre muerto, su madre llevándolo de la mano a la estación, el tonelaje de carga de todos sus sentimientos, la ceiba más alta de su tierra. Hacía mucho que el silbato resonaba en su corazón y se había convertido en un animal sagrado que dejaba su esencia en su sueño de niño y lo mecía hasta el amanecer. El tren era su nahual, su otro yo. «No fui ardilla, ni tuza, ni conejo, ni lagarto, yo fui locomotora». A partir de ese silbato, Trinidad se construía a sí mismo. El tren resultó lo más real en su vida, lo demás, hasta el amor, se volvía fantasmagórico como esos pueblos que el tren atraviesa de noche y parecen dormir un sueño eterno. El ferrocarril, todo movimiento, lo había sacado de sí mismo.

También se llevaba la riqueza de México. El Ferrocarril Central cargaba a Estados Unidos los metales de Parral, los de Mapimí, Bermejillo, San Juan Guadalupe y Dinamita, los de Zacatecas y Fresnillo, y los de Guanajuato. Por las vías del Central y de la Nacional se exportaba oro, plata, cobre, hierro, plomo, manganeso y mercurio. Lo mismo le sucedía al Ferrocarril Mexicano, el Interoceánico y el de Veracruz al Istmo. ¡Cosechas enteras de piñas reían amontonadas escurriendo miel! Total, que el sistema ferrocarrilero privilegiaba a las empresas agrícolas, ganaderas y mineras extranjeras con tarifas especiales. Las vías atravesaban enormes extensiones desérticas, despobladas e improductivas sólo para llegar más pronto a Estados Unidos. Sus ramales iban a una mina, a un centro maderero o a una gran unidad agrícola de exportación. ¡Los vagones garbanceros del norte se sucedían en los rieles! ¡Exportar, exportar, todo lo mejor tiene que tocarle al vecino del norte! ¡Para él los jitomates más rojos y más grandes, para nosotros los tomatitos verdes de la salsa de chile!

Ventura Murillo hablaba con las manos y hacía pasar un tren frente a los ojos de sus compañeros. Una luz atravesaba su mirada cansada, los recuerdos lo revitalizaban. Parecía que las vías, los puentes, los carros tanque, los túneles, las terracerías, el balasto de la vía férrea, las señales que habían destruido los revolucionarios estaban impresas en sus ojos. ¡Qué glorioso! Los trenes de carga o de pasajeros ya no eran los de antes. Tampoco se construían las vías férreas que los revolucionarios habían pulverizado. ¡Ah qué la Revolución de 1910! Los rebeldes se montaron en las locomotoras, las hicieron sus amantes y las soldaderas de carne y hueso parieron en la zanja y cargaron al hijo en su rebozo junto al máuser y, cuando Juan soldado moría, ellas mismas empuñaron el fusil.

Pasada la medianoche, Ventura, sin más, se ponía a cantar el corrido del descarrilamiento del Ferrocarril Central de Zacatecas. «Se dio el aviso oportuno / y el tren de auxilio llegó / a las siete de la noche, / casi nada se tardó / [...]. Heridos muy gravemente / se encuentran el conductor / y el maquinista también, / dando gritos de dolor». Pero el que más le gustaba era el del gran viaje de los cuarenta y un maricones a Yucatán porque uno de ellos, Ignacio de la Torre, el yerno de don Porfirio, encabezaba el desfiguro. El 20 de noviembre de 1901 fueron arrestadas veintiún parejas de homosexuales, en pleno jolgorio y rifa de un adolescente. Resultaron pertenecer a la alta sociedad porfiriana y, para castigarlos, don Porfirio los enroló en el ejército para combatir a los indios mayas en la Guerra de

Castas en Yucatán. «Sin considerar tantito / a nuestro sexo tan casto / ni el estado interesante / que casi todas guardamos. / Hechas horrible jigote / a todas nos encajaron / en un carro de tercera / del trensote mexicano. / Revueltas cual chilaquiles / fuimos con jergas soldados / que injuriaban leperotes / nuestro pudor con descaro. / Al pobrecito Sofío / le dieron muchos desmayos / con los continuos meneos / de este tren tan remalvado».

Los trenistas hacían gala de su machismo. Las mujeres los deseaban como a los marineros que en cada puerto dejan un amor. En Aguascalientes prevenían a las muchachas. «No te hagas novia de un ferrocarrilero porque te va a engañar». Sin embargo, la mujer que se enamoraba de un hombre del riel jamás podía dejarlo. «Soy tu cabús, me enganchaste de por vida».

El heroísmo de las mujeres conmovía a Trinidad. Más que los hombres, sentía que eran sus cómplices naturales, sus aliadas, lo querrían siempre, incluso en contra de sí mismo. Jamás lo decepcionarían, nunca lo traicionarían. «No son los hombres mis semejantes sino las mujeres que me aman sin juzgarme, me aman en contra de todo, en contra de mi derrumbe, mi pobreza, mi debilidad, en contra de lo que haga y lo que pueda hacer, hay en ellas algo primitivo que concuerda conmigo». Por un instante, para corroborar su pensamiento, a Trinidad se le apareció el rostro de su sobrina Bárbara.

Cuando unos esquiroles pretendieron sacar un tren en Oaxaca, las mujeres de los reparadores de vía, las más pobres, se acostaron sobre los rieles y lo impidieron. Con sus enaguas floreadas, las juchitecas se tendieron a lo ancho de la vía. Ningún temor a la muerte. «Si las soldaderas en la Revolución lo hicieron, también nosotras defendemos a nuestros juanes». Se acostaron como durmientes y no hubo poder humano que las desalojara.

Una de ellas, parada a media vía, se mantuvo con los brazos en alto durante más de una hora y evitó el arranque de la locomotora. Gritaba desgañitándose: «No vamos a permitir que maten a nuestros hombres».

El valor de las mujeres también impactó a Silvestre Roldán. «¡Son bien valientes las pinches viejas!», le dijo a su amigo Mario Gilí. Los soldados podían apuntarles sus bayonetas, no se movían. Una muchacha subió al tren que los huelguistas habían detenido y un soldado le apuntó con la bayoneta. Si no la retira, la hubiera atravesado. Otras la siguieron para sacar a la fuerza a la tripulación escondida en los baños. «¡Huelga!». «¡Huelga!».

El pasaje se amotinó. «Nos matan, pero este tren no sale», habló Silvestre Roldán con voz firme. «Miren, queremos elegir a nuestros dirigentes, recuperar nuestra dignidad de trabajadores. Ya basta de líderes charros. Somos rieleros, no monstruos».

«¿Qué va a ser de nosotros?», vociferaban los viajeros.

—Necesito llegar a mi casa —se enojó una pasajera.

—No los vamos a dejar morir de hambre —la consoló una rielera.

Tras de ella, otras esposas de rieleros llegaron en un auto armón y subieron al tren en huelga con canastas de tacos, refrescos, aspirinas. «Estamos para lo que se les ofrezca». Contagiaron su buen ánimo a los viajeros y hasta limpiaron los baños orinados. Repartieron víveres y a la pasajera enfurecida le dieron un té para la bilis.

Al día siguiente, como no consiguieron transporte, las rieleras caminaron veinticuatro kilómetros durante diez horas en un terreno accidentado para volver a alimentarlos. Llegaron a los vagones detenidos cantando. Era tal su buen ánimo que los pasajeros terminaron por solidarizarse con el paro. «Las mujeres son nuestra brigada de choque», constató Silvestre Roldán.

Las mujeres se enfrentaban a los esquiroles lanzándoles insultos, monedas y tortillas duras y la más vieja enarboló sus calzones y gritó aventándoselos a la cara al maquinista al servicio de la empresa:

—Póntelos, cobarde, a ver si te enseñas a luchar como los hombres.

La huelga vivificaba el aire, los ferrocarrileros rejuvenecían. Caminar por los patios con el anhelo del cambio en cada una de sus zancadas les daba a los seguidores de Trinidad una fuerza inaudita. En las vías, dormían como un rebaño prehistórico los furgones con sus grandes letras negras «N de M», Nacionales de México.

Días antes, la voluntad de los rieleros electrificaba hasta la punta de sus cabellos. Hoy podían descansar aunque el traqueteo del vagón, ahora silenciado, era el ritmo de su reloj interno.

3

—¿Se me habrá parado el corazón, que ya no lo siento? —preguntó Saturnino Maya con la sonrisa infantil que le daban sus dientes que parecían de leche.

La primera palabra de Saturnino Maya fue «tren». En un día de campo, apareció pita y pita y caminando y le impresionó tanto que dijo «tren» señalándolo sobre el puente. «Miren nomás a este niño, en vez de mamá o papá dice "tren"». A partir de ese momento el padre llevó al hijo menor a la estación a verlo pasar. En Lagos de Moreno, los trenes de carga de la línea Buenavista-Ciudad Juárez desfilaban de día y de noche. ¡Cuatro trenes de pasajeros salían a la capital! Cuando el padre vio el embelesamiento de su hijo, decidió convertirlo en compañero de viaje. De niño él también jugó al trenecito con sillas bocabajo convertidas en túneles. Antes que cualquier otra, aprendió a decir: «R con R cigarro, R con R barril, rápido ruedan los carros cargados de azúcar del ferrocarril». Para Saturnino la única materia memorable era la ferroviaria. En una ocasión, en vez de tomar el tren nocturno, el padre escogió uno diurno como de juguete, pequeño, recién pintado, de carros de primera y de segunda que parecían hablarle al paisaje, al sol, a las estaciones. «Sol ¿dónde estás?». «Nubes ¿por qué me siguen?». «Vacas, ya no me estén mirando con esos ojos tan mansos».

Se detenía en todas las estaciones e incluso recogía a quien levantara el brazo al lado de la vía. Padre e hijo hicieron doce horas para llegar al Distrito Federal, pero fueron las más felices de su vida. Aunque había carro comedor, descendían a comprar tortas, tacos de arroz con su huevito cocido, refrescos que mujeres de mandil y rebozo llevaban en canastas. Imposible dormir en la noche, en el carro dormitorio, Saturnino levantaba la cortina y veía hacia afuera obsesivamente. «Ojos míos, perforen la negrura», ordenaba y surgían formas, movimiento, postes, reses fantasmales que lo miraban sólo a él. Pegado a la ventanilla, Saturnino descubría el fabuloso mundo de las estaciones nocturnas y los rieles que centellean a la luz de la luna. En esos durmientes que cubrían la tierra, esas líneas gemelas que corrían de norte a sur, de este a oeste, yacía su destino. Los paralelos y los meridianos serían los canales a su futuro, al cénit sobre la cubierta de los vagones. Le gustaba adivinar el camino del tren sobre el globo terráqueo, los círculos de polo a polo.

A pesar de la oscuridad, el andén se poblaba de hombres y mujeres con niños de la mano. Seguro habían aguardado horas enteras, porque Saturnino atisbaba cuerpos dormitando en la sala de espera.

El hijo de familia que respondía al nombre de Saturnino Maya descubrió que los pobres se acostumbran a dormir donde sea. Y a esperar. Podían pasar el día y la noche en vela hasta que en la madrugada la locomotora apareciera cimbrando la estación.

—Toda su vida es esperar —confirmó su padre.

—¿Y la nuestra?

—Actuar. Tú vas a hacer lo que tú quieras, basta con proponértelo.

Entre más se retrasara el tren, mejor para Saturnino. De día, los andenes de la estación se cubrían de cargadores. Algunos paileros malhumorientos contestaban a sus preguntas con monosílabos, otros truckeros hacían una elegía sin ton ni son de la vida rielera, pero los que mejor se explayaban eran los garroteros. «Sí, el tren es la pura vida».

Muy pronto, en la estación de Lagos, Saturnino se hizo amigo de maquinistas y peones de vía. Muy pronto también aprendió los nombres de las locomotoras, desde las dos primeras La Veracruzana y La Poblana, marca Couillet, provenientes de Bélgica, y un poco más tarde La Guadalupana, construida por la Baldwin Locomotive Works en sus talleres de Filadelfia, que llegó en partes, en barco, entró por Veracruz como Hernán Cortés y la ensamblaron en la capital. Siempre lo acongojó la tragedia de La Mexicana, que se perdió al hundirse el barco holandés que la traía de Amberes frente a Los Alacranes, cerca de la costa de Yucatán. «Allá en el fondo del mar, duerme una locomotora». El niño conocía a fondo la anatomía de la máquina, sus músculos y el maravilloso enjambre de sus pistones, sus quinientos o sus mil caballos de fuerza. Lo que transportaban los carros también era una fuente de inspiración. Forraje, abono, ganado, piedra caliza o azúcar, granos o materiales más peligrosos: gasolina y petróleo. «Los carros tanque pueden ser peligrosos». Ese niño les caía bien y lo invitaban a subir. «Mira, la velocidad de los trenes de carga es de veinticinco kilómetros por hora, pero algunos van más rápido, la de pasajeros a treinta y cinco kilómetros por hora, pero corren más porque quieren cobrar tiempo extra y las distancias son enormes. De México a San Luis Potosí son quinientos veinticinco kilómetros, imagínate nada más».

Al niño Saturnino le fascinaron las maniobras de las máquinas porque, frente a la estación, en torno a la planta de la Nestlé, el movimiento era continuo y a las locomotoras las trataban como a novias o de perdida, recién casadas. «Mira a mi pareja. Acaba de pasar una temporadita en la casa redonda y quedó como nueva».

La máquina brillaba en todo su esplendor y un garrotero del tren Ciudad Juárez-México le propuso: «Saturnino, te invito a recorrer el tramo Aguascalientes-Irapuato». Nunca le dio permiso su padre, pero para compensarlo, el niño viajó a Veracruz con su familia en el Ferrocarril Mexicano, el más antiguo, construido por concesionarios ingleses en la época de Benito Juárez, una portentosa obra de ingeniería. Los túneles perforaban las Cumbres de Maltrata y los puentes se tendían sobre el abismo, el más hermoso, el de la curva de Metlac. Asomado a la ventanilla, Saturnino vigiló las pendientes porque de Orizaba a Paso del Macho el tren parecía precipitarse al vacío. Ni la Rueda de la Fortuna le brindó jamás emoción parecida.

Cuando su padre le pidió que lo acompañara a Ciudad Juárez en el tren que tenía carro observatorio, el niño no cupo en sí de la felicidad.

—¿Puedo salir a plataforma?

Con la cabeza fuera de la ventanilla iba tragándose el paisaje. En Estados Unidos prohíben que un niño abra una escotilla, pero en México cada pasajero es responsable de sí mismo. En el cabús, la tripulación de los trenes de carga se lava las manos. «¡Ni modo. Se fregó por asomarse!». Muchas veces Saturnino se sentó en el carro observatorio de El Regiomontano o El Tapatío o el del tren de Ciudad Juárez.

¡Bellísima la arquitectura de la estación de Aguascalientes con sus patios bien barridos y sus bancas pulidas! ¡De veras que allá sí eran limpios, no atascados como en Buenavista! La estación y los imponentes talleres le daban su sello a la ciudad, sin ellos los ferrocarriles de México no eran nada. «¡Si algún día se cerraran los talleres de Aguascalientes, el tren se acabaría en México!», exclamaba Jacinto Dzul Poot.

Aunque no viajaran, los habitantes iban a la estación a ver la llegada del ferrocarril, las muchachas se cambiaban de vestido para recibirlo, seguro el Príncipe Azul bajaría del carro de pasajeros. El tren las sacaba de su modorra y la más atrevida anunciaba: «Algún día me voy a ir en tren».

Muy pronto Saturnino aprendió que ninguna locomotora era igual a otra. Cuando vio entrar a la Niágara se le detuvo el corazón. A lo largo de sus trayectos aprendió que había que cuidar la máquina porque era aún más compleja que un ser humano, por eso cada una tenía su tripulación que la conocía mejor que a la mujer amada. «¿Sientes aquí?

¿Eso te gusta más? Dímelo por favor». Los ferrocarrileros enamoraban a su locomotora. No sólo sabían cómo operarla, la pintaban, la adornaban. Unos le ponían un águila en el faro, otros un escudo, otros a don Miguel Hidalgo y Costilla como José Cardoso a La Fidelita, otros a José María Morelos y la hacían relucir de limpia, todas sus partes pulidas y aceitadas. De allí que las bautizaran: La Negra, La Colorada, La Adelita, La Cucaracha, La Lupita, La Carmelita Carrara que corría sobre las vías del Istmo de Tehuantepec y sobre todo La Fidelita que los mexicanos fabricaron en la casa redonda de Acámbaro, la número 296, que le valió la medalla de oro al mecánico José Cardoso.

¡Cuánto orgullo por La Fidelita! Mecánicos de primera le hicieron los pistones, las válvulas cilíndricas de distribución, todo un estómago delicado y preciso, el intestino grueso tenía que embonar perfectamente con el delgado, los órganos son muy refinados, hay que tratarlos con toda clase de miramientos, hubo que pulirlos en el torno lebión, las piezas se hacían a lo largo de varios días, era un trabajo laborioso, que exigía paciencia, esmero, minuciosidad. En Aguascalientes forjaron los bastidores. Muchas piezas no aparecían en los planos y hubo que fabricarlas.

«Trabajamos prácticamente con las uñas, carecemos de maquinaria moderna, pero hemos terminado la única locomotora fabricada en México».

Porfirio Díaz también ascendió a los ayudantes de José Cardoso en el escalafón. La locomotora era tan buena o mejor que una de Estados Unidos y en las pendientes iba más rápido. Tuvo un costo menor a diferencia de las importadas cuyo precio era de más de setecientos mil dólares.

Lo que Saturnino sabía de los ferrocarriles asombraba a sus oyentes. De colilla a maquinista lo había vivido todo, nada se le iba, nada, ni una vía principal, ni un troncal o ramal, todo lo había recorrido. En San Lázaro, las pequeñas locomotoras de vapor de vía angosta lo hicieron exclamar:

—¡No he visto nada más bello en mi vida!

—Sí, son las niñas bonitas de Ferrocarriles —le explicó Roldán.

En Acámbaro, al principio sólo tenían una casa redonda para seis vías, los talleres para vagones y depósito de combustible, agua y aceite, pero luego los mismos trabajadores construyeron la gran casa redonda para veintidós vías, de mampostería con puertas y ventanas. Las vías de la casa redonda se dirigían a un círculo profundo en el que la mesa giratoria permitía acomodar las locomotoras en las fosas de inspección. En estos gigantescos quirófanos, los mecánicos revisaban las entrañas, las partes nobles de las máquinas, y les hacían reparaciones menores y las mantenían en buena salud. En uno de los extremos de la casa redonda, la oficina de raya de los talleres hacía esperar a los trabajadores, junto a ella, los talleres de plomería y hojalatería hechos de madera y lámina, en fila india el cuarto de aire y la escuela técnica para fundición de fierro y bronce.

Maya sentía una inmensa admiración por los inventores capaces de hacer sus propias piezas y hasta de crear unas antes inexistentes. Su capacidad creadora los hacía ahorrarle trabajo y dinero a la empresa. Incluso se ponían a dibujar aunque no fueran técnicos, calculaban nuevas medidas, innovaban formas. «¡Qué inventiva la de nuestro pueblo!», pensaba Saturnino emocionado. Era su propia iniciativa la que los hacía trabajar tiempo extra y quedarse una y otra vez limando una pieza para que embonara perfectamente. Nada le exigían a la empresa a cambio de su trabajo porque se apasionaban por él. ¿Quién iba a reconocer sus aportaciones? «¡Además son unos perfeccionistas!», se conmovía de nuevo Saturnino al ver su destreza al improvisar y encontrar soluciones. En la empresa, a los jefes les parecía muy normal que ellos compusieran pistones, chumaceras, válvulas. Claro, después podían ir a ponerse una buena borrachera o incluso faltar al trabajo. En alguna cantina uno de ellos aclaró: «Algún día de éstos le voy a cobrar a la empresa todo lo que me debe, porque si a mí no me da la gana, no regalo mi tiempo».

Maya, de familia acomodada, se volvió inseparable de Silvestre y empezaron a seguir al líder indiscutible: Trinidad. Silvestre era alto y fornido, Saturnino delgado y tímido con una mirada incómoda de tan penetrante. Trinidad los puso a prueba y los dos hombres no se dieron cuenta de que eran examinados. Las pruebas se repitieron durante años en la Sección 34 del sureste hasta que el líder decidió confiar en ellos.

4

Acostumbrado a tratar con dirigentes charros, el gerente Gerardo Peña Walker pensó que se entendería a solas con Trinidad y lo citó en secreto a las dos de la mañana en una calle oscura dentro de su Cadillac, pero el líder se presentó con cuatro hombres, entre ellos un periodista.

—¿Por qué no viene solo?

—Acostumbro hacer todo a la vista de mis compañeros.

—Cuento con cincuenta mil soldados para acabar con la huelga —amenazó furioso Peña Walker.

No son las bayonetas las que mueven las ruedas.

—La gente va a regresar al trabajo —insistió el gerente.

—Si no hay acuerdo, no regresa, se equivocó usted una vez y va a equivocarse de nuevo. El problema de Ferrocarriles no es de disciplina sino de administración.

¡Qué insultante la firmeza de Trinidad! ¡Qué arrogancia la de ese indio cabrón!

El periódico publicó una crónica de la entrevista y los reporteros de otros diarios asaltaron a Peña Walker.

—No he platicado con Trinidad, se los aseguro.

Pero ni Trinidad ni el reportero tenían por qué guardar silencio.

A punto de dejar de funcionar, el país entero colgaba de un hilo: «Se inicia un desastre nacional».

«Vamos a echar a andar los trenes —ofreció el BUO, Bloque de Unidad Obrera—, con un millón de afiliados», pero resultó una baladronada. El BUO, allegado al gobierno, tuvo que replegarse. El sindicato era el único que contaba con personal capacitado.

El gerente prometió al gobierno romper el paro en veinticuatro horas con la ayuda de los jubilados. Muchos percibían pensiones irrisorias: ciento cincuenta pesos mensuales. ¿Cómo iban a negarse a recibir mil doscientos pesos al mes de por vida? Ellos moverían los trenes. «La tenemos ganada», aseguró Peña Walker.

De los seis mil jubilados sólo respondieron trescientos oficinistas que no tenían idea de cómo encender un motor. Los únicos que acudían al trabajo eran los empleados de confianza. Ni promesas como la entrega de seiscientos pesos a trenistas y la oferta del 35 por ciento de aumento sobre los salarios de los empleados del telégrafo lograron que los jubilados cambiaran de actitud.

Imposible cumplirle al gobierno. La mercancía estancada y el dinero paralizado volvían la situación intolerable. La Fundidora de Monterrey pronto tendría que apagar un horno, con enormes pérdidas. El mismo Monterrey no podía almacenar una caja más en las bodegas. En Veracruz, los estibadores miraban al cielo. «Esto es mucho peor que un norte». El mar tampoco se movía bajo los barcos anclados. El mundo parecía haberse detenido. De mil furgones embotellados y quinientos cuarenta y seis trenes parados salían efluvios de alimentos descompuestos.

«Es una ignominia. Estamos descubriendo la verdadera cara del proletariado», masculló el jefe de la Cámara de Industria y Comercio.

Ahora sí, los industriales se daban cuenta de la importancia de los hombres del riel y algunos se dirigieron directamente al sindicato para conseguir furgones y mover combustible y víveres.

—México entero está pudriéndose, no podemos confiar en la empresa.

Los trenes en las vías hacían que los empresarios, tan agrios como los efluvios de los furgones, temblaran de impotencia.

—Este desafío es intolerable. El ferrocarril es un recurso nacional, no propiedad de unos cuantos malos mexicanos.

Gerardo Peña Walker solicitó otra entrevista con Trinidad. Lo primero que hizo fue reclamarle que se hubiera violado el secreto de la entrevista. «El gobierno dio órdenes estrictas al periódico». «Prensa vendida, prensa vendida», ironizó Trinidad. «No me comprometí a guardar ningún secreto ni soy un hombre de secretos». ¿Estaba mofándose de él ese pelado?

¡Qué difícil! De tratar con un igual, el gerente lo habría invitado a tomar un Old Fashion en el 1 2 3 o en el Jena y allí, frente a frente en las cómodas poltronas en que se saldan cuentas y cierran negocios, habría impuesto su tersa jerarquía y resuelto de una vez por todas este penoso asunto, pero con ese hombre no había diálogo posible. Las complicidades y los sobreentendidos tejían la apretada urdimbre de las relaciones políticas. Quien no estaba en el secreto quedaba fuera del presupuesto. La clase política se componía de individuos suavecitos, amables, dobles, triples, cuádruples, acomodaticios y Peña Walker se movía entre ellos como pez en el agua. El charrismo era una estructura de Estado, su obra negra. En los últimos años, la gerencia había gastado cincuenta millones de pesos en comprar líderes. ¡Y ahora este imbécil se negaba! De atraerlo a su terreno se lo granjearía, pero no había manera. En las citas clandestinas, lo vencía el hombre oscuro, el patán, el orejas de burro, el indio rabón, el... el...

A diferencia de los líderes charros, Trinidad desconocía el mundo en el que se movían los magnates, sus alianzas y compromisos, el mayor de todos, la defensa de su patrimonio, en muchos casos, mal habido porque entre más dinero menos virtud. Aunque se despreciaran, se apoyarían para seguir en el poder, mientras la llamada izquierda, el proletariado, la chusma se denostaba en público exponiéndose a la condena.

Sentados en la parte trasera del Cadillac, el otro imponía sus condiciones. Norma, su mujer, jamás lo entendería: «¿Se ha vuelto el mundo al revés? ¿Ahora los criados son los amos?».

—Sí, Norma, mi amor, en este campo rudimentario ahora los patos les tiran a las escopetas.

Hacía años que el gobierno manejaba a un charro a su servicio y Alfonso Ochoa Partida se decía víctima de agitadores comunistas. «Estos antipatriotas van a sembrar el desconcierto y la indisciplina entre los rieleros y a atacar al orden institucional del país». La Gran Convención Extraordinaria pro Aumento Salarial y los trinidistas habían desconocido al charro y eufóricos gritaban: «¡Nunca más un charro!». Amenazaban con paros escalonados. Ningún temor a los soldados ni a los policías. «Independencia Sindical», se leía en mantas y carteles colocados en la estación de Buenavista. «Independencia Sindical», los letreros pintados en algunos vagones, «Independencia Sindical», en las ventanillas y en los ojos de las mujeres.

—El plan de subversión está a la vista —comunicó el gerente al secretario de Trabajo.

Todopoderoso, Ochoa Partida, pactado con el gobierno había tomado por fuerza al sindicato y al garantizarle al presidente Miguel Alemán la sumisión de los obreros, logró codearse con los secretarios de Estado y tener picaporte en Palacio Nacional.

—Les hemos conseguido $12.75 de aumento mensuales —se ufanaba el charro.

Cada día era mayor el número de líderes sindicales al servicio de las empresas y del gobierno:

—Ahora sí obtuvimos el 7.5 por ciento.

—¡Pero si eso no es nada!

Desde luego, el gabinete entero apoyaba al charro: «Le es útil al régimen».

A los ferrocarrileros se les pedía patriotismo, tenían el privilegio de mover sobre rieles los bienes de la nación y proveer un servicio eficiente para modernizar al país; ponerlo a la altura del primer mundo era su obligación. ¡Qué extraordinaria fortuna la ferrocarrilera: ser puntal de la industrialización de México! «Apriétense el cinturón, su papel es crucial en el progreso y la seguridad nacional». La revista *Ferronales* lo machacaba número tras número. Finalmente los hombres del riel eran los depositarios del patrimonio de los mexicanos. Fallarles a los usuarios equivalía a vender a la patria.

Después de la devaluación del peso, hacía cinco años, no había aumento de salarios. De eso se encargaban los líderes charros, el primero de ellos, con sus botas vaqueras lo repetía en cada discurso: «Aquellos que se oponen al gran proyecto de la modernización de México son traidores y más traidores los comunistas. La única patria de esos disidentes es Moscú. ¿Por qué no se largan de una vez por todas?».

El líder charro pedía sacrificio porque nada podría ayudarle más a México que una buena industria ferroviaria y los hombres del riel debían ser los primeros en comprenderlo. «Los disidentes atentan no sólo contra el futuro de sus hijos sino contra la nación». Ningún gremio más privilegiado que el ferrocarrilero. ¿No tenían hasta un gigantesco centro de salud, el Hospital Colonia?

El aumento de los trescientos cincuenta pesos era el objetivo principal de Trinidad, pero al lograrlo liquidaría al grupo charro y cambiaría a los responsables de la cooperativa única de consumo en la que se esquilmaba a los obreros. Además, disminuiría las cuotas sindicales al 2.5 por ciento o 3 por ciento. No permitiría una sola represalia.

—¿Cómo sabes que van a aceptar reformarlos? —preguntó escéptico Saturnino Maya.

—Porque saben que si no lo hacen son hombres muertos.

Lo que más espantaba a los secretarios de Estado era la depuración sindical porque alcanzaría también a la clase política que alegremente se repartía al país. ¿Qué les pasaba a estos rieleros quienes pertenecían al gremio mejor pagado de todos? «Entre más les dan más piden», se quejó el director de *Ferronales*, quien sostenía que el ferrocarrilero tenía prestaciones inauditas.

El plan de acción de Trinidad causó estupor y cada uno de sus propósitos se volvió una pedrada.

«¿Qué hace un líder sindical en la Cámara de Diputados? ¿Qué diablos hace en el Senado? Si el gobierno quiere recompensarlo debe dejar de ser secretario del sindicato. El sindicato y la curul son incompatibles. Los anteriores comités ejecutivos convirtieron al sindicato en un trampolín político. El sindicato no pertenecerá a partido alguno. Queremos dejar a los trabajadores en libertad de elegir a su partido».

Trinidad se pitorreaba de la desenfrenada carrera de los funcionarios por colocarse en el próximo sexenio. Toda la estructura del régimen fincada en alianzas, amiguismo y cohechos se tambaleaba en la voz cascada de ese chivo en cristalería, ese provinciano que desconocía por completo los mecanismos del poder político. Salvo el PRI (Partido Revolucionario Institucional), que imponía al candidato, los partidos no tenían el menor peso electoral. Eran paleros. ¡Qué pobre, qué tramposa la democracia emanada de la Revolución! ¡Pobre del país mal cocido en el que nada se integraba, los blancos montados en los indios!

—La clase obrera no entiende nada. Es un lastre y su ineficacia una lacra social.

Modernizar a México, hacerlo parte del universo, ganar el respeto de Washington, romper la cortina de nopal en la que la izquierda quería refundir al país oponiéndose al avasallamiento de las transnacionales, hablarle de tú a tú a los magnates era una aspiración legítima y estos acomplejados se cerraban a cualquier iniciativa calificándola de explotación capitalista. Lo más grave no era el simplismo de la izquierda sino la situación electoral, el proverbial robo de las urnas, las boletas falsificadas, la mistificación que hacía que ya nadie creyera en el voto.

«¡La vida política de México ya se envenenó!», exclamó alguna vez Saturnino Maya y Trinidad lo regañó alegando que todo tiene remedio.

Ahora más que nunca, el repudio a los charros era unánime. Al terminar la guerra, el beneficio de los empresarios había crecido al cien por ciento.

El fornido Gerardo Peña Walker solicitó una nueva entrevista con Trinidad, quien había pasado las últimas dos noches en un sofá del Sindicato Mexicano de Electricistas. Andaba a salto de mata y tenía una barba de días. Le prestaron un rastrillo y se rasuró. Eran tantos los asuntos que atender que apenas si lograba encontrar unas horas de sueño en las que se repetía a sí mismo lo que les plantearía a las autoridades:

—Primero necesitamos que suelten a los detenidos para continuar las pláticas, segundo que no se ejerza ninguna represalia contra los ferrocarrileros y tercero que nos den garantías.

Uno de los temas más álgidos era la elección de los dirigentes sindicales, otro el del principio de autoridad, los salarios caídos, la organización de los comités, los posibles sobornos a compañeros, pero Trinidad insistía una y otra vez en la urgencia de los trabajadores de elegir a sus dirigentes.

—La situación es intolerable, lo primero que exigimos es que suspendan los paros para entrar en pláticas —espetó el gerente.

—¡Imposible! Estaríamos violando nuestro acuerdo con los compañeros.

—Pineda, le ofrecemos ochenta pesos de aumento.

—A nombre de todos los rechazo —repuso Trinidad.

—Estados Unidos favorecerá notablemente a la moneda mexicana.

—Estados Unidos no tiene nada que ver con esto.

—Se equivoca, Estados Unidos es clave en nuestro desarrollo. Clave en el mundo. ¿O no se ha dado cuenta de que es el país más poderoso de la Tierra?

Mientras Peña Walker regateaba, los paros continuaban en la forma prevista. «Si los trenes nunca salen a la hora, los paros se efectúan con precisión matemática», ironizaba la prensa.

En la siguiente reunión el gerente ofreció cien pesos más de aumento, luego ciento cincuenta, ciento setenta y cinco y al final ciento ochenta:

—Inaceptable, lo único que podríamos hacer es rebajar la suma de trescientos cincuenta a doscientos cincuenta pesos.

Los paros habían llegado a dieciséis horas diarias; las vías desiertas hervían al sol, las máquinas aguardaban como un rebaño de animales antediluvianos, todo el sistema de transportes inmovilizado. Cubiertas del polvo de días, los maquinistas miraban a sus locomotoras desde lejos, castigándolas también.

En doce horas de inactividad los Ferrocarriles habían perdido tres millones y medio de pesos. Las cámaras de Industria y Comercio alertaban: «Los graves perjuicios que causan los paros a la economía del país exigen que se llegue a una solución de fondo en el menor tiempo posible».

—¡Miren nomás el estado de los trenes! ¡Ni en la Revolución, hermano!

Si la Revolución había dejado las vías destruidas, los puentes dinamitados, los rieles patas pa'rriba, la huelga convertía al país en una bomba de tiempo.

—El general Lázaro Cárdenas, fiel a su política obrera, entregó el mando de los ferrocarriles a los trabajadores —dijo en alguna entrevista Trinidad y la risa del gerente se hizo hiriente.

—¿Sí? ¿Y qué pasó? ¡Nunca fue tan sonado el fracaso! Los ferrocarrileros son todo menos administradores. Cárdenas se la vivió equivocándose con su socialismo. Las cosas no se resuelven oyendo a los campesinos a la sombra de un árbol. «Luchar contra el sistema capitalista para lograr una sociedad más justa», decía él, y mire nada más el retraso del país. Lo que hay que exigir es eficacia en el servicio público. Así sí se justifica un programa social a favor de los obreros, pero los rieleros ineptos se sabotearon a sí mismos y hundieron su propia causa.

Trinidad se enojó: «Si a usted le parece monstruosa la administración obrera, a mí me parece monstruoso poner los bienes de la nación en manos de una clase sin otra mira que sus propios intereses. Algo muy valioso debe tener el ferrocarril para que se lo disputen comerciantes, industriales y banqueros».

Al paso del tiempo, el gerente agresivo y altanero de las primeras pláticas desapareció. Sus fanfarronadas se volvieron súplicas. Pedía que, por favor, se le tuviera al menos un poco de respeto ya que todavía era gerente de Ferrocarriles. Terminó por aceptar todas las condiciones de los rieleros, menos una: la designación de Trinidad como secretario general del sindicato.

—Eso no es problema mío sino de los trabajadores que me eligieron —respondió Trinidad.

—Usted no debe figurar como candidato a la Secretaría General. Que se hagan elecciones, pero sin usted. Yo estoy dispuesto incluso a renunciar como gerente de Ferrocarriles con tal de que usted no sea secretario general. Es indispensable para resolver el problema.

—Estoy de acuerdo en renunciar si usted renuncia a la gerencia.

—Sólo renunciaré a petición del presidente —se enojó Gerardo Peña Walker.

—Y yo sólo lo haré a petición de los ferrocarrileros.

Los secretarios de Trabajo y de Gobernación se oponían violentamente a ese comunista y a su chusma de alborotadores. Habían sido muy claros. «Podemos resolver el pago del tiempo caído y las indemnizaciones, pero Pineda Chiñas, secretario general, nunca». ¿Qué dirían de la victoria de un pelmazo sobre un economista, un hombre de finanzas graduado en Harvard? Ya escuchaba las gárgaras de júbilo en los corrillos de la Secretaría de Gobernación llamándolo inepto.

5

Asombrados ante su propia osadía, los rieleros lo esperaban todo de su líder. Era uno de ellos. Fuertes por primera vez, podían ir más lejos que los partidos políticos. «Somos la masa. Vamos a barrer con el gobierno como el aserrín barre la mugre fuera de las cantinas». Se dejaban venir: «Una de dos, o les ganamos o morimos, nos estamos jugando el todo por el todo». ¿A dónde los conducía su euforia? La suya era ante todo una guerra de clases y acostumbrados a la derrota o a la indiferencia, esta victoria los embriagaba.

Los maestros que seguían a Tiberio Esteves, los electricistas, los telegrafistas, en fin, todos los agremiados los secundarían.

A Trinidad le aturdía darse cuenta de que podía confrontar al gerente y adivinar sus móviles, prever lo que iba a decir, adelantarse a sus respuestas. También al gerente le sorprendía este obrero alzado, imposible de sobornar.

A medida que pasaban los días, la figura de Trinidad crecía y ocupaba hasta el último rincón de la mente de Peña Walker. «Oye, este tipo te tiene obsesionado», le dijo Norma, su mujer. «Espero que no se te olvide que hoy tenemos cena en la Embajada de Estados Unidos. Esta semana es infernal, *darling*. ¡Tantos compromisos! Descansaremos el *weekend* a pesar de la comida que tengo que dar en la casa de Cuernavaca. Gracias a Dios, ahorita tengo buen servicio». «No puedo ir a Cuernavaca este fin de semana», respondió el gerente, sombrío.

«¿Y nuestros invitados, mi amorcito?». «Imposible salir de la ciudad en este momento. ¿O no te has dado cuenta de la gravedad del conflicto?». Norma miró a su marido y lo notó francamente abatido y hasta descuidado, él siempre tan pulcro, tan prendido. «¿Que no te bolearon los zapatos?». La pregunta lo remitió de inmediato a Trinidad, sus zapatos redondos y macizos. Todo lo remitía a Trinidad. «Con sólo verle los zapatos a un hombre, sabes quién es», pensó aún más sombrío. Lo mismo con un país. ¡México, país de huarachudos cuando no de descalzos! Por un momento deseó ya no tener que pensar en los muertos de hambre, en toda esa turba vulgar y apestosa con la que tenía que tratar. Trinidad ¿un idealista? Claro, qué fácil, no poseía nada. En cambio él era un hombre de intereses y responsabilidades, en primer lugar sus hijos.

«¿No te vas a meter a la regadera? No quiero ser la última en llegar a la residencia gringa con lo puntuales que son. Podrías tratar con el embajador el asunto del mequetrefe ese de Trinidad, a lo mejor tiene alguna sugerencia que hacerte».

Norma extendió sobre la cama la camisa de seda, la corbata, el traje azul marino de Campdesuñer y dejó sobre la mesa de noche las mancuernas de oro. «¡Qué bueno que tengo un marido con buena facha!». «¡Apúrate, mi amorcito!», gritó antes de darse un último vistazo en el espejo. Sí, el abrigo de astracán con el que la habían retratado en primera plana de la revista *Social* haría juego con su *strapless* negro. «Tendría que bajar unos cinco kilitos —se amonestó—, pero así llenita me veo sexy».

También el gerente se miró en el espejo y tras de él vio su inmensa recámara, los muebles y la *coiffeuse* cubierta de perfumes. Él no habría querido tanto espejo ni tanto mármol, pero Norma lo exigió. Tampoco la quinta real de Cuernavaca, con su piscina en forma de amiba, era de su gusto; habría preferido una casa de pueblo con patio y corredor para macetas como la de su padre en San Juan del Río, pero su mujer se opuso. «*San Juan del Río is out, Cuernavaca is a must, my dear*». También lo era Acapulco y ahora Valle de Bravo que se ponía de moda. «¡Hasta Club de Yates, mi amor, tenemos que ser miembros!».

México ya no era el de su adolescencia. ¿Cuál habría sido la de Trinidad? Ese pinche lidercillo se creía el Héroe de Nacozari y él, el gerente, tenía que tratarlo con pinzas. «El mundo al revés», decía Norma y tenía razón.

Durante dos días, Gerardo Peña Walker no apareció por ningún lado. Su propia mujer, Norma Vértiz de Peña Walker ignoraba su paradero aunque sospechaba que se escondía en el refugio de su infancia, San Juan del Río. La prensa divulgó que había presentado su renuncia.

¿O lo habían renunciado?

Algo muy extraño le pasaba a su marido, se atemorizó Norma, que recordaba su última frase:

—La soberbia mesiánica de los Estados Unidos es una amenaza para el continente.

—¿Qué te pasa? ¿Te estás volviendo loco o ya te pasaste al otro bando?

A la noche siguiente, después de escucharlo hablar a los rotarios en el University Club, Norma volvió a la carga: «Oye, este Trinidad ha influido en ti al grado de volverte chaquetero. ¡Qué discurso tan totalmente fuera de lugar! A menos de que estés haciendo populismo... ¡Qué bueno que pocos asistieron al desayuno!».

—¿Cuál de los desayunos? —preguntó resignado.

—Repetiste lo que le dijiste en privado al embajador de Estados Unidos cuando él dijo que a nuestro país le falta un destino manifiesto e hiciste el favor de informarle que los gringos aprovecharon esa política para apropiarse de Texas, California y Nuevo México, comprar Alaska, tomar Puerto Rico y las islas de Hawaii y Guam, quitarle Cuba a España, robarle Oregon a los ingleses, Louisiana a los franceses. No es lo mismo que se lo digas en *tête à tête* con un whisky en la mano a que lo hagas en público. Deberías haber visto la cara que puso. ¿Qué mosca te picó? Ni siquiera parece que estudiaste en Harvard.

—Lo dije justamente porque estudié en Harvard...

—Tampoco me pareció lo que afirmaste del PRI, Gerardo...

—¿Por qué? México es un país de inmensa riqueza y la usa para proyectos electorales que no tienen sentido económico. A ver, ¿en qué gastamos el presupuesto los mexicanos sino en hacer política? Naufragamos en la demagogia y nuestra situación llegará al desastre... ¡Cuánto cinismo!

De nuevo Norma se alarmó, pero tenía tantas invitaciones que alejó el mal pensamiento con un movimiento de la mano. «La primera dama me rogó que la acompañara a Toluca a la inauguración de la escuela para huérfanos Isidro Fabela. Deberías haber visto la cara que puso la esposa del procurador cuando me escogió a mí. ¡Ay, no sabes qué ternura me dan esas niñas que además me dedicaron su festival, bueno, una monada, de veras una monada! ¿No les podríamos regalar algo de Ferrocarriles, unas bancas, unas mesas? ¡Qué días tan ajetreados los míos, casi peor que los tuyos que lo único que haces es esperar al conchudo de Trinidad! También me toca presidir la comida mensual con las esposas de los gobernadores, pobrecitas, tan cursis, tan payas; por ellas voy a tener que suspender esta semana mis masajes...».

Norma siguió perorando hasta que se dio cuenta de que hacía rato que hablaba sola. Gerardo se había ido.

—Mira Trinidad, el que exige que no seas secretario del sindicato es el agregado de prensa de la Embajada de Estados Unidos, Abe Kramer, que intervino en el conflicto a través del secretario de Gobernación. Los gringos están metidos hasta las orejas en Gobernación. Saben más de nosotros que nosotros mismos. Quieren eliminar a los comunistas a toda costa —le dijo el gran líder ferroviario comunista Carmelo Cifuentes—. Si no, van a sacar todas sus inversiones del país y nos vamos a ir a la goma.

—¿Cómo lo sabes?

—Ahora el que manda es el *big money*, como lo llaman los gringos. Si tú entras, el dinero se va. En México no hay nada más retrógrada ni antipatriota que la burguesía enriquecida por la Revolución. Las que dictan las reglas son las grandes economías y el margen para hacer cosas sociales es cada vez más reducido. Es más, no hay nadie que diga, el 50 por ciento de mis ganancias voy a arriesgarlo e invertirlo en mi país.

—Sin embargo el país ha progresado.

—Sí, los políticos le ponen su nombre a grandes avenidas, se funden a sí mismos en estatuas de bronce, levantan monumentos a su posteridad. ¡Pendejo aquel que gaste en meterle agua y servicios a una colonia popular!

Carmelo Cifuentes era un líder experimentado, un hombre de muchas cárceles y un enemigo acérrimo del charro Ochoa Partida y de sus seguidores. Incondicionales de la empresa, de tanto engañar a los obreros, los charros terminaban en el gobierno.

Valiente como él solo, Carmelo Cifuentes sufría las consecuencias de sus actos. Vivía en la clandestinidad y cuando algún juez se atrevió a cuestionar su honor demostró que no tenía ni casa propia, ni automóvil, ni negocios y que su sueldo era de quinientos setenta y cinco pesos mensuales.

Al igual que Peña Walker, el secretario de Gobernación que primero golpeaba la mesa bajó el tono. Criollo, veía a los indígenas como subalternos y Trinidad era un indio prieto más terco que una mula.

La opinión pública favorecía a los ferrocarrileros, que recibían a diario demostraciones de simpatía y apoyo. «Al burgués implacable y cruel / no le des paz ni cuartel, / no le des paz ni cuartel». Los gobernantes veían con temor el ascenso de un líder capaz de enfrentarlos y sobre todo de llevar la lucha a otras dimensiones. Se les iba de las manos. No podían comprarlo, ni hablar con él a solas. Ese hombre era un fenómeno aislado e inexplicable. ¿Cómo ofrecerle una diputación, una senaduría? Frente a él sentían un extraño pudor. Regresaban a algo perdido en la infancia.

Los trinidistas eran amos de la situación no sólo por el apoyo de su propio gremio, sino porque los telegrafistas declararon un paro de una hora, pero cuando detuvieron a sus dirigentes fueron al paro total y el suyo fue el más prolongado. Los petroleros hicieron paros parciales. Los electricistas publicaron un manifiesto en el que exigían reanudar el servicio ferroviario, celebrar elecciones generales, la libertad de los detenidos y el cese de represalias. También los miembros de la Sección XI del Sindicato de Maestros, encabezado por Tiberio Esteves, se solidarizaron. Durante un mes tomaron el edificio de la Secretaría de Educación Pública y dormían en el suelo pegados a los murales de Diego Rivera. Allá les llevaban de comer; la calle de Donceles olía a cebolla, utilizaban los baños de la Secretaría. «Estamos en mitin permanente». La escalera señorial era un tendedero de cobijas y calcetines. «¡Un patio de vecindad, un verdadero chiquero!», exclamó disgustado el secretario de Educación.

«¿Dónde había quedado la vergüenza del maestro, la ética que debe transmitirle a sus alumnos?». A lo largo del día y durante parte de la noche, los disidentes vociferaban a través de un magnavoz. «Esa maestra gritona es igual a una placera», volvía a embestir el secretario de Educación.

En los hermosos patios se multiplicaban las mantas dibujadas por el Taller de Gráfica Popular: «Abajo la explotación», «Nada contra el pueblo», «Mejores salarios a los servidores públicos», «Fuera el mal gobierno», «El pueblo unido jamás será vencido», «Cárcel a los acaparadores», «Viva Tiberio Esteves», «Primero los pobres», «Vamos a cambiar al país», «La lucha sindical independiente saluda al pueblo», «Tiberio, estamos contigo».

Los maestros que eran los peor pagados reclamaban hace veinte meses un aumento del 40 por ciento a su salario. «¿Qué les hace falta?», entraban a preguntar estudiantes, curiosos y, sobre todo, familiares.

Bárbaramente reprimidos, a Tiberio Esteves lo detuvieron a mansalva, sin orden de aprehensión, policías que llegaron a su casa a gritar a través de la puerta: «Somos pa-

dres de familia, venimos del monumento a la Revolución».
Tiberio Esteves desconfió y los supuestos padres de familia
rompieron la puerta, atropellaron a su mujer y a sus hijos y
se lo llevaron con los ojos vendados. «Prepárese, maestro,
porque éste es su fin». «Vas a morir, pinche maestrillo».

Eran dos los bandos, la policía y el ejército por un lado
y los maestros, telegrafistas, ferrocarrileros, petroleros, estudiantes por el otro. «Por un lado la clase dominante y
por el otro la carne de cañón de siempre, por un lado los
asalariados y por el otro los dueños del dinero», resumió
Silvestre Roldán.

¡Ochenta mil ferrocarrileros, quince mil maestros y siete mil telegrafistas en paro total!

—Éste es el movimiento huelguístico más importante
en toda la historia de las luchas sociales de México —le
dijo Miguel Ángel Velasco, el Ratón.

A los hombres de empresa no les preocupaba saber qué
pensaban los obreros. Con la interpretación que daban los
charros bastaba. ¿Qué diablos podía pasar por la cabeza
de un peón de vía? Los peones de vía eran muertos de
hambre. ¿Y un jefe de estación? «No hay más que entrar a
la casa de un ferrocarrilero, ver los muebles de su sala y su
comedor cubiertos de plástico para saber a lo que aspira.
En su mobiliario yace su estrechez mental», comentó en
una cena Norma de Peña Walker y todos la festejaron. «Y
los cromos, esa perpetua *Última cena* presidiendo el comedor... ¿Cómo van a aspirar a la radicalización de sus ideas
con la *Última cena* colgando del muro?». «Sólo Gerardo es
el cursi que se preocupa», prosiguió entre risitas a las que
se unieron las demás esposas que desde luego no tenían su
agudeza ni estaban tan seducidas por sí mismas.

La prensa desató la más violenta campaña contra los
ferrocarrileros. La clase patronal exigía medidas enérgicas
del gobierno, el movimiento contaba con la simpatía del
pueblo y de las organizaciones obreras de otros países, que
enviaban ayudas económicas y mensajes de aliento.

Preocupado por salvar ante todo el principio de autoridad, Gerardo Peña Walker aceptó el registro de Trinidad

a condición de que no apareciera como un triunfo de los trabajadores sino como una concesión del presidente de la República. Serían dos los candidatos, él y el sucesor incondicional de Ochoa Partida, el gordo Rojas García y habría elecciones directas de comités ejecutivos locales y generales en toda la República, supervisadas por una comisión electoral. Se harían mediante lista de raya, a través de boletas, y los cómputos llegarían a la Ciudad de México.

Desde luego, el candidato de la empresa era el obeso Rojas García, a quien el gerente citaba todos los días. Lo que nadie sospechaba es que, al término de cada entrevista, Gerardo Peña Walker pensaba angustiado: «Ojalá y éste tuviera las agallas del otro. Si los confronto en un debate público, seguro pierde».

Trinidad exigió la intervención de inspectores de la Secretaría del Trabajo para que excluyeran a los charros. Pidió el desconocimiento del comité de Rojas García, la congelación de cuotas sindicales para no entregárselas al charro y que las secretarías de Gobernación y de Trabajo auscultaran a los ferrocarrileros. Si no, los paros continuarían.

—Miren —tomó la palabra Silvestre Roldán—, el movimiento no es en contra del presidente o de usted, Peña Walker, sino para demostrarles que la totalidad de los trabajadores repudian a los charros. Además del aumento que no hemos recibido en diez años, queremos elegir a quien nos dirija.

Finalmente el gerente se rindió:

—El único que puede resolver este penoso asunto es el presidente de la República y mañana acordaré con él.

6

—Señores, el presidente de la República quiere hablar con ustedes —avisó el gerente.

En el camino a Palacio Nacional, los ferrocarrileros se codeaban: «Pues ahora sí, esto se resuelve o nos corren a todos».

El Zócalo es el centro del país, su ombligo. Los altos ventanales de Palacio Nacional dan a la plaza más política del mundo porque desde abajo se lanzan consignas, peticiones, denuestos e insultos al presidente. Los muros de tezontle enrojecen a medida que sube el sol y la gente se dirige hacia la gran puerta como a un fogón. A Bárbara se le acelera el pulso al atravesar la plaza: «Estamos pisando a nuestros antepasados. Aquí abajo yacen abuelos y bisabuelos». Tiene razón. Bajo sus pies laten los vestigios de un mundo extraordinariamente vivo que algún día reclamará sus derechos. Los ojos fijos en el balcón presidencial, Bárbara revive el 15 de septiembre cuando el jefe de la nación da el grito de Independencia: ¡Viva México! También ella hace ondear la bandera así como Hidalgo levantó la imagen de la Virgen de Guadalupe para encabezar la batalla. «¡Mexicanos, llegó nuestra hora! ¡Viva México, viva! ¡Vivaaaaa!».

Después de subir por las amplias escaleras de Palacio Nacional, cincuenta delegados de toda la República atravesaron destanteados varios salones imponentes por su altura. «¿Estos techos tan altos serán para que crezcan las ideas?», intentó bromear Trinidad. Hombres de traje y corbata gris, traje y corbata caqui, traje y corbata café permanecían de pie, las manos cruzadas frente a su vientre y fingían no verlos, pero en realidad los observaban desconfiados. Al igual que el traje traían el alma uniformada, por eso eran ujieres y constituían la única decoración de estos salones solemnemente huecos.

Enfundados en overoles de mezclilla, muchos delegados no sabían qué hacer con sus manos y le daban vuelta a sus paliacates o a sus gorras ferrocarrileras. Nunca habían soñado con pisar Palacio Nacional, mucho menos con ver al presidente y se sentían fuera de lugar, dispuestos a la humillación. Les inquietaba la ausencia de sonidos familiares. A lo mejor Trinidad estaba yendo demasiado lejos. Nadie les ofreció asiento, ningún «pasen por aquí» o «¿en qué puedo servirles?», ni un solo ademán de bienvenida.

—Mejor vámonos —aventuró uno de ellos.

En ese momento, un ujier anunció hoscamente:

—El señor presidente los espera…

Dentro de la inmensidad de la pieza, bajo la altura de una araña de cristal, el presidente resultó ser un hombre pequeño, enjuto, que hacía lo imposible por parecer joven. Usaba corbata de moño —y todo su gabinete llevaba la misma—, el pelo blanco peinado cabello por cabello para disimular su calvicie, la piel del rostro apergaminada sobre los huesos, las mejillas hundidas como los ojos en sus cuencas. También los labios se habían encogido para untarse a los dientes.

—Señores ¿cuál es su problema? —inquirió de pie.

¡Como si no lo supiera! Fingir que lo ignoraba era una forma de rechazarlos: «Lo suyo es secundario: ustedes no valen la pena». Trinidad habló cuidadosamente —no hay mexicano al que el presidente no le imponga respeto— y a ratos se le cascaba la voz. Hubiera podido oírse caer el ala de una mosca.

—Tenemos suspendidas las labores porque pedimos un aumento de salario totalmente justo…

Cuando el líder terminó, el presidente guardó silencio, el semblante adusto, cada arruga un surco en el cartón de su rostro. De pie junto a él, el gerente de Ferrocarriles, Gerardo Peña Walker miraba la punta espejeante de sus zapatos:

—El problema continúa sin solución porque ustedes piden doscientos cincuenta pesos, la empresa ofrece ciento ochenta y como mi gobierno está interesado en que termine la agitación, les propongo recomendar a la gerencia de Ferrocarriles Nacionales promediar las dos cantidades; la que la gerencia les ofrece y la que ustedes piden. Este promedio es de doscientos quince pesos de aumento mensuales a cada trabajador.

Trinidad respondió:

—Necesitamos veinticuatro horas para consultar a los compañeros.

—Las proposiciones del presidente no se discuten —repuso molesto el mandatario, el enojo concentrado en su mandíbula autoritaria.

Algunos se amedrentaron. Recargados los unos en los otros para hacer bulto, se codeaban, pues sí, estamos de acuerdo, hay que aceptar, está bien, nos conviene, qué le pasa a Trinidad, el ofrecimiento es buenísimo.

El líder se dio cuenta de que los delegados iban a ceder y volvió a la carga:

—Dénos la oportunidad de reunirnos aquí mismo a valorar su propuesta.

—Abran uno de los salones para los señores —ordenó el presidente al más conspicuo de sus ayudantes.

Los cincuenta hombres salieron en silencio y una vez solos levantaron la cabeza y la voz, la mayoría tenía miedo: «Las proposiciones del presidente de la República no se discuten; son definitivas», había dicho el viejo con voz terminante. Además ofrecía mucho más de lo esperado.

—Compañeros, soy de la opinión de que no hagamos nada sin consultar a los trabajadores.

—¿Pero cómo, Trinidad? ¿A qué horas? No podemos dejar plantado al mero presidente. No nos van a dejar salir de aquí.

Entre ellos le decían el Viejo, el Carcamán o la Momia, pero en Palacio perdían seguridad y se doblegaban. Querían salir de allí lo más pronto posible. En las filas de atrás, Ventura Murillo, el viejo maquinista, le dijo a Silvestre:

—Trinidad nos va a perjudicar. El nuestro es ya un problema nacional. El presidente insistió en que estábamos lesionando la economía del país.

—¡Claro, ése es su argumento! ¡Lo que olvidas es que el gobierno tiene años de lesionarnos a nosotros!

—¡No hables tan fuerte! Seguro nos están oyendo.

Intimidados, el consenso general de los trabajadores fue: «Hay que aceptar».

—Bueno, pues vamos a someterlo a votación.

El único que votó en contra fue Trinidad. «Todos menos uno», contó Silvestre las manos levantadas. Trinidad era la voz disidente dentro de la unidad del coro.

Al verlos entrar, el presidente se puso de pie, los puños apoyados sobre la mesa de trabajo:

—¿Y bien, señores? —preguntó con voz seca y gesto hosco.

—Hemos tomado el acuerdo de aceptar los doscientos quince ofrecidos.

—Bien por ustedes, señores.

—Lo que sí solicitamos —intervino Trinidad ante la expectación general— es que esa cantidad vaya al tabulador, que gire instrucciones para que a los trabajadores se les pague con retroactividad al mes de junio.

—¡Que esa cantidad pase al tabulador, licenciado! —ordenó el presidente a Peña Walker.

—Como usted mande, señor presidente —inclinó la cabeza el gerente.

—Por consiguiente, señores, ustedes suspenderán los paros a la mayor brevedad.

—Esta misma noche —secundó Murillo a Trinidad.

En la puerta, el mandatario los retuvo:

—Un momento señores, la prensa está aquí. Vengan a tomarse una fotografía conmigo.

Periodistas y fotógrafos aparecieron en el acto, los delegados se alinearon hasta formar cincuenta; el presidente al centro con su cara de palo.

—Soy amigo de los ferrocarrileros —comentó dirigiéndose a los periodistas.

Al ir al tabulador, el monto ascendía a los doscientos cincuenta, pero no incluía el día de descanso como lo hubiera deseado Trinidad.

Los delegados ordenaron la suspensión de los paros en toda la República.

—Hemos ganado —decían simplemente.

De los hombres en el gobierno, el menos ambicioso, quizá por su edad, era el presidente de la República. Más campechano y más desencantado, ya que no tenía por qué luchar, conocía el poder desde dentro y seguramente se sentía desgastado.

En vísperas de las elecciones se había desatado en México una voracidad que hasta a él lo atemorizaba. Todos hacían futurismo. ¿Quién sería «el bueno»? Sólo este carcamán lo sabía, puesto que él iba a nombrarlo. Hombres que antes combatieron en la Revolución Mexicana, fusil en hombro, ahora lo invitaban a sus ranchos o a sus casas colonial californiano en Chapultepec Heights. Los líderes sindicales también contribuían a esta feliz bonanza al someter a los trabajadores. ¡México, qué gran promesa! El charrismo era la obra negra del Estado, tener a los sindicatos controlados y dirigidos por el gobierno, la mejor de las garantías. Los intereses de los trabajadores yacían en manos de un Estado benévolo y comprensivo. El petróleo fluía y lo primero era crear un capital que a su vez forjaría a una clase media fuerte, como en los países desarrollados. A la clase trabajadora había que conservarla tal y como estaba: sojuzgada. El presidente se negaba a marcar con la opresión, y mucho menos sindical, el fin de su sexenio, que había manejado con tanta eficacia. Resolver el problema ferrocarrilero y nombrar a su sucesor eran sus dos últimos actos de gobierno. Los disidentes lo reconocerían, se los echaría a la bolsa. También los Estados Unidos agradecerían la paz social de su sexenio. Compartir dos mil cuatrocientos kilómetros de frontera con el país más poderoso de la Tierra no era fácil a pesar de que los gringos afirmaban que más que un aliado natural, México era un bróder, un verdadero bróder.

—¿Y mi tío, señor González?

—¿No lo sabe, Barbarita? Las oficinas están vacías. Todos se han ido a la explanada. ¡Va a haber una concentración ahora mismo! ¡Ganamos nuestras demandas con la huelga!

Al igual que el Zócalo en tarde de manifestación, la explanada de Peralvillo hervía de gente de pocos recursos, como lo delataba su overol. Algunas mujeres traían el delantal, muchas todavía usaban rebozo y la mayoría de los hombres su gorra ferrocarrilera y su paliacate rojo.

Unos llevaban al hijo a horcajadas sobre los hombros, otros los traían de la mano. «Papá, no puedo ver nada». «Alza al niño, si no lo van a aplastar». «Es que ya pesa mucho, me cuesta cargarlo». Como en todas las manifestaciones, ruidosos contingentes hacían su entrada en la plaza pública, ríos de hombres y de mujeres que la multitud aplaudía. Un vendedor ambulante ofrecía elotes en medio del sonido de las matracas. «Oye ¿no has visto a mi hermana?», le preguntó un joven a otro. «Por aquí anda, no le va a pasar nada, estamos entre cuates». A puro «con permiso» y «con permiso» y «¿me permite pasar?», Bárbara intentó acercarse al estrado, pero muchos hacían lo mismo y se empujaban en el camino. En medio del jaloneo y los empellones, Bárbara se encontró con la blusa abierta y la falda rota. Por fin la reconocieron algunas esposas de miembros de la Gran Comisión Pro Aumento de Salarios. «¡Bárbara, Bárbara, vente para acá!» y le hicieron lugar, pero a la sobrina de Trinidad le entró una enorme tensión nerviosa al ver a aquella ola humana hinchándose en un espacio cerrado y su tío allá arriba, el rostro grave, a la merced de ese mundo quizá generoso, pero imprevisible. «A lo mejor le sucede lo que a mí, queda todo vapuleado».

De pie frente al micrófono, Trinidad se dirigía a la mayor concentración ferrocarrilera de todos los tiempos. El estado de crisis permanente en el que había subsistido Ferrocarriles Nacionales, la humillación de los hombres del riel, la total falta de planeación de una política ferroviaria, las vías construidas hacia los Estados Unidos, todo se desvanecía al verlo allá arriba, solo, respondiendo con su vida. Finalmente eran ellos, los ferrocarrileros, quienes movilizaron los trenes durante la Revolución, llevaron a los soldados en el techo y a los caballos adentro. La Revolución le debía todo a los diecinueve mil kilómetros de vías férreas construidas durante el Porfirismo que Pancho Villa voló con dinamita y que ellos, los peones de vía, volvieron a colocar.

«¡No es posible que vaya a hablar mi tío ante tanta gente!», caviló Bárbara, pero su palabra amplificada por altoparlantes la contradijo. Bárbara empezó a temblar como antes, cuando le daban crisis nerviosas. Desde el momento en que su tío tomó el micrófono, el silencio fue unánime incluso cuando les dio el monto del aumento. Sólo se oía su voz y todos pendían de ella.

En medio de su temblor, a Bárbara le subió un orgullo caliente, parecido al metal líquido que una tarde vio en la fundición. Su tío le explicó: «Con esto pueden hacerse rieles» y en los ojos de Bárbara enturbiados por las lágrimas surgían las imágenes de la niñez; el joven Trinidad estudiando a la luz de un quinqué mientras los demás, en sus mecedoras, tardeaban en la calle, pendientes del ir y venir de los vecinos, el tío Tito practicando en su aparato telegráfico, el tío encaminándose presuroso a la estación, el tío revisando las tarifas, el tío parado en medio de la vía, enseñándosela como si fuera una escalera al cielo. «Mira Barbarita, allá a lo lejos los rieles se juntan en un solo punto, ¿lo ves?». «¿Por qué, tío?». «Camina tú hasta allá para saber por qué. Yo así lo hice a tu edad».

«A la demanda inicial de doscientos cincuenta pesos —informaba Trinidad—, la empresa hizo un ofrecimiento de ciento ochenta pesos y el presidente medió las dos cantidades y sacó una última de doscientos quince pesos, un aumento del 100 por ciento para los reparadores de vía, que tienen el salario más bajo».

El júbilo se convirtió en desbordamiento, la multiplicación de hombres y mujeres y pancartas, su densidad, nunca tantos reunidos en un solo punto, un orador único que con su sola voluntad cambiaba el destino de muchos.

Bárbara recordaba al muchachito moreno de mirada siempre interrogante, «éste a pura pregunta va abriéndose camino», había dicho de él su tía Pelancha y Bárbara pensaba: «¡Desde su niñez no ha hecho más que luchar hasta llegar a esta plataforma!». Era de una naturaleza más fuerte que la suya, y admiraba a los rieleros que ahora gritaban: «Trinidad, Trinidad, Trinidad». Mientras más escandalosos y temibles, más hermosos.

Cuando Trinidad terminó, Bárbara oyó una ovación que jamás imaginó, una ovación de montaña retumbando; varios rostros se volvieron hacia ella para sonreírle, los ojos humedecidos, y la gente se abalanzó sobre la tarima para abrazar a Trinidad, tocarlo siquiera. No se conformaban con palmearle la espalda sino que lo apretaban, estrujándolo, le machucaban los pies, las manos, el rostro, lo besaban, mesándole los cabellos. Trinidad Pineda Chiñas se dejaba ir a todo este entusiasmo popular, esta fiesta inesperada, esta loca alegría lo hacía aflojar el cuerpo como un viajero que, después de mucho bregar, llega a su destino. «Yo soy rielera, tengo mi Juan,/él es mi vida, yo soy su querer,/cuando le dicen que ya se va el tren,/adiós mi rielera, ya se va tu Juan», cantaban las mujeres a voz en cuello, la voz llena de lágrimas.

Cuando por fin descendió del estrado donde lo tenían tan alto, estallaron las porras: «siquitibúm a la bim, bom, ba, siquitibúm a la bim, bom, ba, Trinidad, Trinidad, Trinidad, ra, ra, ra». Bárbara sintió que ya no iba a poder contener la emoción, le temblaban las manos, los labios, el rostro entero; las lágrimas le escurrían pintándole las mejillas de rímel. A su tío hubieran podido mantearlo como a un infante sin que él hiciera un solo gesto para impedirlo. De hecho ya se lo pasaban de brazo en brazo, levantado en vilo.

—Hace rato que sus pies no tocan el suelo.

A Bárbara la metieron a una de las oficinas de Ferrocarriles y la abrazó Amaya Elezcano:

—¡Hija, qué hermoso tío tienes, qué hermoso líder, qué glorioso!

Bárbara se echó a sus brazos. Estaba ahogándose. A punto del desmayo se le colgó del cuello:

—¡Llora, llora, llora, llora, para que se te quite la desesperación! —la comprendió Amaya.

Bárbara sollozaba tan fuerte que sacudía a Amaya, que era una mujer robusta:

—Hija, debes sentirte orgullosa de que tu tío es todo un hombre.

—Pero no para mí.

Amaya se hizo para atrás. ¿Qué le pasaba a esta criatura con la cara negra de tizne?

—Estoy llorando de gusto, no de otra cosa. ¿Por qué no habría de hacerlo si éstos son los mejores momentos de mi vida?

—Mira qué hermoso se ve tu tío. No cabe duda de que el poder es fotogénico. También la felicidad; tú nunca has estado tan bonita, Bárbara.

Con su voz ronca y sus manos de gestos precisos, sus cabellos entrecanos, Amaya Elezcano, de origen vasco, era una luchadora social. Esa misma noche los invitó a su casa y a Bárbara le gustó ver cómo llenaban de atenciones a su tío. En la mesa, Amaya peló y picó la fruta, «macedonia», dijo, «en los restaurantes lo llaman coctel de frutas, pero es macedonia y tiene que hacerse al momento». Cubría a Bárbara con su mirada fuerte y la cortaba como a la fruta. Se la llevaba a la boca uva pelada, cachito de manzana, ruedita de plátano. No dejó de mirarla, ni siquiera cuando se levantó a traer un platillo. Rompió una tortilla en dos y le dio la mitad a Bárbara. «Para tus frijoles». Bárbara se sintió florecer, sus ojos brillaban seguramente menos que los de Amaya. Una sorda excitación la poseía. ¡Que no se acabe nunca, que siempre esté yo en la cresta de la ola! ¡Que viva al rojo vivo! ¡Que jamás dejen de querernos a mi tío y a mí!

Amaya Elezcano cantó sonriente el «Corrido de Cananea», pero con otras palabras: «Señores, a orgullo tengo / el ser antiimperialista, / Señores, a orgullo tengo / el ser antiimperialista, / y militar en las filas / del Partido Comunista, / y militar en las filas / del Partido Comunista».

Ahora que Bárbara trataba de visualizarlos sentía que había vivido una película e intuía que esos días hermosos jamás regresarían.

7

«Se me pone la piel de gallina al oír los silbatos de las locomotoras de patio y de camino, tío», exclamó Bárbara jubilosa.

Sonaron todo el día para celebrar la victoria. Los compañeros se abrazaban, gritaban, volvían a golpearse la espalda a tamborazos. Además de la bóveda de la estación, los silbatos llegaban a la bóveda celeste y atraían a los curiosos.

—¡Ganamos! ¡Ganamos! ¡Hace años que no ganábamos!

Trinidad Pineda Chiñas arrasó. Ningún líder sindical había alcanzado tal nivel de popularidad. Hasta los que nunca votaban lo hicieron. ¡59759 votos contra nueve de su contrincante impuesto por el gobierno! Del total de cien mil ferrocarrileros sindicalizados y seis mil jubilados, obtuvo 59759 votos. «No te vanaglories —dijo Saturnino—, son pocos. Faltaron 40000, el 40 por ciento». Ahora sí, la clase obrera podría convertirse en un agente de cambio, un líder limpio controlaba por primera vez el STFRM (Sindicato de Trabajadores Ferrocarrileros de la República Mexicana).

—Ya chingamos, las consecuencias políticas van a ser enormes —comentó Silvestre Roldán.

El triunfo de Trinidad enfermó a la empresa, al gobierno y a los ferrocarrileros aliados al régimen. Según la Secretaría del Trabajo los perjuicios económicos y políticos serían incalculables. ¡Qué gran humillación! Lo peor para el gobierno era que no sólo la estación de Buenavista sino toda la clase obrera estaba de fiesta.

Lo primero que hizo el líder después de tomar posesión fue un acto luctuoso en homenaje a los obreros muertos durante la ocupación de las secciones por la policía y el ejército: Rafael Alda y Sotelo, Andrés Montaño y Leopoldo Álvarez. Telegrafistas, telefonistas, estudiantes, petroleros y muchas familias lloraron.

¡Qué representantes oficiales ni qué nada! Al triunfar la Gran Comisión Pro Aumento de Salarios y al imponer a su líder acababan con los traidores que pactan con la empresa. ¡Era el fin de los charros! La victoria de Trinidad tenía implicaciones insospechadas: la depuración sindical. El Plan del Sureste exhibía la corrupción de los secretarios locales. «¡Quién les manda a aliarse al gobierno! Urgía su desconocimiento. Es inimaginable su oposición al aumento de salarios a menos de estar vendidos. ¿O es que se pagaban solos?», discurrió Saturnino.

—Ahora sí les quitamos la venda en los ojos a los compañeros —comentó Silvestre—. Ésta es la batalla más espectacular librada desde la huelga de Nueva Rosita, por eso la derrota cala más hondo. ¡Fíjate qué ironía, estar del lado del gobierno convierte a los charros en perdedores! Además ahora tienen miedo —al abrir la caja, el nuevo secretario sindical descubrirá cohechos y cuentas mal habidas, la corrupción y la forma artera en que robaron—. ¡Ahora sí se acabaron las trampas! El chingón de Trinidad ha doblegado a los patrones y su triunfo es la revancha histórica de los mineros de Nueva Rosita».

—El tuyo es un caso inédito en la historia sindical de México —afirmó Ventura Murillo.

¡Qué romería la del edificio sindical! Comisiones de obreros de fábricas y embotelladoras entraban a pedir asesoría. Impresionados porque nada parecía detener a Trinidad, otros gremios también acudían. Los paisanos de Pineda Chiñas se dejaban venir en masa desde Matías Romero, Santa María Chimalapas, San Bartolo Yautepec, El Ocotal, Paso Guavabo, Santa María Totolapilla, Unión Hidalgo, Mogoñé, Ixtepec, Teotitlán de las Flores y Nizanda. Ante todo, Trinidad los representaba a ellos y les pertenecía. «Saber que está al frente de nuestro sindicato un compañero que entiende las necesidades del gremio, nos anima a la lucha». Sus peticiones no cesaban. «Trinidad, tienes que tramitar la construcción de una escuela secundaria en Huichapan, Hidalgo. Tienes que ayudar a conseguirme una maternidad en Juchitán, Oaxaca, nosotros ponemos las parteras». El líder los comprendía. Él mismo había reclamado en incontables ocasiones un predio para una escuela, pupitres, sanitarios, alacenas y hasta alambre para levantar una cerca. El número de problemas por resolver incluía a campesinos que venían a México a un asunto agrario y se quejaban de la pésima comida de la Casa del Campesino. «Ni los perros, hermanito». Hablar con el jefe del Departamento Agrario era uno de los puntos en su agenda entre los miles de asuntos que pesaban sobre sus hombros.

A una maestra de hijos de ferrocarrileros a quien la empresa le suspendió la luz y el agua en Chicayán, Tampico, Trinidad pudo decirle: «Maestra, vamos a darle otra vez la luz y el agua».

Nada detenía su formidable fuerza ascendente. Cada semana salía resuelto un problema que la dirección charra había dejado atrás. Todo era euforia en el sindicato; cuatrocientos incapacitados por riesgos de trabajo fueron jubilados. «Queriéndolo, se encuentra el dinero y se hacen las cosas». Trinidad reinstaló a los destituidos. A los despachadores de trenes les consiguió un 32 por ciento de aumento. La empresa pagó todos los adeudos por traslados o cambios de residencia. Puso en vigor el contrato de los celadores electricistas que obtuvieron diez millones de pesos por aumento de personal y nivelación de salarios.

Una infinidad de solicitudes se apilaban en su escritorio y todos los días las atendía sin importarle acostarse a las tres de la mañana.

—Tío, todo el mundo quiere hablar personalmente contigo, vas a tener que tener mil dobles —sonreía Bárbara.

«Corriendo y volando voy caminando, me lleva el tren, ¡ju jay!», cantó Trinidad. Es que antes el sindicalismo charro no tenía proyecto ni estructura y ahora lo estamos ofreciendo, por eso los compañeros quieren decir lo suyo.

Hasta los asuntos menos urgentes iban saliendo. Dormía unas cuantas horas, pero su euforia le daba una energía nunca antes experimentada, todo iba sobre rieles, ahora sí el ferrocarril tendría la misma importancia que durante la Revolución y su avance impondría otras formas de vida. Corre trenecito, corre sin parar. ¡Ningún tren detenido en una estación perdida! Al contrario, el tren acabaría por cambiar la vida de los usuarios, les abriría los ojos, los sacaría de su modorra. Los adolescentes saldrían de su ranchería a descubrir lo ancho y lo ajeno del mundo, el ferrocarril volvería a ser lo que había sido en 1910, una revolución andando.

«Tengo un trenecito, ¡qué calamidad! / Por estar viejito no podía jalar. / Ahora tiene todo, *pullman* y radar / y un motor de chorro para caminar».

Muy pronto, Trinidad se acostumbró a salir de la ciudad de un día para otro a las distintas secciones en la República. Eran cuarenta. Por más alejadas, viajaba durante la noche y era tal su entusiasmo que no sentía el cansancio. Organizó los paros de labores, ayudó a sustituir dirigentes y a coordinar las actividades de la sección con el resto de la República. Durante el trayecto revisaba expedientes, escribía cartas a mano, reflexionaba y su entrega que tenía mucho de estoicismo lo hacía cobrar una fuerza inesperada. «¡Nunca me he sentido mejor en mi vida!».

¡Ah, cómo amaba y cómo le angustiaba el ferrocarril! Lo amaba más que a su vida. Envió al presidente una propuesta para la revisión de tarifas en el transporte de minerales y productos agrícolas. El Estado favorecía a las compañías mineras internacionales, sobre todo a las estadounidenses porque eran las que más compraban.

«Ya sé —escribió Trinidad—, que lo más difícil es cambiar de un momento a otro las relaciones de dependencia con los Estados Unidos, pero favorecer las pequeñas compañías mineras mexicanas transformaría la situación económica de México».

«¿Estaba loco ese indio o qué?», pensó el gerente. «Lo que necesita este país son divisas, no muertos de hambre».

Según Trinidad, la crisis de los ferrocarriles podía superarse al elevar las tarifas de los fletes comerciales: «No sabemos cuál es la situación financiera de la empresa, porque nunca la ha dado a conocer, pero si mostrara que es mala, la solución sería incrementar las tarifas de exportación y transporte de minerales».

«Eso permitiría a la empresa trabajar sin pérdidas y satisfacer las cuatro demandas de los ferrocarrileros: atención médica y medicinas para familiares; 10 por ciento como fondo de ahorro sobre todas las prestaciones y construcción de casas o $10.00 diarios por concepto de renta y el pago del 16.66 por ciento de los $215.00. El monto total de las cuatro prestaciones no excede 210 millones de pesos».

El oaxaquito de mierda se atrevía a afirmar que si se eliminaban los numerosos puestos de confianza, las mordidas en las oficinas de carga, la corrupción desaparecería o cuando menos disminuiría. Mafias de trabajadores ligadas a empleados de confianza robaban estufas, bicicletas, refrigeradores, aparatos domésticos y ropa. Lo mismo sucedía con el flete de Express. Si se suspendía toda erogación a camarillas, la empresa saldría adelante.

En sus giras por Aguascalientes, San Luis Potosí, Empalme, Escobedo, Apizaco, Tlaxcala, Torreón, Mazatlán, El Mante, los rieleros recibían a Pineda Chiñas aventando al aire sus gorras de tres pedradas y sus paliacates. Pancartas y mantas proclamaban: «Muera el gobierno», «No nos vamos a dejar», «Fuera las ratas», «Viva la URSS», «Abajo el mal gobierno», «Viva Trinidad». El líder veía con sorpresa su perfil pintado en rojo y negro a la misma altura que el del presidente de la República y Bárbara no cabía en sí del orgullo. Trinidad era no sólo su salvación sino la de muchos hombres que levantaban hacia él su rostro esperanzado.

Tomada de su brazo, entre aclamaciones de ferrocarrileros, Bárbara se mareaba. Ese baño de multitud la subía a las alturas. «Ya te sientes primera dama de tanto que te vitorean, ¿verdad, Barbarita?», ironizaba Amaya Elezcano. También para ella había mantas de «Compañera Bárbara, felicidades» y «Las mujeres de El Mante estamos contigo», «Todas somos Trinidad». Hasta el día de hoy, la exclusión había sido tolerada. «Tú no porque eres mujer», «Tú no porque los asuntos del país son cosa de hombres». Recibía con lágrimas en los ojos ramos de flores tendidos por niños y niñas de primaria. El acto era multitudinario, los teatros se abrían: «Bienvenidos, Empalme los recibe con los brazos abiertos», gritos, matracas, aplausos, serpentinas y a las tres el banquete con mariachis, marimbas, arpas o requintos, jaraneros de Veracruz o la Sonora Santanera. La cerveza fluía a raudales y la emoción estallaba en vivas a Trinidad. Bárbara volvía a la capital cargada de dádivas y bendiciones, que una gallina, que un queso blanco, que una docena de huevos, que un pan de pulque, que un mantel bordado, que una funda de almohada, que un ramito de flor de azahar para hacerle un té a su tío para que duerma como lo que es, un salvador, un ángel del cielo. «Ni cuando llega el presidente de la República se le hace tamaña recepción».

¡Qué impulso formidable! En Puebla lo nombraron hijo predilecto. Le otorgaron las llaves de las ciudades de Querétaro y de Aguascalientes. Ponían en sus manos pergaminos con letras rojas y doradas, colgaban medallas sobre su pecho. Cuando entró a Veracruz, los silbatos de las locomotoras se unieron a las sirenas de los barcos aunque el riel no tuviera que ver con el mar. Una muchedumbre feliz sustituía a otra. La felicidad se ponía en marcha. «Las nuestras son campañas de gente buena», apuntó el líder. Cada lugar superaba al anterior. De Coatzacoalcos a Tonalá el camino se cubrió de pétalos; coronas de flores tendidas por risueñas muchachas atiborraban la recámara de Trinidad. En Mérida, las yucatecas, con sus blancos vestidos y sus piernas desnudas le regalaron una hamaca. «Nosotras mismas te la tejimos».

Bárbara aprendió a perderse entre los manifestantes y a abrirse paso en la densidad de los cuerpos que se cerraban en torno a ella como agua de mar. Más de tres mil mujeres gritaban consignas. Se veían fuertes, nuevas, como si hubieran cambiado de un día al otro. Hacían mucho ruido y no les asustaba que las llamaran locas. En esa manifestación pidieron a los hombres que no asistieran para no confrontarlos con los soldados. Las esposas de los rieleros blandían una manta: «Abajo los charros».

La mayoría usaba rebozo, pero muchas hasta tenían el pelo pintado como si otros vientos les llegaran de quién sabe dónde. De todas, Bárbara se creía la más atrevida, pero ahora veía junto a ella a otras dispuestas a ir más lejos. «Ni fea ni hermosa, la mujer es otra cosa», gritaban. También los jóvenes a su lado coreaban consignas. Conformaban una marea que iba subiendo peligrosamente de tono. ¿No era el mitin una catarsis o por lo menos una suerte de delirio colectivo? Esta masa humana podría caminar sin cansarse toda la noche bajo el cielo oscuro. Le calentaban el corazón. Bárbara se preguntó una y otra vez mientras marchaba: «¿Qué irán a hacer los políticos y los empresarios con nosotros? Somos muchos. ¿Cómo van a deshacerse de nosotros? ¿Nos van a aniquilar? ¿Van a enviarnos a Marte?». Imposible detener esta formidable masa humana que venía caminando con el puño en alto, gritando: «Ya basta». Volaban los volantes, volaba el ir y venir de la risa.

Todo el pueblo se sumó al acto.

Ya solo en su oficina, después de medianoche, Trinidad contestaba cartas a mano. Desde que aprendió a escribir, la correspondencia para él era un rito al que le dedicaba el papel más blanco y su letra esmerada. Enviaba comunicados al presidente de la República exigiéndole la libertad de ferrocarrileros injustamente detenidos, pedía evitar cualquier aumento a las tarifas eléctricas «por representar graves perjuicios al pueblo mexicano», hablaba de los obreros del ingenio «Paraíso Novillero» que llevaban seis meses trabajando sin salario: «Es una obligación moral para usted ordenar el pago que se adeuda a los trabajadores. Este ingenio lleva cincuenta y cinco años operando y la empresa arriesga ocho mil toneladas de caña que ya ha sido cortada». Sus cartas en sobres con la bandera mexicana salían a diferentes secciones de la red ferroviaria. Al ver su caligrafía, los destinatarios se sentían honrados. «¡Mira qué bonita letra!», decían.

Esa noche lo esperaba una misiva delicada: rechazar la distinción del profesor Wilson Hernández de la estación Progreso de Juandó, que quería ponerle su nombre a la escuela, «Sus esfuerzos personales le dieron un glorioso triunfo a los trabajadores». Trinidad respondió: «Fuimos todos los ferrocarrileros unidos como hermanos, como hombres honestos, como hijos de la misma clase social quienes alcanzamos esa gran victoria». Agregaba que conquistarían nuevamente el Contrato Colectivo de Trabajo. A un viejo patiero en Maravillas, Hidalgo, le dio la buena noticia: «Después de muchas gestiones ante la empresa conseguimos una ayuda de $5000 para que pueda no sólo operarse de la columna sino atender su convalecencia».

A las dos, tres de la mañana, contemplaba satisfecho la pila de sobres bien rotulados, pegaba los timbres y apagaba la luz de su oficina. Todo lo hacía como una costurera que cuida su diminuto patrimonio. Frente al enorme presupuesto en sus manos, tenía el mismo escrúpulo de hormiga.

Algo sagrado estaba sucediendo, algo que lo remitía a Oaxaca, a su infancia, a sus padres, a los mixes que Na' Luisa atajaba para comprarles fruta y verduras. Trinidad recreaba su mundo pasado. El sacrificio de toda su persona era una consagración. A medianoche, en Buenavista, con su pluma en la mano oficiaba un rito, el de su tribu, el de su gente. Se entregaba en aras de una causa que lo devolvía a algo que siempre buscó: restablecer el orden del mundo.

—Delega, Trinidad, delega. Díctale esas cartas a una secretaria.

—No es lo mismo.

—Ahora crees que puedes con todo, pero cuando empieces a olvidar cosas, otro gallo te va a cantar. El secreto es delegar.

—Mientras pueda lo hago yo, así tengo el control.

—Tienes que delegar, insisto. Estás inaugurando una nueva política sindical que rebasa la permitida por el sistema —dijo el Ratón Miguel Ángel Velasco, que lo visitaba con frecuencia. Líder él mismo, simpatizaba con este joven aguerrido e inteligente que le había ganado la partida al gobierno. Canoso, con cara de luna, uno de los líderes del Movimiento Inquilinario en Veracruz con Herón Proal, Miguel Ángel Velasco era bienvenido en todos los sindicatos independientes. Pequeño, enjuto, el pelo entrecano, dientes de destapador y sonrisa amplia, la mirada negra y traviesa, de veras parecía un ratón. Vestido humildemente, su camisa raída a la que le faltaban botones lo aniñaba. «Así como lo ves es un gran líder, tienes que oírlo hablar», decía el viejo Ventura Murillo.

—Tienes que delegar —repitió el Ratón.

Trinidad sonrió ampliamente.

—No te felicites demasiado pronto, significas un peligro…

—¿Para la empresa?

—No sólo para la empresa. ¿No te has dado cuenta de las repercusiones que tu movimiento tiene en otros sindicatos?

Sindicatos como el de petroleros y el de electricistas también amenazaban huelgas, todo el movimiento obrero se había alebrestado.

De las luchas sociales del país después de la Revolución Mexicana, la huelga ferrocarrilera era la más trascendente. No se trataba de una simple movilización obrera sino de un combate político de gran alcance; llegaría lejos, la secundarían otras organizaciones, y el gobierno se iría a pique. Además de las centrales obreras, varios países de América Latina enviaban mensajes de aliento: «Son un ejemplo para el continente. Queremos participar. ¿Qué necesitan, cómo podemos ayudarlos?».

El triunfo de la Revolución Cubana fortalecía el movimiento social porque las huelgas obreras de La Habana, Matanzas y Santiago habían jugado un papel esencial en ella. A lo mejor se acercaba el momento en que los pobres le ganarían la batalla a sus caciques. Saldrían de la miseria y del paternalismo de siglos.

—Antes, el aficionado a la charrería obtenía en las revisiones de contrato una biblioteca, un hospital, pero nunca un aumento salarial.

También los ferrocarrileros se crecían: «Somos cien mil voluntades tras un solo objetivo». Tomaban decisiones que Trinidad respaldaba. «Las asambleas son soberanas —afirmaba— y yo las respeto».

—No les dejes a ellos la responsabilidad, Trinidad, tal parece que los quieres complacer en todo. Sabemos que eres un hombre valiente, pero diles que no cuando sea necesario —volvió a la carga el Ratón Velasco.

—Las decisiones tienen que tomarse en común, son de todos.

—Sí, pero el líder eres tú, Trinidad. Votaron por ti.

—La verdad, los que me sacan de quicio con su tan traída y llevada experiencia histórica y su afán por dar directivas son los partidos.

—Pues córtalos… Es difícil pero no imposible.

—Quisiera que los jefes de partido no intervinieran, que se concretaran a su papel de asesores, pero toman decisiones y actúan como árbitros. Finalmente los responsables directos no son ellos sino el sindicato.

—O sea el secretario general, o sea tú…

—Desde que estoy en la lucha me doy cuenta de que ninguno de los partidos políticos se preocupa por hacer que los obreros tengamos una conciencia real de lo que vivimos. ¿Qué es un contrato colectivo de trabajo? ¿Qué significa ascender por escalafón? ¿A qué edad debemos jubilarnos? ¿A qué pensión tenemos derecho? ¿Cuáles son nuestras prestaciones? A mí me enseñó más mi jefe de estación que todas las reuniones a las que he asistido. Lo único que he visto en las asambleas es fomentar la combatividad sin ninguna base ideológica. Ahora es el momento de crear conciencia para que seamos una clase obrera digna de ese nombre: un grupo de trabajadores que se plantee objetivos históricos.

—¿Cuáles son ésos? —ironizó Silvestre Roldán.

—Objetivos a largo plazo... Cuando intento hacer el análisis de los problemas me doy cuenta de la pobreza ideológica de los compañeros. Sin embargo, sé que éste es el momento...

—Es nuestro mejor momento, Trinidad, no hemos vivido nada semejante. Por eso, las expectativas de la gente rebasan cualquier lógica.

Sí, podían lograrlo todo. Las asambleas, antes desangeladas, rutinarias y tediosas ahora hervían como la olla sobre la lumbre. La participación individual y colectiva se desenvolvía festiva como un listón de colores. La mayoría de los asistentes eran miembros del POCM (Partido Obrero-Campesino de México), el PP (Partido Popular) y el PCM (Partido Comunista Mexicano). También los partidos aprovechaban la victoria de los ferrocarrileros y se montaban en ella. El giro que su triunfo le había dado al movimiento obrero podía llevarlos a construir un frente unido sindical que desbancara a la corrupta CTM (Confederación de Trabajadores de México). Una gran fuerza obrera cambiaría el destino del país, sus consecuencias serían inimaginables.

El grupo ferrocarrilero Morelos 55, ligado al gobierno, se acercó a Trinidad. Algunos, excluidos por el charrismo, esperaban una rectificación. Trinidad confirmó su cláusula de exclusión y ganó enemigos mortales.

—Cometes un error con esa política revanchista. Son poderosos y van a tomar represalias sangrientas —advirtió el Ratón.

—No lo creo, no pueden.

—En política hay que maniobrar y no decidir tajantemente como lo haces. Tienes que ver a largo plazo, si no vas a llevar tu movimiento a la sepultura... Además ¿cómo quieres que tus hombres sean puros si todo el sindicalismo está supeditado al gobierno? El rey es corrupto, los súbditos también. Recuerda que el Código Penal prohibió sindicalizarse hasta 1872... Ninguno tiene experiencia. La huelga ferroviaria es básica para la economía del país, levanta demandas de toda una clase social, pero enemistarse con los que no te siguen y sin embargo se acercan es una mala táctica política. Óyelos primero.

El ratoncito Miguel Ángel Velasco decía cosas sorprendentes como: «La única forma de granjearle la simpatía del público es dando un buen servicio. Mussolini se hizo popular cuando logró que los trenes fueran puntuales».

—Ahora hasta fascista me vas a salir, Ratón...

—Mira, yo dirigí la huelga de panaderos en Jalapa y sé que lo principal es hacer buen pan. Si tú logras que el gremio dé un buen servicio llevarás al movimiento al triunfo porque la atención al público y la eficacia en el servicio mantienen en el poder.

Los tres partidos publicaron un volante en el que denunciaban la política económica de la «revolución hecha gobierno» y celebraban la victoria de los trabajadores del riel. Enumeraban las acciones represivas contra estudiantes, campesinos y trabajadores. Ante la justeza de la lucha ferrocarrilera, proponían a los demócratas mexicanos veintidós tareas urgentes, la más importante, confrontar al gobierno y a los charros.

—Mira nada más a los partidos de oposición —le dijo Bárbara jubilosa—. Has logrado unirlos en torno a tu lucha.

—Nunca antes habían demostrado tener esa madurez —confirmó Saturnino Maya, que florecía con el triunfo y entraba a trabajar a Buenavista al alba.

Entre los mismos ferrocarrileros plantear la depuración sindical además del aumento de salario provocaba divisiones, traiciones, incertidumbres, alianzas. Nada más arbitrario que los Comités de Vigilancia y Fiscalización que expulsaban a sus opositores.

—Se portan igual que el Partido Comunista. Sólo se acusan los unos a los otros. La única palabra que conocen es «expulsión».

A Trinidad le preocupaban menos los ataques de la prensa que las reacciones de su gente. Era obvio que el gobierno intentaría separarlos siguiendo la premisa «divide y vencerás». José Hernández, quien luchó con su grupo en la Gran Comisión y en el Plan del Sureste, ahora lo traicionaba lanzando consignas en su contra porque le había restaurado sus derechos sindicales a Carmelo Cifuentes.

8

«Tía —le dijo Bárbara a Sara, la mujer de Trinidad—, todo va a ser diferente, la fama que él ganó en esta lucha grandiosa también nos cambia la vida a nosotros. Su convicción, su inteligencia lo han hecho llegar muy lejos. Yo le voy a suplicar una cosa, tía, que cuando él regrese a casa en la noche, los siete salgan a encontrarlo y le den la bienvenida, un beso, un abrazo y usted también, tía, póngase más atractiva, porque él recibe atenciones de mucha gente y ya se acostumbró a que le den cariño por donde quiera. Si mi tío encuentra en la calle lo que no le dan en su casa, va a alejarse y va a perderlo».

—¡Válgame Dios! ¿Cómo voy a creer que después de ser su esposa durante tantos años y la madre de sus siete hijos, vaya yo a tener que hacer un montón de faramallas para retenerlo? ¿Por qué? Él sabe que soy su mujer.

—Lo sabe él y lo sabemos todos, pero su vida ahora es totalmente distinta, eso se lo digo yo que lo sigo a todas partes, por favor, tía, comprenda que la gente se desvive por él, ¡qué digo, darían la vida por él, lo idolatran!

—Pues yo ya la di y mira nada más cómo quedé.

Bárbara no encontró eco a sus palabras y miró el rostro cansado de Sara. «En su lugar, sería la mujer más feliz de la

Tierra», pensó. Cada vez que su tío le dirigía la palabra el vientre se le llenaba de cantáridas.

Entusiasmada por arreglar la casa como él lo ordenó, compró lámparas, colchas, sábanas para que Sara llegara desde Coatzacoalcos como recién casada a estrenar alacenas y burro de planchar. «Vamos a hacerle un hogar, tía Sara, que sienta el amor de sus hijos», pero ella se retraía. «Con el pretexto de la lucha, Trinidad siempre ha hecho lo que se le da la gana», dejó caer como si la vida para ella hubiera sido un chasco inmenso.

—Mira, tía Sara, él me advirtió que nuestra situación iba a cambiar: «Posiblemente vayamos a figurar en los periódicos y nos entrevisten, pueden hablar bien o mal, te lo hago ver para que no pierdas los estribos ni te vueles. El mayor peligro es creérsela. Como secretario del sindicato quiero hacer algo bueno para los ferrocarrileros. El trabajo va a ser duro, los viajes a las secciones, constantes, la familia va a tener que pasar a segundo lugar, por eso es importante que permanezcamos unidos, y sobre todo, alertas». Le respondí que no me fuera a tener en ascuas y se comunicara conmigo. «Va a venir Sara con los niños a hacerme casa, ya no voy a hospedarme en el Hotel Mina, encárgate tú de todo». Él me ordenó que a los dos mayores los inscribiera en la escuela.

Sara siguió mirándola, desencantada. ¿Qué buscaba Bárbara con ese discurso? ¿No sabía lo enamorado que era su tío o era su cómplice? Lo conocía desde niña, ¿para qué dorarle la píldora?

Sara tenía la sospecha de que a pesar de los años, Bárbara seguía siendo la alcahueta de su tío. ¿O si no lo era por qué no lo dejaba ni a sol ni a sombra?

—Mire, tía Sara, mi tío corre muchos peligros porque es un nuevo tipo de líder que no busca colocarse en el próximo sexenio y se opone a que los saqueadores de los monopolios sigan ganando miles de millones de pesos a costa de los ferrocarrileros. Lograr la democracia sindical va a costar mucho porque además del gobierno, los del Bloque de Unidad Obrera se oponen ferozmente al cambio. A la lucha ferrocarrilera de todo el país le llaman «conjura roja», temen que los trabajadores abran los ojos y corran a los líderes vendidos.

—Barbarita, ahórrate tu discurso porque me lo sé de memoria. Lo he oído más años que tú. ¡Sólo me falta que tú sepas más del movimiento y de mi marido que yo!

A Sara le habría gustado hablar con Cuca, la esposa de Carmelo Cifuentes porque vivía lo mismo que ella y era una mujer culta, una norteña bragada de Chihuahua, educada en colegios de Estados Unidos. Al igual que ella, Cuca crio sola a sus hijas y les inculcó que Carmelo, su padre, era un héroe. Pasar largas temporadas en la cárcel por defender al pueblo honraba a la familia. «¡Es un gran hombre!», tarde o temprano el gobierno pagaría caro su injusticia y entonces ellas verían la verdadera faz de su padre, la del luchador, el idealista, el patriota. «Es un preso político y no un ratero, tienen ustedes que sentirse muy orgullosas de él».

«¿Tienes cómo irte?». «¿Puedo ayudarte en algo?». «Yo me encargo de las niñas». «Yo te llamo», eran propuestas que en el fragor de la lucha surgían una y otra vez. El abrazo, las lágrimas en los ojos, el «estamos en lo mismo» creaban una atmósfera solidaria que después de un tiempo se desgastaba, pero eso sólo lo sabían los militantes de la vieja guardia.

A diferencia de Sara, también Cuca terminaba en la cárcel, pero la encerraban durante meses, no años como a Carmelo. «¿Cómo le haces con tus dos hijas?», le preguntó Sara y Cuca respondió: «Están preparadas, saben hacerse todo. Les enseñé a crecer como adultitas. Solas entran y salen de la casa. Tienen llave».

—Pero ¿qué haces con ellas en las reuniones?

—Aprendieron a dormirse debajo de la mesa.

Las hijas de Cuca Cifuentes admiraban a su madre. «La oímos hablar chino con los dueños del café de chinos de Dolores». En el partido la llamaban la Doña; alta y guapa, su presencia se hacía sentir de inmediato, no así Sara, a quien nadie conocía en la Ciudad de México.

—Aunque lleve rebozo, Cuca es de otra clase, se le nota. Podrá repartir volantes en la calle y andar en pleitos sindicales, pero usa guantes para salir. Trabajó en la Secretaría de Educación, también en el Instituto Mexicano del Seguro Social y cuando la corrieron por comunista, tradujo del inglés y del francés sentada en la mesa de su comedor.

—Yo la he visto correr a esconderse en las manifestaciones…

—Sí, porque ella está fichada y la reconocen de inmediato. «Es la mujer de Cifuentes». Le tienen muchas ganas porque aconseja a los petroleros.

La época en que Sara era una ardorosa militante había pasado. Tomar la palabra como antes en algún mitin le resultaba difícil y recordaba con qué admiración la miró Trinidad el día que encabezó la huelga de su escuela en Coatzacoalcos. «Eres una oradora nata», le dijo.

En algún momento, el Partido Comunista la mandó a Puebla y Sara instó a las textileras a que por lo menos se informaran acerca de sus derechos sindicales. «¿No nos van a correr?», preguntaban temerosas. Apasionada, les contó de cómo las sociedades de artesanos reaccionaron ante el maltrato, pidieron jornadas de ocho horas y mejores salarios. «Sé realista, compañera Sara, mejor no hagamos olas, pueden echarnos a la calle», intervino Berta, la más vieja. Entonces Sara disertó acerca de la Revolución Industrial y cómo produjo dos clases sociales, la trabajadora y la capitalista. «¿Y a mí qué? Yo no sé ni dónde está Inglaterra. No me voy a subordinar a ningún poder ni a partido político alguno», volvió Berta a la carga. Sin embargo, la de mayor antigüedad estuvo de acuerdo con Sara en que los de abajo deberían arreglar los problemas.

Sara entonces recordaba la inflamada oratoria de Cuca, su capacidad de indignación, cómo gracias a ella supo de Rosa Luxemburgo y de dos luchadoras más cercanas, Flora Tristán, peruana, y Elvia Carrillo Puerto, la hermana de Felipe que consiguió el voto para la mujer en Yucatán. Cuca seguía arengando a sus hermanas (así las llamaba) a pesar de que ninguna hacía preguntas específicas. Según ella había que afiliarse al Partido Comunista, pero la mayoría alegaba que las iban a excomulgar. La Iglesia, el ejército, los poderes públicos veían al sindicalismo como el enemigo del orden y las mujeres se hacían eco de los prejuicios. Entonces Cuca Cifuentes las sacudía con su discurso. «Si ustedes no ejercen el derecho a la asociación, si no se defienden, las van a refundir. Ya de por sí están bastante jodidas».

También Sara consiguió convencerlas, pero hoy por hoy ya no quería persuadir a nadie, ni siquiera a sus hijos. Trinidad la había vaciado de sí misma.

Boca arriba en la cama, los siete hijos dormidos, Sara lloró. Sólo Scherezada tenía cuarto propio con colcha y cortinas color de rosa «para mi princesa», ordenó Trinidad. ¡Scherezada, qué niña capaz de decir lo indecible! Scherezada con sus hombros picudos, sus omóplatos salidos. «¿Es aquí de donde te salen las alas?», preguntaba risueño su padre. Sara se sabía una mujer emocionalmente destruida. «Soy una náufraga en una balsa y sólo espero que me traguen las aguas». Abría los ojos sobre las vigas del techo y las contaba: «Si al menos pudiera plantearme problemas de matemáticas como Sor Juana». La vajilla, el color del sofá y el de las colchas, el espacio amueblado al gusto de Bárbara se volvía inhóspito por desconocido. «Aquí no hay nada mío», se retrajo Sara.

Era de las mujeres que no saben protegerse y había perdido su confianza en el mundo. La fuerza de Trinidad resultó demoledora. ¿Cuánto tiempo viviría en el Distrito Federal? ¿Cuánto tiempo sería Trinidad secretario general? «¿Sabes por qué te sucede esto?», le dijo la directora de la escuela de Coatzacoalcos. «Porque eres verdaderamente inocente». Según ella tenía que juntar sus fuerzas, endurecerse, salir adelante por sus hijos, encantados de estar en la gran ciudad. ¿No le había dicho Trinidad entre dos orgasmos que era una mujer de agobios y resignaciones?

¿Cómo le habría hecho Cuca Cifuentes? A Carmelo, le iba mucho peor que a Trinidad. «Carmelo está en la cárcel», le informaba en cada encuentro. Pero nunca se quejaba.

Separadas en compañías particulares, las del norte del país, las del Golfo, norteamericanas, las del sur, inglesas, la industria petrolera era una preocupación enorme para Carmelo Cifuentes y su mujer, porque él asesoraba a los petroleros y organizarlos como un sindicato nacional significaba un peligro: enfrentarse a las Guardias Blancas. Hoy ferrocarrilero, Carmelo había sido petrolero y manejaba una grúa en una compañía en Tampico. Cuca y Carmelo vivieron la nacionalización como una victoria personal. Al estrechar su mano en Bellas Artes, doña Amalia Solórzano de Cárdenas les dio las gracias cuando hicieron cola junto a otros para entregar huevos de gallina y puerquitos de alcancía en pago de la deuda petrolera.

La injerencia del comunista Carmelo Cifuentes en el movimiento resultó definitiva. Podía considerársele un ideólogo, lo cual no sucedía con Trinidad, simple chícharo pueblerino. Mayor que él, Cifuentes tenía la aureola de múltiples encarcelamientos que a lo largo de treinta años de militancia lo convertían en la criba de todas las acusaciones. «Cifuentes es el autor del complot». «Cifuentes planeó el sabotaje». Con un despliegue inaudito de agentes lo arrestaban en su casa frente a su mujer y sus dos hijas, acostumbradas a la irrupción de la policía a media comida para llevarse al padre con lujo de fuerza. «Peligroso criminal, asesino, comunista, vendido a una potencia extranjera», Cuca les aseguraba a las niñas que su padre no era el malhechor del que hablaban en la radio sino un patriota, un buen mexicano.

El odio de la empresa contra los ferrocarrileros comunistas iba en aumento y se concentró en Cifuentes. «¡Qué orgullo para ustedes, hijas, tener a semejante hombre como padre!». Cuando dos maquinistas olvidaron retirar de la vía del tren de pasajeros de Manzanillo su locomotora y el choque la desbarató, los judiciales ordenaron acusar a Carmelo Cifuentes.

La mayoría de los empresarios eran prestanombres de transnacionales, vendían al país y para ello viajaban a Estados Unidos y a Europa. Su trato con banqueros y hombres de negocio los había sofisticado. Algunos ganaderos se volvían hacendados y remozaban los cascos porfiristas. Otros más se hicieron fraccionadores. «Toda la colonia Narvarte es mía». Playas, valles, zonas boscosas expulsaban a sus legítimos dueños incapaces de defenderse. En Acapulco, inversionistas estadounidenses introducían los clubes de yates, de golf, de tenis. «Métete de mesero», «métete de lanchero», «métete de *caddy*, les cargas sus palos de golf y te dan tu propina», «métete de recepcionista», «métete de *barman*», «estamos forjando una nación de criados». «Más vale un país de achichincles que de muertos de hambre».

«Si tuviéramos un movimiento fuerte y organizado, el gobierno no se atrevería», alegaba Trinidad, que en ese tiempo distribuía el periódico *Noviembre*, lo leía con devoción y se enteraba de la heroica lucha de Cifuentes. Al finalizar el sexenio cardenista, el gobierno desató una campaña anticomunista. Detenía militantes, destruía imprentas, quemaba revistas de izquierda aunque su circulación fuera mínima y encerraba a obreros cuyas familias morían de hambre. Trinidad cargaba *Noviembre* contra su pecho y repartir sus pocos ejemplares era una hazaña.

Años más tarde, líderes ferrocarrileros opositores lo acusarían de gestionar a espaldas de la Sexta Convención la reinstalación de los sesenta y ocho comunistas expulsados, de los cuales nueve eran jubilados, entre ellos Carmelo Cifuentes que según ellos había recibido una indemnización de doscientos veinticinco mil pesos.

Trinidad confiaba en su intuición: aflojar o apretar en determinado momento, ceder para ganar posteriormente, buscar resquicios por dónde meterse. «Esa debe ser tu táctica, tu forma de ganar terreno», confirmó el Ratón Velasco. Según él había que crear espacios de encuentro, coincidencias. «Todo o nada», ¡qué fórmula equivocada! Finalmente Trinidad se consideraba un mejor jugador que Cifuentes, pero callaba por respeto a su heroísmo. «A lo mejor él tiene razón —cavilaba—, pero yo creo en la acción, creo en la protesta, creo en el no dejarse. Finalmente los mexicanos nos hacemos menos y el desprecio a nosotros mismos me exaspera. Por eso no nos lanzamos ni mejoramos nuestras condiciones de vida. ¡Al diablo con las limitaciones sociales! Pensar que no somos capaces es una miseria mental». Al término de una reunión, Cifuentes se permitió amonestarlo:

—Cuídese compañero de su temperamento irascible; con berrinches no se llega a nada, hay que mantenerse por encima del propio carácter a como dé lugar, ecuanimidad, compañero, ecuanimidad.

Cada aprehensión de Cifuentes en el pasado hacía que Trinidad le escribiera al presidente de la República en turno, organizara mítines de protesta y publicara artículos que a veces iban más allá del propio *Noviembre*. En aras de ese pasado, aceptó con humildad el regaño. No recurriría a la violencia. La fracción XVIII del artículo 123 decía que las huelgas serían consideradas ilícitas cuando la mayoría de los huelguistas ejercieran actos violentos contra las personas o propiedades, o en caso de guerra, cuando aquellas personas pertenecieran a los establecimientos y servicios que dependen del gobierno.

«¿Qué le sucede a la justicia en México?», preguntaba Trinidad. «Hago manifiesta mi completa indignación y me propongo orientar a la opinión pública».

Las citas en la Secretaría del Trabajo tenían a los rieleros en ascuas. Sólo Trinidad conservaba su sangre fría, pero a qué precio. En la noche le dolía el estómago. «Es la bilis», adivinaba. «Tengo que mantenerme en guardia». Los conciliábulos exasperados no iban a ninguna parte. Como muchos hombres, se crecía al fragor de la batalla, pero llevaba meses de combate y lo que más lo desconcertaba era la actitud de compañeros que censuraban sus pasos cuando no se aliaban para descalificarlo. Otros, en cambio, lo instaban a ir más lejos. «Tú dales, Trinidad, dales hasta por debajo de la lengua».

9

Un guayín grandísimo esperaba a Trinidad y su chofer, el Capi permanecía en guardia hasta altas horas de la noche. Algunas veces Trinidad y sus compañeros iban a El Colmenar. Entonces invitaba a Bárbara:

—¿Ya comiste?

—No.

—Bueno, dile al Capi que saque la camioneta y vamos.

¡Las carnitas, la barbacoa, los nopalitos y el chicharrón en salsa verde, ah, cómo le gustaban a Trinidad! Al verlo entrar a Las Cazuelas los mariachis tocaban «La rielera» y él los saludaba de mano. Los dueños del restaurante no querían cobrarle: «cortesía de la casa». Entre vivas y aplausos, Bárbara cadereaba feliz de mesa en mesa. Qué bueno que esa mañana se había puesto el traje rojo que le sentaba tan bien. Sus cadenas y pulseras de oro tintineaban de alegría al ritmo de los mariachis, yo soy rielera, tengo mi Juan, él es mi vida, yo soy su querer. Los banquetes en el ¡Ay, Cocula!, para recibir a la Comisión de San Luis Potosí o despedir a la de Puebla eran un hito en la vida de los compañeros, una estampida de caballitos de tequila. «La próxima vez me pongo el vestido verde con las zapatillas negras», Bárbara, un poco mareada, habría querido seguir allí toda la tarde, pero Trinidad le ponía un alto:

—Bueno pues ya se resolvió el problema compañeros, ahora a demostrar que sabemos trabajar.

¿Qué problema? Bárbara lo había olvidado. «Caminando por el mundo/se la pasa el trenecito,/con la máquina de luto/y el cabús coloradito». La vida era un grito de mariachi y un brindis por Trinidad. ¡Que no se acabara nunca, que este momento durara siempre! La alquimia de las palabras llenaba su cabeza, la de los encuentros con los compañeros, la de las llamadas de teléfono, las conferencias, la embriaguez de los diálogos, verterse hacia fuera, no parar nunca de emitir juicios, palabras en ebullición, palabras que se cuecen siempre, palabras en la punta de la lengua, palabras que aclaran, palabras que confunden.

¿Era eso la política? Palabras.

Coqueta de por sí, renovó su guardarropa.

«Tengo un trenecito, ¡qué calamidad!/Por estar viejito no podía jalar./Ahora tiene todo, *pullman* y radar/y un motor de chorro para caminar».

En uno de esos banquetes, Beto Cortés, el tesorero, se acercó a Bárbara: «Te voy a añadir veintinueve horas de tiempo extra. Tú te ganas eso y más porque no paras».

Cuando el contador puso sobre el escritorio de Trinidad la lista de los tiempos extras para que los autorizara y vio «Bárbara Pineda de la Cruz, veintinueve horas» se levantó de su asiento:

—Esto de Bárbara no lo voy a firmar.

—Pero si ya firmaste los demás. Bárbara se lo gana. Es la primera en llegar y la última en irse.

—Ella está aquí porque quiere y yo no le autorizo a que gane tiempo extra. Dile que venga, quiero hablar con ella.

—¿Tú pediste que te pusieran tiempo extra? —preguntó enojado—. Así comienza la corrupción. Nuestro movimiento es muy envidiado, no sabemos si vamos a quedarnos. Puede haber una auditoría y estos documentos van a figurar en la Tesorería General. Pensarán que te estoy favoreciendo porque eres mi sobrina. No te firmo una sola hora extra. Tus labores terminan a las dos de la tarde, si te quedas es porque quieres.

Con el poder, el líder adquiría severidad. A su sobrina le llamaba la atención delante de los periodistas y una vez que le pidió agua y ella mandó al Capi por una gaseosa la reprimió: «¿Por qué envías al chofer si puedes ir tú?». Furiosa y avergonzada, Bárbara pensó en abandonar el trabajo cuando un reportero le dijo: «¿Usted debe ser su pariente, verdad? Porque sólo a alguien muy cercano se le habla en esa forma». Con una sonrisa, Bárbara explicó que era su sobrina y se reconcilió con su tío. «Sí, es gruñón, pero es un alma de Dios».

Nadie inquietaba tanto a Trinidad como su sobrina Bárbara. Hija de su hermana Olivia, huérfana de padre y madre, libre, atrevida, Bárbara se había hecho sola, quién sabe cómo y quién sabe a qué precio. Era inteligente, ni duda cabe, pero algo peligroso y desquiciado en ella rompía estructuras, su deseo iba más allá de cualquier esquema. Era la única persona sobre la Tierra con la que Trinidad titubeaba. No sabía dónde estaba parado. ¡Qué ser más inquietante! «Tío, yo no soy solamente una vagina, no voy a hacer hijitos, voy a hacer mucho más».

—¿Mucho más? ¿Qué más? Tranquilízate, Barbarita. Tus tías…

—Tío, todo lo elaboras en tu cabeza, no tienes idea cómo son mis tías, no las conoces, yo sí porque ellas me criaron. Tío, no hay nada dado, hay que repensarlo todo, hasta la forma de freír un huevo… No quiero ser una copia de mis pobres tías, ellas mismas ya son copias borrosas de sí mismas, copias de copias de lo que alguna vez quisieron ser.

Cruzaba la oficina con la misma energía con la que emitía sus juicios, para él muchas veces incomprensibles. Abría de golpe la puerta de su privado sin el menor recato y entraba cual viento fresco. Imposible negarse, Bárbara era una presencia bienvenida.

—Oye tío, no somos animalitos, somos gente de cultura.

—¿De qué hablas?

—Simone de Beauvoir dijo que uno no nace, llega a ser mujer, y voy a construir mi sexo como yo quiero. Yo misma voy a decir cómo voy a ser. Yo soy mi propia mujer.

También Simone de Beauvoir se levantó contra eso de que anatomía es destino...

(Pobrecitas de todas las mujeres, cavilaba Trinidad, sí, pobrecitas, en verdad les cortaban la hierba bajo los pies, las conformaban; recordaba a sus hermanas niñas corriendo a campo traviesa, sus brazos levantados al cielo como ramas de árbol. ¿En dónde habían quedado, una parada frente al fregadero, la otra ante la estufa?)

—Si te sales de lo establecido es enorme el castigo, ¿verdad? —preguntó Trinidad ensimismado.

—Yo no voy a permitir que me castiguen.

—¿De dónde sacas todo eso que dices?

—De los libros, tío, estoy innovando cosas pequeñas, pero importantísimas para mí.

Su sobrina lo asombraba, pero en muchas ocasiones lo sacaba de quicio aunque no dejaba de sentir una secreta admiración por la forma en que emitía sus ideas. ¡Y vaya que las tenía! La escuchaba decir que era importante ser no sólo subversivo sino transgresor y él y ella lo eran por naturaleza. Pero ¿podría él ofrecer una alternativa de vida, convertir a sus seguidores en hombres osados con una inventiva extraordinaria? ¿De dónde tanta información, la de Bárbara? ¿De dónde tanta rebeldía? Muchas de las luchas de Bárbara eran también suyas, la reivindicación del Estado laico en México y la certeza de que la conciencia no surge de la fe sino de la duda. Al igual que ella, estaba dispuesto a cuestionarlo todo, pero cuando ella se lanzaba a decir que las mujeres tenían la libertad de optar o renunciar a la maternidad, Trinidad no estaba seguro de coincidir con esa muchacha delgada de *blue jeans* y pelo corto, tan distinta a las mujeres que conocía.

—Las juchitecas son bragadas, pero no tanto.

Lo que a todos les tomaba varias horas, Bárbara lo despachaba en veinte minutos y apenas tenía un momento se ponía a leer. «¿Qué haces, muchachita?». «Un artículo sobre Juárez», respondía sin levantar la cabeza. «Si no somos ilustrados, no tenemos recursos para escoger, para votar, para construirnos políticamente». «La ciudadanía es la base de la democracia. Muchos de los compañeros están en el limbo, hay que instruirlos». «He visto a los compañeros dormirse en las conferencias». «Bárbara —alegaba el líder—, están exhaustos, pero no hay que desesperar, alguno que otro permanece despierto».

«La sociedad siempre va delante de la ley», asentaba Bárbara y él sabía que tenía razón.

—Ser mujer no es algo dado, tío, yo no soy pasiva, tengo una meta de por vida.

—Y ¿cuál es, si se puede saber?

—Tú, esa meta eres tú.

Entonces a él lo asaltaba el temor. Bárbara era un abismo. «Soy mujer, pero eso no me impide ser masculina al mismo tiempo. Aunque necesito a los demás, tío, porque finalmente soy parte de la tribu, lo que yo voy a hacer no depende de ellos y si me estorban, pues cuícuiri, cuícuiriiii… Mi individualidad…».

La interrumpió con un puñetazo en la mesa. «Basta. No me avientes esa catarata de pseudofilosofía, tengo demasiadas preocupaciones para pensar en tu famosa individualidad».

Las imágenes de Bárbara nunca lo abandonaban. Allá en su tierra, cuando el tren silbaba en el puente, ya para llegar a la estación, el entretenimiento de las muchachas era correr al andén a saludar a los viajeros, la posibilidad de conocer a alguien o por lo menos de partir en las alas de un sueño. De niño, también a él le había sucedido lo mismo cuando llevaba en hombros los huacales de gallinas, fruta, frijol, maíz. Levantarlos en vilo y subirlos al furgón para embarcarlos era en sí un pequeño viaje. Levantaba su vida con los jitomates rojos. A lo mejor, él se iría un día como los huacales. Varias veces le dieron ganas de esconderse en el vagón. «Tito, apúrate, ¿qué tanto haces allá adentro? Hay más carga en el andén». Su madre lo devolvía a la realidad. Él mismo fabricaba los huacales. El entusiasmo de la niña Bárbara, inseparable compañera, le enrojecía las mejillas. ¡Qué bonito verla correr y cuidar sus pasos de niña! También a Bárbara la había cargado en brazos y le resultó inquietante porque anidaba su pequeña cabeza sobre su pecho y le besaba ávidamente el cuello. La sangre le daba vuelcos y se dejaba hacer. Además de los besos, le gustaba sentir su aliento caliente y lo invadía una suerte de bienaventuranza. Cuando ya no pudo alzarla en brazos olvidó ese bienestar.

Para el adolescente, la estación era una puerta a lo desconocido, a ese gran país que era el suyo y que algún día recorrería, al mundo ancho y generoso al que quería pertenecer. La «chicharra», como le decían al telégrafo, ejercía sobre él la atracción de un sueño que creía irrealizable. Envidiaba la espalda encorvada del telegrafista atento al pequeño sonido como una llamada del otro mundo.

—Mamá, dígale al señor Valerio que me permita estar aquí.

El trato constante de Na' Luisa con el jefe de estación hizo que aceptara a su «shunco» como ayudante. «Le entra a todo, no le tiene miedo al trabajo, es muy constante, buen cargador, ojalá le dé la oportunidad de llegar a chícharo».

Trinidad sonreía al recordar la estación. «No vayas a levantar polvo, echa aserrín primero», le ordenaba el jefe al tenderle la escoba. «Luego tienes que trapear y lavar esas escupideras». Qué asco la costumbre de escupir. «El aserrín, mójalo, si no de nada sirve que barras. El aserrín es el que recoge el polvo». A la cubeta de agua sucia había que vaciarla de inmediato, si no el jefe de estación volvía a la carga. «¡Qué cochino eres! ¿Por qué la dejaste en el rincón?». No sólo aprendió cuestiones administrativas sino que manejó el telégrafo. Punto, raya, punto: la clave morse. Poner sus dedos sobre la consola le daba la sensación de penetrar en el más allá. Sus dedos se volvían impulsos eléctricos que transmitían mensajes a distancia. Las estaciones entraban en contacto por medio de estos diminutos sonidos que podían salvar vidas. ¡Cuánta fascinación! El mundo de la acústica se le revelaba como una tonada que coincidía con otra en su cabeza. Había música en las cosas de la Tierra, cada quién su canto. Gracias al telégrafo, los objetos inanimados adquirían su propia tonalidad, sus oídos antes sordos abarcaban prodigiosos pentagramas. Las tazas cantaban de un modo, las cucharas de otro, los vasos eran barítonos o sopranos. Ahora sus dedos bailaban sobre la madera para sacarle sus notas más profundas. Gracias al telégrafo la melodía entraba a su vida. «¿Te imaginas allá perdido en la montaña y de repente oír el sonido de la chicharra?».

Convivir con el conductor, el pesador de carros, el garrotero resultó una fiesta. Los viejos compartían con él su itacate y hasta el café con piquete para la desvelada y sobre todo la plática sabrosa a la luz del quinqué. «¿Te acuerdas de cuando el tren quedó en despoblado y empezaron a oírse los aullidos de los coyotes?». «¿Qué habrá sido de Buenaventura, que acostumbraba poner cerillos en la suela de los zapatos y una vez le quemó el pie a su compadre, quien para sorpresa de todos le metió un gancho al hígado que lo dejó ahí tirado?». Ese mal chiste de los cerillos introducidos en las suelas de los zapatos había durado años.

A Trinidad, el rielero que más lo impactó fue don Valerio Bernal, calvo, de rostro redondo y noble de origen español. Cuando él tomaba la palabra los demás callaban. Si se quejaban del gobierno inquiría: «¿Por qué no le escribes una carta al gobernador?». «¿Yo?», respondían estupefactos. «Claro, tú. Toma una decisión. Elige. A pesar de que no elegiste nacer, ni tu color, ni tu estatura, ni tus condiciones, a pesar de tus circunstancias, tienes que elegir». «¿Pero cómo voy a escribirle yo al gobernador?». Una vez le preguntó al joven Trinidad que bebía cada una de sus palabras. «Tú ¿por qué no eliges la educación?». Claro que la elegía, pero ¿cómo?, ¿dónde?

—¿Puedo escribir una carta pidiendo una escuela para mi pueblo?

—Oye, lo propio del hombre es la acción ¿quién te lo impide?

También decía que hay que crearse hábitos, construirse a sí mismo para resistir. Alguno le respondía que se diera cuenta de cuán adversas eran sus circunstancias y don Valerio aseguró con voz fuerte que no eran juguetes del destino ni víctimas de una fatalidad, que tenían la obligación de lanzarse. ¡Qué mundo inquietante! «Yo quiero llegar a ser jefe de estación», le dijo Tito a su madre.

Los maestros eran malos y el único bueno pidió que lo transfirieran a otro pueblo. Luego vino la maestra Lupita, y al ver su buena letra, le encargó llenar las boletas de calificación de sus compañeros. «Es letra de Tito Pineda Chiñas», la reconocían los alumnos. Apuntaba las palabras que no entendía en una libreta. «¿Qué significa esto?». «Mira, cómprate un tumba burros», le aconsejó el jefe de estación y a partir de ese momento Tito se enseñó a devorar diccionarios como si fueran novelas.

Nunca sospechó Trinidad que de tanto verlo con un libro bajo el brazo, su sobrina también leería con hambre de descubrir lo que a él le atraía. Siempre a su lado, Bárbara dibujaba mientras él leía y una tarde se asomó a ver lo que ella hacía y vio una locomotora atravesar la página blanca. Cinco vagones bien trazados seguían a la máquina que parecía resoplar. En la parte inferior de la hoja se alineaban los rieles con sus durmientes y en la superior los rectángulos de las ventanillas. A partir de ese momento, cuando Trinidad escudriñaba lo que hacía la niña descubría un tren, hasta podía oír el ulular de la sirena, la niña lo dibujaba concienzudamente, desde la locomotora hasta el cabús y lo hacía correr a todo lo ancho de la página. «¡Mira qué largo es!». «Allí va el tren cargado, cargado de…» y la niña a su vez le lanzaba una bolita de papel para que él respondiera «de carbón», «de zapatos», «de fresas de Irapuato», «de Barbaritas bonitas».

Desde pequeña su vida había sido el tren, que movilizaba a miles de hombres, mujeres, niños, ancianos y animales, además de los vagabundos que a última hora subían al vuelo y viajaban gratis. ¡Ah, qué los moscas! La llegada del tren era el mayor acontecimiento del mundo y de ello la niña Barbarita daba varias versiones, el tren durante el día bajo un sol redondo y amarillo, en la noche a la luz de la luna y las estrellas, «no me salen las estrellas, tío», «sí te salen, si hasta tintinean», el tren entre dos precipicios sobre un maravilloso puente a lo José María Velasco, la niña dominaba las grandes ruedas de hierro a la perfección, cada rayo parejito dentro de la circunferencia, «qué bien, Bárbara, no te falta ni una bisagra». Después de un tiempo dejó de pintar el humo de la chimenea como nubecitas gordas y redondas e hizo emerger de la oscuridad una locomotora amenazante, atronadora, que se le venía encima con toda su potencia. «Así se ven de frente, ¿verdad, tío?, como un dragón que te va a quemar». Entonces Trinidad se dio cuenta que para su sobrina como para él, el tren era lo más importante en la vida sobre la Tierra.

También lo era para el resto de la población, que veía en «La Prieta Linda», una locomotora que había corrido durante la Revolución de Colima a Guadalajara, la historia del país, ya que la libertad que hoy los igualaba a todos, la de Zapata, la de Villa, viajó a lomo de ferrocarril. Cantaban «La rielera», «El crimen del expreso», «Corre trenecito, corre», «El corrido del primer tren» y les salían alas en la cabeza porque con la locomotora se lanzaban a algo que sospechaban que existía: su odisea personal. Recorrían el país a ritmo del son que imita la aceleración de la máquina sobre la vía, y se iban chu, chu, chu, chu de estación en estación, a la vasta red de rieles que surcan la superficie de la tierra, con sus durmientes y señales luminosas.

Y ahora en la gran ciudad, Trinidad agobiado de trabajo, eufórico y a ratos angustiado por su guerra traidora contra los patrones, tenía que luchar también contra los pusilánimes que permiten que los compren.

Los ferrocarrileros dependían de él, y la verdad, a ratos le llenaban de piedritas el alma, mejor dicho de balasto. Enloquecidos por la victoria perdían pie. Desde el mitin en la glorieta de Peralvillo se sentían dueños del mundo. «No cabe duda, la victoria se les ha subido». Antes habían sido perdedores y ahora no sabían manejar el triunfo. «Espérense, espérense», les decía Trinidad, pero ellos acomodaban en su futuro prestaciones, prebendas, sobresueldos antes inimaginables. La victoria alcanzada por Trinidad con su Plan del Sureste les infundía confianza en sí mismos. «En estos meses hemos aprendido más de sindicalismo que nunca en la vida». La moral de los ferrocarrileros alcanzaba su punto más alto y discurrían acerca del movimiento en forma pomposa. «Estamos escribiendo páginas gloriosas».

10

Saturnino Maya se retrajo ante la idea de una nueva manifestación. Las marchas provocaban odio. «Estos sujetos
sólo vienen a armar un desmadre». El bloqueo de las calles
desquiciaba a los automovilistas; poner a prueba su paciencia le restaba simpatía al movimiento, convertir la ciudad
en un caos, hacer que los comerciantes perdieran era un
riesgo que los ferrocarrileros no debían correr. «Los únicos que se benefician son los vendedores ambulantes, porque en una hora hacen su agosto», le explicó a Trinidad.

—Sólo voy aquí adelante, tengo mi negocio en Meso-
nes —advirtió un automovilista al policía de tránsito.

—¿Qué no entiende? No hay paso. Circule, por favor.

—Que circule la madre del regente —amenazó exacerbado.

—Más respeto, le digo de buen modo que por favor
busque vías alternas.

—¡Todo porque una banda de revoltosos, zánganos e
irresponsables quieren un aumento! ¡No les importa llevarse a otros entre las patas!

En la asamblea había sido imposible disuadirlos y
eso que Saturnino Maya siempre tenía la última palabra
porque era la de la reflexión. «Ese chamaco es un Ángel
de la Guarda», exclamó una noche Silvestre Roldán. Im-

posible olvidar cómo les había salvado la vida a los pepe-
nadores cuando se incendió el tiradero a cielo abierto de
Nezahualcóyotl. «Eso siempre pasa en época de calor», le
dijo un anciano inamovible a Saturnino, cuando dio la voz
de alarma. Sólo cuando una densa columna de humo con
una altura de más de quinientos metros ennegreció el cielo, las veinte familias de basureros obedecieron. ¿Cómo
los convencería ahora a sus camaradas de que su marcha les
echaba encima a la opinión pública?

Delgado, sensible hasta la exacerbación, Saturnino Maya era un hombre sujeto a grandes desesperanzas a pesar
de los arcos triunfales bajo los cuales pasaban ahora los ferrocarrileros. «No es posible, algo malo va a suceder», repetía. Y sin embargo, allí estaba siempre, en pie de lucha. Lo
llamaban Profeta del Desastre y sonreía a medias seguro
de que su predicción se cumpliría. «Ya lo ves, tenía razón
Saturnino». Desde niño la locomotora se le había metido
en las venas. Los trenes y la estación eran dos muy buenas
razones para estar sobre la Tierra y mirar el lado soleado de
la vida. Dadivoso ¿o serían los años que habían surcado su
rostro de bienaventuranza?, lo seguían los niños. A todos
lados llevaba a su propio hijo, Rodrigo, bueno, cuando no
iba a la escuela y cuando él no estaba de guardia. Primero
su trabajo fue de los que ponen la vida en peligro. En el trabajo físico no puedes correr riesgos con tu cuerpo. Tienes
que presentarte en tus cabales y a Saturnino le llamaba la
atención cuando Pablo o Pedro llegaban hasta atrás o tan
crudos que les costaba sacar las manos de los bolsillos de
su overol. En esa época Saturnino descubrió que no necesitaba dormir ni resguardarse de la lluvia, trabajaba bajo
el agua en las condiciones más duras y en menos de lo que
canta un gallo lograba conciliar el sueño como gato en el
piso de la locomotora, su oído pegado al latido del corazón
de la diésel. ¡Qué consuelo el suyo! Había mucho de animal en su relación con el tren.

Varios compañeros andaban armados bajo el overol
y quién sabe si eso los hacía sentirse ricos e invencibles
porque caminaban ufanos, pisando fuerte. En ese rumbo

de Nonoalco Tlatelolco improvisaban su vida al minuto. A fuerza de trancazos, habían hecho callo. Juan de la Cabada, el comunista, se acostumbró a viajar de mosca porque nunca tenía un centavo. Se echó todo un viaje en un carro tanque lleno de agua. Primero viajó engurruñado cerca del cabús y en una estación decidió cambiarse creyendo que el carro tanque estaba vacío, pero el agua helada le llegaba hasta la cintura cosa que le impidió dormirse. De pronto la locomotora se detuvo y Juanito levantó la tapa para salir. Lo descubrió un fogonero que jaló de la cadena de abastecimiento de agua dejándole caer un diluvio de frío: «¡Ya verás qué buen baño te vas a llevar!». Afortunadamente otro fogonero se compadeció de Juan y lo escondió en una caja de herramientas hasta llegar a El Arenero, en San Luis Potosí, donde el tren desengancharía la máquina para las maniobras.

Amigo de Juan de la Cabada, Saturnino lo admiraba por lo que había en él de niño. Saturnino también tenía mucho de inocencia infantil y respondía a las preguntas, por más ignorantes que fueran, con enorme cuidado. Tranquilizaba a los pasajeros al ritmo de las ruedas del ferrocarril. Figura protectora, resguardaba el equipaje, tomaba al niño en brazos, hacía reír, daba confianza. «¿Cómo la vamos a abandonar en este llano?», le dijo una noche a una pasajera de más de setenta años que pretendía descender. Tomó su frágil mano y la retuvo. «Espere, no se baje. ¿A quién puedo avisar para que la recoja en la próxima estación? Imposible dejarla aquí sola». La anciana ni idea tenía de qué color era su maleta y Saturnino con una paciencia angelical recorrió todos los colores del arco iris hasta que una sonrisa apareció en la cara de la interrogada. «Aquí tenemos una roja, seguramente es la suya, mírela bien, ¿verdad que sí?».

Con su pierna tiesa, un poco más corta que la otra, tenía que cambiar continuamente el pie sobre el cual se apoyaba. Cuando lo hacía sobre la pierna lisiada adelantaba la otra, que parecía entonces descomunalmente larga. Lampiño a no ser por unos cuantos pelos sobre el labio superior y dos o tres en la barbilla, Saturnino seguía a Trinidad como un perro a su dueño y el cachorro Rodrigo los seguía a los dos. Trinidad le apretaba el brazo y lo guiaba lo más rápido posible fuera del local sindical para evitar a los encimosos. «Vámonos hermano, vámonos tú y yo».

Nadie sabía más de trenes que Saturnino y escucharlo era una lección de historia. El Ferrocarril Central se hizo para movilizar hacia Estados Unidos los metales de la zona de Parral, en Chihuahua; los de Mapimí, Bermejillo, San Juan Guadalupe y Dinamita, en Durango; los de Zacatecas y Fresnillo, en Zacatecas, y los de Guanajuato. También conectó las zonas agrícolas y ganaderas de Jalisco, Colima y Guanajuato. Por las vías del Central y del Nacional se exportaba oro, plata, cobre, hierro, plomo, manganeso y mercurio. Las otras rutas pagadas por capital extranjero como el Ferrocarril Mexicano, el Interoceánico y el de Veracruz al Istmo comerciaban con Europa. Total que el sistema ferrocarrilero se construyó para responder a la exigencia de materias primas del mercado internacional y fue un enorme negocio para trasnacionales y empresarios.

En los treinta, como México dependía de la economía estadounidense, los hombres de negocios insistieron en la decadencia del ferrocarril. En Europa, el tren es fundamental por su velocidad y su costo, pero en México la imposición yanqui resultó definitiva: quería lanzar su industria automotriz: carreteras en vez de rieles, coches en vez de transportes públicos, «hay un Ford en su futuro», ese era el porvenir de América Latina y sobre todo de México.

Saturnino Maya concedía gran importancia al heroísmo. «Nada mejor en la vida que cumplir con una tarea colectiva». En eso coincidió con Trinidad, la vez en que le espetó indignado al gerente Peña Walker: «No es cierto que ustedes sean servidores públicos, ustedes se sirven a sí mismos. A ver ¿qué han construido para el país? ¿A qué obra colectiva se han entregado sino al propio beneficio?».

Para Trinidad lo primordial era hacer planes concretos y encontrar la mejor forma de llevarlos a cabo, todo lo demás vendría por añadidura, pero a diferencia de él, Saturnino creía que no hay buen poder y que todo poder es malo.

—¿Cualquiera? ¿El mío es malo? ¿Que por primera vez un hombre del pueblo acceda al poder es malo?

—¡Ya estarás Benito Juárez!

—Mira Silvestre, la negación del yo lleva a la pérdida de la obra personal.

—Yo no tengo obra personal.

—Claro que sí, al igual que yo, mira todo lo que hemos hecho por Ferrocarriles.

Saturnino Maya, casi siempre ensimismado hacía exclamar a sus compañeros: «Mira, ése no está en la luna, está en Saturno».

Saturnino vivía con el sentimiento de haber sido expulsado del paraíso. Tenía una cara angosta y larga, a diferencia de Silvestre, cuyo rostro cuadrado se ensanchaba con las preocupaciones. Más que a ninguno, las ojeras le daban la expresión de un seminarista cuestionándose sobre la eternidad. Su aspiración mística casaba bien con la oratoria incendiaria y las iras sagradas de Trinidad. «No cabe duda, es el elegido», confirmaba a su hijo Rodrigo.

Con una formación cultural infinitamente superior a la de los demás, Saturnino tenía tendencia a entristecerse. Lo deslumbraba la inteligencia de Trinidad, su respuesta rápida y natural, su reacción inmediata a los desafíos.

Durante días enteros permanecía callado y en otras ocasiones hablaba con pasión, aunque según él, el flujo verbal desvirtúa las ideas. «Desconfía del que padece verborrea», le decía a Rodrigo, su hijo. Su familia nunca estuvo de acuerdo con la Revolución. «¡Es una revuelta de muertos de hambre, el alzamiento de hombres que murieron sin saber lo que hacían!», gruñía su padre, quien le contó cómo vio a los revolucionarios partir un piano a hachazos. «Mita y mita, aunque yo lo vi primero».

¡Cuánta euforia la del movimiento y sin embargo Saturnino desconfiaba! Todos los días sonaba el silbato de caldera fija anunciando una nueva victoria. Nunca había estado tan alta la moral ferrocarrilera. Los delegados de las cuarenta secciones venían al Distrito Federal a brindar por los triunfos y contaban cómo allá en el pueblo se habían adherido al movimiento diez, quince, veinte, treinta trabajadores. «Ahora sí nos cambió la vida», aventaban al aire su gorra de tres pedradas. Poco a poco, ellos resolverían el desbarajuste de los ferrocarriles. Mientras tanto las asambleas eran una fiesta y terminaban en la cantina con las Adelitas que entonaban a grito pelón: «Siete leguas, el caballo / que Villa más estimaba, / cuando oía silbar los trenes / se paraba y relinchaba. / Clarines tocan a diana / campanas suenan a plata, / por el camino del pueblo / viene Emiliano Zapata».

Durante la huelga, no todo había sido color de rosa. En la estación de Buenavista, los ferrocarrileros rodearon a cuatro reporteros: «¡Digan la verdad, desgraciados o si no, la van a decir a madrazos!».

Primero los cercaron algunos rieleros enojados, después salieron patieros y garroteros. Varias mujeres gritaron, el puño en alto:

—Lárguense vendidos, traidores, lárguense. ¿O no comprenden que aquí no los queremos?

—¿A poco ustedes son ferrocarrileras? —se burló uno de los reporteros—. ¡Ahora los trenistas buscan a las pinches viejas para que los defiendan!

Por lo visto, el joven corresponsal no medía el peligro. «No te metas con esa turba de locos y de irresponsables», lo reprendió su compañero y añadió, conciliador, dirigiéndose al rielero de las canas:

—Venimos a reportear, somos gente de trabajo como ustedes, asalariados, comprendemos sus demandas.

—Por lo que publican se ve que lo único que comprenden es el chayote que les da la gerencia. Les vamos a romper la madre, cerdos capitalistas.

—¡Si no se largan ahora mismo no nos hacemos responsables de lo que suceda!

—¡Vendidos! ¡Rompehuelgas! ¿A qué vienen? ¿A hacerle el juego al gobierno?

Los gritos se volvieron ensordecedores y la rueda de puños en alto se apretó en torno a los reporteros ahora sí atemorizados. Dentro del círculo que se cerraba se escuchó un lastimero «Órale no empujen» al que siguió «Hijos de puta», «Traidores de mierda, nos pasamos todo el día levantando rieles y ustedes nos denigran», «Ratas, cagatintas, si no se largan ahora mismo no nos hacemos responsables...».

La huelga templaba el carácter. Muchos timoratos daban la sorpresa al jugarse el todo por el todo. En las asambleas, el más humilde de los garroteros cuestionaba al líder. Reinaba la soberbia, un pasito más y todos caerían en el odio. «Andan sobrados». Imposible medir las consecuencias de sus actos. El triunfo era embriagante y nadie quería salir de ese estado de euforia. Las expectativas rebasaban cualquier lógica acerca de lo que podría lograrse.

—Es poco hombre ese Crispín Ojeda. Con sólo ver a lo que se dedica, basta. Es taquígrafo, tarea de señoritas.

—Carmelo Cifuentes es un trabajador de Express de ínfima categoría, de esos que se roban los pollos.

—Trinidad era un empleado de segunda en la oficina de Express en Coatzacoalcos y carece de toda experiencia sindical... Hagan de cuenta, mi cargador. Su cultura es rudimentaria. Basta verlo, no tiene con qué. No puede codearse con las autoridades.

—¿Y quién quiere codearse con las autoridades? ¿Tú?

—Los hombres de Trinidad son tan salvajes, tan faltos de moral, que algunos agarraron a pedradas a su propio edificio en la avenida Hidalgo.

Pasar de la discusión a las manos era fácil y hasta Trinidad llegaron reportes alarmantes de cómo en las cuarenta secciones de provincia agredían a los que se negaron a ir a la huelga. La asamblea aprobó con gritos estentóreos la moción de cortar una oreja a los que rompieran la huelga, incluyendo a los jubilados. «Están fuera de sí, Trinidad». Gabriel Fuentes, telegrafista de patio, tuvo la certeza de que iban a enchapopotarlo cuando lo tomaron por los hombros y uno le jaló un mechón de pelo que sostuvo en el aire. «Órale, maricón», le dijo el maquinista que lo hincó a fuerza porque Gabriel era alto y sólo arrodillado podría raparlo. Un escalofrío lo recorrió de arriba abajo. «¡Cobarde, mira nomás cómo te pones, coyón, poco hombre, hijo de puta! ¡Quítate la chamarra, esquirol de mierda!».

Antes de que pudiera hacer un solo gesto ya se la habían arrancado. Oyó una carcajada y sintió de inmediato el metal frío de la navaja en su cuero cabelludo. Los mechones formaron una aureola en el piso.

—Míralo nada más, cabeza de bitoque. ¿No que era cabezón el Gabriel? Puros pelos, ese hombre no tiene cerebro.

Otro empujón. Gabriel no supo en qué momento la grasa asquerosa del chapopote resbaló sobre su cabeza afeitada, luego sus hombros y su torso desnudo. Quiso taparse los ojos, pero ya las manos las tenía cubiertas de aceite.

No sólo en los talleres de San Lázaro y de Buenavista golpeaban y rapaban a los que no querían la huelga, también al maquinista en servicio lo bajaron a injurias y trancazos de su locomotora y le cubrieron el cuerpo enchapopotado con rebaba. ¡Y era un hombre de más de sesenta años!

Después de la enchapopotada, el peor sufrimiento es la rebaba, porque las minúsculas virutas de metal se encajan en la piel.

Lo mismo le sucedió a Efrén Martín Sosa, al que golpearon con mangueras de conexión de aire, rompiéndole varias costillas. «¡Órale, no sean bárbaros, si siguen van a matarlo!». A él lo habían bañado en gasolina y el dolor en su ojo izquierdo no cejaba. «Si pierde la vista va a ser culpa suya».

«Denle duro por pendejo». Efrén los miraba con los ojos aprehensivos de quien sólo ha recibido golpes.

A los oficinistas no les iba mejor. En Aguascalientes, más de trescientos trabajadores enchapopotados, emplumados y humillados clamaban venganza. Los obligaron a gritar vivas a Trinidad y a pedir perdón en público y a Patrocinio

García Méndez, ayudante de pailero, lo descalabraron. Al caer al suelo, lo molieron a patadas; pero a ninguno le fue tan mal como a Pedro Martínez Casas, mecánico, quien no podía reponerse de los varillazos en cuerpo y cabeza.

Cincuenta hombres del riel vejados en Monterrey acusaban al trinidismo en todas las secciones de la República, pero Carmelita López, taquimecanógrafa en Buenavista, juraba vengarse. Logró escapar de los trinidistas porque el superintendente general de Fuerza Motriz la escondió en un baño.

—Somos enemigos a muerte de Trinidad.

Hasta en la estación de Buenavista aparecían mantas y pancartas de «Trinidad Asesino», «Traidor a la patria», «Vendido a Moscú», «Rata Comunista», «Eres pura mierda». Al líder, esas noticias lo enfermaban. «No vamos a portarnos como el enemigo».

—Es la ley del Talión. Así son las cosas. Del chapopote todo el mundo se recupera —respondió Silvestre Roldán parcamente.

—Creí que no íbamos a caer en eso —insistía Trinidad desolado.

—No te preocupes, una huelga siempre desata las pasiones.

El rostro consternado de Saturnino Maya, su barómetro en la lucha, confirmaba a Trinidad en sus temores.

—Ya la regamos, podemos sancionar, pero ¿cómo controlar el impulso de cincuenta y nueve mil hombres?

—Eso siempre sucede, Trinidad, no te aflijas. También hubieran fregado a los tuyos si ellos ganan. Es una lucha a muerte. Las reacciones en contra de los esquiroles son normales. La vida es un riesgo continuo. ¿Qué importa una enchapopotadita si nos pueden matar mañana? —argüía Silvestre Roldán.

—La campaña de desprestigio va a ser enorme.

—Educación política, Trinidad, educación política, eso es lo que necesitamos. Nadie reflexiona —insistió Saturnino.

Trinidad envió un telegrama a las distintas secciones:

«Urgente giren asamblea extraordinaria y hagan reuniones en centros de trabajo, explicar compañeros deben cesar represalias están ejerciéndose contra trabajadores virtud secretario de Trabajo está exigiendo cumplimiento punto octavo resolución presidencial conviene no ejercer represalias».

—¿Y no es más importante la gran opresión que la clase dominante ejerce desde hace años sobre la trabajadora? —se sulfuraba Roldán.

—De lo que se trata es de conseguir puntos, ganar la contienda —concluía el reflexivo Saturnino.

Trinidad vivía sobre una bomba de tiempo. Una noche ya para retirarse, una explosión en Buenavista por poco y lo tira al suelo. ¿Qué era? ¿Una bomba Molotov? ¿Una granada? ¿De dónde había salido? ¿Inicio de una balacera? Con toda la fuerza que pudo comunicarle a sus piernas temblorosas, Trinidad corrió al telégrafo. Al día siguiente llamó a la gerencia. «¿No será cosa de los comunistas?», ironizó una secretaria con su voz más dulce y melodiosa. Y ahí quedó todo.

Ahora, después de la huelga, la atmósfera era de continuo peligro. Temía por Bárbara, su sobrina exaltada, temía por su familia, pero también por su propia vida y por la de los delegados. No cabe duda, ésta era una guerra, la guerra entre patrones y trabajadores, la del gobierno en contra del pueblo y la de los huelguistas contra los esquiroles. A ellos los cubrirían de fango, la gerencia los destruiría. Lo que más temía Trinidad era la mentira, la de los políticos, la de los camaradas.

En Buenavista dormían muchos niños de la calle. Sucios y desarrapados, vivían de los ferrocarrileros. Eran los pequeños moscas y les daban de comer porque corrían a ayudar. Uno de ellos, Milito, carirredondo y alegre, se convirtió en la mascota. Saturnino lo adoptó y el niño comía y jugaba con Rodrigo. «Les compro todas las golosinas que quieran, cigarros no». Los moscas se peleaban por una colilla: «Yo la vi primero» y su desesperación por fumar los volvía irritables. Saturnino, que fumaba como chimenea, insistía: «No fumen» y ellos reían: «Mira quién habla, cara de papel chamuscado». La estación era un paraíso de colillas, los barreteros las levantaban y se las repartían a los moscas y Saturnino los reconvenía: «Pobrecitos chamacos, tan fregados y ustedes, cabrones, contribuyen a su desgracia».

Mientras el gobierno se jactaba de su estabilidad y presumía ser la onceava economía mundial, México era uno de los países con más hambre en América Latina.

¿Qué pasaría con el gremio ferrocarrilero?

Alguna vez que subió a la torre de Nonoalco-Tlatelolco, Saturnino vio desde arriba la vasta, fétida y humeante Ciudad de México que se extendía a sus pies, la falta de árboles, la hilera de automóviles en la calle, las manchas grises y oscuras de los terrenos baldíos, las azoteas deterioradas, los cables, las antenas. Mucho rato permaneció sumido en sus pensamientos. Pobrecitos de nosotros los hombres —se compadeció—. Pobrecito país. El abandono en que vivimos logrará que muramos aplastados como cucarachas porque eso somos, el pueblo de las pulgas, las cucarachas, los piojos.

No había escapatoria. Para el gobierno corrupto y aprovechado, para el partido oficial, el PRI, la clase trabajadora era de esclavos y era normal que vivieran en las peores condiciones. Por eso no había salida. Bueno sí, largarse como los migrantes que se ahogaban a la mitad del Bravo y cuando lograban atravesar corrían el riesgo de morir de sed en el desierto. Saturnino había cosechado incontables historias de mexicanos muertos por deshidratación en Arizona, en Texas, en California. Hasta mujeres y menores de edad se lanzaban a lo desconocido sin medir las consecuencias. Los que lograban aguantar llegaban a tirarse al camastro del primer motel en Phoenix, en el condado de Maricopa y allí se quedaban para siempre. O morían en El Paso, porque un ranchero vestido de *cowboy* simplemente sacaba su rifle al verlos cruzar su tierra, apuntaba y daba en el blanco.

11

Silvestre Roldán recordaba todas las formas en que su madre le daba el maíz, su único alimento. Tortillas, pinole, olotes, esquites, atole, gorditas, pozole, tamales, qué buenos eran, pero su excelencia no le impedía dormirse en la escuela, la suya era un hambre de siglos. «Órale, aquí todos están jeteando», gritaba el maestro para despertarlos. «¡Fuera los jetones!». Si los alumnos no tenían con qué alimentarse, mucho menos podían vestirse. Entraban al salón descalzos y si un compañero les rompía la camisa a la hora del recreo, vivían una tragedia. ¿Cómo haría su madre para remendarla? ¿Cuántos zurcidos más podían caberle? En la calle, Silvestre veía a sus cuates recoger cáscaras de plátano o de naranja y roerlas. Sabían desde niños lo que era desear lo imposible y sin embargo cuando les preguntaban: «¿Cómo te amaneció?», decían «Bien» y era verdad.

¡Qué friega traer agua en dos cubetas, con un palo atravesado sobre los hombros! El agua caía al primer tropezón. Una vez, un inconsciente arrojó en la única noria un animal muerto ¿o sería un hombre?, y el pozo quedó fuera de uso.

¡Qué bonita el agua y lo que hacía! La ropa blanca en los alambres del tendedero, los calzones, los brasieres, algunos con encaje, todo incitaba al sexo, el movimiento de los muslos de las lavanderas, el golpe de su vientre contra el lavadero, sus senos ofrecidos al agua. «El sexo está a flor de piel, se agita entre las piernas, escapa a cada momento», deducía Silvestre. En las vulcanizadoras, los empleados pegaban en los muros pedazos de mujer, nalgas, pechos, cabelleras rubias, anuncios de champús, culos que podían ser caras, mejillas de papel brillante cagadas de moscas, párpados también cagados, bocas que se ofrecen al beso. «Cómeme, chiquito». Era tan fuerte el aluvión de carne que Silvestre y sus amigos se acostumbraron a ver con naturalidad al cuerpo humano mil veces reproducido y más que fornicar, que era cosa fácil, le pedían a su propio organismo salud porque caer enfermo era peor que la muerte.

El único remedio contra los piojos era pelarse a rape y así andaba la mayoría. Los piojos son sinónimo de miseria, y mientras más pobre, más piojos. El hijo del tendero y sobre todo la hija tenían bucles negros y sedosos, pero a los ricos no los permitían juntarse con la broza y pronto asistirían a una escuela privada, no de gobierno. Entre tanto los miraban con envidia jugar una cascarita, correr tras de la pelota, torear los automóviles.

Los zapatos, esos sí que eran algo fuera de este mundo. Una señora llevó un par de choclos a la vecindad. Buscaba a Ceferino. «¿Es para los zapatos?», le salió al paso Silvestre. El deseo lo atravesó incontrolable y le asombró la facilidad con la que mintió. «Ceferino ya no vive aquí, démelos a mí». Lo malo es que ya no podía jugar con Ceferino, quien se sorprendía de que Silvestre ya no quisiera ser su amigo.

¡Los malditos borceguíes tardaron más en acabarse que los remordimientos!

A diferencia de Saturnino Maya, cuya preparación saltaba a la vista, Silvestre Roldán subió desde abajo. Fue un misterio cómo en medio de tanta hambre llegara a ser un garañón al que había que ver hacia arriba. El doble de estatura de sus compañeros, creció gallardo, capaz de trabajar y de enamorarse de las muchachas de la vecindad, las que iban por el pan, las que cargaban a sus hermanitos, las que sudaban y manchaban de agua salada sus blusas y su labio superior a talle y talle en el lavadero, las que se bañaban a jicarazos y no sabían del ingenio de la pandilla para espiarlas, las que aparecían en la posada de fin de año con el cabello suelto y un sorpresivo vestido rojo.

Los hermanos de Silvestre se dispersaron en busca de trabajo. En su vecindad cercana a Buenavista, escuchaban el canto alucinante de la locomotora. La máquina entraba a la estación recargándose en los rieles y en el alma. «Ahí viene el tren». Entre más largo, mayor la emoción. «A ese tren no se le ve el fin». Ya para llegar a la ciudad, en Lechería, pasaban treinta o cuarenta vagones cargados de minerales o de refrigeradores y estufas. Cuando el tren llevaba petróleo se derramaba fuera de los carros cisterna. Antes de entrar, la locomotora pitaba un sinnúmero de veces, a las cuatro de la mañana, a las cinco de la tarde, al pasar por la más pequeña de las estaciones. «Es que nos quieren apabullar». «No es eso —informaba doña Salustia, la esposa del maquinista Ventura Murillo—, es por el animalerío, las bestias se encandilan y no saben esquivar tanta carrocería destartalada. También a muchos cristianos les da por escoger la vía para dormirse».

De mosca en el tren, Silvestre había cruzado a dos por hora poblaciones desiertas, de tierra dura. En su visión de sonámbulo, las escasas chozas perdidas, tan solitarias que le producían angustia, salpicaban la llanura como cagarrutas. «Viven emparedados», se angustió Silvestre. Vistos desde la ventanilla le recordaban a su madre con su tendencia a repetir: «Estate quieto». «Déjalo». «Da igual». Pura gente encerrada en sí misma, pura gente que mira al tren irse y se queda parada a medio llano, diciendo como Juan Rulfo: «tanta y tamaña tierra para nada».

—Aquí no sucede nada —constató con miedo.

Un burro pastaba dentro de la circunferencia que le permitía el mecate con el que lo amarraban. «La vida es muy corta para pasarla así», se dijo Silvestre y salió en tren en pos de su esperanza.

—Quiero ver cómo es una palmera —le dijo a su madre al despedirse.

En el primer taller lo contrataron de mocito, de pásame las tuercas. En la noche, la madre preguntaba con los ojos fijos en un punto: «¿Dónde estará m'hijo?». aunque ya conocía la respuesta: «Silvestre se fue a buscar su vida».

Pronto descubrió que lo que más le atraía era convivir con los paneros del ferrocarril. En la estación era otra la realidad. Nada se mantenía igual, todo iba hacia el horizonte como el tren que se lanza a lo desconocido. Romper los hábitos era en sí una aventura. Entrar a los galerones de techo de lámina, abrir la puerta a un mundo en el que los hombres parecían quererse entre sí. «Quiúbole compa». «Compita» por aquí, «compita» por allá, a veces «camaradita». En la noche, en torno a la lámpara de petróleo, platicaban mientras las mariposas nocturnas se estrellaban contra el vidrio. «Tú, gigantón, lava las lámparas, porque así negras, no vemos nada». Miles de patas y de alas chamuscándose. «Así Dios con nosotros», pensaba Silvestre viendo debatirse a las que todavía aleteaban.

Solicitó el puesto de garrotero al jefe de trenes quien lo mandó al examen físico que pasó de inmediato. En el taller, el mayordomo general de carros le enseñó cómo estaban construidas y cómo hacer funcionar las zapatas sobre las ruedas. El sobrestante le mostró cómo acoplar los carros y pasar el aire. Subió al techo para conocer el freno Apex. Un garrotero viejo le tomó cariño y se encargó de instruirlo acerca de cómo subir y bajar de un tren en movimiento. El funcionamiento de los cambiavías no tenía secretos para él ni las señales que se hacían tanto con la mano como con linterna. «Mira, allí están las agujas, deja que el vagón ruede suavecito». El conductor firmó la boleta. «Ahora sí eres apto para el puesto de garrotero». Al final, después de estampar su nombre, marcó con sus huellas digitales la tarjeta de registro del ferrocarril.

«¿Tienes alguna idea de lo que significa ser rielero?», preguntó el jefe de patio. Silvestre pensó que para hacer ese trabajo tan peligroso tenía que tomar la decisión de vivir, protegerse a sí mismo porque mantenerse vivo todos los días, colgarse de los costados de los carros de carga, era cosa de vida o muerte.

El tren transformaba la metáfora de su vida, nueve mil toneladas moviéndose a sesenta millas por hora en la temible noche. Viajar con esta imagen y permanecer vivo dentro de ella lo mantenía en ascuas. Más tarde, cuando fuera sentado en el tren en marcha en la oscuridad del cabús con la ventana abierta y las fragancias desconocidas del campo llenando el espacio, la noche se convertiría en su amiga. Era bueno sentirse presa del destino y a la merced de ese traca traca traca traca porque finalmente ése era su destino: «Estoy en el sitio a donde verdaderamente pertenezco», y este pensamiento lo hacía sentirse en paz.

A él le tocaba evitar que los trenes chocaran, impedir cualquier accidente por el que tuvieran que demandar a Ferrocarriles Nacionales, aunque muchas reglas del camino las adaptaba a sus propias circunstancias. «Hazlas a tu modo», le dijo Saturnino y tenía razón. Silvestre había trepado por las escalerillas de marcha y era experto en maniobrar y poner los frenos de mano, en amarrar las mangueras de aire y cortar el aire, en cambiar las charnelas de más de ochenta y cinco toneladas que unían los carros y entregar las señales de linterna. Con esas señales los miembros del equipo se hablaban y era una forma de arte. Las luces hacían arcos y círculos o daban flashazos que se repetían hasta que el otro entendiera. «Cualquiera diría que estamos bailando. Somos luciérnagas vivientes». Si Silvestre no entendía la orden que le daban tenía que volver a pedirla: «Te dije que engancharas tres carros, dejaras ir dos por la vía, uno a la principal, para que pasaran encima de los cruces y se alinearan».

La primera vez que Silvestre se subió al carro y trató de bajar el vidrio de la ventanilla, sus brazos no respondieron. Entonces lo atravesó la duda: «No voy a ser capaz de hacer el trabajo». También le fue difícil alcanzar la fuerza necesaria para colgarse y viajar durante largas distancias en el costado de un carro. El terror de caer entre las ruedas era la mejor motivación.

El más difícil era el turno de noche, porque a ese turno le tocaba hacer todo el trabajo que los demás habían dejado durante el día. Tenían que preparar los trenes de la mañana y eso tomaba de cuatro a cinco horas. Cuando llovía se sentían como buzos a pesar de las botas de hule que iban cubriéndose de lodo. Después, en cualquier lado, dormían exhaustos con la boca abierta.

Silvestre se enamoró perdido de la recién estrenada locomotora de vapor 3034 de la línea México-Ciudad Juárez, México-Nuevo León. Imposible pasarla a otras líneas con su tonelaje y sus grandes dimensiones. Construida por la American Locomotive Company, Shenectady, con su movimiento de válvulas Walschaert, sus frenos de aire, sus casi diecinueve metros de longitud, sus tres metros de ancho y sus cuatro noventa de altura, la 3034 era un prodigio, y ni hablar de su potencia máxima de 2 800 caballos y el diámetro de sus ruedas motrices de 1.82 metros. «Sus cilindros son de 1.23 por 82 centímetros», le decía orgulloso a Saturnino.

Ver a los pasajeros descender era una experiencia memorable. Casi todos traían bagaje y lo mantenían abrazado, amedrentados por la fama de la capital. Otros viajaban ligeros de equipaje y se movían con desenvoltura. «Algún día me iré como ellos. Algún día saldré de aquí para no volver». Algunos sólo bajaban a estirar las piernas, todavía les esperaban muchas horas de viaje porque iban a trasbordar. Su destino era Veracruz, Tabasco, Tamaulipas, Nuevo Laredo.

En la capital, la parada era formal, hasta solemne. Las viajeras miraban ansiosas hacia la salida. ¿Habrían venido por ellas? ¿Cuál sería su vida de ahora en adelante?

En la estación más humilde, la más desamparada, los viandantes levantaban su mercancía hacia las ventanillas: tortillas, tacos, quesadillas, nopales, tunas y queso de tuna. Eran la única demostración de vida. Cuando Silvestre le contó a Trinidad la impresión causada por los viandantes, él le refirió un episodio de su infancia. El Ferrocarril Nacional de Tehuantepec pasaba a la una o dos de la tarde por la estación: «Tacos de carne venao, tacos de carne venao», gritaban los chamacos. Un viajero preguntó: «¿Cómo es que hay tanto venado aquí? ¿De veras es carne de venado la del taco que vendes?». «Sí señor, así se llamaba el buey que mató mi papá».

La sonrisa de Silvestre Roldán abrazaba a cualquier interlocutor. Era cálida, desarmaba, daba alegría.

—No vayas a creer que soy tu pendejo —sonreía también cuando lo desafiaban.

Sí, los rieleros se habían lanzado fuera de sí mismos y no los había aprisionado el desaliento o la inercia, constataba Silvestre. A él lo calentaba saberse aceptado por hombres que habían ido más lejos que él. Con ellos además descubría otra vida porque los acompañaba al Bombay o al Atzimba, a la Casa Ballina o al Dos Equis a dejar gran parte de su paga. En esas cantinas regresó a las imágenes de su infancia, las mujeres de los calendarios. Incluso lo sacaban a bailar. «Con él no te metas», le dijo a una de ellas Saturnino Maya en La Selva. «¿O no te has dado cuenta de que es un crío?». «Así me gustan, tiernitos», respondió la mujer entre dos risas y siguió abrazándolo como si nada.

En la cantina, el tema era el de los cruces ferroviarios fronterizos y los kilómetros de vía que la Union Pacific había logrado sumar al adquirir la Southern Pacific, verdadero gigante ferroviario, que ahora monopolizaba Mexicali, Nogales, Naco, Agua Prieta, Juárez, Piedras Negras, Nuevo Laredo, Matamoros. Muchos carros se quedaban varados en la frontera, allá se congestionaba el tráfico. A los garroteros no los calentaba el sol porque corría el rumor de que los iban a reducir a la mitad. «Fíjate —decía Saturnino Maya—, quieren pasar de un garrotero por cada quince carros a uno por cada treinta».

De ahora en adelante al maquinista y al garrotero le tocaría lo que antes al proveedor y sus dos ayudantes: meter y sacar las locomotoras de la Casa de Máquinas. Al reajustar a los garroteros se despediría a muchos fogoneros. La tripulación constaría de un conductor, un maquinista y un garrotero. Según los gringos, en México el exceso de mano de obra perjudicaba a la empresa y con las máquinas diésel el fogonero saldría sobrando.

Los trenistas, ellos, daban servicio ininterrumpido, días festivos y domingos, nada de día libre, ni siquiera descansos acumulados, porque si todo el tiempo corría el tren, ¿quién iba tomarse un día libre? Salían las locomotoras de los talleres a los patios de la estación de Buenavista y ahí las enganchaban a un tren, pita y pita y caminando, sus furgones, un montón de hijos, campanita de oro, déjame pasar, con todos mis hijos, menos el de atrás, tras, tras, tras, tras.

Jacinto Dzul Poot era el que más sabía y jamás se quejaba de las jornadas inhumanas y la sobrecarga de trabajo. «No te lamentes, con la autorización del despachador de trenes, la tripulación puede dormir a bordo de la locomotora si lleva un reloj con alarma para despertar a la hora. Si te lavas la cara con agua fría y bebes líquidos en abundancia, el trayecto no se te hace pesado». Silvestre se persignaba antes de sentarse frente a los manubrios de su máquina. Para el cabezón Jacinto Dzul Poot, las jornadas de cuarenta horas eran una friega de perro bailarín: «Por hambre, me tuve que comer un lonche echado a perder por el calor. En el monte ni agua consigues».

—¿Por qué no te hiciste la ilusión que eran papadzules o salbutes? Así ni en cuenta, no te envenenas...

Escuchar las discusiones era una escuela política como lo era la ebullición en torno a las marchas, el volanteo, la organización del acto político. La preparación creaba una camaradería, un fervor que hacía que los compañeros al quedarse solos no supieran ni para dónde volver los ojos. Les urgía esa trepidación, ese temblor interno que los hacía decir: «Yo ya no espero, yo vivo». Vivían, sí. ¿Trabajaban verdaderamente? El trabajo político tenía mucho de espuma en la cresta de la ola, mucho de las burbujas en el vaso y embriagaba. Silvestre admiraba a Dzul Poot, el más inteligente, quizá por yucateco: «Mientras estamos aquí sentados con nuestra cervecita, los funcionarios se dedican tiempo completo a hacer política. ¿Quiénes les provocan a ustedes más risa, compañeros, nosotros aquí chupando o los lameculos tracaleros en Palacio Nacional?».

México era eso, un palacio, con su rey, su delfín, su infanta, su corte, sus bufones, sus intrigas, sus ambiciones rastreras, sus cortesanas, la pureza de sus ilusiones. En los corredores del palacio acechaban los envidiosos con un cuchillo en la mano.

De La Consolidada salían tres turnos, más de tres mil obreros de las colonias Guerrero, San Simón, Ex Hipódromo de Peralvillo, Santa María la Redonda. La Fábrica Mundial, la textil La Josefina y otras en la calle de Luna y Flores Magón. «¡Esta mi colonia Guerrero!», le enseñó a gritar Silvestre al catrín de Saturnino. A lo largo del Puente de Nonoalco, mujeres de rebozo y mandil vendían alcohol con canela. Los rieleros tomaban su café con piquete en la madrugada. «Las canelas», llamaban a los jarritos de café y a las señoras.

En la esquina, una cooperativa daba timbres para canjearlos por mercancía y una planilla quincenal para transportes. Las aceras de la Guerrero amanecían atascadas de tráilers y camiones repletos de partes de automóviles. Los ciclistas tenían que sortearlos en medio de la turba. ¡Buenavista, qué hervidero de gemidos! Los trenes eran todopoderosos y su fuerza se extendía a lo largo de calles vitales, perturbadoras, delirantes, asesinas, cargadas de resonancias. La gran estación regía la vida no sólo de los hombres del riel sino de una multitud de seres hechizados por las máquinas. Ninguno podía dejar de ser ferrocarrilero, la profesión más entrañable, la del coraje entripado.

El mundo de Jacinto Dzul Poot era el del silbato de la caldera que lo estremecía como si jamás lo hubiera escuchado, el de los rieles, el de la locomotora. Recordaba cómo lo había afectado que a varias locomotoras de vapor las hicieran chatarra. «Todavía servían. Así también nos van a hacer a nosotros aunque todavía sirvamos». Aún hoy en Nonoalco operaban cinco locomotoras de vapor, pero ya iban a desecharlas porque habían llegado las de diésel a la Terminal de Valle. La empresa se quejaba mucho del robo de partes: válvulas de emergencia, pernos, muelas, zapatas, cadenas de freno. La falta de equipo de arrastre se agravó porque nunca se autorizaban partidas de dinero para reparar góndolas, furgones y tolvas. En consecuencia, en torno a Buenavista se generó un mercado negro de partes. Talleres y más talleres compraban refacciones usadas, las reparaban y las vendían como nuevas.

«Nosotros podríamos construir aquí nuestras propias locomotoras de vapor como La Fidelita en tiempos de don Porfirio, pero la empresa ha decidido abandonarlas —disertaba Jacinto Dzul Poot, la cabeza sumida entre los hombros—. Es cierto, una locomotora diésel corre más rápido que una de vapor, pero cada una tiene sus ventajas, los motores de las de vapor tienen todavía mucha vida útil. Venderlas por kilo es un crimen».

—Entre esa chatarra ¿no tendrán unos gatos de escalera que a mí me vendrían bien? —preguntó Silvestre Roldán.

—Desde luego que sí, pero apúrate porque la chatarra se vende como pan caliente a precios ridículos. ¡Un gato de escalera en buenas condiciones a sesenta centavos el kilo! ¡Por un gato de trece kilos para levantar cinco toneladas, pagas siete pesos con ochenta centavos!

A Jacinto Dzul Poot le dolía hasta el alma el trato que le daba la empresa a las máquinas de vapor. «Ni que fueran tu familia», lo reconvino Silvestre. «Son más que mi familia, son Izamal, son mis madres, mis hermanas, mis mujeres, mis pirámides», exclamaba sin sonreír. Silvestre lo escuchaba con admiración; amar así a una máquina de vapor lo conmovía. Quería saberlo todo del petróleo crudo inyectado con atomizador en el cuerpo de la locomotora, la flama aventada por sus tubos de dos y de cuatro pulgadas que recorrían un serpentín de ida y vuelta lleno de agua. A la hora de calentarse salía el vapor que iba a una compresora que era la que sonaba chchchchch, chchchchch, chchchchchchchch —Silvestre hasta podía escuchar la presión del vapor que surgía de la boca redondeada de Dzul Poot— impulsaba las flechas de las ruedas y les daba tracción. Entonces la locomotora arrancaba. El maquinista usaba barómetros para detectar la falta de agua.

—Es difícil creer que la energía liberada por el vapor pueda mover una locomotora.

—El vapor sustituye la tracción animal —informaba Jacinto Dzul orgulloso—. Es capaz de arrastrar convoyes…

Por eso, cuando llegó la primera diésel, Dzul Poot se fue a dormir a su vieja locomotora de vapor. No podía concebir que la empresa fuera a deshacerse de ella. Si la sustituían tendrían que sustituirlo a él. Recordaba las órdenes: «Ábrele todo el regulador a la máquina». Correrla con todo el regulador abierto era lo máximo.

Allá iba a alcanzarlo Silvestre, allá adentro comían, allá esperaban lo que para Jacinto Dzul sería el fin de su vida.

A Jacinto conocer a Trinidad le cambió la vida como se la cambió a Silvestre y a Saturnino. Empezó a seguirlo a todas partes. No quería perder una sola de sus palabras. Trinidad era una fuente inagotable de información. Le contaba cómo una vez, por la aberración de un joven maquinista, un tren de mercancías salió a toda velocidad de Aguascalientes a México. ¿Quién era el conductor? ¿Cuál la tripulación? ¿Por qué había arrancado en esa forma? ¿En qué momento de coraje irracional? Un telegrama comunicó a las estaciones que dirigieran al conductor a vías libres para evitar accidentes, el tren atravesaba la estación a más de cincuenta por hora y a la orilla de los rieles, varias cuadrillas le hicieron señales desesperadas al maquinista. Los gritos de «detente» se perdieron en el estrépito ensordecedor del tren, porque en vez de obedecer aumentó la velocidad y el muchacho lo dirigió hacia una vía muerta, sabiendo de seguro que él también moriría dentro de su locomotora. ¿Qué quería probarle al mundo?, se preguntó Trinidad cuando sacaron el cuerpo destrozado de entre los escombros.

Trinidad decía que esos largos viajes como maquinista al frente de su locomotora eran un clavado al interior de uno mismo, una toma de conciencia. «Tienes mucho tiempo para reflexionar, Dzul Poot, mucho tiempo. Y se te aparece tu vida. Quién sabe qué vería ese maquinista que buscó la muerte». Los trenes eran proyectiles, la metáfora exacta del destino. El esfuerzo de un maquinista resultaba titánico aunque los usuarios no se dieran cuenta de lo que significa mantenerse de pie hora tras hora, alerta hasta la exacerbación, al acecho de cualquier animal en medio de los rieles, cualquier rama o piedra atravesada, cualquier cambio de vía. «El maquinista debe poseer un sexto sentido. No cinco, Jacinto, seis y el sexto es el que va a salvar vidas».

También le contaba de descarrilamientos, la última el de El Nacional en la vía a Querétaro, en la que se regaron dos tanques de combustible, nada menos que petróleo, y estallaron. Tuvieron que desviar los trenes que le seguían por otra troncal a Querétaro y el congestionamiento de tráfico provocó nuevos accidentes. A Trinidad le daba miedo la entrada al túnel y se lo confesó a Jacinto. «Desde la primera vez, sentí angustia». El hecho de que se lo confesara lo halagó. «Si me lo dice a mí es que me quiere», pensó Dzul Poot. El líder no podía mostrar debilidad porque la aprovecharían sus enemigos. El yucateco veía con admiración a este hombre pequeño que día a día crecía ante sus ojos. ¡Cuánto rigor! Ni un gramo de grasa de más en ese cuerpo trabajado. Todo en Trinidad era producto de su voluntad. Cuando Jacinto llegaba a la estación en la madrugada, el secretario general ya estaba allí en el peor de los sitios para él, la oficina.

También Silvestre Roldán se desmañanaba.

—Silvestre, siempre eres el primero, el segundo es Saturnino, que ya no ha de tardar, y el tercero es Jacinto —le confió Trinidad.

»Los más coyones son los oficinistas —continuó— y precisamente los que tienen mejor nivel cultural son timoratos, serviles y acomodaticios, y no porque tengan el mejor salario, sino porque adquieren más compromisos. Los administrativos son los aristócratas del gremio, tienen más estudio aunque sólo sea instrucción primaria. En cambio los compañeros de vía, los mecánicos actúan, los de talleres, los peones de vía, luchan. Cuando se habla con los burócratas resultan ser los más pasivos dentro del sindicato, los más serviles, los más apegados a la empresa.

Silvestre Roldán entonces interrumpía diciendo que los que tienen mejor preparación deberían ser más revolucionarios. «El servilismo corrompe», concluía Trinidad. «Y el servilismo absoluto corrompe absolutamente», añadió Saturnino. «Son muy sucios y son más de treinta mil. Esto te demuestra, Silvestre, que no es la preparación la que te hace revolucionario sino la conciencia».

12

En primera plana, *El Universal* informaba: «Va a dividir-
se el Sindicato Ferrocarrilero, 37 por ciento del total de
obreros piensan separarse porque no concuerdan con las
ideas de los actuales dirigentes ni con las represalias a los
trabajadores».

Azuzados por la CTM, los rieleros en su contra acusaban a Trinidad de convertir al nuevo sindicato en Partido
Comunista y al igual que la gran prensa lo llamaban el de
los «charros colorados». «Ésta es una maniobra del comunismo internacional y de un nuevo sindicalismo grosero e
irresponsable exento de patria [...]. Su líder pretende alec-
cionar no sólo a la gerencia sino a la más alta autoridad [...].
¿Se trata de un sindicato o de un partido político? [...]. Se
pretende estimular a los sindicatos obreros no sólo a una
lucha económica sino a una batalla política que lleve a la
socialización de los medios de producción».

El periódico inquiría: «¿Será posible que a cuarenta
años de administrar y dirigir los Ferrocarriles Nacionales
no exista un personal apto en todos los órdenes que cola-
bore eficiente y patrióticamente con la gerencia de la empresa?».

Avante ironizaba en primera plana: «¿Limpiará la empresa los ferrocarriles de todas las ratas rojas?».

«Los ferrocarrileros actúan en contra de la nación. Renegados, traidores, malos mexicanos, deben irse a Moscú, a ver si allá les permiten sus atropellos no sólo en contra del país sino de su propio gremio», afirmó el jefe de prensa del gobierno.

La próxima revisión del contrato de los Ferrocarriles Nacionales recrudecía la campaña en contra de Trinidad y del Comité Ejecutivo del sindicato. La intransigencia del nuevo gerente, Raúl Sánchez Cordero, superaba a la de su antecesor, Peña Walker, ahora embajador de México en Bélgica.

Trinidad sólo consiguió revisar 538 cláusulas del contrato colectivo, las demás eran irresolubles. Redujo sus peticiones a dos: pago de 16.66 por ciento que equivalía al séptimo día de descanso con goce de sueldo por ley como lo establece el artículo 123 de la Constitución, y reparación de violaciones al contrato.

Las discusiones terminaban invariablemente en batalla. «¡Pero si ya les dimos lo que quieren, si reciben doscientos trece pesos! ¡De por sí, el pasado aumento de salarios desequilibró a la empresa, ahora su déficit es mayor!». «Sí, pero no incluyeron el pago del séptimo día, el de descanso». «Mire, Pineda Chiñas, la Cámara de Industria y Comercio estaría de acuerdo en otorgar buenos salarios, pero ¿dónde está el rendimiento de los hombres del riel? Los ferrocarriles son un fracaso, su impuntualidad es proverbial y ustedes, los rieleros, conforman un gremio abusivo y antipatriota al que se le permite todo. ¿Hasta cuándo? Es más, el sindicalismo comunistoide ajeno a la Constitución va a acabar con México, el de los petroleros, el de los maestros, el de los electricistas, no hay peor corrupción que la del proletariado en bloque».

—¡Será la de los líderes que ustedes imponen! —se enojó Trinidad—. Recuerde que está usted tratando con la organización más combativa del país.

El gremio esperaba mucho de Sánchez Cordero ya que también era rielero y en 1914 se había enfrentado a los estadounidenses para lograr que sus compañeros tuvieran sueldos iguales a los suyos. La misma esperanza tenía en el nuevo presidente. «El proletariado confía en él. De joven, combatió al lado de Vasconcelos».

Al inicio de la plática con el gerente, la de un ferrocarrilero viejo con uno joven, le hizo concebir esperanzas, hasta pensó que se tutearían, pero cuando Trinidad insistió en el aumento, el hombre del riel desapareció y el servidor gubernamental se levantó airado.

—Recuerde, señor Trinidad, que el régimen del señor presidente licenciado don Adolfo López Mateos subsidia a los Ferrocarriles Nacionales de México con cuatrocientos millones. Si se concede el aumento, la erogación anual llegaría a mil ochocientos cincuenta millones, mientras que la empresa percibe al año mil millones de pesos. ¿Quieren ustedes hundir al país? El problema es tan grave que una nueva huelga paralizaría toda la economía y mataría a los inversionistas, ya de por sí desconfiados y pesimistas en cuanto al futuro de México. El año pasado se destinaron doscientos doce millones de pesos al salario de los rieleros y esto aumentó el déficit de la empresa. ¿Qué más quieren, carajo, además de atentar contra los intereses de la nación?

La Cámara de Comercio trinaba. Una suspensión sería catastrófica. No había servicio de autotransportes y de repetirse la experiencia del año anterior, el país se vendría abajo. Los productos perecederos entrarían en descomposición como sucedió en aquella crisis en la que se perdieron millones.

¿Era justo que México sufriera esas alteraciones por la demagogia de un líder vendido a Moscú, un agitador que pretendía satisfacer sus intereses personales a despecho del bien de la patria?

El presidente de doscientas cincuenta cámaras confederadas del país afirmó que la paralización del servicio ferroviario causaría la pérdida de las inversiones. La intransigencia del líder ponía en peligro relaciones apenas reiniciadas.

«¡Ya es hora de tomar medidas inmediatas y enérgicas!».

—Si la empresa redujera los pagos millonarios que hace al llamado personal de confianza, entre ellos sus dos hijos que nada tienen que hacer en Ferrocarriles, otro gallo nos cantara. ¡Basta de nepotismo! Vamos a exigir el cese de sus hijos.

Los parlamentos del nuevo gerente no intimidaban a Trinidad, los que sí le daban miedo eran los compañeros que saboteaban tras él sus iniciativas. Entre los políticos, la simulación es un arte y los charros la habían introducido en el gremio. A Bárbara le dio por tararear el bolero: «Hipócrita, sencillamente hipócrita, perversa, te burlaste de mí» cada vez que algún sospechoso entraba a la oficina y, a pesar de sí mismo, Trinidad sonreía. En ocasiones, el líder tenía la sensación de caminar sobre un terreno minado. Él era muy claro, pero algunos compañeros recurrían al lenguaje de los poderosos, entre ellos José Hernández Lake antes Pepe Lago.

Pepe había sido su amigo y hoy por hoy posaba frente al lago artificial del Club de Golf y figuraba en «rumbosas» bodas reseñadas en las secciones de sociales de *El Universal, Excélsior, Novedades*. La primera vez que Trinidad le hizo burla por tanta fotografía en compañía de su señora esposa, ahora doña Sofía, Pepe Lago se retrajo enojado. Sofía, que Trinidad conocía como Chofi, autora de unos chilaquiles insuperables, había exclamado al estrenar un abrigo de visón —el más costoso en la historia de México, según la plateada revista *Social*—: «Lo merezco, pertenezco a la *crème* de la *crème*». En efecto, eran la crema sobre la leche de un país de vacas flacas cuando no aftosas. Pepe Lago y ella inauguraban un modo de vida, la de los patrones, campeones de golf, gourmets, jugadores de backgammon, miembros del Club de Industriales y vacacionistas en Marbella, amigos del rey Carol y de madame Lupescu. Doña Sofía ya no cantaba «Allá en el rancho grande», ahora tarareaba «*Night and Day*» y seguía al pie de la letra el libio de etiqueta de Emily Post.

Imposible ver al nuevo presidente de la República después de una primera entrevista, y eso que él se decía amigo de los obreros e incluso aceptó el nombramiento de «el primer obrero de México». Nada haría «en contra, por encima o al margen de la Constitución», según declaró el día de su toma de posesión.

—Eres un ingenuo y así actúas, no conoces al gobierno —volvió a decirle el Ratón Velasco.

El gabinete también había cambiado y el nuevo gerente, Raúl Sánchez Cordero, se oponía a las propuestas de Trinidad. «Es sistemático en su negativa». Francamente hostiles, el secretario del Trabajo, el de Patrimonio Nacional y el de Gobernación coincidían con ese gerente enérgico y prepotente que conocía al gremio desde dentro: «Usted está convirtiendo al sindicato en una asociación delictuosa. El STFRM es totalmente sedicioso».

«El sindicato —repuso Trinidad indignado— es una asociación profesional para la defensa de los intereses de sus agremiados. Así como ustedes, tenemos derecho a mejores condiciones de vida. Lo más cómodo para la burguesía es culpar a los trabajadores y lanzar contra ellos toda la fuerza del Estado cada vez que plantean una mejora sindical».

—Señor Pineda Chiñas, no por capricho de unos cuantos ni intereses políticos ajenos vamos a permitir a los ferrocarrileros acabar con el país. La iniciativa privada nos ha pedido que actuemos con toda energía. Ustedes son los peores enemigos de México.

El líder todavía alcanzó a responder que el orden jurídico y el progreso del país se sostenían con el trabajo de miles de obreros mal pagados y ahora perseguidos, pero sus palabras no lograron penetrar la espesa retórica oficial.

Resulta que la iniciativa privada era «el país» y los obreros saqueaban la riqueza que los empresarios producían y defendían con patriótica nobleza. Los gobernantes, los capitanes de industria y comercio personificaban la solidaridad moral y, a diferencia de los huelguistas, promovían acciones que engrandecían a la patria. Entre tanto convertían a México en una acumulación de bienes raíces debidamente escriturados a su nombre. El máximo líder obrero Lombardo Toledano también disertaba acerca de los empresarios con conciencia social «porque los hay, claro que los hay», hombres progresistas, inteligentes, que sabían llevar las riendas de su industria y asociarse con inversionistas ansiosos de poner su capital en un lugar seguro: México. ¡Qué aldeanos le parecían a Sánchez Cordero los ferrocarrileros frente a la concertación mundial de naciones y sus grandes mercados! ¡De veras, vivían en la edad de piedra! Ellos, los nuevos empresarios, eran los constructores del futuro, hacían posible la vigencia de un Estado representativo, federal, defendían la extraordinaria Constitución Mexicana y no tolerarían transgresiones a la ley. ¡Permitir que un grupo de enloquecidos por una doctrina extraña rompiera el orden jurídico y la tranquilidad social era un acto demencial y el gobierno ya había sido demasiado permisivo! Los capitanes de industria hablaban del egoísmo de las organizaciones y de sus líderes, de la falta de ética y del más elemental respeto a los derechos de la colectividad.

—Son unos fatuos y están histéricos. Resulta que ahora son los salvadores de la patria. Hasta se atrevieron a hablarme de su compromiso con el pueblo. Su discurso es intolerable —le confió a Miguel Ángel Velasco.

—Era previsible. Ahora espérate al castigo divino —confirmó el Ratón Velasco.

—¿Cuál castigo divino?

—Sí, al de Dios, al del presidente de México.

El gobierno recuperaba terreno. La empresa se declaró definitivamente incapacitada para satisfacer prestaciones económicas y sólo aceptó corregir eventualmente las violaciones al contrato colectivo.

Toda la fuerza policiaca y el Servicio Secreto vigilaban el norte de la capital, más de mil hombres de la policía montada, granaderos, policía preventiva, tránsito y el 24 batallón de infantería, quince mil policías se acuartelaron en previsión de «mayores desórdenes».

Desde las diez de la mañana en los centros ferrocarrileros, doscientos preparatorianos y grupos de maestros seguidores de Tiberio Esteves iniciaron una manifestación. A bordo de cuatro locomotoras de patio, llegaron obreros de Pantaco y de los talleres de Nonoalco, que también se hallaban bajo vigilancia policial.

La generosidad de los estudiantes desconcertaba a Trinidad porque su capacidad de entrega los hacía correr riesgos innecesarios. Raúl Álvarez, sobre todo, lo dejaba pensando. Apenas más alto que Rodrigo, el hijo de Saturnino, desplegaba una actividad intensa y un tanto suicida que a Trinidad irritaba. No cabe duda, los estudiantes eran más atrevidos y libres que los obreros. «Es un problema de clase el tuyo —le explicó Saturnino—, te caen gordos porque han tenido todo y son más locos».

Una tarde, en un salón en el que pensaban hacer un acto, Raúl de pronto se sentó frente al piano abandonado a medio escenario y lo abrió. Ajeno a Trinidad y a los demás compañeros, tocaba olvidado de sí mismo, por el puro placer de hacerlo. Cuando por fin levantó la vista del teclado y vio a sus amigos de pie, se disculpó. «Eres un concertista», comentó admirativo Saturnino.

Raúl, líder nato, tenía una inmensa capacidad de convocatoria y organizaba mítines de apoyo en menos que canta un gallo. No era el único. Otros muchachos de la Universidad y del Poli, de donde era Raúl, se aparecían con ofrecimientos de locales, imprentas, distribución de volantes, asesoramiento.

Algunos estudiantes hasta se entrevistaron con jefes policiacos: «Quienes instiguen a las masas de trabajadores a realizar desórdenes o alborotos, se pondrán al margen de la ley e intervendrá el Ministerio Público».

Al desprenderse de la fornitura de un granadero, una granada lacrimógena estalló y se encendieron los ánimos. «Es un accidente». Trinidad llegó a la estación de Buenavista y calmó a aquellos que a toda costa pretendían marchar y rieleros, maestros y estudiantes tuvieron que replegarse veinte minutos después de haberse iniciado el mitin.

—Esto es cosa de los estudiantes. No tienen conciencia del peligro…

—¡Que no se metan! —se enfureció Trinidad.

Ahora sí, se prohibían las manifestaciones. La verdad, a Trinidad lo sacaba de quicio el desenfado de los muchachos y en varias ocasiones le dijo al que tenía obvias facultades de líder, Raúl Álvarez: «¿Qué tanto hacen en la calle? Ustedes son unos privilegiados. ¡Pónganse a estudiar! Ya quisiera yo haber llegado a cursar estudios superiores como ustedes», pero cuando Saturnino le dijo que le habían comentado en el Politécnico que Raúl Álvarez —así se llamaba el escuincle— tenía grandes dotes de matemático, lo escuchó con mayor atención. «No nos vamos a dejar». «Habría que hacer brigadas de choque». «Hay que confrontar a la clase en el poder». «Yo ya confronté al presidente —se molestó Trinidad— y mire nada más cuáles son los resultados». Ajeno a las reacciones de Trinidad, Raúl Álvarez, seguía presentándose en Buenavista con su camisa y la expresión aún más abierta de sus ojos de idealista. «Así son ahora casi todos los muchachos —le explicó Saturnino—: todos quieren jugársela por las causas sociales». «Pues a mí me quitan el tiempo porque nunca me plantean algún programa concreto». «No seas tan intransigente, Trinidad, si alguien quiere solidarizarse con nuestra causa son ellos. Ya sé, te cansarán porque están muy ideologizados, pero son los únicos dispuestos a llegar hasta el final». «¡Oh, por favor!, ¿qué saben ellos de nuestros problemas?».

13

Emplazar a huelga a todos los ferrocarriles al mismo tiempo le daba a Trinidad fuerza en su negociación con la empresa. En veinticuatro años no había sido revisado el contrato colectivo del Sindicato Ferrocarrilero, los charros hacían muy poco por sus sindicalizados salvo firmar convenios. Si él tenía que revisar cinco contratos colectivos, prefería hacerlo de una sola vez. Por lo tanto preparó su paquete con enorme cuidado. Toda la noche, hasta las tres de la mañana, leyó y cotejó, y a las siete del día siguiente, otra vez, frente a su escritorio volvió a comparar. No sentía cansancio. «Unidad y Democracia Sindical» podía leerse en el muro tras de su escritorio. La revisión del Contrato Colectivo era clave porque la más mínima falla haría que el gerente se negara a firmar. Si la empresa no se echaba para atrás, los beneficios para los trabajadores serían enormes.

Tampoco los funcionarios de la Secretaría del Trabajo descansaban por el temor a la huelga. Hacían esfuerzos para conjurar la popularidad del líder que iba en aumento y envalentonaba a todo el gremio. La inquietud era visible en la cantidad de agentes secretos disfrazados de ferrocarrileros en Buenavista. «¿Conoces a ese cuate?». «Nunca lo había visto». De vez en cuando salían a la calle a recibir órdenes de hombres sentados a bordo de automóviles. Otros se comunicaban por teléfono a la jefatura de policía. «Sin novedad», oyó Saturnino Maya. «Sin novedad».

El Ferrocarril del Pacífico que corre de Guadalajara a Nogales tenía su contrato aparte, así como otros ferrocarriles minoritarios al lado de los poderosos Ferrocarriles Nacionales, el de Sonora a Baja California, el de Chihuahua al Pacífico, el Ferrocarril Minero de Chihuahua administrado por la American Smelting, el Ferrocarril Mexicano de México a Veracruz, los Ferrocarriles Unidos de Yucatán, el Ferrocarril Occidental de México, un tren cañero que iba de Navolato a Culiacán y el de la Terminal de Veracruz cuyo contrato quedó pendiente.

El problema de El Pacífico y Terminal de Veracruz era un clavo ardiente en la frente del líder.

—No estoy de acuerdo con Carmelo Cifuentes. Voy a convencer a los trabajadores del Pacífico, Mexicano y Compañía Federal de Veracruz de no ir a la huelga —le dijo a Silvestre Roldán.

—Los tres partidos acordaron, Trinidad, y tienen que seguir adelante. Son más de doscientas las violaciones al contrato colectivo de trabajo, además de la reposición de ciento cuarenta trabajadores injustamente despedidos.

—De todos modos, la huelga en este momento es mala solución… Es Semana Santa.

—¿No te vas a echar en contra del Partido Comunista Mexicano, del Partido Obrero Campesino y del Partido Popular Socialista? Tienen más experiencia que tú. Incluso Ferrocarriles Nacionales va a hacer paros escalonados en apoyo a las tres líneas y ya están avisados los secretarios de las cuatro secciones del Distrito Federal, dos de transporte, dos de la sección de vía y dos de fuerza motriz.

—Los paros son un craso error —se enojó Trinidad.

—Si te opones, van a pasar por encima de ti y te van a acusar de traidor.

—Que esperen. Todavía las pláticas pueden dar resultado… ¡La huelga es el último recurso y estoy hasta la madre de tanto comunista sabihondo!

Silvestre Roldán se preocupó. De veras, qué obstinación la de Trinidad. La lucha era de todos, no sólo suya.

—Sabemos muy bien que la huelga es el último recurso, pero en Aguascalientes, la Sección 2 ya designó a su Comité de Huelga...

—Pues, ¿qué tú eres fanático del Partido Comunista, Silvestre, o qué te pasa? Lo único que hacen los tres partidos es capitalizar nuestro triunfo. Se han subido al carro y ahora quieren mandar. Los Ferrocarriles Nacionales tienen que suspender los paros al menos provisionalmente.

—Díselo a Cifuentes, Trinidad.

«No a la huelga, no a la huelga, no debemos ir a la huelga, debemos replegarnos en forma organizada para ganar tiempo y lanzarnos de nuevo —repetía Trinidad—. Si nos lanzamos lo vamos a perder todo».

—Eres un cobarde —gritó Roldán.

Al día siguiente, burlando la vigilancia de los agentes secretos cada vez más numerosos, Trinidad habló con Cifuentes. Curiosamente lo vio en su casa, en una pieza al lado de la salita en que su esposa Cuca revisaba las tareas de sus dos hijas. «Los agentes han bajado la guardia y no imaginan que pueda yo estar en mi propia casa, así de absurda es la lucha», sonrió Cifuentes, quien tenía algo de pájaro en la mirada y en la nariz aguileña. A cada momento le caía sobre los ojos un mechón de pelo que se levantaba con la mano y así lo hizo para fijar su mirada en Trinidad:

—No acepto tus razones, los tres partidos no podemos echarnos para atrás.

—¡Es un grave error! ¡Estamos provocando el rompimiento definitivo de las pláticas!

—Lo que sucede, Trinidad, es que no conoces la historia del país ni la de sus luchas obreras.

—No sólo las conozco, sino que tengo sentido común e insisto en que los partidos están equivocados.

—Tampoco conoces al Estado mexicano y cómo tratarlo. Tenemos que ser implacables como en la Unión Soviética. Por eso subió al poder un hombre del pueblo más listo que todos los zares juntos: José Stalin.

—Estamos en México, Cifuentes, aquí las cosas son de otro modo y deberíamos seguir la táctica del repliegue organizado para que el sindicato siga en nuestras manos…

—El repliegue es contrarrevolucionario. Si queremos que el sindicato permanezca en nuestras manos, las tuyas o las de otro líder, hay que ser firmes. O todo o nada.

Cifuentes se lanzó en una disertación sobre la creación de líderes que nada tenía que ver en ese momento. «Deberíamos de estar formando a otros en caso de que a ti y a mí nos pase algo».

—No dudo de que otros tengan capacidad de liderazgo —se impacientó Trinidad—, pero lo que pido hoy es suspender los paros porque la escalada oficial contra el movimiento es evidente…

Para Trinidad, por más marxistas que fueran, los comunistas actuaban ingenuamente o con dolo, sabiendo que exponían a los rieleros a una represión que se veía venir no sólo en Buenavista sino en todo el país. «Estamos yendo demasiado lejos —coincidió Saturnino Maya—. La élite gobernante no va a permitir que se rompan las reglas del juego, para eso tienen a una CTM que les garantiza la tranquilidad social y los mantiene en la cúspide».

Vicente Lombardo Toledano, en quien creían las bases, era un hombre de mundo, un puente entre los obreros y el gobierno. Los poderosos lo respetaban porque con él era posible hablar; en cambio, Trinidad era intratable.

Un patán y además un hombre peligroso.

—Lo más cómodo para la burguesía ha sido culpar a los trabajadores —asentaba y de allí nadie lo movía.

—¿No te das cuenta de que eres una figura decorativa y que los que toman las decisiones son los partidos? —lo hizo enojar el Ratón Velasco.

Más que las palabras de Cifuentes, quien conocía bien las estratagemas del poder, le preocuparon las del Ratón Velasco:

—Ten cuidado, Trinidad, el gobierno va a ejercer mano dura.

—Tengo garantías del presidente de la República, del secretario de Gobernación, del de Trabajo.

—No les creas, sé cauto, significas un peligro. Te quieren eliminar. La agitación los tiene en ascuas y un gobierno con miedo es capaz de cualquier cosa —confirmó el Ratón Velasco—. Recuerda lo que le hicieron a Tiberio Esteves y a los maestros.

—Los compañeros pueden interpretar la rendición incondicional como una traición —sentenció Saturnino Maya.

Los delegados enardecidos actuaban como triunfadores. «La victoria es nuestra arma», gritaba Silvestre Roldán ensoberbecido al mismo tiempo que aseguraba que sólo debía levantarse la huelga hasta tener la absoluta certeza de que las proposiciones de la empresa seguían en pie, y entonces sí, firmar el contrato.

—La clase obrera no se rinde, Trinidad. ¿Quién manda en la Unión Soviética? El pueblo... Las pláticas con la Secretaría del Trabajo han sido estériles, debemos estar listos para suspender el trabajo.

Ya los grupos hacían guardias permanentes ante las instalaciones. El sindicato confirmó que, al estallar la huelga, los trenes en camino llegarían a la próxima estación. En los almacenes de embarque ya no se recibían mercancías perecederas. «Van a pudrirse como la primera vez».

Como no hubo acuerdo con la Secretaría del Trabajo, estallaron las huelgas en los Ferrocarriles del Pacífico y Mexicano y, al mismo tiempo, los trabajadores de los Ferrocarriles Nacionales pararon media hora para solidarizarse con sus compañeros.

Dicho y hecho, al ser informado del primer paro, el secretario de Trabajo rompió las pláticas.

—¿Quién ordenó el paro general? —preguntó Trinidad fuera de sí.

—Fue cosa de Silvestre Roldán. Acordamos que si las autoridades o el ejército sometían a los compañeros, íbamos a enlazar todo el sistema en solidaridad.

Sin esperar a Trinidad, los delegados de las cuarenta secciones decidieron ir a la huelga y la Sexta Convención ferrocarrilera giró una circular: los paros serían de dos horas, y aumentarían una hora diaria hasta hacerse de cuatro. Si se ejercían represalias, añadirían una hora más.

—¿Cómo es posible que hayas actuado sin consultar al Comité Ejecutivo y a los trabajadores? Esto es una traición al Movimiento. La empresa va a oponer más resistencia y la lucha va a endurecerse. Juntos los Nacionales, Pacífico y Mexicano habríamos hecho un frente común, pero ustedes, traidores, tú, Silvestre... ¿Acaso estoy pintado? —gritó Trinidad en el colmo de la desesperación.

—No aceptamos que nos llames traidores —protestó Silvestre.

Los comisionados de las cuarenta secciones se miraban entre sí, apenados.

—¡No se hacen paros para todo! —siguió gritando Trinidad fuera de sí—. Antes deben agotarse todas las demás instancias: la primera es conciliar, la segunda pedir la nulidad del convenio y sólo en caso de que ambas fracasen recurrir a la tercera y última, que es la huelga. ¿Por qué no pidieron la nulidad o la reforma del convenio?

—Óyeme Trinidad —se enojó a su vez Ventura Murillo—, la empresa ha destituido no sólo a ochenta y cuatro trabajadores, sino lanzado de las casas campamento a las familias de los reparadores de vía. Dos jueces de distrito se negaron a recibir el amparo que presentamos. Por eso hicimos paro. Carmelo Cifuentes...

—¡Al diablo con las verdades absolutas de Carmelo Cifuentes! ¡El secretario soy yo, no Cifuentes! Estás equivocado y la mía ya no es una llamada de atención, es un reclamo que voy a llevar a la asamblea.

Por primera vez en su vida, Trinidad miró a Silvestre Roldán con odio.

—La que actúa de mala fe es la empresa. Los ochenta y cuatro compañeros fueron despedidos sin causa. Lo único que podemos hacer para lograr su reinstalación son paros escalonados. Si la empresa reinstala a los destituidos y libera a los detenidos, suspendemos los paros.

—Deben recabar las pruebas de todas las violaciones cometidas por la empresa —los despidió Trinidad—. Vayan e informen a los trabajadores.

Cuando salían, Trinidad desesperado le espetó a Silvestre:

—Para colmo éste es un pésimo momento para una huelga. ¡Vacaciones de Semana Santa, imagínate nada más lo pendejo que eres! Si les fallamos a los usuarios, la opinión pública se va a echar en contra nuestra.

—El pendejo eres tú. La opinión pública está en contra nuestra desde la primera huelga hace más de un año —murmuró Silvestre Roldán, sombrío.

—No es la gente, es el gobierno —repuso Trinidad—. La gente nos apoya, contamos con la simpatía de los usuarios, pero si no les damos servicio en Semana Santa, vamos a perderla.

—¿Y el pescado de Semana Santa? La gran cantidad de pescado de la costa del Pacífico se perderá irremisiblemente. Tiene razón Trinidad, la huelga cae en muy mal momento —sentenció Saturnino Maya, que no paraba de fumar.

En la región cañera de El Mante, los cañeros aseguraban que también harían huelga en apoyo a los ferrocarrileros y ya el gobernador había declarado: «Si en El Mante ocurre algún desorden, aplastaremos con energía a los responsables». En Torreón, seis mil toneladas de mercancía estaban detenidas.

Quince minutos antes de las doce, los ferrocarrileros abandonaron talleres, andenes, oficinas y demás dependencias de Nonoalco. A las doce en punto cerraron las puertas y colocaron las banderas rojinegras, algunas colgadas de clavos a lo lado de las puertas, señal de que la huelga total, decretada por el líder Trinidad Pineda Chiñas, había estallado.

A la altura del tercer piso del edificio de oficinas de los Ferrocarriles Nacionales de México en la calle de Balderas, los rieleros también pusieron la bandera rojinegra. Doce policías los observaron sin inmutarse.

El silbatazo de la locomotora anunció la huelga. Duró ocho minutos. Los rieleros que se habían sentado se pusieron de pie. «Papá, se me enchinó la piel», le dijo Rodrigo a Saturnino. «Sí —respondió él—, en una huelga muchos hombres se juegan la vida».

También en la vieja estación de San Lázaro, un prolongado silbatazo anunció la huelga. ¡Cuánta gravedad en los rostros! A los huelguistas los acompañaron esposas e hijos. Extendieron las banderas rojinegras ante los ojos de los viajeros. Todos guardaban silencio. «Ahora sí, nos estamos jugando la vida». Ochenta soldados ya vigilaban las instalaciones, un pelotón de granaderos, once policías y dos oficiales. «Por si ocurre un acto de violencia».

—No va a haber violencia. Vamos a acatar las órdenes de nuestro sindicato.

En Buenavista, los trabajadores salieron de oficinas y talleres y, con los brazos vacíos, se detuvieron en los andenes. Los delegados de huelga se colocaban brazaletes rojos y se acercaban unos a otros. Fijaban una bandera rojinegra, afianzaban un candado.

—Vamos a dar instrucciones. Aquí tengo la lista de los ferrocarrileros responsables de las guardias.

Eran turnos de siete horas. «No puedo a esa hora», protestó uno. «No puedo durante tantas horas», aseveró otro, con rostro de preocupación. «Puedes cambiar de turno con algún compañero, pero en este momento es muy peligroso faltar a la guardia».

En las oficinas de entrega de carga, cinco o seis usuarios todavía pedían: «Déjeme aunque sea recoger mi mercancía».

Algunos ferrocarrileros de la línea del Pacífico regresaron a las bodegas. «Todo se va a echar a perder». «La cosecha de tomate tiene que salir a Estados Unidos». «La de plátano también, falta poco para su maduración». «Tres mil toneladas de melón están detenidas en Apatzingán». «¿Cómo vamos a causarle este perjuicio a los agricultores?». «¡Mira nada más el estado de las calabacitas, el montón de tomates verdes!».

También los macheteros responsables del flete en la estación de carga de Nonoalco se preocuparon. «Hay que darse prisa. Vamos a guardarlo». «De veras que me parte la madre el desperdicio». «¿Cómo es posible que no lo previeran y tomaran medidas para proteger a los agricultores?». La inquietud de los macheteros de transportes saltaba a la vista.

Varios hombres sudorosos informaban a gritos que la mercancía corría peligro. «Si yo fuera negociante, habría previsto todo esto veinticuatro horas antes y ya estaría recogiendo mi mercancía», se lamentó uno mientras ayudaba a sus compañeros a colocar la bandera de huelga.

En un extremo del patio, como atraídos por un imán, los ferrocarrileros miraban hacia la tarima sobre la que Saturnino Maya, de camisa blanca y sombrero de fieltro, informaba que no había indicios de arreglo y que la orden del Comité General de Huelga era mantenerse unidos «pase lo que pase». «Corremos el peligro de que se nos rescinda el contrato». «Que lo hagan», gritaron los oyentes. «Quieren que quitemos las banderas». «Que lo ordene Trinidad», volvieron a gritar.

Los fotógrafos subieron al techo del carro tienda número 22 y afocaron sus cámaras.

Un tren se deslizó rumbo a la casa redonda. Los huelguistas se miraron. ¿Serían esquiroles? «Compañeros, las máquinas se van a seguir moviendo para concentrarlas en la casa redonda», aclaró Saturnino echándose para atrás el sombrero. «No vayan a creer que los compañeros atentan contra nuestra huelga, son órdenes de Trinidad». Estallaron en vivas a Pineda Chiñas y a la huelga y los tripulantes del convoy levantaron su puño derecho: «¡Adelante, camaradas!», gritaron.

«Sabemos que el ejército está por ocupar los andenes e instalaciones del sistema. El Comité de Huelga recomienda mantener el orden a costa de lo que sea. Con disciplina y unidad llegaremos al triunfo».

Saturnino se quitó el sombrero y lo aventó al aire y luego se negó a dar su nombre a fotógrafos y reporteros.

—No importa, sabemos muy bien que usted es el segundo de Trinidad Pineda Chiñas.

A la media hora de iniciado el paro, en Buenavista, los rieleros recibieron con aplausos y vivas a cuatro transportes militares con ciento treinta soldados armados de rifles y subametralladoras y el Jeep del comandante de la tropa. Un sargento ordenó: «Abran paso» y añadió: «Venimos a hacernos cargo de las instalaciones y el equipo».

«Está bien, sargento», obedecieron los rieleros. En cambio, repelieron a dos granaderos. Algunos exaltados intentaron pegarles: «¡Mueran los azules!». «¡Abajo la policía!». También amenazaron a los reporteros. «¡Lárguense o los enchapopotamos!».

Un Jeep y una patrulla de la policía y otra de tránsito con seis agentes daban vueltas en torno a la estación y a la Cuchilla de Nonoalco.

—Van a estar aquí toda la noche.

En el andén, la emoción subía de punto y muchos hombres del riel querían quedarse, pero otros propusieron: «¡Vámonos a alguna piquera!». «Compañeros, el consumo de bebidas alcohólicas va a subir a consecuencia de la huelga», comentó irónico Ventura Murillo. «Sí, pero ¿quién las va a surtir? Aquí en Nonoalco abundan las pulquerías, pero con la suspensión del servicio ferroviario, las reservas se van a acabar». «A mí me preocupa el caso del cemento», intervino Magdaleno Blas, un fogonero. «De las diez mil toneladas de cemento que se producen, más de la mitad se moviliza por tren. Si no lo entregamos, se paraliza la construcción». Ventura Murillo, el más enterado, insistió: «La Compañía Terminal de Veracruz es la responsable de las maniobras de carga y descarga de barcos y parece que hoy empezó a contratar nuevo personal, ferrocarrileros cuyo contrato fue rescindido y piden trabajo. En vez de descargar en Veracruz, los barcos Louise Verhosen y Niedessathen, de Bremen y Hamburgo, fueron a Coatzacoalcos con su carga de maquinaria».

Dos ambulancias de la Cruz Verde comunicaban por radio: «Sin novedad, Buenavista, sin novedad» y se retiraron a vuelta de rueda.

La huelga estalló en la línea ferroviaria más importante, los Ferrocarriles Nacionales de México. La Junta de Conciliación y Arbitraje la declaró inexistente y ordenó a los trabajadores regresar a su trabajo en veinticuatro horas. «Nos van a detener a todos». Algunos compañeros atemorizados pidieron retornar a sus puestos.

Al atardecer, la quietud volvió a la vasta zona ferroviaria de Nonoalco, a las calles de Ciprés, Naranjo, Fresno, Pino, como si todos los árboles del mundo vinieran deseosos de convertirse en durmientes. Ni modo de decir: «Vamos ahora al Puente de Nonoalco a ver salir y llegar los trenes» porque los rieleros esperarían en vano. ¿Qué tal de tristes se verían los rieles bajo los reflectores eléctricos de cien toneladas? Cuando los trenistas de guardia no platicaban, jugaban cartas. Algunos llevaron un tablero de damas. Estar en huelga parecía ser su estado normal, mientras que las fuerzas armadas de la decimocuarta zona militar y cuerpos policiacos aguardaban la orden de detenerlos. Exacerbados por la espera, los jugadores querían saberlo todo del ferrocarril y el viejo Ventura Murillo atizaba la indignación de sus camaradas al contarles la huelga de los mineros que, en su desesperación, quisieron dinamitar la mina. Sin importarles el frío ni el hambre, cinco mil hombres y mujeres de Nueva Rosita y de Cloete caminaron más de mil quinientos kilómetros durante un mes y veinticuatro días para llegar a la capital. Cuando entraron al Zócalo, de los balcones cayeron flores, confeti, vivas. «La única puerta que no se abrió fue la del presidente de la República».

Ventura se sabía de memoria algunas frases del discurso del minero Pancho Solís en el Zócalo: «Somos un grupo de mexicanos que amamos a México como el que más. Cuando la expropiación petrolera, la Sección 14 aportó setenta y cinco mil pesos para pagarles a las compañías extranjeras. En Nueva Rosita vivíamos en un campo de concentración; nuestra cooperativa, con millón y medio de pesos en mercancías, nos fue clausurada y nuestros hijos mueren de hambre… Los periódicos nos han llamado asaltantes, comunistas, roba gallinas, pero a los gobernadores

138

de los estados por los que hemos pasado les consta que la caravana no ha dado ningún motivo de queja... La única misión que traemos a México es pedir justicia».

Entonces toda la plaza estalló en un grito:

«Justicia», «Justicia», «Justicia».

14

«Es el colmo. Los ferrocarrileros no tienen madre. Hijos de su mal dormir. ¿Cuánto va a durar esto? ¡Son unos cabrones! ¿El gobierno seguirá cruzado de brazos? ¿Y ahora qué?». La estación de Buenavista era un hervidero de injurias. En plena Semana Santa, los usuarios insultaban a los rieleros. «¡Qué decentes ni qué nada, son una bola de hijos de su puta madre!».

Quinientos pasajeros obtuvieron la devolución de su dinero, pero un gran número de provincianos quedaron varados con sus boletos de viaje redondo. En su mayoría era gente que carecía de medios.

—Sólo pueden devolverles el importe donde lo compraron —respondía el vendedor cuando intentaban cobrar su boleto de regreso.

En la máquina 1434, en la 2603, en la 2935 la palabra *HUELGA* destacaba en letras blancas.

Por las ventanillas del carro de pasajeros número 907 asomaron los sombreros de palma de campesinos del Estado de México. Tenían miedo de descender:

—¿Qué es eso, señor? ¿Por qué tanto silbatazo?

—Venimos de nuestra ranchería, pero mejor nos devolvemos.

—Dicen que aquí en la capital es puro robadero.

No había tren ni forma de regresarse.

Los vendedores ambulantes se convirtieron en una mancha que iba agrandándose: ofrecían tacos, aguas fresca, chicharrones con chile y limón, igual de fregados, tan pobres los que vendían como los que compraban, tan pobres como los cobertizos que guardan herramientas y señales de vía.

Los soldados desalojaron las salas de espera y familias enteras quedaron a la intemperie con sus niños y sus escasas pertenencias. Ofrecían un espectáculo desolador. ¡Malditos trenistas, todo era su culpa, cabrones rieleros antipatriotas, hijos de la gran puta! La prensa no los bajaba de traidores y los insultaba por radio.

Vacacionistas furiosos iban y venían por el andén.

Bien trajeadas, con buenas maletas, familias enteras acostumbraban viajar en tren, comer o cenar en el carro comedor, dormir en el *pullman* mecidos por el vaivén de las ruedas, qué romántico, pero los trenistas mal nacidos y sinvergüenzas les negaban ese placer que a muchos los remontaba a la infancia. ¡Bola de salvajes! Porfirio Díaz jamás lo habría permitido.

Los autobuses de lujo con asiento reclinable también competían con el ferrocarril, pero la llamada clase media salía de vacaciones en tren. Dormir en primera, en un verdadero hotel sobre ruedas como el Ferrocarril Mexicano a Veracruz, El Tapatío a Guadalajara, ¡qué privilegio! El terciopelo color vino de los asientos, la carpeta blanca bordada para recargar la cabeza, los bronces relucientes, las ventanillas enmarcadas por cortinas, también de terciopelo, convertían al viajero en observador del paisaje, pero también de su propia alma y de las manías de los compañeros de compartimiento reflejadas en el cristal de la ventanilla. El trayecto al salón comedor era toda una aventura: franquear el abismo de un carro a otro, en medio del estruendo de las ruedas y el súbito golpe del aire en la cara, hacía que algunas pasajeras gritaran: «¡Me voy a matar!», hasta que un *porter* de filipina blanca les tendía su mano enguantada.

—Son unos incompetentes, unos irresponsables —gritó Azucena Téllez, una guapa pasajera que de coraje, al enterarse de que el tren no partiría, aventó su maleta desde la ventanilla al andén—. ¡Todavía les hacemos el favor de usar su cochino tren, pero en vez de agradecerlo, hunden a México! ¡No saben lo mal que hablan de nosotros en Londres, en París, en Nueva York; en las grandes metrópolis nos tienen abominados! ¡País de salvajes y de metecos! ¡Somos el hazmerreír del mundo civilizado! ¡Y ahora una huelga en plena Semana Santa! ¿Se imaginan lo que van a decir de nosotros?

A los tres días, la estación, antes una romería, parecía un camposanto.

«Son incalculables las pérdidas que el turismo nacional sufre a causa de los paros y sabotajes ferrocarrileros», declaró el vocero del Departamento de Turismo a nombre de su jefe, de vacaciones en Biarritz. «Son innumerables los turistas, especialmente estadounidenses, que desisten de venir a México no sólo por temor a quedarse varados, sino por la falta de seriedad en los servicios ferrocarrileros».

Los dirigentes de las cámaras nacionales del hierro, acero y cemento señalaron que el paro iba a provocar una alza de precios por falta de transporte. Exigían al gobierno proceder con toda energía. «Si no, los males van a ser aún mayores».

—Éste es uno de los más graves conflictos obrero-patronales del país en los últimos años —declaró el gerente—. Los agitadores profesionales ponen en peligro el orden público. La paralización de los trenes significa una disminución en los ingresos de los ferrocarriles de más de tres millones de pesos al día. La huelga es un gesto hostil en contra de la patriótica obra del gobierno que inicia su gestión.

«Las cosechas de varios estados están a punto de perderse. Los agricultores de la costa del Pacífico y los habitantes de los estados de Nayarit, Sonora y Sinaloa protestan airadamente contra un paro que arruina sus intereses».

«¡Hijos de su mal dormir, no regresamos!». Los ferrocarrileros recibieron con chiflidos y amenazas la noticia de que la Junta Federal de Conciliación y Arbitraje había declarado inexistente la huelga y ordenado el retorno al trabajo en veinticuatro horas. A gritos advirtieron que sólo volverían a trabajar cuando lo ordenara Trinidad.

Unos trabajadores quitaron las banderas rojinegras al saber que las autoridades de la Secretaría del Trabajo habían declarado inexistente la huelga. «¿Qué hacen, pendejos?», se enojó Ventura Murillo. Confusos, se disculparon: «Las quitamos para sacudirlas. Sólo fueron cinco minutos». «Bastan cinco minutos para chingar toda una acción política».

Las noticias de provincia se volvieron alarmantes y Trinidad y su Comité Ejecutivo General buscaron a los abogados del sindicato.

—La única solución es regresar al servicio —aconsejó Silvestre Roldán nervioso, su cigarro amarillándole los dedos—. El gobierno acuarteló a soldados y policías en todas las estaciones de la República.

—La Junta Federal de Conciliación y Arbitraje tomó media hora para dictar un laudo de más de treinta páginas —confirmó el Ratón Velasco.

—La huelga es completamente legal y está dentro de las normas —asentó Trinidad, que había entregado el proyecto de revisión de contrato a la Suprema Corte de Justicia y solicitó amparo en contra de la inexistencia.

Los abogados llevaron el amparo a los jueces del Distrito y ninguno quiso recibirlo. Trataron de interponerlo en Guadalajara sin resultado.

—Ahora sí ya nos chingaron —constató Saturnino, que no acostumbraba decir groserías.

Trinidad tuvo la certeza de que las autoridades terminarían con el movimiento. Se había opuesto a la huelga, pero, ante la actitud del gobierno, seguiría adelante y respaldaría a los comunistas. La frasecita «eres un cobarde» aún resonaba en sus oídos.

—Bueno, compañeros, ordenamos que vuelvan al trabajo y ¿qué les vamos a dar a cambio? ¡Ni el contrato colectivo! Tenemos que sostenernos mientras los abogados hablan con el presidente.

A través de los abogados, el nuevo presidente mantenía la oferta de su predecesor: invertir treinta millones de pesos en casas para los trabajadores y conceder el fondo de ahorro. «Compañeros, ya tenemos qué llevarles a los trabajadores. Hay que aceptar algo, para que no se pierda todo».

—Suspendemos los paros si nos garantizan que van a poner en libertad a los detenidos y a reinstalar a los que han destituido —Trinidad habló de nuevo con Sánchez Cordero.

—Esto también depende del secretario de Trabajo —respondió el gerente.

Convino con Trinidad en que la entrevista sería a las siete de la noche del día siguiente. Sin embargo, en la mañana, Sánchez Cordero declaró por radio, televisión y prensa que no existía arreglo y que la empresa se negaba a pagar. Ante la noticia, Trinidad se preguntó hasta dónde llegaría la traición. En el vestíbulo del sindicato al lado de la telefonista, Bárbara transmitía febrilmente instructivos al sistema.

De pronto una llamada del norte informó que las autoridades golpeaban a los compañeros para obligarlos a regresar al trabajo.

Encerrado en su despacho, Trinidad ni siquiera le abrió a su sobrina. «Todo esto es consecuencia de la traición de Silvestre», se repetía sombrío. «Silvestre me traicionó».

A las diez de la noche, Bárbara preguntó a través de la puerta:

—¿No se te ofrece nada, tío? Me voy a la casa. ¿No quieres hablar con alguien? Olvídate de Silvestre, lo que pasa es que le lavaron el cerebro. Todo el tiempo hablaba de una estrategia alternativa. ¿Llamo a Saturnino? Ya van dos veces que viene. Dijo que estaría en su casa.

—Déjame en paz.

«Por un lado me ataca la prensa y por el otro me falla Silvestre, que prorroga por su cuenta el contrato de tres ferrocarriles. ¿En dónde estoy parado?», Trinidad daba vueltas en su oficina.

Ya todos dormían y Sara se había acostumbrado a que su esposo, en muchas noches, no regresara. Para variar, al líder lo que más lo atormentaba eran las palabras del Ratón Velasco:

—Trinidad, si sigues así vas a perder el control del movimiento. Tú eres el líder y no Cifuentes.

En el momento más álgido se presentó Raúl Álvarez con su descuidada impertinencia:

—Tiene usted que manifestarse en todos los periódicos, Pineda Chiñas.

—¡No van a publicar nada! ¡Además usted no entiende nada!

El muchacho se echó para atrás, herido:

—Sólo vine a decirle que cuenta usted con la solidaridad de todo el Politécnico.

—¡Sí, cómo no! ¡Bola de haraganes, mitoteros, pónganse a estudiar!

El muchacho no se amilanó.

—Debe usted exigir garantías al juez primero de Distrito en Materia Penal como simple ciudadano.

—No he cometido ningún delito y se me vigila de día y de noche. Así es de que lárguese si no quiere que lo aprehendan también a usted.

—Yo iría a la cárcel con usted porque lo admiro como a nadie...

A Trinidad esa pequeña frase lo amansó.

—Puedo organizar una marcha del Poli al Zócalo en contra del gobierno —prosiguió.

—Sí, niño, hazte las ilusiones. Supongo que ni en Lecumberri me dejarás en paz —lo condujo Trinidad palmeándole la espalda a la puerta de su despacho.

Sorpresivamente, Raúl Álvarez lo abrazo.

—De mí no se va a librar. Ningún mexicano que se respete lo va a dejar solo.

15

Un automóvil con agentes secretos lo seguía día y noche. Hasta era posible oír el encendido del motor en el instante en que daba el primer paso en la calle. Los agentes permanecían durante horas al acecho frente al restaurante al lado del sindicato. «Ni comer nos dejan», se quejó Sara.

«Esto ya es intolerable. Voy a preguntarles quiénes son», protestó Bárbara airada, y echó para atrás su silla de cervecería. Sin que nadie pudiera impedírselo salió a la calle. «¿Por qué siguen a mi tío como sabuesos?», inquirió y los cuatro respondieron que era orden del procurador y cerraron su ventanilla.

Sí, era cierto, ninguna paranoia, los guaruras convertidos en su sombra lo acechaban. «Animal acosado, eso es lo que soy». Esta persecución cotidiana minaba su salud, alteraba sus nervios. «¿Que nunca me van a dejar solo?». Empezó a temer también por Bárbara. «¿Te siguen a ti?», se inquietó. «Claro que no, y ando para arriba y para abajo». «¿Estás segura?». «Sí, a mí nunca me pasa nada, no te preocupes, tío». «¿Y tú, Sara?». «¿A quién quieres que le interese yo?», preguntó a su vez Sara con ojos de reproche.

A los pocos días, Trinidad se dio cuenta de que ya no sólo lo seguía la policía secreta, sino también una patrulla con agentes de tránsito.

—Ahora sí el gobierno se descaró. Me asomé a las cuatro de la mañana y vi la patrulla.

Decidió dormir en un sofá en el sindicato para no exponer a Sara y a sus hijos, «Si quieres, vente a mi casa, tío», le dijo Bárbara.

Para Trinidad lo más difícil había sido el ritmo de las citas que se sucedían con rapidez pasmosa, no tenía tiempo ni de ir al baño y recibía a alguien pensando en que su vida ya no era suya, sino de toda esa gente que llegaba con una solicitud apremiante y quería ser atendida de inmediato. «Al compañero no puedes hacerlo esperar, tiene diabetes y vino entre una inyección de insulina y otra». A veces se preguntaba angustiado: «¿En qué me he metido?», pero como salía bien, privaba la esperanza. Ahora, el miedo hacía que su oficina se vaciara y que los compañeros se alejaran. Sólo Saturnino pasaba horas a su lado, con su hijo de la mano: «Es mejor que no lo traigas, aquí corre peligro», aconsejó Trinidad.

Una noche, un enviado de Lázaro Cárdenas pidió audiencia:

—El general le recomienda que no salga porque ya por radio y televisión han divulgado órdenes de aprehensión en su contra.

—Orden de aprehensión la hay desde que empezó el movimiento, pero yo confío en que no se cumpla puesto que no hacemos nada fuera de la ley.

—Cuídese, algunos lo consideran hombre muerto.

—La Constitución confiere derechos a los trabajadores.

Al ver que no le daba importancia, el mensajero se despidió y Trinidad se volvió a Bárbara:

—Vámonos a comer.

—No, tío, mejor que nos suban algo del restaurante.

—No me voy a encarcelar antes de que lo haga el gobierno.

Sara, el rostro alterado, abrió la puerta de la oficina:

—¡Ah! Ya vino mi mujer. ¿Traes tortas y refrescos?

—No, Tito, pasé a recoger al niño y vine porque dicen en el radio que el gobierno te quiere detener.

—Pues eso dicen, pero no pasa nada. Bajemos a comer. Avísales a los demás, ya son más de las cuatro, me muero de hambre.

—A donde va tu papá están los agentes —le explicó Bárbara a Nabucodonosor, que no soltaba la mano de su madre—. Tu señor padre es importantísimo. Fíjate que hasta motociclistas de tránsito lo siguen en la calle. El que es muy ocurrente es el Capi, nuestro chofer. De tanto esperar allá abajo hasta se lleva bien con los policías y le disparan los almuerzos. ¡Es muy simpático el Capi! Además sabe deshacerse de ellos porque se mete en el tráfico y les es imposible alcanzarlo. Luego ellos le reclaman…

Bárbara trataba de hacer amable la comida de once adultos y un niño sentado al lado de su padre.

A las cinco de la tarde, Trinidad, Sara, el niño Nabuco, Bárbara, Saturnino Maya, su esposa Dalia y Rodrigo, Ventura Murillo y su esposa terminaban de comer, cuando un automóvil sin placas se estacionó frente al restaurante y varios hombres vestidos de civil descendieron dejando las portezuelas abiertas. Rodearon la mesa. «Están detenidos», le gritaron a Trinidad. De inmediato inmovilizaron a Saturnino.

Saturnino hizo resistencia hasta que tres hombres lo tomaron de los brazos. De un segundo automóvil bajaron otros cuatro agentes que lo noquearon. «¿Qué pasa aquí? ¿Están locos?», gritó Bárbara fuera de sí mientras los demás se dejaban conducir a los carros. Trinidad, Sara y Bárbara seguían defendiéndose a puñetazos y a patadas.

Cuando vio que un agente iba a golpear a su tío en la cabeza con la cacha de la pistola, a Bárbara le salió fuerza para aventar al que la detenía, pero fue Sara, la esposa, quien metió la mano para impedir el cachazo. Lanzó un alarido de dolor y Nabuco, hasta entonces mudo de espanto, empezó a llorar a gritos.

Los escasos clientes se habían metido debajo de las mesas, otros huyeron a la cocina, otros más se escondieron tras de la barra. Nadie ayudó. En uno de tantos empujones, las pulseras de Bárbara rodaron al suelo y allí quedaron tiradas. O las robaron los agentes que también rompieron una de sus zapatillas de gamuza.

A pesar de los golpes, Trinidad resistió y cuando lo llevaron en vilo al carro, Bárbara se fue rengueando tras de él. Todavía él impidió con las dos piernas que lo metieran en su interior con la esperanza de que los rieleros salieran en su defensa. Era imposible que no lo vieran debatirse. ¿Qué les pasaba que no venían en su auxilio? ¿Los había paralizado el espanto? ¿Un poder diabólico los petrificaba? ¿Se habían vuelto de sal? Bárbara vio cómo su tío metía su pierna derecha en la portezuela e impedía que la cerraran. Sólo lo lograron a puntapiés en la espinilla. Adentro, Trinidad siguió repartiendo golpes hasta que un revés en la mandíbula lo venció. Todavía alcanzó a oír los gritos de Sara y de Bárbara y luego el chirrido de las llantas del automóvil. El segundo automóvil negro, también sin placas, arrancó tras de ellos.

—Ayúdenme, ya se lo llevaron, ayúdennos —gritó Bárbara fuera de sí.

Sara, el niño de la mano, era la imagen misma de la desolación. Rodrigo, mucho mayor, intentaba protegerlos hasta que Dalia su madre le pidió: «¡Vámonos, Rodri, nos hablamos al rato!», abrazó llorando a las dos mujeres.

—¿Qué pasó? ¿Dónde están? ¡Ya se llevaron a mi tío, ya se lo lleeevaaarooon! —sus patéticos gritos resonaron dentro del edificio del sindicato.

—¿Quién se lo llevó? ¿Cómo se lo llevaron? ¿Qué pasa? —salió el Capi, que había ido a echarse una siesta mientras comían.

Hecha una loca, Bárbara cojeó hasta el Departamento Legal. Como estaba alfombrado, los compañeros no la oyeron.

—Son unos traidores —abrió de golpe la puerta—. Ya sabían lo que iba a sucederle. ¡Malditos!

Sara, con Nabuco abrazado, intentó paliar la lluvia de insultos de Bárbara.

—Ustedes se quedaron paralizados detrás del ventanal del edificio. Ahora sáquenlo, a ver dónde está. ¿Dónde lo metieron? Ustedes saben dónde está, hablen —sollozaba.

Se alarmaron.

—¿Qué esperan para llamar a las secciones y decirles que ya se lo llevaron? —gritó de nuevo.

—Siéntese, Bárbara —un compañero le ofreció un trago de tequila—, intente controlarse.

Bárbara era una gelatina. No sentía los golpes en su cuerpo sino el dolor y la impotencia: «Hice todo lo posible para que no le cayeran los cañonazos en la cabeza, fue lo único que pude impedir. Se lo llevaron». El dolor la asfixiaba. «Sara y yo esperábamos que ustedes llegaran y nada, nada, nada, nada…».

Descompuesta, la mujer de Trinidad decidió irse a casa con el niño, que lloraba a moco tendido.

Bárbara subió a su oficina y tras de ella un hombre la tomó del brazo:

—Mire, yo soy agente…

—¡Sólo eso nos faltaba! ¿Qué le pasa? Todos lo conocemos como rielero.

—No me parece lo que está haciendo el gobierno y por eso le aviso que se larguen porque van a venir por ustedes. Dígaselo a los compañeros. Váyanse ahora mismo.

Ningún agente se denuncia a sí mismo y Bárbara pensó que se había vuelto loco.

Efectivamente, a los diez minutos llegaron policías con ametralladoras, cámaras de televisión de varios noticieros, patrullas y camionetas azules que todos conocían como «julias», ordenaron desalojar el edificio. «¡Manos arriba!». Bárbara recordó que en un cajón del escritorio tenía varias pulseras de oro traídas de Juchitán para venderlas entre las compañeras y se las metió en el brasier. No quiso salir con los brazos en alto como el resto de los compañeros. «Si no lo haces te van a picar las costillas», murmuró Saturnino Maya. «Que se atrevan», repuso ella. Cuando iba a subir a la julia, uno de los agentes, al verle las piernas, pretendió ayudarla:

—¡Quíteme la mano de encima, perro infeliz!

—Más orden, señorita, súbase a la julia.

—Más orden el de ustedes, malditos traidores. Sólo sirven para entregar a sus hermanos.

150

En ese momento vio a Saturnino con los brazos en alto y le ordenó airada:

—Saturnino, baje las manos. ¿Que no es hombre?

Saturnino, muy pálido, obedeció.

En la camioneta, Bárbara propuso:

—Vamos a cantar «La rielera» para que no piensen que tenemos miedo. ¿Por qué hemos de temerles si no le hemos hecho daño a nadie?

—No, Barbarita, no hay que provocarlos —murmuró Saturnino.

—Pues entonces vamos a entonar el Himno Nacional.

—Bárbara, sosiéguese.

—¡Caramba! ¡Qué poco hombres!

El sudor desbarató el peinado de salón de belleza de una secretaria del sindicato de rasgos orientales, consentida de Trinidad, y las mechas le caían en la cara. Dos compañeros comentaron que se parecía al hombre del carrito, la película china del momento y la risa nerviosa alivió la tensión.

—Bárbara, cuando lleguemos no sé a dónde porque no sé a dónde nos llevan, si le piden sus generales no vaya usted a dar su verdadero nombre —le aconsejó al oído Saturnino.

—Muy bien, compañero.

El viaje se hizo eterno. La julia entraba por una puerta y los soldados indicaban otra, hasta que por fin dieron con la del Campo Militar número 1. A Bárbara la condujeron a la oficina del general Avilés Rubio sentado frente a un escritorio entre la bandera nacional y la Virgen de Guadalupe. Una foto del Papa presidía la pieza al lado del presidente de la República con la banda tricolor atravesada sobre el pecho. Solemne, Avilés Rubio le pidió a Bárbara sus generales e insistió en saber cuál era su puesto en el sindicato. «¿Por qué habría yo de esconder mi identidad?». Bárbara hizo caso omiso de la recomendación de Saturnino y pronunció el apellido Pineda Chiñas que hizo que el general levantara la vista:

—¿Qué es usted de él?

—Es hermano de mi madre.

—¿Y cuál es su puesto en el sindicato?

—Soy recepcionista.

La miró de arriba abajo:

—Esto es muy penoso para mí... Dentro de lo que esté en mi poder, haré lo posible para darle algo de comodidad mientras su situación se normalice —dijo atropelladamente.

Un militar entró y le tendió una tarjeta que leyó para luego levantar los ojos hacia Bárbara:

—He recibido órdenes de incomunicarla, pero voy a tenerla en lugar visible. Lo que sí, estará aislada. No tenga ningún temor, aquí no hay soldados rasos ni malvivientes. En el despacho en que voy a encerrarla, el de los mimeógrafos, sólo tenemos sillas de madera, pero voy a mandar traer un sofá y una almohada para que pueda recostarse.

De pie se cuadró tras de su escritorio:

—Estoy a sus órdenes.

Esa misma noche, Bárbara tuvo un ataque de pánico. «¿Y ahora cómo voy a hacer para ir al baño?». Dos hombres la acompañaron y permanecieron tras de la puerta. «Me van a oír». La violación de su intimidad la paralizó. «Váyanse, lárguense, déjenme sola», gritó a través de la delgada lámina. Ni un solo sonido. «Si se quedan no puedo», suplicó. «No puedo», sollozó. Entonces oyó algo, quizá se alejaron, pero en ese mismo momento le ganó la necesidad. «Esto es lo peor que me ha sucedido», dijo al salir del baño, pero ninguno de los soldados la miró. «¿Cómo voy a hacer para dormir? Mañana ¿podré bañarme? ¿Cuántos días tendré que quedarme con la misma ropa?». Ella, que la preparaba con esmero y reflexionaba en el vestido que se pondría al día siguiente, el del fin de semana, el collar, los aretes y la pulsera que hacen juego, ¿qué sería de ella en este confinamiento? «No tengo nada mío». En la oficina en la que la habían encerrado buscó en los libreros de metal. Varios directorios telefónicos se apilaban junto a archiveros cerrados con llave. De pronto, en una silla plegadiza, un objeto atrajo su atención: su bolsa. ¡Qué gusto! Por lo menos eso le habían dejado. La abrió y acarició el peine, la polvera. Ya no tenía cartera ni monedero, pero acostadito en el fondo la esperaba el tubo de labios desgastado y le pareció más valioso que los billetes perdidos. Era una continuidad de sí misma. Se pintó lentamente, saboreándolo.

En el piso del coche, Trinidad se limpió la sangre.

—¿Por qué no opusieron resistencia? —alcanzó a preguntarse—. Si los compañeros intervienen habría sido imposible que me llevaran. ¿Qué les pasó?

Más que su detención, le alarmó la pasividad de los rieleros y se preguntó por qué miraban la escena como si se tratara de una película.

¿Y Sara? ¿Y Bárbara? ¿Y Nabuco? ¿Y Saturnino, su mujer y Rodrigo? ¿Habrían tenido la presencia de espíritu de ir a guarecerse a otro lado? ¿O sus dos mujeres se habrían quedado allí a media calle, en pleno desamparo, abrazadas?

En los ojos de Trinidad se imprimió una sola imagen: los compañeros acobardados viendo su aprehensión como si estuvieran clavados en la tierra.

¿El pavor los agarrotó de tal manera que tampoco se movieron cuando una hora más tarde entró la policía a arrestarlos?

¿O vivían en el limbo y no tuvieron conciencia de lo que podía suceder?

¿O nada raro estaba sucediendo?

¿O nunca pensaron que el gobierno los traicionaría en esa forma?

A Trinidad lo aventaron en un separo del Campo Militar número 1 en el que se hallaba un escritorio sin silla y un catre de campaña al que un soldado le añadió un colchón y dos cobijas.

Frente a Trinidad permanecían tres vigilantes, metralleta en mano. Para ir al baño había que recorrer una distancia de más de quince metros. Los soldados esperaban con todo y metralleta.

Incomunicado durante quince días, Trinidad se preguntó una y otra vez qué le habría pasado a Sara, a su hijo, a Bárbara. Eran capaces de encerrarlas a ellas también. Su sobrina pondría el grito en el cielo, pero ¿Sara? Su mujer ya no tenía resortes para defenderse y por primera vez, al pensar en ella, se sintió culpable. A Sara jamás le había dado él lo que ella quería, y no es que quisiera nada extraordinario, sólo que fuera como los demás maridos, que la amara y eso era inútil porque era evidente que él ya no la amaba.

Y ahora, con tantos hijos ¿qué sería de Sara? Por primera vez desde su adolescencia, Trinidad lloró por toda esa malhechura de la huelga, y por esos hijos y esa mujer cansada a más no poder a quienes les había fallado.

No probó comida, lo único que aceptó fue la jarra de agua.

El general Avilés Rubio se presentó con un periódico cuyos titulares rezaban en letras rojas: «Traición a la patria de Pineda Chiñas».

—Aquí dice que usted obedece las órdenes de diplomáticos soviéticos.

—¿Qué?

—Sí, lo que usted busca es servirle al oso ruso de hocico amenazante y afiladas garras.

—¿Cuál oso?

—Según el reportaje, el procurador de Justicia declaró que están comprobados sus lazos con funcionarios de la Embajada de la Unión Soviética. El oso ruso…

—¡Dale con el oso!

—Ustedes traicionan a la patria…

—Los traidores son los militares porque tienen prohibido actuar como policías y detener a obreros. En cuanto a lo del oso, es asombroso que un general pueda repetir las patrañas que lee en el periódico…

Como respuesta se quedó sin catre.

A partir de ese momento, cada vez que lo escoltaban al baño aleccionaba a los soldados. «Una cosa es ser policía y otra muy distinta el servicio militar. ¿Ustedes qué tienen que andar haciendo de carceleros? ¿Lo estipula la Constitución?». Al cabo de un tiempo, logró crear cierto descontento entre ellos. «Tiene razón, no somos cuicos».

Tres días más tarde, un juez tomó su declaración preparatoria. Leyó un escrito de acusación del procurador de Justicia. De nuevo Trinidad se reservó el derecho a declarar en presencia de su abogado. Al día siguiente, en el Campo Militar número 1, el juez le decretó a Trinidad Pineda Chiñas y a sesenta y cuatro ferrocarrileros, entre quienes estaban Silvestre, detenido en su casa, y Saturnino, el auto de formal prisión.

Los hechos delictivos se asentaron en la averiguación previa 434/55 de la Procuraduría General de la República:

1. Disolución social. Párrafo 4 del artículo 145 del Código Penal Federal.
2. Delito contra la economía, fracción 3 del artículo 254 del Código Penal Federal.
3. Ataques a las vías generales de comunicación. Fracción séptima del artículo 167 del Código Penal Federal.
4. Delitos equiparables al de resistencia de particulares. Artículo 181 del Código Penal Federal sancionado en el artículo 180 del mismo.
5. Asonada o motín. Artículo 144 del Código Penal Federal.
6. Amenazas. Fracción 2 del artículo 282 del Código Penal Federal.

El procurador declaró que se impondría todo el peso de la ley contra los agitadores que paralizan vías de comunicación vitales para el desarrollo de la industria y el comercio.

Por toda la ciudad, soldados, policías y agentes aplastaban cualquier reunión y los sospechosos iban a la cárcel. Sucedía lo mismo en Guadalajara, Tierra Blanca, Matías Romero, Monterrey, San Luis Potosí y Aguascalientes.

La gerencia movilizó tropas para proteger a los obreros que entraran en lugar de los huelguistas. «Quienes sigan a Pineda Chiñas serán despedidos en definitiva, dejarán de cobrar su salario y perderán su derecho de antigüedad».

Una noche, sin decir agua va, cinco uniformados, fusil en mano, sacaron al líder del Campo Militar.

Los truenos caían sobre la camioneta.

—El cielo está enojado porque me llevan —les dijo y sonrió.

Aunque Trinidad no era creyente, recordó a Na' Luisa, su madre, hincada frente a un altar casero en el que sobresalía el Niño de Atocha. También recordó a un campesino a quien había partido un rayo al inicio de una tormenta e invocó a ese mismo rayo para partir en dos la camioneta que lo llevaba preso, «no para matarme a mí, sino a los pinches policías». Ese pensamiento le provocó una risa suavecita que hizo que se volvieran a mirarlo extrañados.

La camioneta lo llevaba al Negro Palacio de Lecumberri con una condena de veintiún años.

16

Tanto la prensa como los inversionistas felicitaron al gobierno. ¡Por fin había reaccionado! ¡Qué alivio! El sol volvería a salir y la tranquilidad reinaría en el país. Oficialmente se calculó en quinientos el número de apresados, pero fueron muchos más. Tropas federales, agentes policiacos y granaderos ocuparon estaciones, andenes, talleres y detuvieron a rieleros en Guadalajara, Monterrey, Torreón, Puebla, Aguascalientes, San Luis Potosí. «El gobierno no podía ya tolerar tanto desorden, la catástrofe económica a la que los hombres de Trinidad llevaron al país es incalculable. Íbamos derecho al precipicio, sobre todo los estados del norte que fincan su bienestar en cosechas agrícolas», advertía la prensa.

A su vez, muchos hombres del riel se retractaron, un editorialista de *Excélsior* explicó que el fracaso del movimiento se debió a que finalmente el gremio obtuvo las mismas prestaciones que ofrecía la empresa. «¿Para qué tanto brinco estando el suelo parejo?», preguntaba. El presidente de la República cumplía su promesa hecha en Aguascalientes: «Proteger a la industria ferroviaria y a sus usuarios».

Trinidad Pineda Chiñas «reinstaló al comunista Carmelo Cifuentes en la Sexta Convención Extraordinaria, cumpliendo órdenes de Moscú». «Pineda y Cifuentes pretendieron sustituir al PRI por su partido de remota importación». «El propósito de estos irresponsables al servicio descarado de una potencia dictatorial e inhumana es enemistar al gobierno de México con los Estados Unidos de Norteamérica, sin importarles las consecuencias que esto traiga al pueblo mexicano». «Para Cifuentes, Pineda Chiñas y socios, lo esencial es servir a su patria adoptiva y para ello nada mejor que significarse haciendo el mayor daño posible a este bendito suelo que, para su vergüenza, los vio nacer». «En esta aventura, cuya finalidad era derrocar al gobierno sirviendo a consignas del Partido Comunista, estaban comprometidas organizaciones y grupos de estudiantes que a última hora echaron reversa, reconsideraron sus planes subversivos y no siguieron a Trinidad». «Ahora queda diáfanamente claro que no habría sido necesario llevar a los ferrocarrileros a ese extremo, poniéndolos al margen de la ley y enemistándolos con el gobierno de la República en un afán innecesario de impresionar a la opinión pública. Bastaba aceptar la proposición de la empresa que al final fue la que prevaleció».

«¡Conjura comunista para herir a la nación y derrocar al gobierno, en la que a última hora los conjurados fueron cobardes al convencerse de la fortaleza del régimen!». «Injerencia roja», «Adhesión a Moscú», «Con sus acciones subversivas, el Partido Comunista pretende establecer en México un Estado socialista basado en los principios de Marx, Engels, Lenin y Stalin», «Pineda y sus cómplices se adueñaron ilegalmente del sindicato», «Absoluta ausencia de ética y de patriotismo, de respeto al público y a los intereses nacionales», «El daño ocasionado por el paro ferroviario es enorme. En los patios de la estación regiomontana hay más de sesenta mil toneladas de carga inmovilizadas y otras tantas en Nuevo Laredo y en Saltillo».

Trinidad, sudoroso, volvía a calarse los lentes para leer mejor. «No sé por qué tengo los ojos tan irritados. Algo me habrá caído adentro, por eso me lloran». Cuando bien le iba, el líder de la CTM, Fidel Velázquez, los tildaba de «rojillos», pero la mayor parte del tiempo eran «renegados» y «traidores a la patria».

Los noticieros hablaban de «vesánica traición», «los intereses sagrados de la patria», «la aventura más ruin y pérfida conocida en la historia de nuestra vida sindical y de todo el movimiento obrero», «infinidad de familias en el desamparo», «en manos de Pineda y sus secuaces, el sindicato había dejado de ser baluarte indestructible de las instituciones revolucionarias de la nación».

Ahora resultaba que los trinidocomunistas mal nacidos querían hundir a la patria. Trinidad Pineda Chiñas era un cáncer, sus intenciones, criminales y muchos auténticos hombres del riel hicieron todo lo humanamente posible para cambiarlo. El encarcelamiento del monstruo daría una nueva vida al Sindicato Ferrocarrilero, paladín y orgullo de la clase obrera. Las masas volverían a las actividades colectivas en bien de México y de la familia mexicana.

Los diputados se felicitaban por la caída de Trinidad, «un ídolo de barro que no es líder, no quiere al gremio y, lo que es peor, no quiere a México».

—¡Cuánta ruindad! —se indignó Bárbara.

A Trinidad le dolió que los ferrocarrileros regresaran en masa a trabajar en Tapachula, en Pachuca, en Cárdenas, en San Luis Potosí y que ciento cincuenta hombres del riel antitrinidistas declararan: «Nos forzaron a seguirlo».

El daño por el paro ferroviario era inmenso, sobre todo en el espíritu de los que habían luchado y hoy se traicionaban a sí mismos. «No simpatizamos jamás con Trinidad, pero por coacción terrorista tuvimos que asistir a las reuniones». En Veracruz, el líder de la Sección 28 anunció que doscientos de los ochocientos rieleros de la Terminal de Veracruz volvieron a sus labores después de desalojar al comité trinidista. Total, se reincorporaron 75 por ciento de los paristas.

Otras noticias, en cambio, lo alentaban. Los paros se mantuvieron varios días en Matías Romero, en Mogoñé, en Nizanda. En Tampico, en Ciudad Madero, en Ciudad Victoria, en las secciones 34 y 36 ningún trinidista había renegado de él. «¡Qué comunistas ni qué comunistas, nosotros somos seguidores de Trinidad. Es nuestro líder!». Consignados por disolución social y daños a las vías públicas, en el momento de su detención lanzaron vivas a Pineda Chiñas. «A los comunistas los acusan de asociación delictuosa por su devoción a la Unión Soviética». En Aguascalientes, ocho mujeres exhortaron a los trenistas a no regresar al trabajo: «¡Sean hombres!», gritaban. Catorce rieleros se presentaron voluntariamente ante el agente del Ministerio Público. Investigados por ataques a las vías de comunicación y coacción, a los trabajadores se les culpó de ser trinidistas. «Sí, es nuestro líder y a mucha honra». En Arriaga, Chiapas, dos trenes de pasajeros continuaban en huelga. Los maquinistas gritaron: «Primero la muerte que la rendición». Decenas de familias comían y dormían en la estación en la espera de otro tren. Sólo cuatro trenes echaron a andar, el 7 de México, el 8 de Ciudad Juárez a México y el 87 entre Torreón y Durango. En Yucatán, seis líderes detenidos, entre ellos Jacinto Dzul Poot incitaron a los trabajadores a continuar con el paro indefinido. «Protestamos por la detención de Trinidad», gritó Jacinto. Entre cinco mujeres, esposas de rieleros, una fuera de sí («¡Ésa debe ser la famosa Gregoria Zavala! —pensó Trinidad—, ¡o a lo mejor es Romana Sánchez o Matilde Cerritos!») arremetió a mordidas contra un granadero y trató de herirlo con su cuchillo. En San Bartolo, los granaderos dispararon varias bombas lacrimógenas contra los rebeldes. Perseguidos, corrieron a campo traviesa más de un kilómetro y se refugiaron en un cerro, setenta fueron capturados por los granaderos y conducidos a las julias.

Esposas, madres e hijas de rieleros enviaban telegramas de protesta al presidente. En cambio, la Compañía Terminal de Veracruz lo felicitó por resolver «satisfactoriamente el problema comunista dentro de nuestro gremio» y aprobó la persecución de los «rojos». «Sólo así, limpios, podemos reanudar labores».

También el gremio petrolero y los partidarios de Acción Revolucionaria Mexicanista en Veracruz se adherían a la «enérgica actitud» del gobierno y esperaban que la detención de los líderes sirviera de ejemplo a los «traidores y saboteadores de la patria».

La primera actividad del nuevo secretario charro, después del trinidazo, fue visitar a López Mateos para agradecerle la resolución del conflicto. El trinidismo era la peor plaga y él se declaraba su enemigo personal.

En representación del Partido Popular, Lombardo Toledano llamó a una conferencia de prensa. Acusó al PC y al POC (Partido Obrero y Campesino) de intransigencia. Al enfrentarse al gobierno, Carmelo Cifuentes y Trinidad Pineda Chiñas lo habían violentado sin dejarle otra solución que encarcelarlos.

El escrito de Lombardo Toledano se convertiría en prueba y acusación en contra de Trinidad y sus seguidores y el juez transcribiría varios párrafos en la sentencia.

Crítico de la gestión de Pineda Chiñas, Lombardo señaló que el líder no formó a nadie y al encarcelarlo el movimiento descabezado perdió su fuerza. La derrota tendría graves consecuencias no sólo para la lucha obrera, sino para la estrategia a seguir de las fuerzas vivas de la política mexicana.

¡Con lo que hicieron los trenistas, en la Unión Soviética los fusilan! Lombardo Toledano —a quien tanto había admirado— el más ponderado, aconsejaba al presidente liberarlos para no manchar su gestión de seis años y pasar a la historia como un jefe magnánimo.

El Partido Comunista publicó un manifiesto dirigido a «estudiantes, amas de casa y pueblo trabajador», en el que denunciaba «un clima de arbitrariedad, de violación a la Constitución y de pisoteo de los derechos más elementales de los ciudadanos», para luego describir la represión contra los partidos de izquierda. Exhortaba a los obreros a asistir a la marcha del 1 de mayo. «Exigir la libertad de presos políticos y la derogación del delito de disolución social es nuestra obligación moral. El aumento de salarios, la defensa del derecho de huelga y la depuración sindical son otras de nuestras demandas».

Las divisiones en el POC se intensificaron y la derrota ferrocarrilera acabó por desintegrarlo. Al interior del partido campeaban dos posturas, una a favor de los paros, otra en contra. Discutían hasta la saciedad la oportunidad perdida, revivían las horas previas al fracaso, como si pudieran enmendar errores. Después de fuertes alegatos, Carmelo Cifuentes fue destituido de su cargo en la dirección sindical hasta que acabó en la cárcel dos meses después de Trinidad. A los que quedaron libres no se les ocurrió más que convocar a un pleno para hacer un balance de la situación.

—Si los miembros del Comité Ejecutivo General se organizan y dirigen la lucha, habría sido posible triunfar —insistía Trinidad ante Bárbara.

—No, tío, no había remedio. A partir del momento en que el ejército tomó bajo custodia las instalaciones de los ferrocarriles Mexicano y del Pacífico, la empresa cesó a veinte mil trabajadores y los desalojó. Además, las persecuciones se extendieron a líderes petroleros, telefonistas y maestros.

Los primeros días en la cárcel, Trinidad se encerró en la olla a presión de su celda para que no estallara su rencor. Veía la cara de Silvestre Roldán y se le revolvía el estómago. No eran nuevos en él esos sentimientos. Los conocía bien. ¿Qué se había creído el dichoso Silvestre?

El aeropuerto debía estar cerca porque oía los aviones pasar casi encima de su cabeza, pero lo que más escuchaba eran los ritmos de su cuerpo, sus huesos, las tuberías de sus tripas a quienes jamás les había prestado atención. Cada pisada suya lo intrigaba y sus pasos resonaban en su espíritu como si lo llevaran a un destino insospechado. En la tarde, los vuelos circulares de las palomas lo hacían levantar la vista. Seguramente había un palomar en ese rumbo que le llenaba de alas la cabeza. ¿Para qué las quería ahora? El ruido del agua del escusado, la caída del chorro de la regadera le resultaban una novedad. ¿Los escucharía alguna vez? ¿Había alzado siquiera los ojos para ver el cielo? En la cárcel buscaba el cielo. ¿Por qué no había vivido desde el placer? ¿Para qué vivir desde la justicia, la reivindicación? Recordó el dicho popular de para qué tanto brinco estando el suelo parejo y sonrió para sí mismo. ¿Por qué no dejaba que todo se le resbalara? Con el pretexto de que había que negociar, las concesiones que antes lo sacaron de quicio ahora se revelaban como medidas a tomar para lograr determinada finalidad. «Negociar», le decía a Carmelo Cifuentes, «negociar». «Negociar es otra de mis verdades absolutas».

Sí, Trinidad vivía dentro de su piel y en cierto modo la descubría. Bárbara en cambio le decía que ella ya no era ella, que ya no se hallaba en ningún lado. Sara se había acostumbrado a sufrir, pero Bárbara le contó a su tío que cuando compartían la misma habitación, la despertaba el rechinar de sus dientes, Sara, sus ojos siempre a la defensiva, Sara, sus ojos a los que nada se les iba, Sara, viéndolos a ambos con desconfianza, Sara diciéndoles: «Aquí va a pasar algo».

Hacía tiempo en Coatzacoalcos, una noche en que Trinidad acababa de salir del cuerpo de Sara y yacía boca arriba en el insoportable calor, vio en el quicio de la puerta, tras la cortina entreabierta, a Bárbara desnuda, espiándolos, su joven cuerpo de virgen allí detenido. La observó cerrar la cortina, darse la media vuelta y aparecieron sus nalgas blancas y púberes. Trinidad olvidó esta visión nocturna, pero en las horas de encarcelamiento la imagen regresaba como otras que lo perturbaban. Las multitudes que lo habían vitoreado también retrocedían en el fondo del túnel del tiempo, ya se fueron, ya nada de eso es verdad, desaparecían en un torbellino como el agua del escusado, bastaba jalar la cadena para que todo se esfumara. En cambio, las escenas de mayor intimidad lo asaltaban desazonándolo: «¿Qué me pasa? Yo ya no soy yo».

Miraba el vacío durante horas, un libro entre las manos, que no leía porque en realidad en lo único en que podía concentrarse era en su película interior, para la que antes nunca tuvo tiempo y lo dejaba temblando, con las manos sudando frío. Trinidad jamás había esperado a que transcurriera el tiempo. Por primera vez se veía vivir así como veía el sol entrar a la celda y aposentarse en la mesa, luego en la silla, más tarde cerca de la estufita, nunca en la cama. Seguía el trayecto del sol y descubría los objetos. «Voy a poner mi silla más cerca de la ventana para que me dé el sol». Otro universo se le metía por los ojos, un mundo nunca visto. Empezaba a oír el pasado. También la música buscaba su corazón. Lo llevaba de la mano a ver este mundo, la cárcel, su mundo, la cárcel, qué pública y qué personal la cárcel. Imposible no atender los estruendosos sonidos de los radios puestos a todo volumen para matar los pensamientos. ¿Qué buscaban los presos? ¿Qué buscaba él? Él, sí, él, el Trinidad de hoy, el Trinidad encarcelado, el Trinidad que era ahora una locomotora varada, un vagón enterrado. «Siquiera que me cuelguen mis latas de Mobil Oil con geranios», pensó y le gustó ver que los presos más pobres sembraran una plantita en la primera cacerola aunque bromearan. «Es mi mariguana, me cayó del cielo».

Lo más terrible de la cárcel era el cemento que todo lo cubría. Por eso una brizna de pasto que se abría paso en alguna rendija era un acto de amor. El hombre había forrado la tierra de cemento. Nada más árido que el cemento. Nada más desolador. La civilización del cemento. ¡Cuánta grisura! A él lo encementarían a la hora de su muerte como encementaban a todos en el camposanto. Ya podía oír el ruido de la pala rascando la mezcla.

A veces lo consolaba saber que a pesar de no conseguir el Fondo de Ahorro ni la renta de casas, había logrado agregar dos cláusulas al reglamento, una sobre la reinstalación de trabajadores corridos injustamente y otra sobre el compromiso de la empresa para conservar puestos vacantes por muerte, jubilación o destitución definitiva.

La obcecación de cemento de los comunistas los tenía en este calabozo sin salida. Históricamente, el Partido Comunista estaba emparedado y su nefasta intervención en el movimiento ferrocarrilero los privaba de su libertad. El

Partido Comunista en el mundo era por su misma naturaleza una máquina de poder. Tenía esa sola finalidad: obtener y ejercer el poder. Pero ¿no era ése el fin de todos los partidos? Por lo tanto, ¿en qué se diferenciaba de los otros? ¿En el sacrificio y la aniquilación de sus miembros?

Lombardo Toledano, el hombre de izquierda del gobierno, buscaba la coyuntura histórica, la manera de ganar la batalla, la oportunidad. Ser más inteligente que el otro sin jugársela jamás era un rasgo de su carácter. Acababa bien con todos y fungía de buena conciencia. Era la conciencia de izquierda de una revolución corrompida, la de un gobierno que traiciona sus ideales. Jamás se debatiría como gato boca arriba. En cambio él, Trinidad, él, el lanzado, el que acusaba, el falto de experiencia, a él lo privaban de su libertad. Él, el honrado a carta cabal, daba vueltas tras de los barrotes del Negro Palacio de Lecumberri. Jamás adivinó la puñalada trapera en la mano del otro, el filo tras de cada acción. Recordaba lo dicho por Peña Walker que Norma, su esposa, repitió a los periódicos: «Ese Trinidad no tiene mano izquierda y mucho menos mundo. Imposible que sepa tratar a los hombres en el poder, no tiene con qué, y para colmo desconoce las reglas del juego. Es un patán. Mírenlo nomás, tan vulgarmente trajeado».

En México nadie podía darse el lujo de ser inocente, al menos en política. Nadie tampoco podía dárselo de honesto porque daba igual, había que nadar dentro de un mar de iniquidades o por lo menos mantenerse a flote, dejarse abrazar por el verdugo y el tramposo, ése era el secreto; la impunidad campeaba en todos los órdenes. Recordaba su inocente: «Yo no le doy la mano a ese traidor». «No me siento junto al ladrón». «No saludo al que me consta que miente y defrauda». Híjole, qué risa, qué estupidez la de ese jacobino, ¿para qué? Claro, se había quedado chiflando en la loma. Solo.

Durante días y días, semana tras semana, año tras año, Trinidad se torturaría dándole vuelta a la idea de que sin el error o traición de la huelga impulsada por Cifuentes, el problema del 16.66 por ciento y el de las destituciones de los trabajadores del Ferrocarril del Pacífico se habrían resuelto.

Saturnino guardaba silencio. Un domingo le dijo a su hijo Rodrigo delante de Trinidad: «Ahora tengo la libertad de existir como espectador». Su mujer, igualmente bella, miró a Trinidad y captó en ella un mudo reproche. «¡Que esta mujer no envejezca jamás!». ¿Por qué sería que Bárbara nunca había intentado hacerse amiga de ella? Se besaban al saludarse, pero nada más. A Silvestre le irritaban las conversaciones ideológicas o morales y se refugiaba en algún lugar de sí mismo al que ya no llegaban las voces. Cuando los compañeros disertaban acerca de las diferencias entre Carmelo Cifuentes y Trinidad (y todo el tiempo querían hablar de eso) se iba de inmediato porque eran ásperas y las convertía en un espeso y monótono rumor.

17

A las cinco de la mañana, lloviera o helara, los presos debían formarse en el patio de la crujía para saludar a la bandera. Ninguno alcanzaba a verla, pero todos se cuadraban en el clásico saludo militar. A las seis de la tarde volvían a cuadrarse mentando madres en contra de la ceremonia, el director y la madre del director.

—Es anormal que se obligue a los civiles a saludar militarmente a una bandera invisible. Yo no voy a salir de mi celda a ver cómo la izan o la bajan y creo que todos deberíamos negarnos —advirtió Trinidad.

—Lo hacen para estimular la veneración al lábaro patrio y nos pueden acusar de antipatriotas.

—En primer lugar no somos militares y en segundo aunque existiera la bandera tampoco tendríamos la obligación de cuadrarnos. El artículo 19 de la Constitución prohíbe molestar a los presos y hay que denunciar este atropello. Que no nos jodan.

A la mañana siguiente, Trinidad sonrió al ver a los comunistas en posición de firmes con la mano derecha en la sien, saludando a la pared de enfrente.

El capitán Tacho llegó directamente a la banca en la que leía, se cuadró haciendo resonar sus botas y sin más preámbulo le preguntó por qué no saludaba a la bandera.

—Primero porque es una bandera hipotética...

—¿Hipo qué? —interrumpió Tacho.

—Hipotética... No hay bandera, y aunque la tuviera enfrente, no la saludaría al estilo militar, no soy soldado.

—Entonces, usted es chino.

—Eso a usted no le importa, y si fuera chino, menos la saludaría.

—Lo que pasa, Pineda, es que usted es un hijo de la chingada.

—El hijo de la chingada es usted.

—Pues lo voy a apandar.

—Haga lo que se le dé la gana. Aquí todos lo consideran un cobarde, porque después de insultar y golpear a los presos, se hace la víctima.

Nadie le contestaba jamás a Tacho porque era capaz de las peores represalias. Llamó a varios celadores y entre tres lo golpearon. El espectáculo resultó sangriento. Le daban un puñetazo, caía y volvía a levantarse, lo tiraban y de nuevo, como podía, tambaleándose, se ponía de pie, la sangre escurriéndole por las mejillas y el cuello, los ojos cerrados de tanto puñetazo. Ya en el piso lo pateaban y esperaban a que se incorporara. «Quédate en el suelo, ya no te pares», le gritó espantado Silvestre Roldán. «Ya no te levantes, ya no le sigas», corearon otros y contra todo pronóstico todavía alcanzó a pararse antes de que el último trancazo lo tirara definitivamente. Así, medio muerto, ante la consternación de sus compañeros, lo llevaron en camilla a una celda de castigo.

—A Trinidad sólo logran arrastrarlo después de dejarlo inconsciente —comentó Saturnino Maya.

A los rebeldes, el subcomandante los mandaba al apando, una celda de castigo de un metro cuadrado con un bote de agua y otro vacío de lámina «para que allí cagues, miserable».

Después de tres apandadas, el director decidió cambiarlo a la circular de castigo, y aunque maltrecho, en esa crujía los guardias lo dejaron en paz. Como tardaba días en recuperarse y sobre todo en que desaparecieran las huellas de los golpes, el capitán Tacho le prohibía la visita.

Al líder, las golpizas que perforaban sus costados y rompían sus pómulos no lo hacían cambiar de actitud.

—Ese indio es indomable.

—No, es suicida.

—No le importa la propia vida.

—Es que no tiene ninguna razón para vivir.

—Claro que la tiene. Di mejor que no tiene ninguna razón para morir. Muchos lo admiran...

Hasta el capitán Tacho empezó a guardar distancia.

—Bárbara —le dijo Silvestre Roldán—, tu tío es imposible. Como un energúmeno se aventó sobre Tacho. Uno tiene que saber con quién se mete. Sus pleitos no tienen sentido, busca que lo maten.

Sólo un domingo Bárbara notó una mala cortada en su mejilla. «Eso no es nada, tengo la cabeza llena de chichones por los cachazos de pistola que me dio el maldito Tacho —informó Trinidad—. Hasta creo que me rompió una costilla». Bárbara se impresionó sobre todo porque Tacho era con ella de una cortesía obsequiosa.

De toda su gente, a la que más extrañaba Trinidad era a su sobrina. Todavía podía escuchar su alegre taconeo en la oficina del sindicato y sus respuestas. «¿Qué libro lees ahora, Bárbara?». «*Quinientos secretos para tener éxito*, hace falta en nuestras circunstancias, ¿no crees?». Trinidad reía con sus ocurrencias.

En la cárcel, Trinidad descubrió el poder totalitario de la radio. Ningún preso podía vivir sin ella. El ruido era continuo. Incluso sin consentimiento penetraba en sus oídos. Allí estaban las trompetas de los mambos de Pérez Prado, los anuncios que sus oídos no podían bloquear, los sonidos cacofónicos y faltos de armonía, los sollozos de las radionovelas. «No voy a aguantar», se dijo Trinidad. «Esto sí no voy a tolerarlo». Los presos oían hasta la *Hora Nacional* de los domingos, sesenta minutos de infame retórica priísta y comerciales como «Pepsi Cola, Pepsi Cola, no se haga bolas con tantas colas, compre Pepsi Cola», «Hermana Engracia, que se sube la leche» y «Estaban los tomatitos muy contentitos, cuando llegó el verdugo a hacerlos jugo...».

Tres meses después de su ingreso, los ferrocarrileros vieron cómo entraban a la crujía reos procesados por delitos sexuales. Además de represalia, la orden de llenar la crujía con presos del delito común era una forma de matar el ocio del subdirector. Vivía dentro de la prisión y tenía muchas horas para inventar castigos.

«Que no nos jodan», Trinidad volvió a la carga con una nueva protesta: los presos políticos debían estar juntos en una sola crujía, pero cuando los periodistas preguntaban por ellos el director y el subdirector alegaban: «Son delincuentes comunes».

—Aquí no somos ni hijos ni entenados —alegó—. Nos tienen entre ladrones y asesinos, pero se nos trata peor que a ellos. A mí me limitan las visitas.

Lo primero que le pidió a Bárbara fue una máquina portátil para escribir su «Yo acuso» al igual que Emile Zola para la sentencia del Juzgado Segundo de Distrito en Materia Penal, así como artículos de denuncia que ella llevaría a los periódicos.

Analizar lo que había sucedido lo torturaba, pero ¡imposible dejarlo! Tenía la absoluta certeza de que la saña del procurador Fernando López Arias, el Bocachueca, lo perseguiría como lo hizo en Veracruz cuando era gobernador y tenía a Baldomero Andrade, otro cacique, a su servicio. Seguiría acorralándolo hasta la hora de su muerte. El Bocachueca veía una conjura donde había suspensión de labores y una traición donde se ejercía un derecho constitucional: el de huelga.

A Trinidad le dolía que lo llamaran traidor. «Veracruz es el estado de los traidores, no Oaxaca. En mi tierra nunca hubo un Santa Anna o un Miguel Alemán, que venden el país a los Estados Unidos».

En los juzgados, durante el periodo de alegatos, los impartidores de justicia vivían en el limbo. Ni uno de ellos, nadie, ni un agente del Ministerio Público sabía lo que significa ser preso político. «Si estamos presos se debe a la consigna política, pero de ninguna manera por imperativo de la ley —alegó ante el juez—. De acuerdo con el artículo 145-bis del Código Penal Federal soy un preso político y como tal espero que usted, como representante de la ley, respete mi derecho a exponer libremente mis ideas en relación con el proceso que me otorga el artículo sexto de la Constitución».

El juez nunca había encontrado nada igual, un preso respondón e irrespetuoso que además sabía de leyes, todos doblaban la cabeza. Cuando Trinidad llamó *farsa grotesca* a la comparecencia, amenazó con sacarlo y por lo pronto le impidió hablar.

Sus compañeros, cansados de defenderlo, terminaron por dejarlo solo: «Óyeme, las audiencias no son campos de batalla», le dijo Silvestre Roldán.

—Lo que pasa es que tú eres un cobarde, Roldán. A estas alturas me voy dando cuenta.

Silvestre le dio la espalda.

—No alces los hombros, hasta aquí llegamos —se enfureció Trinidad.

En la redacción hacían esperar a Bárbara hasta cinco horas, pero ella no cejaba. «Allá sentada en el pasillo está otra vez la sobrina del líder ferrocarrilero. Ya le dijimos que no, pero insiste». Aunque la humillaran, su persistencia era tal que cuando había espacio, terminaban por publicar los artículos.

—¿Te fue bien?

—Sí, muy bien.

Quería evitar a toda costa que su tío se enterara de que la adversidad en su contra continuaba «allá afuera».

—¿Qué dicen allá afuera? —inquiría.

—Nada, tío.

—¿Cómo que nada?

—Lo mismo de siempre, ya sabes…

Su sobrina le ocultaba la vergüenza de la espera, la falta de respuesta. Darse cuenta de la indiferencia ante su encarcelamiento lo habría afectado aún más. En una visita conyugal, Sara le había soltado a Trinidad un «ni quién se acuerde» a propósito del Ferrocarril del Pacífico.

Trinidad publicó que el director y su sobrino manejaban la cárcel como un negocio personal. Cada «periodicazo» suscitaba un nuevo castigo y el único que tenía limitadas las visitas dominicales era él. A los demás podían visitarlo cinco personas, a Trinidad, dos.

—Tío, déjalo por la paz, no vale la pena, te van a fregar.

La comida carcelaria mejoró después de una de sus denuncias. La dirección no permitía la entrada de tortillas para proteger la venta de las de la cárcel, propiedad del subdirector, a quien Trinidad llamó el «teniente coronel de tortillería».

Silvestre lo veía luchar no sólo en contra del Ministerio Público, el gobierno y el poder judicial, el director de la cárcel, los tenientes y subtenientes, sino también de sus propios compañeros. Primero, los rieleros protestaron por el trato a su líder, pero al paso del tiempo se cansaron: «Él se lo busca». «Es indomable». «Mejor dicho, intratable».

—Yo no me voy a ocupar de los problemas internos de la prisión y de los demás reclusos —protestó Silvestre Roldán—. No quiero desgastarme en pelear con el subdirector porque en su tienda la lata de leche condensada La Lechera cuesta dos pesos más que en la calle, no me interesa, ya no soy un hombre joven, Tito y tú tampoco. Lo que yo busco es estar en forma para la lucha de afuera. Hemos salvado la vida y pienso conservarla, no soy suicida como tú y no voy a secundarte.

—Te vas a quedar solo —sostuvo Saturnino.

—No me importa. Mis protestas fortalecen mi espíritu y el aislamiento me permite escribir.

En realidad, la decepción lo atenazaba. Denunció el trato recibido ante el juez de su causa y no obtuvo respuesta.

—Nunca imaginé que un hombre con una preparación intelectual superior a la gran mayoría llegara a tal servilismo y cobardía —espetó en cara del juez.

Su odio contra los comunistas se acrecentaba.

—Ser revolucionario es serlo en cada instancia de la vida, y ustedes lo aceptan todo, mírense echados en el patio, tomando el sol. Son unos oportunistas y a la larga serán unos corruptos.

En Lecumberri, un grupo de presos representaba la obra de teatro *El Cochambres* con escenografía de David Alfaro Siqueiros, a la que el director de la cárcel invitaba a periodistas, críticos y hasta espectadores. Ordenó que asistieran los presos políticos, pero se volvió costumbre y a la quinta función Trinidad se negó:

—Me vale gorro la orden. Ir una vez más es abyecto.

—El general quiere evitar problemas frente a los visitantes, por eso nos escogen a nosotros y no a los conejos.

Los conejos, presos reincidentes, conformaban una multitud de prófugos que una vez adentro ejercían la crueldad y la violencia. Las malas pulgas los hacían vengarse en el otro, torturar al otro, matar al otro.

—¿Así es de que nosotros estamos aquí para hacer quedar bien a la dirección? ¡Qué ironía! Me admira el estoicismo con que obedecen las estúpidas órdenes de la dirección.

Cuando los sacaron por primera vez al campo deportivo, Trinidad armó otro lío:

—Pues ¿qué cosa somos aquí nosotros? ¿Reses, puercos, caballos? No, yo no corro.

—Ven al campo de futbol —intervino de nuevo Silvestre—. Mírame a mí, soy mayor que tú y hago ejercicio.

—¿Qué clase de luchadores son ustedes? Está bien que a los criminales los obliguen, pero ¿a nosotros? ¡A mí nadie me va a forzar a hacer algo que no quiero!

—Trinidad, no vale la pena tener dificultades con la dirección. Es un error inmiscuirnos en la vida carcelaria si ni siquiera reconocen que somos presos políticos —secundó Saturnino a Silvestre.

—No vamos a seguirte, Trinidad. Tu postura nos parece estéril.

—¿Así que para ustedes una cosa es la ideología y otra la práctica? ¡Qué decepción la mía! Creía que el comunista es un revolucionario en todo momento y en cualquier lugar...

Trinidad se ahogaba en su propia bilis:

—Con tal de gozar de cierta comodidad y de evitarse dificultades, ustedes callan. Nunca han protestado por las golpizas que me dan...

—Claro que sí, pero nos aburrimos de defender a un buscapleitos.

—Pues voy a decirles lo que son, unos pendejos, unos pusilánimes, unos pobres diablos. Me dan asco y voy a pedir que me cambien de crujía.

—Mira, Trinidad, luchar por resolver los problemas de los presos es gastar la pólvora en infiernitos.

—¿Así es de que para ti, el revolucionario debe conservarse sano y robusto para que al salir libre se encuentre en condiciones de «gastar pólvora en infiernotes»? Con razón están ustedes engordando como cerdos.

Finalmente sus compañeros optaron por dejarlo solo.

—¡Qué descanso! —suspiró Silvestre.

A pesar de que la Circular de Castigo número 1 era la más vieja, las celdas bien conservadas resultaron mejores porque tenían una cocinita a la entrada; las camas de metal plegadizas podían acomodarse en el lugar más propicio, incluso en un segundo piso. «Hasta tengo recibidor», le dijo a Bárbara. En esa celda, solo y tranquilo, Trinidad se sintió mejor.

Para acceder a la Circular 1, Bárbara tenía que entrar por la reja de los delincuentes comunes, la de la raza. Todos los humores, semen, sudor, orines se concentraban en esa crujía, en la que los presos pensaban obsesivamente en el sexo. «O cojo o me muero». «Pues cuídate bien, porque culo dormido, culo perdido». Las pláticas giraban en torno al tamaño del pito y el tiempo que tardaban en venirse. La importancia del tamaño era mayor, en ese momento, que el anhelo de libertad. Cuanto más grande el miembro, mejor. También hablaban de la panocha de las mujeres y le decían a Bárbara al pasar: «¡Ay sí tú, tan apretada, siendo que de seguro eres de las meras guangas!». Allí adentro sólo había conejos y criminales. Los presos se la comían con los ojos: «¡Ay, mamacita, qué buena estás!». O de plano sacaban su mano para tratar de agarrarla. Algunos dejaban caer un bote de aluminio o una lata de sardinas amarrada a un mecate para pedir limosna.

Lo más intolerable para Bárbara era el olor porque había en él algo dulzón, execrable como el vómito. El tufo inicial era de alimentos en descomposición, la fetidez del basurero, pero lo peor era que a ese olor se mezclaba algo dulce que en un momento dado Bárbara pensó emanaba de su vestido, de sus medias. «¿A qué huelo?». Hasta el agua que se llevaba a la boca tenía ese hedor mórbido, de flores pudriéndose en un florero.

—Sólo pueden recibir la visita de tres familiares mujeres, ningún hombre. Ninguna puede vestir pantalones.

Sobre sus tacones, Bárbara siguió avanzando hasta dejarse caer sobre la litera de su tío.

—Los que cometen delitos del orden común, los criminales, reciben mejor trato que los presos políticos, Bárbara, y voy a denunciarlo. Aquí el que entra se vuelve drogadicto. Hace dos días murieron cinco porque el que vende raspó los muros con una Gillette y mezcló el polvo a la tecata. Y en la prensa, nada.

El primer día quisieron obligar a Trinidad a asear la crujía.

—Por muy político que seas, si no haces fajina, te vas a meter en un lío.

Barrer, lavar pisos y muros a grandes aguas quebraba la espalda del más fuerte. El mayor de la crujía, el capataz, un mariguano llamado Hugo Mejía daba de alaridos: «¡Óyeme, pendejo, está mal hecha tu talacha, mira nomás la mugre, dale de nuevo!».

A ninguno se le habría ocurrido desobedecer.

—Sólo si pagan puedo eximirlos —advertía a los presos de nuevo ingreso.

Sorprendía ese afán de limpieza cuando en los baños los escusados no funcionaban y en los muros los grafitis, a cual más degradante, se apretaban los unos contra los otros.

Cien pesos, ciento cincuenta y hasta trescientos pesos costaban las exenciones. Para obtener una celda solo o con algún compañero de confianza, el mayor, Hugo Mejía, cobraba cuatrocientos pesos. La dirección del penal recibía su tajada. Negocio redondo. Lo mismo sucedía con la introducción de la mariguana y la cocaína.

Un mediodía, cuando regresaba del juzgado, Trinidad encontró gran alboroto en la crujía. Con cacerolas, cucharas y pocillos de peltre, los presos hacían un ruido ensordecedor. Se oponían a que le quitaran el cargo de jefe de la crujía a Hugo Mejía, hampón déspota y grosero que por quién sabe qué artes a él lo respetaba. A golpes, los policías aventaban a los presos a sus celdas y antes de que lo tocaran, Trinidad se encerró también. Esa misma noche sacaron a Mejía a pesar del continuo golpeteo de los reos en la puerta de lámina de sus celdas.

Al día siguiente le notificaron a Trinidad que la dirección lo cambiaba a la crujía N:

—No he cometido ninguna falta para que me cambien. Sólo falta que me metan a la J.

—Son órdenes del director y si no obedece, lo vamos a sacar a fuerza.

—A mí no me saca nadie, díganle al director que él venga a sacarme.

Intentaron entrar a la celda y Trinidad tomó una botella, la aventó a los dos policías y le pegó a uno de ellos. El otro salió corriendo. Cuando llegó el capitán Tacho, Trinidad se había parapetado tras una mesa. Entre tanto, un policía subió al techo de la celda y desde lo alto pretendió aventarle una red como a las fieras, pero él, ágil como un gato, la esquivó, todos sus sentidos puestos en no dejarse atrapar.

La calma duró cuatro horas hasta que el capitán Tacho volvió a preguntarle en tono conciliador por qué no quería obedecer las órdenes de la dirección.

—No tengo la culpa de que los reos protesten contra el cambio de Mejía.

El capitán intentó jalar la mesa, pero Trinidad le dio un tubazo en la mano. Pensó que sacaría su pistola, pero éste, azorado, sólo se hizo para atrás. Al rato se presentó un cabo de policía:

—Por orden del director ya no van a cambiarte, así es de que cálmate.

Temprano en la mañana su puerta amaneció cerrada. Frente a ella se juntaron seis celadores y le ordenaron salir.

A través de la lámina respondió que no. Entonces trajeron un soplete y rompieron las bisagras.

Desde el patio, el capitán Ballina que Trinidad desconocía, alegó a grandes voces:

—El director no tiene nada en contra suya, al contrario, quiere favorecerlo y llevarlo a la Circular número 1. Ahí no hay viciosos ni invertidos. Si usted sale, yo mismo voy a acompañarlo sin que intervenga nadie.

Como estaban deshechas las bisagras, Trinidad reflexionó: «No voy a quedarme con la puerta abierta toda la noche».

—Sí, acepto.

Sacó sus cosas y uno de los fajineros las cargó.

Ya tenía dos días en la Circular cuando a las nueve de la noche el capitán Ballina avisó:

—Para disipar malas interpretaciones y acabar con las dificultades, el director quiere platicar con usted, don Trinidad.

—Bueno, pues vamos a hacer las paces.

Al salir de su celda y dar vuelta a la reja de la crujía, cinco hombres se le echaron encima, le dieron un macanazo en la frente que lo tiró al suelo. Ya sin conocimiento lo llevaron en vilo a la Circular de Castigo número 2. Al día siguiente, Trinidad se declaró en huelga de hambre. Silvestre Roldán logró avisarle al abogado y éste pudo entrar con una cámara y publicar en el periódico *La Prensa* la fotografía de Trinidad Pineda Chiñas hecho un santocristo.

El director, sus tenientes y subtenientes le tenían horror a los periodicazos.

—Si suspende la huelga de hambre —le dijo el capitán Ballina, que era el más decente—, el director le manda decir que lo devolverá a la crujía C con sus compañeros.

—Sólo levantaré la huelga cuando me saquen de aquí.

Con su fiereza, Trinidad se ganó la admiración de los conejos. «¡Qué bárbaro, cómo se defiende este cabrón!». Los reos del delito común lo saludaban:

—Usted sí que no se deja, don Trinito.

Ese respeto creció cuando acusó públicamente a las autoridades del penal y también a los jueces de su costumbre de vivir del presupuesto. «La justicia es un asco», escribió. Sí, la vida de los presos estaba en manos de títeres, de ladrones y de sinvergüenzas.

Trinidad denunció el caso de los vigilantes a quienes no les pagaban horas extras a pesar de un sueldo muy bajo. «¿Acaso no se han dado cuenta de que están tan presos como nosotros? —aleccionaba—. Ustedes no tienen por qué castigar a los reos. Es la ley la que impone la condena y la ley la que reprende».

Bárbara llevó el primer artículo al periódico y al término de la campaña de prensa, los propios policías se atrevieron a pedir un aumento y lo obtuvieron.

Durante los tres primeros meses, a los reos los obligaban a trabajar en los talleres de cestería, zapatería, alfarería, carpintería, pero con el pretexto de que eran aprendices no les pagaban.

—Miren —advirtió Trinidad—, a ustedes los explotan. Ya pasaron los tres meses y siguen sin darles un centavo a pesar de que la cantidad prometida es ridícula.

Un policía zapoteco le comentó:

—No entienden nada porque son de madera.

Desde niño, Trinidad oía la historia de la creación del hombre de madera que no adoró al Creador porque la madera no siente nada y no agradece. Entonces, el Creador quemó al hombre de madera hasta petrificarlo.

—En esta cárcel de cemento he visto cómo los hombres se convierten en piedra.

18

Trinidad todavía pretendía dirigir la lucha desde la cárcel, en cambio los comunistas querían hacer recomendaciones.

—Tus directivas están fuera de la realidad —aventuró Saturnino Maya.

El líder se opuso a las asambleas nacionales convocadas con frecuencia y sin motivo importante. Además de nulos resultados, el sindicato tenía que costearlas. «¿Por qué voy a dar mi cuota para la convención si los delegados sólo vienen a tratar asuntos personales o a pasear?», preguntó uno de ellos. «Los mexicanos se pasan de listos hasta que llega el momento del hartazgo y estalla la rabia».

El tiempo le dio la razón a Trinidad cuando unos cuantos delegados respondieron al llamado y la organización sindical se fue desintegrando.

En cambio, Trinidad designó comisiones que recorrieran al sistema ferroviario.

—No nos andemos por las ramas, resolvamos puntos concretos y problemas locales.

Por más cuerdas que fueran sus propuestas, los compañeros las rechazaban. Recomendó una huelga de hambre para obligar al juez primero de Distrito en Materia Penal a resolver el amparo y se negaron a seguirlo.

—Tío, es que también tú los llamas imbéciles, están dolidos contigo…

—¡Ay sí, dolidos! Lo que debería dolerles es su oportunismo y su actitud claudicante que friega la causa. Si lees sus declaraciones, muchos de ellos, malnacidos, pretenden justificar las medidas represivas del gobierno.

—Las leí y no es cierto, tío, al menos yo no lo veo así.

—Implícitamente, le dan la razón al gobierno.

—Claro que no, tío, lo que sucede es que los compañeros se sienten despreciados y te tienen coraje, por eso no te secundan.

Trinidad cerró la puerta de su celda y entró solo a la huelga de hambre de agua con limón. A los cuatro días tuvo un desmayo y Silvestre le pidió que desistiera. Al día siguiente, cuando no pudo levantarse, el director del penal intervino personalmente: «Renuncie usted». A pesar de su debilidad, el «no» fue rotundo. Cuatro celadores intentaron llevarlo a la enfermería. «No voy a romper mi huelga». «No nos deja tocarlo». «Denle un calmante». El calmante consistió en golpearlo, sedarlo y llevarlo inconsciente. En la enfermería, Trinidad se negó a recibir un vaso de jugo de naranja que levantara sus defensas. «Voy a proseguir con mi huelga de hambre». No había poder humano que lo convenciera y a los pocos días, tendido en la cama y tapado con varias cobijas, al ver que su vida peligraba, cuatro celadores lo amarraron a la cama con vendas en brazos y piernas y un médico le introdujo una sonda en la tráquea para alimentarlo a pesar de su evidente desesperación mientras que otro le rompía la vena al meterle la aguja con suero en el brazo. «No forcejee, usted mismo se lastima». A pesar de su debilidad, todavía se debatía.

Silvestre y Saturnino, indignados, escribieron una carta de protesta por el trato arbitrario e inhumano a Trinidad Pineda Chiñas. Era indispensable tomarle una foto y divulgarla en la prensa.

Aunque su proposición de huelga había sido rechazada, los comunistas la retomaron y acordaron secundarla.

La presión de la huelga de hambre dio resultado. A los seis días, el juez primero de Distrito falló el amparo y diez hombres salieron libres.

—Tío, en tu lista quiere apuntarse el muchachito ése del Poli, Raúl Álvarez.

Curiosamente Trinidad no puso el grito en el cielo y recordó la cara redonda del estudiante.

—Bueno, que venga el domingo.

Raúl Álvarez entró con cara de susto. «Órale, eso sí que está de muerte». Trinidad se dejó abrazar. Raúl le contó que organizaba mítines en el Poli, de sus lazos con la Universidad, de los cien carteles con su efigie que se imprimían cada quince días para repartirlos entre los muchachos.

—¿Ah, sí?

—También nosotros vamos a hacer huelga de hambre.

Los estudiantes, impresionados por el carácter de Trinidad y la causa de los ferrocarrileros, se movilizaban. Su juventud era su fuerza. Sin complejos, la clase estudiantil se atrevía a más que la trabajadora. Los muros del Poli y de la Universidad amanecieron tapizados de carteles con la efigie de Trinidad y una leyenda: «Libertad a los presos políticos». En la Facultad de Ciencias Políticas, unos periódicos murales se renovaban a diario para informar sobre su encarcelamiento, el de Cifuentes y el de otros noventa y cinco presos. Los muchachos distribuían volantes a otras facultades. A imitación del líder ferroviario, veinticinco estudiantes se decidieron por la huelga de hambre. «Su causa es justa, el trato que le dan a Pineda Chiñas es intolerable, nuestra huelga de solidaridad es de protesta». Bárbara se emocionó y les llevó un mensaje de su tío. Entre los volantes repartidos, un canto revolucionario, «El rielero», compuesto por el «Movimiento 18 de Marzo» del Centro de Estudios Políticos, conmovió a Trinidad mucho más que «La Internacional». También en el Hemiciclo a Juárez, un centenar de jóvenes cantaron «La Internacional», gritaron «Libertad a los ferrocarrileros» y fueron dispersados por los granaderos con macanas y gases lacrimógenos. Otros estudiantes se manifestaban en el Zócalo, otros también en el Monumento a la Revolución.

La efervescencia en el centro de la ciudad preocupaba al gobierno. Los muchachos eran unos irresponsables y había que pararlos a toda costa. También el Comité Nacional por la Libertad de los Presos Políticos dirigido por el pintor Siqueiros acusaba al régimen de violar la Constitución y pedía la derogación de los artículos 145 y 145 bis del Código Penal. ¿Dónde estaban las garantías individuales?

Otra tortura resultó ser la del Juzgado, porque la mala fe campeaba entre los llamados impartidores de justicia. La vista de sentencia había sido un fracaso. A Trinidad se le impidió leer su documento de ciento nueve cuartillas en el que trabajó semana tras semana hasta altas horas de la noche y tampoco se le permitió que entraran testigos en su defensa. «No vamos a quedarnos aquí dos días escuchándolo a usted, no estamos locos». Al final de su alegato, acusaba al gobierno de mantener en la prisión a ferrocarrileros, a quienes les atribuían delitos imaginarios cuando ellos sólo habían luchado por sus derechos.

A la hora del crepúsculo, Trinidad revivía los sucesos de su vida pasada y sobre todo su captura. Todavía le parecía inconcebible que sus compañeros no adivinaran que también a ellos los arrestarían y horas más tarde fueran conducidos a la cárcel como borregos. Comparaba al presidente de México, tan suavecito, tan taimado, tan ondulado, tan bajita la mano con otros gobernantes y su hipocresía lo sacaba de quicio. ¿Que los mexicanos no tenían honor? Si él estaba en pláticas con el presidente que se hacía llamar el primer obrero de la nación, ¿por qué lo había traicionado en esa forma?

—Ni siquiera el gobierno militarista de Argentina rompió el orden constitucional con los cuarenta y dos días de paros ferrocarrileros y las setenta y dos horas de huelga general de los tres millones de trabajadores de la CGT —comentó Silvestre Roldán—. En cambio en México, el Parti-

182

do de la Revolución hecho gobierno ha pulverizado a los trabajadores...

Nunca pensaron los ferrocarrileros que al día siguiente del fin de la huelga, el país entero se volvería en su contra.

«Al meter a Trinidad a la cárcel, el gobierno descabezó al movimiento y generalizó la represión», esa frase de Lombardo Toledano lo golpeó porque era cierta.

Era imposible encontrar consuelo en las revistas y periódicos que Bárbara traía de la calle. Lo irónico del caso es que la crítica más acerba provenía de la izquierda. Editorialistas que decían ser marxistas, o por lo menos liberales, afirmaban que su ataque frontal había obligado al gobierno a la represión y transformado un problema económico en conflicto político.

—Tío, ya no le des más vueltas a eso, te va a hacer daño —rogó Bárbara.

A pesar de que el Negro Palacio de Lecumberri era un mundo en sí, los días resultaban iguales para Trinidad. Cuando apenas clareaba, a las seis de la mañana, después de pasar lista, los hombres se metían bajo la regadera de agua fría. De las celdas salía el olor de los frijoles hirviendo en la olla. Los del «rancho» carcelario eran rojos y a Trinidad le gustaban negros.

A las ocho, dos vigilantes lo escoltaban al Juzgado a revisar su expediente. Después de la audiencia, comía el guisado o los tamales traídos por Bárbara. En la tarde leía, escribía, recortaba periódicos con unas tijeras de costurera.

En una de sus caminatas por la Circular número 1, un preso del delito común lo llamó:

—Véngase a jugar dominó con nosotros, don Trinito.

—No sé.

—Aquí le enseñamos.

Con sólo ver, les ganó.

—¡Qué cerebro el suyo, don Trinito!

Ningún preso le preguntaba en su cara a otro por qué estaba preso, pero todo lo sabían entre todos.

En una celda vecina a la de Siqueiros comía, dormía y esperaba a su hija Guillermo Lepe, el Timbón, padre de la actriz de cine Ana Berta, que venía a verlo escondida tras grandes anteojos negros, pero todos la reconocían, le chiflaban y sacudían las rejas transformándose en fieras. Guillermo Lepe repetía redondeando su boca de puchero «yo quiero mi pollo» y como era teniente coronel del ejército se lo daban al instante. Lo llamaban el Suegro.

También tenía la mejor televisión de la cárcel preventiva, el «teatro cine Lepe» y Siqueiros traía su sillita para verla.

Francisco «Paco» Sierra, dinamitero, pagaba su delito, ya que puso una bomba en un avión para cobrar seguros de vida. Casado con la reina de la opereta, la viuda alegre, la protagonista de *Chin Chun Chan*, Esperanza Iris, lo ayudaba con el coro de la cárcel, que llegó a tener transmisiones por la BBC de Londres.

Por una cantidad mensual, Paco Sierra atendía a un loco adinerado que debía varias muertes: Higinio Sobera de la Flor. Su lugar era el manicomio, pero sus familiares sobornaron al juez para dejarlo en Lecumberri. Al ver las prerrogativas del loco, Sierra decidió fingir demencia. A cuatro patas bebió agua de los charcos, pero su plan fracasó y tuvo que conformarse con ser el tenor de Lecumberri y hacer llorar a los presos con su «Ridi, Pagliaccio».

Dirigía el coro al que se unieron varios hombres del riel.

—¡Hasta cantan arias de ópera! —se burló Trinidad.

—¿Y qué quiere que hagan? —respondió Paco Sierra—. Aunque no aprecie el bel canto, usted merece todo mi respeto, don Trinito. Mire, mientras estemos aquí, la regla de oro es adaptarse. Aquí y ahora. Le aconsejo a usted pedir una comisión.

Lo que no podía sospechar Paco Sierra es que a Trinidad jamás le darían una comisión.

Las comisiones permitían andar por distintas crujías y sobre todo alargar la visita conyugal jueves y sábado de dos y media a seis y media de la tarde, unas buenas cuatro horas, pero ningún privilegio mayor que ser rico. Los adinerados disfrutaban de una *suite* alfombrada, baño de vapor, televisión, refrigerador, aparatos para dar masaje y espejos rutilantes que reflejaban sus uniformes de mezclilla y cuartelera puesta con coquetería. «El Hilton» llamaban a la crujía de los ricos.

Los que podían pagar sesenta centavos diarios tenían un fajinero a su servicio que les hacía de comer, tendía la cama, limpiaba la celda, lavaba y planchaba pantalones, camisas y corría a hacer mandados.

Los conejos vivían en condiciones infrahumanas y gustosos se convertían en criados. En la noche regresaban a la crujía en la que dormían seis o siete en una sola celda y compartían los frijoles rojos y el caldo con huesos del rancho. Por eso estar al servicio de un rico era un asomo al paraíso.

—Me niego a tener fajinero. De mi casa me traen la comida, allá lavan y planchan mi ropa —a Trinidad le parecía natural que las mujeres de su casa estuvieran a su servicio—. ¿Qué otra cosa tenían que hacer?

—¿A dónde van a tan aprisa? —preguntaba Trinidad. ¿A dónde quieren llegar? Dolorosamente alertas a lo que pudiera venir de afuera, recorrían las planchas grises de concreto pegados a los barrotes, en espera del milagro que abriera las puertas.

Los asesinos de renombre saludaban a Trinidad con respeto y bajaban la voz cuando lo veían leer sentado sobre la banca, especialmente el pelón Goyo Cárdenas. Trinidad le devolvía el saludo con una inclinación de cabeza. «¿Por qué no lo saludas con la misma cordialidad? —preguntó Bárbara, impresionada por sus caravanas—. Es todo un caballero». «¡De veras qué incongruentes son las mujeres! —rio Trinidad—, ¿no has visto sus tics nerviosos? ¿Imaginas siquiera por qué está aquí?». «A mí lo que me consta es que es un caballero», se molestó Bárbara. «Eres tan absurda como el director del penal. Resulta difícil entender que un hombre que mató y enterró en su jardín a cuatro mujeres sea el jefe de Neuropsiquiatría de la cárcel». Sorprendida, Bárbara dejó de insistir en su caballerosidad y coincidió en que era extraño que un asesino en serie se responsabilizara de la salud mental de los recluidos. El director lo privilegiaba como a Jacques Mornard o Gabriel Jacson o Ramón Mercader, a quien presentaba como el reo de mejor conducta en la historia de la cárcel. El reo sonreía y arreglaba aparatos eléctricos, radios, calentadores, estufas eléctricas, planchas en su celda-taller en la que colgaban cables y cautines. En la penitenciaría, un radio descompuesto era el detonador del carcelazo, la peor de las depresiones.

Otro preso con quien el director tenía consideraciones era con el Conde Gasolina, Manuel Martínez Castro, que ideó con la misma exquisitez de su trato diario camiones de doble fondo que desfalcaban a Pemex y enriquecían a particulares.

Una tarde en que decidió sentarse en la banca del patio con su libro se le acercaron dos hombres:

—Don Trinidad, estamos decedidos...

—¿A qué? —preguntó él cerrando el libro.

—A defenderlo a usted. Nos cae a toda madre, cualquier cosa que le hagan a usted, estamos decedidos...

Trinidad los miró y pensó que no sólo lo defenderían, sino que ellos mismos tenían cara de hombres decididos a vivir, a pesar de su infortunio. Tratar a gente así valía la pena. Y sin más, cosa rara en él, ofreció:

—¿Quieren un café?

—Oiga, don Trinidad, ¿por qué no se echa usted un cigarrito con nosotros? —lo buscaban sus vecinos de celda.

—Claro que sí, aunque no fumo no tengo nada contra el cigarro.

Alguna vez, de soltero, se dio cuenta que si llegaba a tomar seguiría haciéndolo. También el cigarro le sentó mal, pero le sorprendió oírse a sí mismo diciéndole al conejo:

—No tengo un solo vicio. Me gustan las mujeres, pero tampoco soy un don Juan. Hasta el momento no he hecho nada en exceso, todo ha sido más o menos normal. A lo único que sí le he dedicado mi vida es a la lucha sindical. No soy religioso. Acabar con las injusticias sociales es mi única religión.

Le desconcertó que salieran de su boca estas palabras atropelladas. Sería la soledad. Al atardecer conversaba con reos comunes porque le habían ofrecido un cigarro y lo fumaba sentado a su lado.

—No son rieleros, pero son mis amigos —se repetía.

Algunos presos recurrían a Trinidad para que les hiciera un escrito y Bárbara llevaba su expediente al Juzgado.

—Va usted a ver, señorita Bárbara, que muchos de nosotros saldremos libres gracias a usted.

Bárbara sonreía sin convicción. «Si sólo supieran lo que estoy pensando —se decía—, si la cabeza pudiera abrirse como una nuez, qué espantada se llevarían al romper la mía».

Nadie lo visitaba. ¿Qué les pasaba allá afuera que no daban señal de vida? Salvo Sara y Bárbara, Trinidad no tenía contacto con el pasado.

Verlas entrar le resultaba un descubrimiento. «No las conozco». Penetraban de cuerpo entero al largo pasillo y las sentía en su bajo vientre como si fuera la primera vez. Sara tenía mejores piernas que Bárbara, pero a Bárbara no la había ensanchado la maternidad y, cuando le sonreía, la picardía en sus ojos lo estimulaba.

—¿Sabes con quién hice cola allá afuera, tío? Con Angélica Arenal de Siqueiros.

Todos los días, la esposa del muralista entraba con un portaviandas y una bolsa del mandado. Hasta le colgaba el brazo derecho de tan pesada.

El privilegiado David Alfaro Siqueiros, el Coronelazo, portaba su uniforme de preso con la gallardía de su antiguo uniforme militar. A diferencia de otros que se aíslan, hablaba con el que se le parara en frente. «Tengo mucho qué hacer», decía. Iba con paso marcial del polígono al teatro, de la panadería a los baños de vapor, de la peluquería a los talleres de carpintería a vigilar la confección de un panel de escenografía y entraba a otras crujías como si estuviera libre y cumpliendo con entusiasmo las tareas de la vida diaria. Rara vez se ponía la cuartelera y sus cabellos hirsutos coronaban su cabeza. A una reportera que le preguntó si no tenía peine, le respondió que el Partido Comunista lo peinaba con regularidad. La cárcel en nada disminuía su alegría de vivir. Pintaba, a grandes rayas, inmensos telones para la obra de teatro: *El licenciado Noteapures*. «A mí no me gusta pintar chiquito», decía con una sonrisa. El director de la cárcel le había concedido dos celdas, una para dormir y otra para pintar que olía a acrílicos y a piroxilina. Muchos reos salían al verlo pasar y lo invitaban a tomar café porque sabía dar alegría con su sola conversación. «¡Ah, qué mi Coronelazo!». A leguas se veía que era distinto. Seguro de sí mismo, hacía reír y si lo escuchaban admirativos también él sabía escuchar a los demás. Buscaba a Trinidad.

—Estoy pintando a Alfonso Reyes para El Colegio Nacional. Me fascina cómo me está quedando. Parece un sátiro y es su vivo retrato.

Hacía cuadros de pequeñas dimensiones para que Angélica pudiera sacarlos de la cárcel en la bolsa del mandado.

—Acabo de pintar un Zapata. ¿Quiere verlo?

Zapata a caballo, bigotudo, ensombrerado e impávido dominaba su blanca y expresiva montura.

—¡Qué buenos caballos pinta usted!

—No me diga eso, me recuerda lo que exclamó un admirador frente al mural del segundo piso de Bellas Artes cuando le revelé que la patria de gorro frigio era Angélica: «¡Qué buenas chichis tiene su mujer!».

A diferencia de los demás, Siqueiros no parecía estar en la cárcel. Y sobre todo no tenía miedo.

El miedo se apoderó de muchos ferrocarrileros de adentro y de muchos más de afuera. Los compañeros no se aparecían los domingos. La represión y las restricciones en la penitenciaría dificultaban el paso. A algunos que se apuntaron en la lista de visitas, les negaron la entrada: «Órdenes superiores». «¿Por qué?». «No podemos dar informes». Esta respuesta los paralizó: «Mira, va bastante mal, nos fue como para volver a meternos en la boca del lobo».

A Trinidad no le extrañó la actitud de los trenistas. «Las multitudes son decididas y se la juegan cuando alguien dirige su lucha, pero sin líder cada quién echa a correr donde puede», le explicó a Bárbara.

El interés del público se centraba en David Alfaro Siqueiros, preso por orden del presidente López Mateos. Adelantándose al primer mandatario, Siqueiros hizo una gira por el Cono Sur y se dedicó a denunciarlo; hizo énfasis en el encarcelamiento de los rieleros. «¡Ahora sí que le llenó usted de piedras el camino al primer mandatario, Davidcito!», le dijo don Filomeno Mata, su compañero de celda. País donde llegaba, país en el que preguntaban por los presos políticos, la falta de derechos humanos, la corrupción, la traición a los ideales de 1910. Al regresar de su gira, el presidente detuvo al «traidor». Aunque Siqueiros intentó escapar lo apresaron en casa del doctor Álvar Carrillo Gil: «¿Qué quiere que hagamos, señor Siqueiros?, es orden de muy, muy arriba», se disculparon los agentes secretos.

«¡Qué mexicanos éstos al servicio de Rusia!», exclamó el ministro de la Suprema Corte de Justicia del Distrito Federal.

Ahora Siqueiros convivía en Lecumberri con los rieleros y se ofrecía a ayudarlos. Se daba a querer. Iba a pagar la publicación del libro de Trinidad: *Yo acuso.*

19

También a Bárbara la defraudaban los compañeros. Sin líder perdían su capacidad de combate. «¿Ya para qué?», decían sus manos lacias, sus ojos apagados, sus labios cerrados. No asistían a las escasas asambleas y sus intervenciones eran lamentos. A diferencia de los jóvenes universitarios y politécnicos, no parecía tener futuro. La propia Bárbara sintió que la vencía el desaliento.

Ante la agresión, entraba en un estado de nerviosismo que la mantenía en vilo toda la noche. Ella, que se creía una fuerza de la naturaleza, se descubría vulnerable. Le habría sorprendido oír a Saturnino Maya decir que era inmanejable, centrada en sí misma, impredecible, irracional, «algo parecido a un tornado». Otros la tachaban de ambiciosa y escaladora y saberlo la deprimiría. Vivía en los límites del peligro y eso sí lo sabía, corría la misma suerte que su tío expuesto a la maledicencia y a la injusticia. Los más terribles ataques en contra de Trinidad circulaban no sólo en los diarios sino entre los ferrocarrileros, que ella consideraba débiles de corazón.

«¿Por qué vivo así? —se preguntaba Bárbara en lo más negro de la noche—, ¿por qué me siento obligada a romper las reglas?». A lo mejor se consumía en batallas inútiles. Ir de desafío en desafío la dejaba exhausta y al final se preguntaba: «¿Gané? ¿Perdí? ¿Para qué?». Nadie la buscaba, seguramente por miedo.

«Lo único que tengo ahora son mis recuerdos». La asaltaba el de la tormenta de arena en Huehuetoca que los envolvió al grado de tapar la carretera. El coche seguía en medio de casuchas tiradas desde el cielo. Las familias cerraron la puerta de su vivienda. Era tal la violencia de los remolinos, que Bárbara le preguntó a su tío cómo podían vivir en ese inmenso cementerio de fierros viejos. La tolvanera giraba sobre el deshuesadero y las partes de cabuses y las armazones recordaban un campo de concentración, exactamente así como llamaban al campo de chatarra de Huehuetoca, profusamente iluminado para que no robaran los fierros viejos. A pesar de la violencia del paisaje, algunos ferrocarrileros allí reunidos solicitaron: «Señorita Bárbara, hágame el favor, señorita Bárbara, no se le vaya a olvidar, señorita Bárbara, contamos con usted, por favor Bárbara, usted y su tío son nuestra esperanza», pero ahora con Trinidad en la cárcel regresaba al anonimato de la cola frente a Lecumberri, a la humillación del cateo, a la antesala interminable, al infame papeleo en el juzgado, al expediente, la sección, la mesa, el número, la corrupción del juez y su servilismo, la infame jerga de los oficios en el juzgado, «Mire usted, le faltan antecedentes ¿o no sabe usted lo que son antecedentes?».

Al ir a pie a su trabajo en la mañana, veía una plantita abrirse paso en el concreto de la acera y crecer. Mientras seguía caminando, Bárbara la recordaba. Una madrugada, notó que la habían pisoteado: «Bueno, pues ya estuvo». A los quince días, apareció de nuevo aferrándose a la vida con todas sus raíces. «Soy una cobarde. Hasta una planta me enseña el camino», pensó. Ahora, con su morral al hombro, la savia corría por sus venas, Bárbara levantaba sus ramas, se volvía un árbol de muchos pájaros como alguna vez le pidió su amiga Rosario, muerta antes de tiempo.

Tenía que darle ánimo a su tío aunque a él lo sostenía la rabia. A Bárbara le dolía que lo enviaran al apando o a una circular de castigo, pero más le dolía la actitud servil de sus compañeros frente al director de la cárcel.

Antes que a su tío, Bárbara amó apasionadamente a un hombre y con él vivió mejor de lo que sabía vivir; mejor de lo que todos vivían en el Partido, pero ella era la que ponía las reglas. Más fuerte que él, más vital, mucho más imprescindible para los camaradas, no se dio cuenta de que Julio le era indispensable. Sus amigas le preguntaban: «¿Trajiste a tu esclavo o lo dejaste amarrado?».

Cuando Julio García murió, Bárbara descendió tan hondo en su propio ser, que creyó que no volvería a salir. Caminó hacia el resto de su vida presa de una ansiedad intolerable. Había compartido con él aspiraciones y sinsabores. Él soportaba sus desprecios sin quejarse, «jamás voy a causarte el menor conflicto», le dijo una mañana y ahora lo recordaba, culpígena. Ella que lo había tomado a él como el agua que bebía, el pan que comía, el aire que respiraba, embelleció su recuerdo. Él era lo mejor de ella y ahora que ya no estaba, no sabía qué hacer consigo misma. Reconstruía las últimas horas cuando se ofreció, caballero sirviente, a ir a la farmacia a buscar un medicamento contra la gripa. «No, no vayas, ya es muy noche, no urge, mañana lo compro». El amante quedó bajo las ruedas de un tranvía en la avenida Insurgentes. Al maquinista lo exoneraron: «El señor se me atravesó». «¡Ay, Julio! ¡Ay, mi Julio! ¡Pero si ya nadie muere atropellado!». «¡Cómo no, esta ciudad es la de los atropellos!». Al término de su duelo, Bárbara vivió otro porque durante meses se dedicó a mirar a los hombres con perplejidad, buscando en ellos algún rasgo físico que los asemejara al rostro de Julio, las manos de Julio, las cejas de Julio.

«¿Y si en vez de luchar me dejara yo morir?», se preguntaba al limpiar de su frente y su nuca, un sudor que la hacía sentirse próxima al desmayo.

Bárbara cultivó su sufrimiento con fiereza. No vivía contra la vida, como viven los que sufren una pérdida, vivía buscando la muerte y rogaba: «Ven por mí, ven, muerte, no me dejes aquí».

El recuerdo de Julio le quemaba las venas con una ansiedad más grande que ella misma. Ahora lo cubría de virtudes. Tortuga boca arriba, Bárbara pasó meses infernales. Sola. Su familia apenas si se enteró. La intensidad de su tragedia los habría inquietado pero ¿qué podían hacer ellos para paliarla?

—La vida es más fuerte, deja que pase el tiempo —le habría dicho Trinidad.

—Ya no se castigue —la recriminó su casera al encontrarla llorando—. Usted misma está rascándose la herida como perro pulguiento. Deje esa pulga por la paz.

Julio ¿pulga? Cuando vivía lo creyó en más de una ocasión. Por eso lo hacía a un lado. Ahora él la sacaba a la intemperie. Curiosamente, su cuerpo no era de ella, sino de él, del muerto.

—Despreciar un cariño se paga caro —le dijo una vez su tía Pelancha.

Era verdad. Al despertar cada mañana y no ver su cabeza en la almohada, quería morirse.

En esa época, Bárbara descubrió la música clásica cuando sólo había escuchado la que subía de la calle y lloró a mares con «Vocalise» de Rachmaninoff.

Hasta que una madrugada miró en el espejo su rostro abotagado: «Me veo horrible llorando» y decidió no perder un año más. Desprendida de sí misma se liberaría de su dolor. Entonces la embargaron emociones extraordinarias. «De esto voy a salir a güevo», se ordenó y vinieron los muchos amantes. Muchos. Muchos de una sola noche. Al salir del trabajo le dio por hacer reuniones en las dos piezas de su departamento y a la hora de las despedidas, ponía su mano sobre el hombro del elegido diciéndole: «Tú te quedas». Se corrió la voz. Ni una copa ofrecía. Se abalanzaba sobre el elegido con un furor que a ella misma sorprendía. Antes de llegar a la recámara, ya se habían desvestido. ¡A la cama y a coger! Pasó esa etapa que ahora recordaba porque el encarcelamiento de Trinidad la hacía volver a un estado anterior, al del pozo de la soledad.

—Barbarita, tú eres especialista en quitarme las ilusiones —le decía Na' Luisa cuando desobedecía, y sin pensarlo dos veces, Bárbara salía corriendo tras de su ilusión: largarse de Nizanda en el tren.

Bárbara sabía que la miseria debe quedar oculta en el amor, pero el tiempo se encargó de demostrarle lo contrario. El mal aliento, la calvicie, los pedos, la miseria humana iban agrandándose en la intimidad; la barriga doblada sobre el pene, los senos caídos, Bárbara muy pronto asumió al hombre tal como era. «Todos somos manzanitas pachichis, todos nos pudrimos juntos».

Una tonadita de una armónica que subía de la tarde caliente («odio las armónicas casi tanto como el acordeón») hizo que Bárbara se sintiera ajena a ese cuerpo que jadeaba encima de ella, y ajena al otro que vendría mañana, ajena, en pleno coito, ajena en «el momento cumbre», así lo había llamado su amiga la española Amaya Elezcano, «el momento cumbre», como si coger fuera escalar una montaña y llegar a la cima. «El sexo está en la cabeza, apréndetelo, coño».

«Mañana mismo le paro». El momento del deseo no es tan largo, cada vez se esfuma más rápido, «ya no quiero», se dijo Bárbara, «lárgate». «Qué dura eres», protestó el amante en turno. «¡Sí, más que tu pito!».

«¿Cómo voy a vivir la hora siguiente? ¿Cómo voy a atravesar el día?». La ausencia de Trinidad regresaba a Bárbara a la desaparición de Julio García. Ella, la de las tareas inaplazables, ella, a quien la gente antes estorbaba, era un molde vacío. «¿A dónde voy? ¿Qué soy? ¿Quién soy?».

«Voy a salir a la calle a caminar», se ordenó a sí misma y lo hizo con tanta torpeza que cayó al suelo: «Ya no sé poner un pie delante del otro». Intentó de nuevo alzar los dos postes que la sostenían y a los pocos pasos, los rayos de sol golpearon su cabeza. «Si no tolero el sol ¿qué voy a hacer conmigo misma?». Sintió miedo. Trató de recordar algún texto bíblico que le ayudara a paliar la ansiedad, pero todas las oraciones de su infancia yacían en la planta de esos pies huecos e inmóviles sobre la acera.

—Estoy meada del zorrillo.

¡Encarcelado Trinidad, impensable! «Tengo que sacar fuerzas de donde no tengo», pero lo único real eran las horas vacías cayendo desde el techo. «Éste es un tren que no tiene fin». «Trinidad me resolvía la vida». Magnificaba sus virtudes y no lograba imaginarse sin estar asida de su mano. ¡Un hombre como él, activo, dinámico, de decisiones inmediatas en la cárcel! ¿Qué sería de él? ¿Y de ella?

—¡Ay, Amaya, me mata de rabia que mi tío esté en la cárcel y Carmelo Cifuentes, que es el responsable de todo, ande libre!

—No anda libre, anda a salto de mata, escondiéndose hasta que lo agarren. No creas que su vida es mucho mejor que la de tu tío.

—Anda libre, Amaya, anda libre, mi tío está encerrado y el causante de toda la desgracia anda libre.

—No seas arbitraria, Bárbara. Tarde o temprano van a agarrar a Carmelo Cifuentes a quien no puedes culpabilizar del fracaso del movimiento.

—Mi tío no puede verlo ni en pintura y yo tampoco.

A Bárbara todo le salía mal. «Hasta el agua se me quema». Al mover una mesa despegó de la pared una enredadera deleitosa llamada «monedita» y, sin más, se le escurrieron las lágrimas. «Sólo me falta darme de cabezazos contra la pared» y se dio uno al acostarse. «A mi tío, lo quiero más que a mi propia piel», pensó limpiándose la sangre.

«Tengo que construirme un horario y seguirlo al pie de la letra, atravesar los días a como dé lugar. Fuerza de carácter, ¿dónde estás? ¿Por qué me abandonas? Siempre me he bastado a mí misma». Esos propósitos a seguir no la consolaban del sentimiento de derrota que incendiaba su garganta, sus ojos, su vientre escarlata. Saber que no lo podría ver mañana, ni pasado mañana, ni el domingo, que no oiría su «¡Bárbara!» demandante y amoroso, le era intolerable. «Este pensamiento me lacera, debo echarlo fuera de mi mente. Pero ¿cómo?».

«No puedo darme el lujo de sentir miedo o cansancio», se dijo Bárbara, sin embargo lo único que deseaba era aventarse sobre la cama ovillada y dormir, dormir, dormir que cantan los gallos de San Agustín ¿ya está el pan? «¡Ven, sueño, ven!». Esa rima le recordó a Esperanza y, sin más, salió a buscarla. Pelancha tenía experiencia, seguramente le diría lo de siempre: «Ahora es cuando vas a demostrar de qué estás hecha, Barbarita», y esta frase que antes la irritaba, la anhelaba como su único consuelo. Además, al hablar, Pelancha tenía la misma entonación que su tío. Vestida siempre de tehuana, sus monedas de oro colgándole de una gruesa cadena, sus arracadas de pajaritos que sostienen una carta en su pico, su huipil bordado, Esperanza jamás se cortó el cabello ni adoptó las costumbres del Distrito Federal. Su bolsa del mandado de ixtle, igual de colorida que sus largas enaguas, llevaba todos los accidentes de la vida de su hermano Trinidad.

Deshacerse de sí mismo es lo más difícil del mundo, a menos de tener vocación suicida. ¿Habría posibilidad de llegar a otra Bárbara que no le pesara tanto ni le provocara ese dolor? En una de sus visitas a Lecumberri, Trinidad le dijo que, por primera vez, él vivía dentro de la prisión que era su piel, a su vez encerrada en otra prisión: la de la cárcel y que descubrirlo lo entretenía. ¡Vaya, él se descubre y se cae en gracia cuando ella ya no puede consigo misma y quiere cortarse las venas! ¿Acaso recordaría la primera vez que viajaron juntos y lo que para ella significó ese acogedor salón ambulante en el que los pasajeros se saludaban y se despedían con cortesía? Si la función del andén era, para ella, la de la despedida y la carrera, el vagón era casi el paraíso. Aunque los pasajeros jamás volvieran a verse, el vagón aterciopelado se prestaba a las confidencias, porque hay gente que acostumbra contarle a desconocidos lo que no diría en su casa. «Sabe usted, voy hacia un nuevo destino». Lejos de todo, sentados frente a frente ¿cómo no verse aunque fuera de reojo? ¿Y reinventarse? ¿Cómo no ayudarle a la muchacha de delgada cintura a subir su maleta?

Bárbara había disfrutado en grande viajar en tren con Trinidad. «Son los mejores momentos de mi vida, tío». Inmóviles, constreñidos a su asiento, conversaban entre ellos, pero también con los pasajeros, ocho en total. Imposible no verse, todos observaban a la mujer abrir su bolsa, sacar su polvera y pintarse los labios. Si alguno salía del compartimiento, levantaban la vista. Era como si ese viaje (en el que el paisaje huía tras el cristal de la ventanilla) los llevara hacia otro viaje interior, el balanceo se prestaba a la somnolencia, pero también a inventarse de nuevo. De tan pequeño, el compartimiento podía volverse un confesionario. Fuera del mundo, vivían una película, el rodar descontrolado de sus ilusiones que los regresaba al trabalenguas de su infancia: «Rápido corren los carros cargados de azúcar del ferrocarril».

—¿Así que cuando tú viajas te dedicas a la introspección? —le había preguntado risueño su tío.

Bárbara, de niña, creyó que ser jefe de estación era vivir un cuento de hadas. Se soñaba saludando a su amado pueblo desde la plataforma del cabús, acompañada por notables de levita y bombín que la cortejaban a cada vuelta de rueda. De niña, alguna vez pudo entrar a un salón rodante de primera y todavía sentía bajo sus yemas la suavidad del terciopelo de los asientos. La habían deslumbrado los cordones de seda, las afelpadas paredes del vagón, la suavidad de musgo del tapete. «¡Esto es una pantufla!», hizo reír a su tío. Se sintió perla dentro de su estuche, pero el viejo Ventura Murillo tenía razón, la realidad, sobre todo para los mexicanos, era la del ferrocarrilero doblado sobre su aparato de telégrafos, la de la estación perdida, la del abandono.

Sin embargo, hubo una época en que todos querían ser ferrocarrileros y en sólo un año, de 1920 a 1921, el número de trabajadores se duplicó. El movimiento de carga por ferrocarril era inmenso.

Trinidad la invitó al carro comedor y la cena le resultó un festín. Los cubiertos eran de plata, la lámpara en la mesa, un rubí, el mantel blanco, el del altar de su infancia.

El mesero produjo dos joyas más al verter vino tinto en copas de cristal porque el líder ordenó vino. Ver venir al mesero hacia la mesa le preocupó a Bárbara. ¿Cómo podría caminar en medio de ese vaivén con los platillos cubiertos con campanas plateadas? Equilibrista, el mesero descubrió frente a ellos el corazón de alcachofa, el filete miñón, las papas convertidas en finas rejas doradas. «Es alta cocina francesa», le advirtió su tío: «¡Salud!», se llevó la copa a los labios. «Tío, yo no sabía…». Bárbara se sintió cortejada. «Tío, el tren dormitorio también es una maravilla. Nadie hace mejor la cama que un rielero con sus sábanas que rechinan de limpias, bien estiraditas».

—¡Qué bonita eres, muchachita!

El suyo era el tren de la felicidad y la muchacha anhelaba otro día de viaje:

—Vamos a llegar —advirtió Trinidad.

—No quiero, tío, quiero que esto dure toda la vida.

Trinidad en la cárcel, Bárbara acariciaba sus mejores recuerdos.

—No es el momento de dejarte ir cuando él te necesita, contrólate —insistió Pelancha—. ¿Qué va a hacer él con tu pesimismo y el de Sara? Necesita mujeres fuertes. Ustedes dos son la imagen de la derrota.

Más que nunca, Sara era una sombra. No llevaba a sus hijos a la cárcel para que no vieran a su padre tras las rejas, pero tampoco él parecía necesitarlos.

Sara decidió alejarse apenas pasaran los primeros meses de encierro porque una «mona» —policía—, al cucharear el platón de arroz con pollo de la visita dominical, preguntó:

—¿A poco es usted la esposa del líder rielero? El jueves vino otra a la visita conyugal. Y el jueves anterior, otra.

Por toda respuesta, Sara le aventó el platón a la cara, dio la media vuelta y a partir de ese día, sin decírselo a nadie, empezó a cultivar un rencor soterrado que iba minándola mucho más que si hubiera estallado en reclamos.

—Sara tuvo una severa crisis nerviosa —le comunicó Bárbara.

—¿Por qué?

—Tú sabrás, tío.

—Lo que yo sé es que tiene diabetes.

—Ahora lo que le dio fue una crisis de nervios, o quizá sea crisis económica. El peso está muy devaluado. Deberías permitirle recibir una ayuda de los compañeros.

—Eso nunca, yo no la recibo.

—Tú estás aquí encerrado, ella lucha sola allá afuera. Los de la Compañía Hulera Euzkadi quieren reanudar el apoyo a los presos políticos, tío...

—Ya ellos han ayudado demasiado, es el único sindicato que ayuda, no voy a aceptarlo...

—¿Ni para Sara? No sólo se trata de ti, tío, tus hijos... Trinidad la miró. Qué bárbaramente contradictoria era. ¿O así eran todas? ¡Pobres, carajo, pobrecitas!

En un momento de desesperación, Sara aceptó la ayuda económica que Trinidad rechazaba. Enfurecido, el líder leyó en *El Rielero*:

«Doscientos cincuenta pesos fueron entregados a la señora Sara Aristegui, esposa del máximo líder».

—¿Qué autorización mía recibiste? ¿Cuándo te dije que te aprovecharas de los compañeros? ¿Cuándo te permití que hicieras una colecta en mi nombre?

—Jamás utilicé ni he utilizado tu nombre para sorprender a quienes de buena fe quieren ayudarnos. ¡Jamás hice colecta alguna! ¡No tienes ni la menor idea de cuál es mi situación ni la de tus hijos allá afuera! Para variar, sólo piensas en ti mismo y en las pinches putas que según las monas te visitan.

Esas dos palabras *pinches putas* no formaban parte del vocabulario de Sara y por ellas Trinidad se dio cuenta de la dimensión de su desgracia.

—Te voy a matar —le levantó la mano a Sara y si Saturnino no interviene, la golpea. Su cólera cimbraba las rejas de su celda.

¡El dinero! Trinidad rechazaba cualquier cuota para su manutención y la de su familia.

—Con ese dinero voy a regresar a mi tierra, allá estaré mejor con los niños, aquí salgo sobrando.

No le creyó. A Sara podía tratarla mal y todo lo aguantaba. «Deben haberte fregado mucho en la infancia, Sara, para que seas tan dejada».

—No soy dejada, me has destruido.

Al día siguiente, Sara y sus hijos tomaron el tren a Coatzacoalcos. Nadie los despidió en la estación, ni siquiera Bárbara.

Sara y Trinidad jamás habrían de volver a verse.

Los compañeros se alejaban. «Así es la naturaleza humana», filosofó Trinidad. «Los mexicanos estamos fregados porque no hemos sabido construir un país. Al contrario, el sudor del pueblo está aquí adentro, encarcelado. ¡Fíjate bien en la población carcelaria, porque es el vivo retrato del país! En las mejores celdas están los bandoleros ricotes, los torpes politiquillos que no supieron hacerla y hasta los narcotraficantes con sus ejércitos personales, y en las crujías pulula la carne de cañón, los que se roban un bolillo, los achichincles que aquí siguen siendo criados de los magnates, sus correveidile, sus "mande usted" porque en la cárcel viven mejor que allá afuera, por lo menos comen. Estas rejas que ves nos protegen a todos en contra de nosotros mismos. Se creyó que la corrupción daba igual, que robar las urnas no importaba y míranos a todos, desesperados. Y esto va a seguir. Nos vamos a ir al hoyo».

—Era lógico que esto sucediera. Éramos dos trenes que íbamos a chocar irremediablemente —intervino Saturnino Maya, a quien le fascinaba crear imágenes apocalípticas.

—No me refiero sólo a ti y a mí, me refiero a todos —se irritó Trinidad—. Hablo de México. Aquí cada sector se alimenta de sus propias mentiras. ¡No sabes la de hombres de negocios que hay aquí adentro! Los políticos se creen los grandes chingones porque se enriquecen y nadie denuncia sus robos, los líderes sindicales hacen su agosto y son los futuros gobernantes. Cuando les llegue su turno, impedirán el progreso del país o el país progresará a pesar de ellos, como sucede ahora. ¡Qué país tan noble, carajo!

¿Quiénes han abierto fuentes de trabajo? ¿Qué van a hacer con toda esta masa paupérrima? Sin clase media, ningún país sale adelante. ¿Dónde está la nuestra? Lo único nuestro son estas crujías tras las que se apretujan hombres que finalmente son víctimas. ¿Les dieron alguna oportunidad? ¿La tendrán cuando salgan? ¡Claro que no!

Silvestre Roldán había sido un garañón y se preocupaba por saber cuál sería su vida sexual en la cárcel y lo decía abiertamente. Los demás tenían mujer, hijos, familia. «¿Vendrá a verme la güera, cara de pequinés?». «Con lo mal que la trataste, lo dudo», lo intranquilizaba Saturnino. Pasaron semanas antes de que Silvestre se enterara del Correo del Corazón: «Caballero católico soltero y solitario busca señorita decente para formalizar relación». «Deseo conocer mujercita cumplida, de corazón limpio y buenas intenciones, que ame la vida sencilla, fines ulteriores fundar un hogar. Favor mandar foto en traje de baño». La mujercita acudía a la cita y no le importaba hacer cola frente al Negro Palacio de Lecumberri. Lejos de ser un impedimento, la cárcel era una garantía. Los hombres allí guardados eran los más protegidos. La cárcel era del cuerpo y no del corazón, y los jueves y domingos de visita conyugal, ¡cuánto semen! Pocas ilusionadas se echaban para atrás y su relación se volvía duradera. «Para toda la vida». «Sí, mi amor, para toda la vida».

SEGUNDA PARTE

20

Rosa nota que los hombres uniformados de mezclilla se vuelven a verla con insistencia. En la cárcel de Santa Martha Acatitla dejan de barrer, trapear, sacudir o asolearse al presentarse una mujer. La examinan en silencio, paso a paso, recargándosele, la imantan con la fuerza de su deseo hasta que la mujer avanza cada vez más trabajosamente, las piernas separadas, dolida, perra de sí misma, olfateada por todos esos perros que alargan el hocico y la husmean. Cuando por fin se detiene frente a la mesa de acero gris para tender su pase, ya está toda babeada.

—¿Cómo se llama? —pregunta el policía viéndola con la misma estupidez caliente.

—Rosa Peralta.

—¿A quién va a ver?

—A mi hermano.

—¿Su nombre?

—Rafael Peralta.

Los hombres no hacen el menor ruido para alcanzar a oír, aunque Rosa contesta en voz bajísima atemorizada por la tensión en el aire; la pesantez de las miradas sobre cada uno de sus miembros, su pelo rubio teñido, su boca colgante de tan llena. Las miradas —oscuras— la detallan, la sopesan. «¡Parece que les sale vaho de los ojos!», piensa

Rosa. Ella misma suda y de pronto nota a la altura de sus senos, gruesos lamparones transparentes: «¿Qué me pasa? ¿Será la crema que me unté?». Hasta el sol en medio del cielo —un cielo de raso azul tendido a reventar— chorrea yema de huevo, untuoso, friéndose a la mitad del día. Rosa se inquieta, mueve sus piernas redondas, piernas de mujer bien dada, maciza, fuerte.

—Pase a mano izquierda, dormitorio tres.

Camina por el pasillo, consciente de sí misma, del calor que escurre de su cintura a las nalgas pegosteándole el vestido al cuerpo; el nombre de su hermano todavía resuena en la «recepción», lo amplifican las ondas, lo reflejan los poros morenos de los rostros voraces tendidos hacia ella. «Conque Rafael Peralta ¿eh?». En el dormitorio, la tensión cesa de golpe. De las seis camas, cuatro están ocupadas, pero apenas si los cuerpos yacentes levantan las sábanas. «¡Pobrecitos, ni bulto hacen!». Sólo uno tiene el brazo extendido hinchado por el suero que cae muy aprisa. «¿Cómo es posible poner suero así?». El hombre ve al techo y ni siquiera mueve la cabeza. Nadie voltea a verla y puede detenerse casi cinco minutos ante el rostro tumefacto de su hermano.

—Hermanito.

El herido abre un ojo e inmediatamente extiende la mano sobre la sábana. No hablan y Rosa permanece junto a él durante más de una hora sin moverse, tensa, prisionera también, aunque desde la enfermería no se vean los barrotes, sino un sorpresivo jardín asoleado. De vez en cuando entra una enfermera y vuelve a salir. Los enfermos no parecen necesitar nada; uno de ellos se ha cubierto la cara con la sábana, sólo su respiración se adivina a la altura de la cabeza, pero nadie se acerca a preguntarle si algo se le ofrece. El tiempo aísla a Rosa bajo una campana de vidrio. «Nunca he visto el rostro de mi hermano durante tanto tiempo». Empapada en sudor, siente que su espesa mata de pelo también chorrea, como chorrea esta otra mata entre sus piernas. «¡Madre santísima, qué asquerosa es la vida y más aquí entre tanto trapo blanco. A él voy a acabar bañándolo con toda esa agua que se me está saliendo!». Quisiera retirar su mano que humedece la del herido, moja la sábana, la ahonda. «¡Madre de los cielos, si parezco río!», pero el hermano no deja de extender su brazo hacia el líquido profundo de esta mujer entera que se derrama en su mano.

Rosa lo miró así durante cinco días; cinco días asfixiantes, cinco días de zozobra —hora tras hora—, cinco días de tomar el camión destartalado y bajar en la parada de Santa Martha creyendo que todos los pasajeros, al verla, sabían que en su familia tenían un delincuente, cinco días de caminar con vergüenza sobre el chapopote hirviente de la carretera hasta la extensa reja de barrotes —semicircular como el Hemiciclo a Juárez—, que forma la entrada a la cárcel. Sin embargo, vista desde la parada del autobús, Santa Martha Acatitla semeja una fábrica y si no fuera por las torres en las esquinas con los policías cargados de ametralladoras, los largos galerones podrían confundirse con talleres en los que se ensamblan coches. Adentro, cumplidos los trámites de rigor, la inspección de la ropa, la bolsa de mano, la comida para el preso, los patios se extienden generosamente, el sol los cubre hasta en su menor resquicio, los calcina y los niños de la visita del domingo dejan «aviones» pintados con gis en el piso, la palabra *cielo* en grandes letras; hay huellas de pelotazos y hasta un papalote olvidado por el viento.

Rosa se ha acostumbrado a que las miradas sigan anclándose en su cuerpo «¡Ay, mamá, quién te manda estar tan buena!», aunque siempre la invade un temor incontrolable al atravesar el patio de lozas cuadradas en el que los presos toman el sol o platican en grupos. Es un descanso llegar al blanco frío de la enfermería; el señor Domínguez ahora sí la saluda, con su brazo libre de suero. Campos, conocido como el Mantecas, sigue echándose la sábana encima del rostro cuando ella entra, pero Rafael sale a recibirla arrastrando los pies.

La cárcel se le ha vuelto tan familiar que si Rafael le dijera: «Mañana salgo libre» se alteraría, roto el equilibrio de esos días que ensartan su vida: «Mañanas: Santa Martha

Acatitla», tardes: «Atender a mis hijas». Hasta el lenguaje de la cárcel se le ha hecho familiar: «¿Cómo va su asunto, señora? ¿Qué dice el abogado? No se apure, no hay bien que por mal no venga. No hay que perder la fe, ya verá usted que... la cosa es aguantar estos diítas, estos mesesitos. No, papaya no le traiga, no la dejan pasar. Los plátanos tampoco. ¡Ni hablar de la naranja, allá se la venden adentro!». Rosa se siente bien recibida por una mona de traje sastre azul marino con corbata negra que le abre los brazos como si para ella fuera la visita: «¡Qué bueno que vino hoy, chulita, dichosos los ojos!». Rafael, que al principio repetía como alucinado: «Murieron dos, murieron dos», parece haber olvidado que alguna vez fue libre y anduvo entre los coches. Para él no hay más vida que la de la cárcel; hasta a su mujer y a sus hijos les cuesta trabajo interesarlo en lo que sucede «afuera»; no pregunta por nadie, no quiere cerciorarse de nada, no abre un periódico, ni siquiera pide el *Esto*. Habla profusamente de los partidos de futbol en el campo trasero del penal, del apiario donde Carmelo Cifuentes, asesorado por otros elegidos, confecciona jalea real («desde aquí —sonríe— se ve el revoloteo de las abejas; hasta las oigo zumbar»), de las partidas de dominó al atardecer y una mañana le dice a Rosa:

—Sabes, ayer jugué damas chinas con el señor Pineda. ¿Quieres conocerlo?

—Sí.

—Vente, vamos a ver si está desocupado.

Hace tiempo Rosa leyó el folleto «Las Luchas Ferrocarrileras que conmovieron a México» y una tarde, al pasar por Buenavista, como los policías desviaban el tránsito y una gran masa de gente con la cabeza vuelta hacia un solo objetivo lo vitoreaba, le preguntó a Rafael Peralta, su hermano: «¿Qué es esto?», y él le respondió entusiasmado: «¡Es una manifestación de apoyo a Trinidad por haber logrado el aumento de salarios! ¡Qué tipazo! ¡Ése sí que jala a las masas! ¡Ése sí que se las trae!», pero Rosa dejó de escucharlo, le llamaban más la atención los enormes anuncios luminosos a lo alto de Buenavista: «Tome Coca Cola»,

«La Rubia de Categoría» que se encendían y apagaban lanzando burbujas de luz, el ajetreo de la gente asediada por los vendedores ambulantes, su desparpajo al abrirse paso a codazo limpio. Rafael seguía hablando de la movilización de masas, de las cualidades del líder y hoy la asaltaba su imagen radiante, ¡qué emocionado estaba!, ¡qué vivo! ¡Cuántos recuerdos, Dios mío, cuántos recuerdos! ¡Cómo había pasado el tiempo!

—Es por aquí, Rosa.

Rafael presiona su brazo y la guía hacia un pequeño jardín floreado, pero antes de llegar a él da vuelta a la derecha y la hace girar a ella —tan dispuesta a entrar al jardín— para tocar con los nudillos sobre una superficie blanca y brillante. Adentro se interrumpe el tecleo de una máquina de escribir:

—¿Se puede?

No hay respuesta ni se oyen pasos, simplemente se hace el silencio.

—¿Se puede? —insiste Rafael.

Antes de que Rosa se eche para atrás, Rafael señala al hombre que abre la puerta:

—Hermana, te presento a don Trinidad Pineda Chiñas.

Rosa baja la vista. «Éste es Trinidad», piensa Rosa, ¿éste? «Yo me lo había imaginado altotote, fornido». Frente a ella aguarda una figura quebradiza. Con sus tacones, Rosa es más alta que él; puede ver su cráneo, el pelo cortado a la «Boston», sus hombros estrechos caídos y la expresión interrogante en dos ojos acostumbrados a mirar hacia arriba.

—Señor Trinidad, mi hermana Rosa.

—Entren, por favor, siéntense.

El cuarto de enfermería es enorme y Trinidad los conduce deslizándose hacia dos sillas de lámina pintadas de blanco en el extremo opuesto de la pieza. «Pasen, pasen». Los tacones de Rosa resuenan en el piso de mosaico; el mosaico de los muros también resuena, el sol lo hace centellear. Todo en el cuarto tiene una pulcritud de quirófano; la cama de hospital tendida de blanco, una mesa alta de ins-

trumental para operaciones en las que han sido simétrica-
mente colocados un pocillo, un paquete de canela en rama,
una crema de rasurar en forma de *spray*, una loción *after
shave* Jockey Club, un cepillo de dientes en su estuche de
plástico con una pasta Colgate, una caja de Normacol y una
Leche de Magnesia Phillips. «Ave María, esto es como estar dentro del intestino grueso de Trinidad», piensa Rosa y
aunque desvía la vista ante el pijama de rombos rojos, arru-
gado entre las piernas y exhibido en una percha, exclama:

—¡Qué bonita pieza!

Trinidad ríe, asoman dos de sus dientes enmarcados
en oro:

—Es la mejor de la enfermería.

La pieza es magnífica, pero el sol reverbera en los vidrios y lastima los ojos. También hieren las palabras, Rafael y Trinidad cuentan que hoy a las cuatro de la mañana
murió uno en la enfermería, lo encontraron ovillado en
posición fetal, hasta les costó trabajo enderezarlo y aún no
viene por él una señora de pelo blanco, vestida de negro
que aparece a diario a eso de las doce. «¡Ya le avisaron por
teléfono!», dice Rafael. A Rosa la recorre un escalofrío.

—Fue un accidente —asevera Trinidad—. Todavía estaba joven, pero le vino un paro cardiaco y…

Rosa sigue con el mismo frío por dentro. El sol acentúa
la blancura, pero ella siente un frío atroz. Le sorprende el
tono indiferente con que Trinidad y su hermano aceptan
la muerte de un conocido, aquí mismo a unos cuantos metros, con sólo recorrer el pasillo. «Hablan como si los sentimientos se les hubieran apagado hace mucho», piensa Rosa.
«Estar aquí hace daño». Una enfermera joven y sonriente
entra casi sin hacer ruido. «Buenas tardes» y le contestan
a coro: «Buenas tardes». Pone una botella sobre la mesa
donde se halla la parrilla eléctrica y pregunta:

—¿Le tomo la presión, señor Trinidad?

Trinidad alza la mano y hace la señal de «un momenti-
to». Parece chango haciendo ese gesto, y como una imagen
fugaz se le aparece a Rosa el monito encadenado al cilin-
drero del vals de «Sobre las olas».

Cuando la enfermera sale, Trinidad se levanta:

—Con su permiso.

Como si cumpliera un rito, el de la Santa Misa, vierte despacio con rostro solemne un poco del contenido de la botella en una ollita de peltre azul lavanda, pero no prende la parrilla. Parte la vara de canela en dos y le explica a Rosa:

—Le pongo canela para no fastidiarme; desde niño me gusta la canela.

—¿Y desde cuándo sólo toma leche? —inquiere Rosa.

—¡Uuuuuy! —ríe el líder y avienta el brazo para atrás.

—Pero usted debe sentirse débil —protesta Rosa.

—Lo único que me cansa es el sol. Por eso sólo salgo a tomarlo durante un lapso muy corto, pero procuro hacerlo todos los días.

—¿Y no le cuesta trabajo alimentarse sólo con leche, señor Trinidad?

—Ahora ya no. Al principio sí sentí náuseas; al levantarme la cabeza me daba vueltas; tenía que detenerme de las paredes, pero ya me acostumbré.

—¿No ha disminuido mucho su actividad por la falta de comida?

—Sí, porque me canso más pronto. Escribo a máquina durante un cuarto de hora, veinte minutos y tengo que recostarme. Descanso y vuelvo a la carga. Así transcurre el día.

—¿Y no se aburre?

—Sí —sonríe Trinidad—, pero cuando me aburro tomo mi guitarra y me entretengo un buen rato. Aquí en la cárcel me enseñé a tocar.

—¿No nos toca una piececita, señor Trinidad, por favor? —pregunta Rafael solícito:

Trinidad no espera a que se lo digan dos veces:

—Sí, cómo no. No toco bien, pero me distraigo —informa dirigiéndose a Rosa.

Descuelga la guitarra de su clavo en lo alto, con gran cuidado la saca de su funda de plástico, dobla la funda y la acomoda al pie de la cama y se dispone a tocar, primero unos cuantos acordes como lo hacen los profesionales que afinan su instrumento, para luego entonar la «Canción mixteca». «¡Sastres! —piensa Rosa—, ¿qué es esto?». Sentado en medio de la cama blanca, con sus piernas cortas colgando muy por encima del piso, la guitarra tapándole el tronco, parece más prieto, más pequeño, más feo aún. Además de cantar con una voz cascada, trémula y triste, sus ojos adquieren una expresión que lo asemeja al pordiosero de la calle Madero. Después de «Canción mixteca» sigue con «Morenita mía»; cuando se apresta a atacar el primer compás de «Lamento jarocho», Rosa lo interrumpe con amabilidad:

—Señor Trinidad, parece que ya es hora de que ponga a hervir su leche. Además la enfermera va a regresar a tomarle su presión y nosotros le hemos quitado mucho tiempo.

Se levanta de la silla blanca sosteniendo el bulto de su abrigo en contra de su vientre. Al acompañarlos a la puerta, Trinidad insiste:

—Ojalá y vuelvan.

—Sí, cómo no… Hoy en la tarde regreso —asegura Rafael.

—Muchas gracias por el concierto —sonríe Rosa al darle la mano, pero al alejarse del brazo de su hermano exclama con firmeza:

—¡Ese hombre no es Trinidad!

—Claro que sí, hermana.

—No es posible.

—Él es, pregúntaselo a quien quieras.

—Nunca lo hubiera creído. ¿Ése es el mitotero?

—Sí, hermana, sí.

—No lo creo, no puedo creerlo. Si ese hombre es una nadita —Rosa sacude la cabeza.

Rafael esgrime los lugares comunes: «las apariencias engañan», «el hábito no hace al monje». Discuten. Rafael ríe del empecinamiento de su hermana. Rosa nota que sus cicatrices ya le permiten hacer visajes: «¡Vaya, está mejor!», pero al despedirse insiste:

—Me voy todavía sin creerlo, nos vemos mañana hermanito.

Si Lecumberri era un pueblote con sus baños de vapor, su panadería, su escandalera y sus funciones de teatro, Santa Martha Acatitla, calca exacta de las cárceles estadounidenses, tiene mucho de la crueldad del manicomio y la vigilancia los desnuda a todos. En Lecumberri las celdas se cerraban, aquí la luz eléctrica de día y de noche todo lo evidencia y los presos tras los barrotes son exhibidos como fieras.

—¿Le gustará más esta cárcel que Lecumberri?

—Lecumberri era preventiva, ésta es la definitiva. Aquí son mejores las instalaciones, más modernas…

—¿Y al pintor Siqueiros lo trató mucho? —pregunta Rosa con curiosidad.

—Sí, pero a partir del momento en que pidió el indulto al presidente de la República, me separé de él. No había razones legales o políticas para hacerlo. Con él salieron seis compañeros y cinco más fueron liberados más tarde.

—¿Usted no habría pedido el indulto?

—Jamás estuve de acuerdo porque era seguirle el juego a López Mateos, quien quería lavarse las manos frente a las autoridades judiciales. Hidalgo dijo en su juicio penal que pedir el indulto era una vergüenza.

—Es que a usted le tienen miedo —intervino Rafael Peralta—, es como una brasa que les quema las entrañas.

Rosa retiene lo de brasa en las entrañas.

—A usted los chavos lo quieren y lo admiran. Es el estandarte de su movimiento.

—Sí —sonríe Trinidad—, tengo contacto con uno de ellos, Raúl Álvarez. Es gratificante tratar con ellos, lo rejuvenece a uno.

—También admiran a don Carmelo Cifuentes, que está aquí al lado en el apiario. Creo que ya le interesan más las abejas que la política.

—Yo con ése no tengo ninguna relación —frunce el ceño Trinidad— y le he pedido a Raúl que, si lo viene a visitar, no pase después a verme.

Afuera los grupos de presos se han dispersado. En la cárcel la repartición del rancho se inicia a la una y media de la tarde y los hombres entran a su crujía a comer. Sólo uno que otro permanece al acecho de una improbable visita. En la reja de salida, Rosa ve cómo una mujer vestida de negro con el rostro descompuesto baja de un taxi acompañada de dos hombres: «Viene por su muerto» y apresura el paso para no encontrarse con ella. Antes, Rosa se habría acercado: «Lo siento, ¿puedo servir en algo?». Ahora su marido Ramón ha muerto, Rafael está en la cárcel y Rosa huye de la desgracia. «Yo ya tuve lo mío; con más no puedo» y sus pasos precipitados la conducen a la carretera vacía.

21

—¡Ya cállate, ésas son mamadas!

Rafael Peralta enmudece. Ha entrado a una zona prohibida, un terreno minado listo para explotar al menor roce. A él todavía lo visita su mujer; los domingos sus hijos gritan: «¡Papá!» e irrumpen corriendo, pero muchos ya no tienen quién venga a verlos, ni siquiera Trinidad. «Hoy vino su sobrina», anuncia de vez en cuando un policía zapoteca como Trinidad, pero fuera de sus hermanas, Pelancha y Chanita que está siempre enferma, su sobrina y los ocasionales ferrocarrileros que llegan de Oaxaca, se sabe en Santa Martha Acatitla que el líder ferrocarrilero es un hombre solo. Eso sí, recibe cartas de muchos estados de la República y las contesta religiosamente; en carpetas verde pálido ordena expedientes de los casos que le someten los jubilados, los viejos ferrocarrileros despedidos. Su vida se circunscribe a la lucha, esas dos sagradas palabras: *la lucha*.

—¡Pues yo creo que ustedes ni siquiera piensan en cómo será cuando salgan libres!

El viejo Ventura Murillo los mira a uno por uno retándolos. Al atardecer, algunos presos prenden su cigarro y le dicen al de junto: «¿Te acuerdas?», y aunque el otro no conteste, ellos rememoran a su novia Clemen, el viaje a Veracruz, cómo se escabulleron de los cuicos, el imbécil que se zurró de miedo. Buscan el calor de la lámpara, ponen los codos sobre la mesa, acercan los brazos cubiertos de mezclilla azul marino; el peso del día ha caído y los rostros se dulcifican.

Los amigos se reúnen en un rincón del dormitorio en torno a una mesa de cervecería providencialmente olvidada por los guardianes y conectan la parrilla a un enchufe sobre el cual hierve el agua; «La cafetería», la llaman, o «el café», y se sientan a contar chistes jamás renovados, Abelardo, flaco de nariz aguileña y eterna gorra color vino en la cabeza, Ventura, quien todavía trae el temblor de la libertad en las mangas de la camisa y en las palabras que caen al suelo y ruedan sin que nadie las recoja, Eusebio y Cosme, «los banqueros» que purgan una condena larguísima. Así como fueron socios afuera, no se despegan un solo instante.

—Dios los hace y ellos se juntan —dice Trinidad.

—¡Pues yo creo que ustedes ni siquiera piensan en cómo será cuando salgan libres!

—¿Cómo será qué, Ventura?

—La calle, la casa, los amigos.

Se miran entre sí, Rafael Peralta permanece callado. En cambio, Ventura prosigue desafiándolos:

—En la cárcel, la sangre se vuelve atole.

Miguel deja de mover su cuchara de plástico dentro del pocillo de café.

—Oye, tú, Ventura, a ver si la cierras. Mejor enchufa la parrilla. Otro cafecito, ñeros, ¿no? —les pregunta conciliador.

Miguel es un hombre moreno, mantecoso, el pelo lacio y grasiento, la sonrisa cálida bajo los labios achocolatados. Su uniforme azul suele lustrarse a las dos semanas y los cuates le dicen: «No es la plancha, es la grasa».

Ventura se levanta y con los brazos en jarras sigue diciendo en un tono histérico:

—Pues yo después de leer las cartas de mi mujer me siento lleno de energías para aguantar la cárcel.

—¡No mames, pinche Ventura, y pon el pocillo sobre la parrilla!

Entonces tercia un español ya grande y medio sordo, preso desde quién sabe cuántos años, porque él ya estaba ahí cuando los demás llegaron.

—Uno de los peores efectos de la cárcel es el aislamiento, imposible saber lo que sucede afuera. De todos modos la política es corrupta por esencia.

Nadie se atreve a contestarle al español, ni siquiera Trinidad. Su tono doctoral, sus años, la cobija que tercia sobre sus hombros, su pelo blanco y ralo y su manera de recargar la cabeza sobre la pared le dan una autoridad triste que los presos respetan. «Podría ser mi papacito, ¿sabes?». El viejo deja caer palabras que en realidad se dice a sí mismo, como todos los sordos, en un interminable monólogo interior. «La cárcel es la cárcel y nadie nos va a devolver estos años de encierro». Rafael sorbe su café ruidosamente, su café o sus mocos. Rafael acostumbra sentarse junto al español para que el viejo sepa que alguien está con él. Ofrece en medio del silencio:

—Señor Del Río, ¿nos echamos un partidito? Así se le pasa la murria. Nos lo echamos usted, Eusebio y yo porque aquí los cuates ya se aburrieron.

—Lo que quiere el señor Del Río es desahogarse —dice rápidamente Rafael.

—Tú eres nuevo, cuate, tú qué sabes de esto —salta Ventura—; ¿acaso sabes lo que es un carcelazo?

Trinidad piensa: «Yo nunca he tenido un carcelazo, nunca». Por eso entiende a Rafael Peralta, quien musita ingenuamente: «¿Qué es un carcelazo?», cosa que transmite a gritos al sordo.

Trinidad se levanta de su silla y va hacia la ventana. Todas esas disertaciones acerca de la depresión del carcelazo le parecen inútiles y sobre todo malsanas, «sólo sirven para debilitar el ánimo». Pero el español los jala como un profeta. Ahora mismo, con sus párpados cansados sobre sus ojos boludos de venas rojizas, sentencia: «¿Para qué vivimos, a ver? ¿Para qué vivimos? ¡Díganmelo ustedes!» y aguarda el rostro envuelto en el aleteo de sus párpados. «¿Para qué? ¿Tienen ustedes alguna idea del por qué?».

Como escolares culpables, los hombres guardan silencio. Miguel mordisquea la punta de sus dedos, Rafael le acomoda al viejo su manta sobre los hombros, los demás miran al suelo. Trinidad entonces se levanta de su asiento y abandona el dormitorio. Sepulta las frases del viejo bajo un altero de cartas, de resoluciones a seguir, de posiciones qué defender aquí en la cárcel y que los ferrocarrileros libres acatarán afuera sólo porque él, Trinidad, lo manda. Sus vínculos con los demás son los de la lucha: metas concretas, obligaciones que cumplir, labor comunitaria. Todo lo demás son divagaciones que sólo enturbian el camino.

Alguna vez Trinidad le dijo a un compañero: «Se pierde mucho tiempo en las relaciones amorosas, en los conflictos sentimentales, mucho tiempo valioso», y ahora lo recuerda para recobrar el equilibrio que por un momento el viejo hizo oscilar. Todavía en el corredor, Trinidad alcanza a oírlo disertar con su voz cansina, ajeno al efecto de sus palabras a las que no les da valor, pero esta noche algo debe quedarse zumbando, porque él, que siempre duerme bien, da vueltas y vueltas en su alta cama de hospital.

—¿Rafael Peralta?

—Ha de estar en el jardín, señorita.

El policía pela los dientes —extraña media luna blanca— sobre su rostro de carbón.

Sentado junto a Trinidad, en la única banca, Peralta platica animadamente. Con las piernas cruzadas, metidas en pantalones de mezclilla, Trinidad lleva puesta una camisa de libertad, una camisa de «afuera» a rayas rojas y beige. Los dos se levantan y Trinidad inmediatamente le cede su asiento. El minúsculo jardín con sus «maravillas» rojas y blancas muy erguidas parece una tumba florida entre las lozas, le ha ganado terreno al concreto y crece con tenacidad de hiedra, rompiendo hasta la piedra, abriéndose lugar a puñetazos. Los presos le ayudan jalándolo por los cuatro costados para que las semillas caídas del cielo aniden en él. Son hierbas locas que trae el viento y crecen a la buena de Dios. Una mañana, los girasoles brotan nada más porque sí y miran carirredondos la sorpresa que provocan. Qué casualidad, ahí floreció un Belén moradito sin pedirle nada a nadie. Hasta los policías se compadecieron de este jardín que revienta la tierra del penal y uno trajo una matita de geranios, otra de perritos, una de plúmbagos y el mayor pidió que se regara con manguera. Los presos enfermos que tienen acceso al jardín sienten cariño por él. Comentan sus brotes, vigilan el avance de sus ramas, también en ellos crece algo cercano al agradecimiento cuando se sientan en la banca y desde ahí miran lo verde. «¡Qué bonitas pueden ser las flores!», piensan y algo cede en ellos para dar paso a la dulzura como si las maravillas florecieran en su cabeza.

—Debería usted jugar con mi hermana, don Trinidad, lo hace mejor que yo —escucha Rosa a Rafael decirle al rielero.

—A su hermano, señorita, le he ganado todos los partidos.

Rosa está a punto de rectificar: «Señora», pero de pronto la invade el cansancio de sonreír cada vez que le dirigen la palabra, de exclamar día tras día: «¡Qué bien te ves hoy, hermanito, qué requetebién estás!». El sol cae a plomo sobre sus hombros y su nuca.

—¿Jugamos ahora?

—Bueno, pues si usted quiere.

—Vamos a pasar entonces a la enfermería.

Trinidad la toma del brazo, se lo aprieta, la conduce, la cuida; ya en su cuarto corre por una silla para ofrecérsela, acomoda el tablero mientras Rafael permanece a la expectativa. En la blanca frescura de la recámara, Rosa se siente mejor aunque juega por no dejar. Mueve las canicas con destreza y sus manos fuertes le dan una ruidosa vitalidad al tablero. A los diez minutos gana el partido y ante el desconcierto de Trinidad, sonríe, esta vez sin forzarse. Luego se levanta y se despide con su abrigo siempre hecho un bulto contra su vientre. La cárcel hostiga; hay días en que dan ganas de echar a correr y éste es uno de ellos. «¡Qué diera yo por estar del otro lado de las rejas; olvidarlo todo, no tener que volver nunca a Santa Martha!».

—¿Qué sabes de nuevo, hermano? ¿Cuánto va a durar esto? —pregunta Rosa inopinadamente.

Sin esperar la respuesta, consciente de haberlo herido, lo abraza.

—Fíjate que me da mucha tristeza el señor Trinidad tan chiquito, tan flaquito y con esa huelga de hambre.

—Hermana, su huelga de hambre ejerce presión sobre las autoridades.

—Pues yo ya la hubiera dejado. ¿Para qué? ¿Qué le importa al gobierno que coma o no coma? Ni quien se fije. En cambio él se está matando en vida.

—Presiona al gobierno, que tiene miedo a que se les muera encarcelado.

—Si tuviera miedo ya lo hubieran sacado.

—Pues al señor Trinidad nadie lo va a hacer cambiar, está dispuesto a morir por sus ideales.

—Rafael, no seas iluso, ya nadie se fija en él, ni el gobierno ni nadie; lo tienen abandonado.

—No te creas, su huelga les pesa, su inconformidad también. Vienen los reporteros con frecuencia a entrevistarlo…

—Pues a mí me duele verlo así y prefiero no visitarlo.

Trinidad no logra conciliar el sueño. Nunca le ha dado tantas vueltas a una idea, toma los sucesos como vienen sin adelantarse a ellos, ni solazarse en su recuerdo, pero ahora su único pensamiento es Rosa. Posee una asombrosa facilidad para olvidar los rostros del pasado, borrón y cuenta nueva, la superficie resanada queda lista para una nueva impresión, pero hoy Rosa da vueltas en su cabeza. Trinidad repite muy seguido que no hay que hacerse ilusiones ni alimentar pensamientos parásitos y Rosa crece como un globo, está ahí en la recámara con él; la ve por encima de las damas chinas, su piel lisa apiñonada es un chorro de frescura; sus manos ágiles; ¡qué jóvenes manos, qué bonitos animalitos!, saltan sobre el tablero, sus ojos un tanto risueños ¿o serán burlones?, y el pequeño gesto que hizo con la mano al despedirse, esa curiosa forma de cargar su abrigo presionándolo contra su vientre. La mira caminar hacia la ventana montada sobre sus gruesas piernas y levantar el brazo para acomodarse el pelo y se avienta a todas estas imágenes regodeándose en una y otra. Pasea a Rosa por el cuarto, la sienta en la silla blanca de lámina, le cruza lentamente las piernas... no, mejor así derechas, se ven más redondas, más fuertes; se las separa para cruzárselas de nuevo, le acomoda las manos, le alisa la falda como a una niña, así, así mejor, la levanta sólo para recibirla en la entrada de la enfermería y conducirla hacia el tablero de las damas, tomar entre sus manos su rostro de fruta fresca, su rostro que ahora se le viene encima una y otra vez; va y viene, viene y va, por espasmos, enorme devorándolo con sus pestañas brillantes y sedosas, sus cejas cepilladas y los labios pesados, de gajos que podrían recortarse. Rosa abarca el techo entero, cae desde arriba encima de él, sus pechos dos peras exactas en la cuenca de su mano. Coloca su vientre redondo sobre la cavidad de su propio vientre, sus brazos aniñados por dos hoyuelos en los codos vienen a rodear su cuello, la cabeza rueda sobre su pecho, vientre contra vientre, qué dulce el vientre de Rosa, no tiene fin, su cuerpo no tiene fin, Rosa acomoda su rostro soñoliento en la única almohada, bosteza con placer frente a sus ojos de sediento, bésame, le dice, bésame, le señala su boca, bésame y de pronto se desliza hacia abajo, hacia sus piernas, Trinidad se remueve y la busca. «No, vente, vente» y no encuentra más que sus propios pies, sus pies que lo miran debatirse. «¡Rosa! —grita— ¿Rosa?». Busca sumergido en el desorden de las sábanas y sólo encuentra el rasgueo de sus venas, la punzada en su vientre, el ondulante vacío de su propia respiración.

En la última huelga de hambre, hace dos años, Trinidad le dijo al médico de guardia:

—Le tengo confianza a las defensas de mi organismo.

¿Podría decir lo mismo ahora? ¿Qué diablos le está sucediendo? ¿Once años en la cárcel lo habrán ablandado?

¡Qué esfuerzo prender la luz! La cama está revuelta, llena de resabios. Las palabras del viejo español lo toman por asalto. En general no necesita leer para dormirse ni tiene libro sobre su mesa de noche, pero en el librero escoge el *Diario* de Ho-Chi-Minh, se sienta y se aplica en la lectura hasta que lo vence el sueño de hombre sano que siempre ha sido.

A la mañana siguiente lo despierta la risa de Rosa. Vencido, se baña con ella dejando que escurra sobre sus hombros, Rosa llueve encima de él, ondula y canta, y cuando Trinidad quiere asirla se retrae como la marea.

—Aquí está la lista, Pelanchita.

Trinidad le tiende una hoja a su hermana Esperanza, que sabe muy bien que Trinidad la llama Pelanchita porque quiere algo.

1 cinta de máquina Kores.

1 paquete de papel carbón Stafford.

100 hojas de papel bond para máquina.

1 perfume de mujer de $50 más o menos.

1 polvera musical para tocador anunciada por El Palacio de Hierro en la contra de la primera sección de *Excélsior* de ayer.

1 libro: *Las ideas estéticas de Marx*, de Adolfo Sánchez Vázquez en la librería de González Obregón.

Esperanza lee la lista y la mete en su bolsa sin decir palabra. A pesar de que Trinidad es menor que ella, nunca hace reflexión alguna sobre sus peticiones. De pequeño sí, le dio sus nalgadas, pero ahora le dedica la mitad de su vida. Va todas las mañanas a la cárcel y Trinidad le da una lista diaria de comisiones que no le permiten quedarse más de quince minutos. Su delgadez, su porte altivo de istmeña le impiden verse vieja; hay en ella algo muy puro. Con el pelo recogido, la espalda siempre erecta, la limpieza de su rostro, los ojos negrísimos como los de su hermano, el rebozo cruzado, la enagua floreada que barre el piso, la rapidez de movimientos siempre leves y exactos, Esperanza es de las pocas mujeres que no hablan con las manos.

—Ya me voy, Trinito.

Esperanza desciende del camión en las atestadas calles que rodean al Zócalo y se apresura en cumplir las diligencias ordenadas por su hermano, sólo en la librería de González Obregón se detiene a hablar con Cuca Lumbreras, la esposa de Alberto, cuyo pelo ha encanecido desde que a él lo encerraron.

Entre Esperanza y Bárbara se dividen el trabajo; las cartas puestas en Correo Mayor porque así lo estipula el líder, las visitas a los compañeros ferrocarrileros, las llamadas al abogado y las antesalas en su despacho. Su vida entera gira alrededor del hermano y del tío preso que las dirige desde su encierro y cuyas exigencias se adelantan a cualquier necesidad personal. «Yo ya no tengo tiempo para mí o tan poco que prefiero usarlo para recuperar fuerzas y hacerle frente a las órdenes del día siguiente», asienta Esperanza.

En El Palacio de Hierro cuelgan del techo corazones, globos y cupidos que son ángeles barrocos abrazados. También dentro de un corazón se bambolea una fecha en letras gigantescas: «14 de Febrero, Día de los Novios». Esperanza compra la polvera, el perfume. La vendedora la manda a pagar a la caja y Esperanza escucha su comentario a una compañera:

—¡Mire cómo ha pegado el Día de los Novios que hasta las viejas le entran! Esta novia de Cristo ¿de quién más será novia?

Rosa se habría indignado al ver cómo obligaban los médicos a Trinidad a romper su huelga de hambre cada vez que peligraba su salud, amarrándolo a la cama y metiéndole a fuerzas una sonda por la tráquea. ¡Qué horror! La mirada del líder era más patética aún que su martirio. ¡Cómo lo humillaban! ¡Sólo sus ojos hablaban de la gran mortificación infligida! Era como si le quitaran sus insignias de hombre. ¡Cuánta degradación! De los ojos cerrados de Trinidad escurrían gruesos lagrimones. No los abría, no quería que lo vieran, tampoco quería ver a nadie.

Bárbara, su sobrina, alertaba inmediatamente a los estudiantes de la Universidad y del Poli y ciento quince presos políticos en Lecumberri se lanzaron de cabeza a su propia huelga de hambre para apoyarlo. Llevaban veinticuatro días cuando sufrieron dos horas de asalto por parte de los reos del delito común que armados con varillas, tubos, botellas y objetos punzocortantes los golpearon. El atraco duró cuarenta y cinco minutos. Rafael Jacobo García, miembro de la CCI (Central Campesina Independiente), padre de ocho hijos, trató de cerrar la crujía N en la que se agolpaban contra los barrotes y recibió doce puñaladas, cuatro en el cuerpo y las demás en la cara y muchísimas en las manos y brazos. Los reos del delito común azotaron los garrafones de agua Electropura, se llevaron los limones, golpearon a quien se les ponía en frente. Remataron el saqueo con los manuscritos de los intelectuales de la M, los de José Revueltas, los del doctor Eli de Gortari, los de Heberto Castillo, los de Armando Castillejos.

Acostados en el suelo, sobre cartones en el patio de su crujía, envueltos en cobijas para que no bajara demasiado su temperatura, vivieron una noche de pánico.

El pobre patrimonio de cada preso fue hecho cisco en un cuarto de hora.

El ataque llamó la atención de los compañeros, pero no de la prensa, que silenció la huelga como tampoco divulgaba la de Trinidad. Los reos del delito común se levantaron en contra de los privilegios que gozaban los «políticos». «Vamos a chingarlos». Rompieron los candados y salieron a golpearlos. «Quién quite y hasta podamos escaparnos».

Los estudiantes también exigían la libertad de Carmelo Cifuentes. En el Negro Palacio de Lecumberri los universitarios y politécnicos presos por el movimiento estudiantil de 1968 se consumían en su huelga de hambre y poco a poco una de las celdas de la crujía se llenó de cáscaras de limón exprimido en vasos de agua para no deshidratarse. El hedor de los limones pudriéndose agriaba toda la crujía como agriaba el ánimo de los huelguistas, cada vez más verdes.

—Tienes muy mal color, mejor párale.

—Primero la muerte.

A medida que transcurrían los días, los muchachos iban debilitándose. En medio de la total indiferencia, seguían adelante. ¿Valía la pena? «Te vas a morir, vas a dañar tu salud irremediablemente, yo sé lo que te digo», imploraba una madre de familia. Raúl Álvarez, la barba crecida, los ojos llorosos, ya ni respondía. «¿Qué no te das cuenta que a nadie le importa lo que hacen, que se pueden morir aquí sin que nadie se mueva?». Gilberto Guevara Niebla ya no podía sostenerse en pie ni siquiera para ir al baño. «¿Qué caso tiene lo que están haciendo?». «¡Miren nomás al dichoso Trinidad pudriéndose en Santa Martha Acatitla! ¿A quién le importa? ¿Quién lo recuerda ahora?».

Al principio también el líder había creído que su detención provocaría una sacudida en todo el país. ¡No sólo el gobierno lo olvidó, también sus compañeros! Sólo los estudiantes tapizaban los muros con su fotografía. «Libertad al líder ferrocarrilero». Salvo algunas cartas de Matías Romero y de uno que otro maquinista, Trinidad vivía su abandono con amargura. «Así les va a quienes le entregan su vida a la política, así es de ingrata la polaca», confirmó una tarde. Bárbara habría de contarle más tarde cómo había marchado en una manifestación al lado de Ventura Murillo, vitoreado en su tiempo y liberado antes que él. Su brazo delgadísimo debajo de la manga de su saco, su paso vacilante, la conmovieron. Los rayos de sol sobre su nuca lo hacían resollar y limpiarse el sudor con su paliacate rojo y sin embargo seguía en «la descubierta». No fue la inclemencia del sol lo que desmoralizó a Bárbara, sino que nadie reconociera a Ventura Murillo, ni un solo «Gracias, compañero», ni un solo «Adiós, Ventura», ni un solo «Estamos contigo, camarada». ¿Para eso se había jugado la vida el viejo líder?

22

—Señor Trinidad, ¿por qué se molestó? ¡Qué pena con usted!

En vez de abrigo, Rosa sostiene contra su vientre la polvera, el perfume, pero lo que la enrojece y obliga a dar gracias con voz entrecortada es la tarjeta de amor cubierta de frases ensartadas en una letra fluida, volátil, que inunda de arabescos esta inmensa cárcel.

—Nunca nadie me había dicho nada igual, señor Trinidad.

Rosa baja los ojos y los levanta sin temor a que se humedezcan.

—Señor Trinidad, ¿qué puedo hacer por usted? ¿Qué le gustaría que le trajera? ¿Qué darle a cambio? —pregunta atropelladamente—. Es difícil que me dejen meter algo de perfumería porque la mona me tiene tirria, pero dígame qué se le antoja. ¡Realmente no me esperaba esto!

—No quiero que me traiga nada, Rosa.

—Es que quiero corresponder a las atenciones que tiene conmigo.

—Lo único que le pido es que siga viniendo. Si me trae algo, voy a enojarme. Es más, no lo recibiré. Le pido el regalo de su presencia.

En los días siguientes, Rosa no lo visitó, se limitó a levantar de lejos la mano en señal de adiós. Ese hombrecito con el rostro tendido hacia ella, los ojos anhelantes, le dio miedo. Obviamente Trinidad tuvo conciencia de que Rosa se había propuesto evitarlo, porque al cabo de unos días prefirió encerrarse. Entonces Rosa, extrañada, empezó a recordarlo. Con mucha razón sus padres solían decirle: «Nunca sabes lo que quieres». Todavía ahora, de grande, su madre insistía en que era contradictoria.

Las frases de Rafael retumbaban en las baldosas: «Es el hombre más valiente que conozco. Lo estimo mucho, es un gran señor; anda, pasa a saludarlo, siempre me pregunta por ti; está solo, pobre, nadie lo visita, sólo su hermana y su sobrina, once años de cárcel no lo han vencido, ¡qué garra tiene!».

Una tarde en su casa, Rosa se sorprendió a sí misma buscando en el librero el fascículo firmado por Trinidad Pineda Chiñas sobre su lucha con los rieleros y lo releyó. Otra tarde de domingo un tío ferrocarrilero mencionó otro libro de Trinidad y Rosa le rogó: «Ándale, tío, préstamelo, me interesa muchísimo». Quién sabe cómo, el nombre de Trinidad surgía en la conversación; siempre había quien hablara de él, el tío contó cómo este hombre diminuto se había enfrentado a golpes, a sillazos a la policía, y poco a poco Rosa fue sustituyendo al líder fortachón, el hombre grandotote por una imagen más leve que correspondía a Trinidad.

Hasta que hoy, 14 de febrero, Trinidad pone en sus manos los regalos y, sobre todo, la tarjeta halagando su juventud, la fuerza que emana de su persona, lo hermosa que es, lo necesaria, lo indispensable para él.

—Señor Trinidad, de veras, se lo agradezco.

«Rosa, volvió usted a ganar. Quizá la próxima tenga yo suerte. ¿Cuándo viene de nuevo? No, no me diga que un día de éstos, dígame exactamente hora y fecha. Nada le cuesta si visita usted a su hermano casi a diario. Ah, ¿tiene hijas? ¿Es usted casada? ¿Viuda? Mire, encargué otras canicas, rojas para usted, azules para mí. Quién quite y el jueves yo le gane. ¿Vive usted con su madre? Entonces ella ha de ayudarle con sus hijas, ¿verdad?».

Insistente, aprieta cada vez más el círculo, lo va cerrando con su aluvión de palabras. Después de dos juegos perdidos se obstina, no la suelta, ¿otro partidito? Avanzan las canicas rojas y cercan a las azules, el tablero jamás se desgasta, para eso está. Sólo se trata de un juego, éste es un juego muy antiguo que se remonta a los primeros tiempos, la forma de estrella se la dio el rey Carlomagno y sedujo a las damas de la corte, el calor da en la nuca, cuánta blancura en la recámara de Trinidad, cómo se irisa la luz en el vidrio siempre asoleado, «salgo yo primero, ¿me da esta ventaja?, de todos modos aunque yo inicie la partida usted acaba ganando, en las tardes contemplo tontamente el tablero, muevo las damas, trato de reconstruir el juego, recuerdo cada una de sus movidas y no entiendo cómo le hizo, Rosa, no sé en dónde fallé ni por qué, cómo se desplaza usted, en qué exacto segundo se le ocurre hacer ese movimiento que me toma por asalto y me deja temblando, usted conoce las reglas de memoria y las sortea como si nada, cuál es su estrategia, Rosa, dígame, si quiere venir a verme sólo tiene que anunciar en la puerta: "Soy visita de Trinidad", automáticamente la dejarán pasar. Después de tantos años me tienen ciertas consideraciones».

—Pero ¿qué pensarán…?

—¿Qué quiere usted que piensen? Qué importa lo que piensen, Rosa, los que importamos somos usted y yo… Ahora que si no quiere, no la estoy forzando…

—No, no, no me diga eso… Vengo mañana pues.

Al regresar a su casa, Rosa le avisa a su madre:

—Fíjate que voy a ir a ver al señor Trinidad.

—¿Por qué? ¿A cuenta de qué?

—Me pidió que lo visitara. Está muy solo, mamá, y a mí me da tristeza verlo así.

—¡Con pasar a saludarlo, basta! Además no está solo, tiene a su familia.

Los ojos de obsidiana del líder son dos damas chinas negras, que brincan constantemente frente al rostro de Rosa: «Tú no puedes ligarte a ese hombre, hija, lo tienen vigilado, es peligroso. El señor es un enemigo del gobierno. Le traen ganas y siempre se las van a traer. Tú tienes hijas y debes ver por ellas. Él que se las averigüe como pueda».

Corpulenta, con un rostro sencillo y rudo, la madre va de un quehacer a otro sin levantar jamás la voz, dirige a las niñas mientras Rosa va a la cárcel y se ocupa de Rafael. Nunca pide nada, pero sabe imponerse. «Por más triste que esté, no te toca a ti consolarlo. Síguelo admirando, pero de lejos. Ya estás grandecita para saber en lo que te metes». Su hija la escucha con rencor. Recuerda la mirada fervorosa de Trinidad, los rasgos ahondados por una expresión febril, voluntariosa. «¿No te da vergüenza, fomentar la amistad de un hombre que no es libre en ningún sentido? Aunque esté solo, hija, si no lo visitan su mujer y sus hijos es cosa suya». «Si no pienso en nada malo, mamá, sólo me gustaría tener amistad con él, darle un poco de alegría. Si vieras qué contento se pone al verme», alega Rosa. «¡Qué amistad puede haber entre un encarcelado y una mujer, hija, por Dios, no nos hagamos tontas!». Y aunque se empecina en la discusión inútil, las palabras de su madre le hacen mella: «Luego a ti también te van a vigilar, te seguirán, te interrogarán, nunca volverás a ser…».

El óvalo asimétrico del rostro de Trinidad, la frente estrecha, la nariz ancha, el pelo tupido, obsesionan a Rosa cada día con mayor fuerza. A veces en los momentos más inesperados actúa como un gancho al hígado. Un animal se revuelca allá adentro. Cuando levanta sus párpados y la mira por encima del tablero, sus pequeños ojos parecen asumirla por entero, darle una inteligencia, una jerarquía, un orden.

—No vas a ir, ¿verdad, hija?

Cuando la mona inquiere por rutina, en la reja de Santa Martha Acatitla: «¿A quién va a ver?», el pudor paraliza a

229

Rosa y le impide dar el nombre de Trinidad en vez del de su hermano, «perdón, creo que siempre no voy a entrar, se me ha hecho tarde», murmura a modo de excusa y se da la media vuelta. El trayecto de regreso, entre las tolvaneras que continuamente atraviesan la carretera y se estrellan contra las láminas y los vidrios del camión, acaba por deshacerle los nervios.

—¿Qué pasó? ¿Por qué vienes tan pronto? No te dejaron entrar, ¿verdad?

—No, mamá, me dio vergüenza y me vine.

Una expresión más dulce barre la insidia del rostro de la madre.

—Ya no vas a ir, ¿verdad, hija?

—No lo sé, mamá, imposible dejar de pensar en él. Para él ha de haber sido una decepción no verme hoy.

A la una de la tarde del jueves, Rosa se enfrenta a los policías de la entrada, Trinidad Pineda Chiñas, sí, Trinidad, Trinidad, en la enfermería, sí, Trinidad, Rafael Peralta es mi hermano, soy visita de Trinidad Pineda Chiñas. A la hora del registro, la celadora de plano la jalonea cuando ve en su pase el nombre de Trinidad. La atrae hacia ella y pasa sus manos sobre sus pechos, las apoya en su sexo acunándolo y mientras tanto la mira fijamente, palpa sus muslos, la obliga a quitarse los zapatos —cosa que nunca ha hecho—, a abrir el monedero, a vaciar el contenido de la bolsa en la mesa. Toma el tubo de labios y hace aparecer la punta roja, sus ojos fijos en los de Rosa; desdobla un pañuelo no muy limpio y Rosa enrojece al ver sus intimidades tratadas con desprecio.

Con el tiempo, Rosa llegará a llevarse bien con las celadoras, pero esta vez un fuerte temblor recorre sus hombros y también sus labios.

Entra al cuarto de Trinidad con las manos cubiertas de sudor frío y los labios palpitándole:

—¿Qué tiene? —le pregunta al verla alterada.

—Vengo nerviosa… ¿Qué pueden pensar?

—Que usted viene a verme, eso es todo.

—¿No tiene un cigarrito?

—No, pero espere, ahora mismo mando comprar una cajetilla.

A partir de ese día siempre habrá en la mesa de noche una cajetilla de Raleigh con boquilla. Aun después de encender el cigarro, Rosa sigue temblando.

—No se ponga así.

—Es que ya de por sí me puede mucho venir aquí. Desde el primer día me dio miedo, es más, horror. Cuando di su nombre, hubiera visto cómo se me quedaron mirando. ¡Quién sabe qué imaginarán!

Rosa prende el segundo cigarro mientras Trinidad le cuenta de esto y de aquello sosegándola como a una yegua arisca; esta mujer no va a írsele, por eso la halaga, toda su energía puesta en escoger las frases adecuadas.

—No me parece, Rosa, que nos hablemos de usted. ¿Por qué no rompemos el turrón?

—Bueno —Rosa saca el tercer cigarro de la cajetilla.

—Me gustaría mucho que conocieras a mi hermana Pelancha y a mi sobrina.

—¡Ay, no, ya son muchas emociones! No quiero conocer a nadie.

—¡Pero por qué te pones tan intranquila! ¡Cálmate!

—Es que todo es nuevo para mí…

—Faltan diez para las dos; a las dos va a venir mi hermana Pelanchita… Quédate para que la conozcas.

Tal parece que Trinidad registra los pasos, los cuenta desde su reclusión porque a las dos de la tarde entra una mujer delgada, de chongo, de vestido largo con la revista *Siempre!* y el periódico *Excélsior* bajo el brazo. Al verla, Rosa piensa: «Tiene cara de ogra», pero trata de sonreírle.

—Rosa Peralta para servirle.

—Mucho gusto.

Los tres se sientan en la banca del jardín como si el líder quisiera que el sol calentara su amistad, pero Esperanza sigue mirándola con aprehensivos ojos de mirlo.

—Rosa tenía miedo de conocerte —ríe Trinidad.

—¿Por qué? —replica Esperanza con voz seca como sarmiento—, ¿cree usted que soy enojona o qué?

Rosa no sospecha que la compradora de los regalos es Esperanza. Ajena aún a la acción absorbente del líder, se limita a dejarse querer. A partir de ese día entra directamente a ver a Trinidad y si el tiempo le alcanza se asoma a saludar a su hermano. Las celadoras ya no la hostigan. Una de ellas comenta a la salida: «Ya estamos acostumbradas a que las mujeres empiecen visitando a uno y acaben con otro». Humillada, busca en el semblante y en la voz de la mona algún signo despectivo, pero no, lo dice con la misma naturalidad con la que las visitantes cambian de preso. La que sí la sorprende es la intempestiva Bárbara, que mangonea a su tío y a ella la mira de reojo. «¡Qué mujer tan interesante, tu sobrina!», le dice y él sonríe complacido. «Sí, es una extraordinaria colaboradora, resuelve muchos asuntos».

Un domingo, dentro del penal, Rosa insta a su madre:

—Anda, mamá, ven a saludar al señor Trinidad, por favor. No es necesario que te quedes; le das la mano y te vas; ya le dije que estabas aquí, así es de que si no vienes, va a ser muy obvio el desaire.

En franca convalecencia, Rafael Peralta ha pasado a otro dormitorio y por lo tanto ve mucho menos a Trinidad. Su admiración también parece haber disminuido. «Que Rosa visite a Trinidad es cosa suya, a mí no me quita nada. Después de todo es viuda, por lo tanto libre».

«Mira, mamá —le responde a su madre—, Rosa ya está vacunada y Trinidad es tan decente como lo fue su marido. Además en estas cosas, entre menos te metas, mejor».

La madre no puede evitar ir a la enfermería con Rosa, saludar a Bárbara, a Esperanza, al susodicho, recomendar a sus nietas: «Esténse quietecitas» y después de varios «mucho gusto» y «con permiso», salir lo más pronto posible. «¿Qué le verá Rosa a este pobre hombre?». Las niñas, en cambio, juegan en la recámara de Trinidad bajo la mirada de Bárbara y de Esperanza. En su casa no hay un espacio tan grande como éste. Como ninguno sabe de qué hablar, un interés excesivo se centra en las niñas, sus juegos, sus vestidos, sus inocentes preguntas. Esperanza y Bárbara prefieren dirigirle la palabra a las niñas que a Rosa, y Trinidad ve con gusto a estas criaturas que simple y llanamente lo abrazan y le piden que toque la guitarra. Hasta permite que una de ellas, Celia, la mayor, le caliente la leche. Al cabo de un rato, Rosa se levanta:

—Ya me voy...

—Espérate —responde Trinidad—, ellas se van primero.

Esperanza y Bárbara no tardan en despedirse. Las niñas las abrazan, las besan, ofrecen acompañarlas hasta donde permiten los vigilantes. Agradecida, Rosa piensa: «Me dio mi lugar». La halaga este público reconocimiento. «Esto quiere decir que yo cuento mucho para él, que le importo más que su familia».

—¡Qué simpáticas son tus hijas! ¡Qué bien me caen! —exclama Trinidad sin darse cuenta de que la está mareando.

—Creí que no te gustaban los niños.

—Pues no mucho, pero tus hijas tienen la sangre muy liviana.

Las niñas lo rodean con toda naturalidad, de suerte que cuando Rosa recoge a su madre en el dormitorio 3, tiene la sensación muy grata de haber integrado una familia; ya todos se conocen; las cosas adquieren legitimidad. El alivio la embarga; en cierto modo Trinidad ha legalizado su unión frente a la sociedad.

Desde ese día, Rosa va a Santa Martha Acatitla cuatro veces por semana: domingos, martes, jueves y sábados, cumpliendo un trato acordado con su hombre.

Esperanza, molesta, toma a Bárbara del brazo.

—Mira, tía —la consuela Bárbara—, mi tío la necesita porque está solo. ¡Qué mejor que una mujer lo acompañe!

—Tiene a sus hijos...

—El afecto filial es diferente y ni modo que viva en la soledad más completa. ¡Preso y solo, no hay nada más terrible! Así es de que vamos a dejar que esa gorda le pastoree el piojo.

—Pues a mí no me parece.

—Aunque no te parezca, ¿qué le vamos a hacer? Además no es la primera ni la última. Así es de que ni modo, tía Pelanchita; vamos a ver cuánto dura... Las otras tampoco duraron... Mientras tanto mi tío la va pasando más o menos regular.

Esperanza le echa una mirada de lado a Bárbara, pero no puede ver su expresión tras de los anteojos negros. Bárbara es posesiva y le sorprende la sumisión con que acepta a la nueva amante de su tío. ¿Será porque ella misma tiene resuelto su problema amoroso? Bárbara camina como una mujer colmada; sonríe y se despide de los celadores con muestras de afecto. Suelta el brazo de su tía y advierte:

—Espérame, tía Pelancha, que no he saludado al director.

Entra en la dirección y a los pocos minutos sale con la misma expresión satisfecha, abraza a dos secretarias que se levantan a su paso, le tiende alegre su mano al policía auxiliar, se asoma por encima del hombro del oficial de turno, quien va checando la lista de visitantes sobre una tablita. Las buenas relaciones de Bárbara con las autoridades del penal han ayudado a la situación de su tío. Efusiva, cálida, inteligente, sabe interesarse en los problemas de los demás y su carácter optimista la ha hecho popular hasta en las circunstancias más adversas. Compañera de Trinidad a lo largo de su vida, Bárbara es también su contrapartida; cuando él recela, ella confía; cuando él se retrae, ella se da sin miramientos. Si su tío analiza, ella se tira de cabeza. Dispone de su propia vida sin cuidar de que un viento más fuerte la desgarre, mientras que Trinidad, reflexivo y puntilloso, anota la estrategia a seguir.

—Al salir me espera la lucha, Bárbara.

23

Rosa aún conserva los centavos sudados en la mano: «No pague con billete grande, tenga listo su importe». Viaja particularmente agobiada, con el cambio dentro de su puño cerrado. «Huelo a cobre, a pasamanos; traigo dentro de la boca estos quintos cobrizos y mugrientos». No abre el puño ni echa las monedas en su bolsa. «No puedo conmigo misma, no me aguanto». De pronto, al encontrarse frente a Trinidad con el ceño fruncido, dispuesto a reclamarle su tardanza, reflexiona: «¿Qué tengo yo que ver con este hombre?». Mira la curvatura de sus labios, las dos profundas arrugas llamadas de la amargura que caen a pique partiendo de las aletas de la nariz, despeñándose junto a la boca y la idea de no volver nunca le atraviesa como un relámpago, pero él se adelanta y dentro del espacio amargo de su mal humor, deja caer:

—Es posible que me saquen del país como están deportando a los estudiantes del 68.

—¿Qué?

—Sí, vino un agente de Gobernación y me dijo que podrían mandarme a Chile en avión.

—¿Cómo? ¿En qué forma? ¿Por qué?

—Sí, te suben a un avión y ya.

Rosa se tambalea como si él la hubiera abofeteado. Ella, que un minuto antes pensaba abandonarlo, ahora se cuelga de su cuello como un ancla pesada, hundiéndose. Trinidad, sorprendido, hace lo posible por consolarla, pero ella sigue sollozando, sale del penal con el pañuelo frente a la boca y llorando llega a su casa.

—¿Qué tienes? —le pregunta su madre.

—Nada.

—¿Pero cómo no vas a tener nada? ¡Mira nada más en qué estado vienes!

La madre insiste, pero Rosa se encierra con llave; llora porque Gobernación bien puede hacer con su amante lo que hizo con otros hoy desterrados y llora por ella misma, su vida, su viudez, el pasado, y esta hebra tendida entre ella y él, tan frágil y tensa que puede romperse de un manotazo.

Cuando oye a su madre salir con las niñas, se suelta llorando a gritos, desahogándose hasta caer rendida. Entre sus sollozos murmura como un encantamiento: «Trinidad», hasta que el regreso de su madre la interrumpe.

—Rosa, abre la puerta. Tienes hijas, ábreme. Mira —dice al verla desfigurada por las lágrimas—, si sigues con tus payasadas te voy a meter bajo la regadera de agua fría para que se te quite. No puedes sufrir por algo más poderoso que tus hijas y ellas están bien —los sollozos de Rosa aumentan—. ¿Es posible que para ti haya algo más fuerte que tus hijas?

—Sí lo hay, mamá.

—Mira, si se pelearon, mañana vas temprano y se reconcilian.

A Rosa le enoja que su madre la minimice:

—Si no se trata de un pleito. ¡Ojalá y eso fuera!

Debajo de sus párpados, se repite la imagen de su amante. «Me ha entrado el amor con fuerza. Necesitaba esto para darme cuenta de cómo lo quiero» y sigue llorando hasta amanecer con los ojos empequeñecidos de tan hinchados.

Así viaja al día siguiente a Santa Martha Acatitla. Su propio descontrol la humilla, pero ¿qué no se siente disminuida desde que va a la cárcel? ¿No está metiéndose cada día más en una cloaca? «¿Qué hago? Yo no tengo salida. Él se irá del país ¿y yo? ¿Dónde voy a ir yo?». Llora, gorda e impúdica frente a los pasajeros en el camión hirviente, sus láminas oprimiéndola y llega a Santa Martha bañada en su propio jugo; sus humores escurriéndole por todo el cuerpo, mojando su ropa, derritiéndole el ánimo y ya desde la puerta tiene que someterse a las miradas procaces de los policías, de los presos, de esta multitud de hombres que no hacen sino esperar y la devuelven irremisiblemente a su condición: «Soy mujer, por lo tanto estoy para recibir lo que venga, las miradas babeantes, el semen que burbujea, la quemazón del asfalto en los pies a través de los zapatos y estos rayos que hienden la piel y la penetran hasta la médula». Sólo un instante se detiene para sorprenderse así como lo haría una niña: «¿De dónde me saldrá tanta lágrima?».

—Nada es seguro —asevera Trinidad, tomándola en brazos—. Nada, salvo el rumor creciente de mi libertad. No es un hecho. Lo más probable es que me dejen en México. Rosa, por favor, no te aflijas de esa manera. No debí decírtelo. Jamás pensé que te doliera tanto.

—Fíjate que ahora sí parece que voy a salir —anuncia a la semana siguiente:

A Rosa la invade una excitación desafiante que la hace olvidar a sus hijas. Su madre no le dirige la palabra. ¡Qué importa! Es preferible el silencio a las discusiones. Nada le interesa sino Trinidad: «Se me va a ir, se me va a ir». Nunca le ha pedido nada a la vida y ahora repite: «Dios mío, haz que lo nuestro no se acabe». Se pregunta: «¿Qué va a pasar después?», las celadoras le dicen: «Ahora sí, ahora sí» y una mañana, la misma mona que antes la jaloneaba le advierte sin registrarla siquiera:

—Póngase abusada, porque de un momento a otro sale el señor Trinidad.

Hace días que Esperanza y Bárbara empezaron a sacar libros, archivos, la máquina de escribir, la mesa plegadiza, la ropa. La habitación se ve vacía a no ser por la guitarra colgada de un clavo. Hermanadas por el acontecimiento, las mujeres incluyen a Rosa en el diario trajín. El rostro de Trinidad, transformado por la certeza de su salida, se ha ensanchado y sobre sus labios bien dispuestos baila una sonrisa que aflora como si no pudiera controlar sus músculos faciales. De los tres rostros, el de Bárbara, el de Esperanza y el de Trinidad brota una alegría infantil que borra los once años y cuatro meses de drama compartido. A nadie se le ocurre pensar en las trágicas huelgas de hambre, la muerte, la desesperanza y en sus caras vírgenes de ultrajes, súbitamente jóvenes y lisas, enlazadas por una misma corriente, el poder de las buenas nuevas anula el pasado. Trinidad habla más con Bárbara que con Rosa, pero no importa. Bárbara, reina dentro de la cárcel, toma las decisiones.

En Santa Martha Acatitla un movimiento inusitado posee a las autoridades; es la hora de partida, los mismos policías preguntan si ya mero, se apresuran a demostrar que son amigos de la familia, que nunca fueron ajenos a su causa.

A pesar del mutismo de los periódicos, en los noticieros de radio se ha filtrado la noticia: «Es inminente la salida de Trinidad Pineda Chiñas y de Carmelo Cifuentes». En la cárcel corre la voz: «Hay mucha gente afuera esperando: quieren hacer un gran acto político, una marcha. Todo el Partido Comunista viene a esperar a Cifuentes».

—Tío, mira, está por caer un aguacerazo. ¡Pobres periodistas allá afuera! En la mañana hablé con ellos y les advertí que lo más probable es que te saquen en la noche para evitar cualquier manifestación, pero ahí los tienes esperando. ¡Ni han comido!

Trinidad responde entre dos sonrisas.

—Sólo lo creeré cuando esté afuera. ¿No han traído la boleta de Gobernación?

—No, aquí en la penitenciaría, el agente no tiene noticia.

—Dígale al director que queremos entrevistar al líder. No vamos a pasarnos toda la noche a lo loco —se enoja el reportero de *Excélsior*.

—Parece que el director no está. Yo sólo saludé al subdirector.

—Por favor, Bárbara, haz algo —interviene el reportero de *Últimas Noticias*—. Tú tienes influencia. Si dentro de unas cuantas horas sacan libre a Trinidad ¿por qué no nos dejan pasar de una buena vez? Díselo a alguna de las autoridades.

—No se preocupen, muchachos, ahora mismo atiendo este asunto —accede Bárbara todopoderosa. Le baila el corazón en el pecho como el vestido que se mece sobre sus piernas. Ahora vendrán de nuevo los buenos tiempos en que ella asesore a su tío, tome decisiones, sea indispensable.

En la cárcel ya nadie trata a Trinidad como a un preso, sino como a un huésped distinguido que puede dar queja por la falta de servicio. El subdirector accede y manda a la puerta a un policía que actúa como capitán de meseros: «Por aquí, señores reporteros, háganme el favor, pasen, no faltaba más» y les señala la puerta de la dirección como si fuera una mesa reservada. Por poco y les dice: «Están en su casa», lo cual resultaría una despiadada ironía.

—Siéntense, por favor.

El subdirector jala personalmente las sillas:

—No tengo noticias de la Secretaría de Gobernación respecto al señor Pineda Chiñas o al señor Cifuentes, pero apenas me llegue la orden de libertad ustedes serán los primeros en… ¡Por favor, nada de fotografías! Yo no soy el héroe de la odisea.

—Queremos hablar con Trinidad.

—Tengo órdenes estrictas: ninguno puede pasar a la enfermería. No puedo infringir el reglamento.

—En la mañana entró una reportera de *Novedades*, una güerita.

—Ha estado viniendo hace tiempo, no sabía que fuera periodista —se molesta el subdirector.

—Nos va a madrugar la noticia.

—Ésa no le madruga nada a nadie. Vive en la luna.

Dos reporteros entregan a Bárbara varios cuestionarios:

—Dígale a su tío que me lo conteste… Vamos a esperarla en el coche.

—Sí, sí, no se preocupen.

Al ver las hojas, Trinidad protesta:

—¿Cómo respondo si ya ni máquina tengo? ¡Mejor afuera, si es que llego afuera!

A las once de la noche el aguacero enfría los ánimos y Rosa, Esperanza y Bárbara lo escuchan sentadas alrededor de Trinidad.

Los jefes del penal también hacen guardia, pero a medianoche, cuando amaina el agua, Trinidad ordena:

—Ya estuvo que hoy no me sacaron, ya váyanse. Imposible quedarnos de pie toda la noche. Yo estoy cansado.

Ninguna de las tres ha probado bocado. Bárbara compró una bolsa de pan dulce, pero como no quisieron comerla delante de Trinidad para no provocarle jugos gástricos, a la salida la entrega a los reporteros.

—Coman pan dulce, muchachos —ríe Bárbara—, porque aquí ¿a dónde van a cenar? Ni café hay en estos llanos y menos con esta lluvia.

En la cuneta, arroyos de agua achocolatada corren en busca de una alcantarilla.

Llegan más reporteros y gente que quiere informarse de la salida de Pineda Chiñas y de Cifuentes; también espera en su Renault el joven abogado del Sindicato de Petroleros, Jorge Ruiz, amigo de Bárbara, quien ofrece pasar por ellas a la mañana siguiente. Esperanza vendrá sola desde Ciudad Satélite. Bárbara se despide de Rosa con un beso que Rosa agradece inmensamente.

Al llegar a su casa un chiquillo le grita:

—Rosa, te vinieron a buscar.

—¿Quiénes?

—Unos señores.

Mete su llave en la cerradura y abre, el departamento le parece tedioso y gris, detrás de la puerta, su madre espera, las manos dentro de su mandil:

—Estuvieron aquí agentes de Gobernación...

—¿Quiénes?

—Tres agentes de Gobernación, ¿qué no oyes? Te previne. Te dije que este hombre sólo nos traería desgracias.

—¿Qué buscaban?

—Preguntaron por ti. Entraron a la casa, querían saber si aquí dormías, cuántos somos de familia. ¡Es una infamia! Jamás había pisado mi casa gente de la policía.

La madre tiembla; no puede sacar sus manos del delantal de tanto que le tiemblan.

—Me estoy muriendo del coraje y de la vergüenza.

Rosa ni siquiera ofrece hacerle un té. Su día la ha exaltado tanto que la histeria de su madre es secundaria, tan gris, tan opaca como el departamento.

—Ay, mamá, olvídalo, no importan esos hombres.

—¿Cómo saben tu nombre? ¿Cómo saben que vives aquí? ¿A qué vienen?

—Mamá, con sólo pedir la lista de visitantes en Santa Martha tienen nombre y dirección. Como al principio yo no sabía nada, les di mi verdadero nombre y mi domicilio.

Rosa no añade que siempre se ha sentido vigilada, que hace meses que un hombre parado en una esquina finge leer el periódico, que una mañana le pareció que ese mismo individuo había tomado su autobús, que son demasiadas las coincidencias. Pero ahora ¡qué diablos importa! Al contrario, le da gusto ser alguien con una historia que interesa a los demás, aunque sean policías y no la simple inquilina de un pinche departamento de interés social.

—¿Y las niñas, mamá?

—Gracias a Dios están con la vecina del 7. No se enteraron de nada.

Con un grasiento paquete de combustible, Rosa enciende el bóiler; se pone su bata de náilon con aplicaciones de bisutería, avienta sus zapatos de tacón y espera tirada sobre la colcha a que el agua se caliente. Después del baño, se prende tubos con cerveza para que le duren —mañana la jornada será larga—, unta su rostro con crema Pond's, en la cocina prepara un Nescafé y lo pone en el buró junto a su cama; enciende el radio, música suave y a dormir. No le avisa a su madre que Trinidad estará en la calle en menos de veinticuatro horas. «¡De guaje se lo digo, no quiero que le dé el telele, además pa'qué!».

241

Después de una noche inquieta, a las seis de la mañana saca un trajecito color lila con un suéter morado y está por quitarse los tubos tiesos cuando tocan la puerta.

—¡Es para mí! —grita interceptando a su madre.

—¡Qué mal te ves con eso! La cara se te ve de muerte —comenta rencorosa.

Sus hijas aún duermen y no las ve como tampoco las vio la noche anterior. Sale con un sentimiento de desazón por no haberse peinado a gusto.

En el penal Bárbara apura a su tío: «¡Vístete, cómo vas a salir libre en pijama. Aprisita, aprisita!».

Con pies de alas se encamina al apiario a buscar a Carmelo Cifuentes. La acoge un pequeño huerto de vegetación tupida. Es el reino de Cifuentes, quien la atisba a través del alambrado e inmediatamente sale a recibirla.

—Carmelo, hoy es el gran día. ¿Creerá usted que mi tío ni se ha vestido?

Su hija Maricarmen, que también aguarda desde temprano, murmura:

—A lo mejor mi papá no sale…

—Yo creo que sí, Chata, porque me dijo el agente de Gobernación que la orden de libertad de tu papá viene con otro agente. ¿Cómo la ve usted, señor Cifuentes?

—Yo no veo nada —responde impasible, encorvando sus labios delgados.

—¡Qué sangre fría la suya, qué tranquilidad!

A Bárbara le apena su júbilo frente a la parquedad del padre y la hija. Maricarmen toma su café a pequeños sorbos. Bárbara repite de nuevo: «¡Ya verá cómo hoy mismo sale. Ya verá!», ante la indiferencia, al menos aparente, de los dos. «¡Hoy mismo traen su boleta, hoy mismo!», se agita hasta que Carmelo asegura en tono impersonal:

—Yo ya estoy acostumbrado; si no viene la orden de salida pues vendrá algún otro día… ¿No se habrá vestido su tío, Bárbara?

Bárbara corre a dejar una bolsa con ropa a la Comandancia. «Es para regalar». Atraviesa el pasillo exterior para que los periodistas sean testigos de su constante ir y venir y claro, la llamen: «¡Señorita Bárbara, señorita Bárbara, venga por favor!, ¿qué lleva usted en esa bolsa? Díganos qué le ha dicho su tío. ¿Respondió los cuestionarios? ¿Qué comenta acerca de su libertad?». Bárbara grita, la respiración entrecortada: «No tengo tiempo. No puedo dejarlo solo. Ahorita sale él y podrán platicar personalmente...». Regresa a la enfermería, junta otra bolsa de ropa, la lleva de nuevo a la comandancia y vuelven a llamarla los reporteros: «¡Bárbara! ¡Bárbara!». Qué bien suena su nombre, hace muchos años que nada la sacude en esa forma y ahora esto la devuelve a un estado de ánimo anterior. Le picotean las yemas de los dedos y siente que su piel, sus entrañas, hierven. «Estoy viva». Atraviesa la cárcel, de la enfermería a la comandancia, la cárcel, su propiedad. Aunque sus nervios —que siempre han sido problema— ahora la traicionen, el estallido no será sino de buenos sentimientos. El rencor de Bárbara desaparece, se humedecen zonas áridas, volver a ser la sobrina de Trinidad Pineda Chiñas, el elemento clave en su vida, la que hoy lo recibirá en su casa, la hace recuperar la felicidad perdida. «Esto es como un parto, al ver al niño, todo se olvida».

Los presos del delito común se forman en el patio codo con codo, uniformados, serios y ahora sí el director sale caminando junto a Trinidad.

—Solicitaron permiso para despedirse de usted, señor Pineda.

Uno a uno lo abrazan palmeándole la espalda; se tragan a Trinidad en cada abrazo. La cárcel hoy parece la estación de Buenavista. Es un inmenso andén. Se despiden los que se han amado. Los vigilantes también salen de las oficinas a decir adiós. Por un momento, la cárcel se libera:

—Quisiera rogarle, señor Trinidad —asienta el director—, que espere usted un ratito la orden de libertad del señor Cifuentes para que salgan los dos juntos, porque esto nos evitaría complicaciones con la prensa. Nos avisaron de Gobernación que el agente viene en camino con la boleta.

—Sí, cómo no, yo no tengo prisa.

Ríen. «¿Quién va a tener prisa después de casi once años y medio?», sonríe el líder que no se cansa de mirar a lo lejos, anticipando su libertad.

Dentro del Renault del licenciado Jorge Ruiz, Rosa desespera. Claro, la cabrona de Bárbara salió al alba: «Debí imaginármelo», piensa y ahora el licenciado tiene un compromiso. «Es cosa de diez minutos». «Mejor tomo un taxi». «Por favor, yo sé cómo son esas cosas; hay mucho papeleo, confíe en mí, señora». Sentada en el carro se cansa de pintarse las cejas, ponerse rímel y tratar inútilmente de repeinarse frente al espejo retrovisor. No se atreve a hacerse crepé, no vaya a regresar el licenciado. «Estoy cada vez peor; voy a dejarme en paz». Le sudan las manos, le duele el estómago. «Pinche viejo hijo de su puta madre», se retiene cuando regresa Jorge Ruiz a hablar de esto y lo otro; de que Bárbara —de tanto que quiere a su tío— seguro salió a las cuatro de la mañana.

En Santa Martha, sin esperar al licenciado, corre a la puerta con la idea fija de ya no encontrar a Trinidad.

—Córrale porque va saliendo —le dice un policía con simpatía.

Afuera rezumba un mundo de automóviles; periodistas con sus cámaras, reporteros con grabadoras, camiones de televisión, coches que dan el frenazo y descienden ocupantes que azotan las puertas creyendo ganar tiempo; todos los rostros a la expectativa, el gesto impaciente. Al correr por el pasillo, una de las celadoras, le grita: «¡No, por ahí no, por ahí ya no lo alcanza! ¡Véngase conmigo!» y la mete a un subterráneo desconocido. Al desembocar en la luz blanca de la mañana, ve a Trinidad de pie al lado de Bárbara y sus anteojos negros, el agente de Gobernación Molina y Maricarmen Cifuentes. Entonces se detiene súbitamente aterrada: «¿Y si ya no me quiere?». Desde el centro del patio, en medio de la inmensa explanada, Trinidad le tiende los brazos.

Rosa corre hacia él.

Trinidad no puede dejar de sonreír y Bárbara no se le despega ni cuando abraza a Rosa. El agente de Gobernación cumple las últimas gestiones. «¡Siguen llegando más coches! ¡Oiga usted nada más el ruido!», exclama el director. «¡Al rato esto va a parecer el Zócalo en 15 de septiembre!». Trinidad se separa del grupo. «¡Déjenme ver por última vez esta cárcel, porque no la conocí!». Camina solo y cuando vuelve hacia ellos su rostro no ha perdido la expresión que tiene desde hace dos días: la de la felicidad.

Por fin, Carmelo Cifuentes aparece a lo lejos junto a un preso que carga su maleta y Trinidad murmura: «Bueno, pues parece que ahora sí es de a de veras». Bárbara se repega a su tío, habla de tal o cual periodista ansioso de una entrevista que merece porque se portó a todo dar durante el encierro, menciona nombres, fechas, eventos que Rosa jamás ha compartido, se dirige a ella en forma cortante y de pronto suelta:

—La que de veras merecería estar aquí es Ofelia; es ella quien debería ver este día.

Instintivamente Rosa se hace a un lado. Una de las celadoras le preguntó una mañana: «Hace mucho que Ofelia no viene a ver al señor Trinidad, ¿verdad?». «¿Y yo qué diablos voy a saber quién es Ofelia?». En ese momento Rosa no le dio importancia, pero ahora Ofelia aflora entre los gritos. «Una amiga, una compañera de lucha», diría Trinidad. Rosa trata de borrar la ofensa, de mirar lejos, pero sólo puede sacar un Kleenex de su bolsa y enjugarse los ojos. Un policía zapoteca amigo de Trinidad se acerca y Rosa le explica que es muy llorona.

—Es que es mucha su emoción. Yo la comprendo.

Rosa de plano se pone a llorar:

—Cuídelo, Rosa, cuídelo mucho porque ahora sí peligra su vida. Aquí estaba a salvo. Yo también siento un nudo en la garganta, pero debemos controlarnos por su bien.

Cifuentes se acerca al grupo y Bárbara declama, teatral:

—Carmelo, yo quiero que en este día trascendental para todos, usted y mi tío se den un abrazo, a pesar de sus diferencias políticas.

Pineda y Cifuentes obedecen. Los clics de fotógrafos son miles de ojos. Entre muchos rostros sonrientes el líder reconoce el de Raúl Álvarez, que sube a abrazarlo.

—Trinidad, díganos algo —grita uno de ellos.

—¿Para qué? No lo van a publicar.

—Le apostamos lo que usted quiera a que las cosas han cambiado.

—Bueno, ya veremos, ahora voy para allá.

En la última reja el policía solicita los pases de salida.

En medio de las guasas y de la emoción las secretarias olvidaron hacerlos. Las celadoras y las oficinistas apostadas en la escalera ríen como niñas: «¡Ay, señor Pineda, es que no queremos que se vaya!». Después de retratar a los dos hombres libres, los fotógrafos retratan las boletas de libertad.

Una vez afuera, todos se abalanzan, unos lo toman en brazos, lo levantan del suelo, otros, insisten en la entrevista. Bárbara sonríe, posa para las fotografías, pone su mejilla en contra de la de su tío, saluda de mano, triunfante. A algunos les promete entrevistas exclusivas: «Yo se lo arreglo, espéreme un momento. Mi tío va a vivir conmigo en Obrero Mundial 72 interior 5, ahí tienen su humilde casa».

Por más que Bárbara trata de proteger a Trinidad, lo asaltan a preguntas y los micrófonos le llueven por donde quiera. Rosa, que nunca ha estado en nada semejante, pierde pie en medio del jaloneo. Trinidad no la ha buscado una sola vez, se conformaría con una mirada, pero ni eso. «Esto va a acabar con lo nuestro», piensa y grita a quien quiera oírla: «Mejor espero en el carro». Desde la ventanilla sigue a la nube negra en torno a Trinidad y alcanza a oír: «¿Cómo ve lo de la derogación del delito de disolución social? ¿Cómo ve el gobierno de Luis Echeverría?». Bárbara organiza el tumulto.

Súbitamente Rosa se siente mareada. Piensa en su trajecito lila: «¡Qué mal te queda! ¡Te ves horrible!», gritó su madre. Se quita el saco y verifica su imagen en el espejo. ¡Qué feo peinado! Su expresión ansiosa no la embellece: «Debo calmarme». Un helicóptero sobrevuela Santa Martha. Llegan más y más carros tanto de periodistas como de agentes de Gobernación. De los llanos secos y pelones comienzan a acercarse quién sabe cuántos vecinos de cara terrosa y ojos apagados. Sin duda Trinidad piensa que no va a aguantar porque se esfuerza por levantar la voz por encima de las demás:

—Tengo la garganta reseca. ¿No habrá algún lugar por aquí para tomar un vaso de leche?

Los periodistas lo cercan y Rosa ve cómo él, Bárbara y Jorge Ruiz se acercan al Renault. Lo oye decir con una voz de mando hasta entonces desconocida:

—Contestaré a las preguntas, pero en otro lado.

—¡Cuánta gente! —comenta Rosa.

—Muchos son de la Secreta —informa Trinidad—. ¡Vámonos de aquí!

—¡A El Engordadero!, gritan los periodistas. Cincuenta motores arrancan al unísono y una caravana se enfila tras del Renault en el que viajan Trinidad, Ruiz, Bárbara y Rosa.

24

Por más que Rosa intenta recuperar el pasado, Trinidad desvía la mirada. «Ilusa de mí, ilusa, dejé todo por él, mis hijas, mi madre cuyo silencio me pesa cada día más, dormí en el hospital durante el chequeo en el que resultó que estaba más sano que un adolescente, viví en casa de Bárbara, aguanté desaires y altanerías y, sin embargo, Tito parece verme a través de un cristal, atento sólo a ese afán que viene desde lo más hondo: la lucha».

¡Por fin solos!

Al llegar a Querétaro, Rosa logra que den un paseo: «Nos vamos a perder», objeta Trinidad. «No, Cachito, yo siempre he sabido orientarme. Regresaremos por donde vinimos».

Desde el primer día preguntó alborozada: «¿Qué lugares puede uno visitar aquí?» y Trinidad no secundó su alegría. Caminaron por las calles de Querétaro, aparejados, como un matrimonio bien avenido; la risa de unas preparatorianas de vestidos claros y sin mangas, la sonrisa también al descubierto devolvió a Rosa a tiempos de antes: «Esto es lo que tiene la provincia, es tan lenta que lo regresa a uno a la infancia». Cruzaron tres muchachos, el más chaparro con una guitarra bajo el brazo; todo era tranquilo y refrescantemente distinto a la Ciudad de México, y sin embargo, desde la primera noche en casa del doctor Sansores, quien propició el descanso, a pesar del absoluto silencio, del patio con macetas, de la protección de los muros de cantera, Rosa luchó contra una sensación de rechazo. Al bajar del automóvil, Trinidad aclaró: «Tengo mucho trabajo en México, me están esperando los compañeros, sólo nos quedaremos hoy y mañana». Un sentimiento de íntima derrota la invadió: «Por primera vez en nuestra vida podemos estar solos, sin celadores o enfermera. En realidad ésta es nuestra luna de miel y sólo hablas de marcharte». Ahora mismo ¿no estarían riéndose estas muchachas de su gordura al lado de la delgadez de Trinidad? El desamor la llenó con un estremecimiento de hojas: «¿Cómo es posible que sólo le interese una masa anónima de ferrocarrileros y ni siquiera levante la cabeza para verme, yo que siempre estoy junto a él de cuerpo presente?».

Rosa inquiere despechada:

—Bueno, ¿y dónde están los ferrocarrileros que tanto amas?

—¿Quieres verlos? Vamos a la estación a caerles de sorpresa. En Querétaro hay pocos, pero muchos salen a las doce del día y me gustaría saludarlos.

Su inocencia la desarma:

—Vamos, pues.

Trinidad camina aprisa, el rostro tendido hacia la estación, los ojos alegres. «Hace mucho que no veo rieles». Un girasol se asoma por encima de una barda; siempre hay girasoles en los baldíos, junto a las estaciones, porque los girasoles nada piden sino irse despidiendo de los pasajeros, sonriéndoles con sus caritas redondas. Ahí están los rieles como una franja de mar, cortada en tiras, acerados y relumbrantes, agua fosilizada, los rieles que se iluminan por partes y rayan la tierra, rieles bien calzados sobre sus durmientes, rieles que patinan hacia el punto más lejano del horizonte. Cuántas locomotoras los han recorrido, cuántos vagones, cuántos carros tienda los han lustrado de tanto pasarles encima. Trinidad mira hacia el interior de la estación que data del siglo pasado —todas las estaciones son viejas— y muy lentamente recorre la sala de espera con sus bancas desgastadas por el uso, sus pasamanos y sus muros ennegrecidos. Atisba, a través de una ventana, un furgón asentado en la tierra y un hombre que toma el sol adosado a una barda. Tras de él, Rosa recorre la mugre apelmazada, la grisura de los vidrios, el piso pulido por los pies de los viajeros, la taquilla, hasta que Trinidad saluda a un empleado que tras la reja de la ventanilla asoma la cabeza.

—Buenos días, compañero.

—Buenos días.

El empleado lo mira queriendo reconocerlo.

—¿Acaso no es usted Trinidad Pineda? ¡Déjeme darle un abrazo! ¡Por favor, no se mueva de aquí, voy a avisarle a los compañeros de patio!

Corre enrojecido por la emoción y regresa con otros rieleros. Rosa asombrada se pregunta: «¿Cuándo ha estado en Querétaro que todos lo conocen? ¿No le dijo al doctor Sansores que si aceptaba su invitación era porque quería conocer Querétaro?». Los hombres lo abrazan, algunos lo miran con veneración.

—¡El compañero Pineda, aquí está el compañero Trinidad Pineda!

Como un trocito de carne en un hormiguero, inmediatamente lo sitian. Un tren entra a la estación y los trenistas descienden al andén emocionados. El mismo entusiasta empleado del Express advierte:

—Los compañeros de las cuadrillas que están a unos diez kilómetros me recomendaron pedirle que no se vaya, porque vienen para acá. ¡No tardan!

Alguien va por una caja de jabón y sube a hablar el garrotero Juan Carvajal, después Lucio Ordóñez, guardavías, Evaristo Hernández, quien fue jefe de estación y Pablo Palomeros, maquinista. Unos vendedores ambulantes, con su mercancía de anillos, pulseras y aretes de ópalos, topacios y aguamarinas cierran su tripié, una tortera, el niño de los refrescos, todos se acercan. De un viejo furgón sin ruedas, sus latas de Mobil Oil vueltas maceta en las ventanillas, bajan dos familias, las mujeres con niños todavía de brazos.

En un santiamén se organiza un mitin jubiloso y en sus discursos, los tres oradores coinciden en que quieren organizarse y ahora sí luchar porque hace mucho tiempo que nada sucede en Ferrocarriles. «Todo murió cuando el compañero Trinidad entró en la cárcel, pero todo revive ahora que está libre». Los aplausos cortan el aire, muchos gritan, «¡Viva Trinidad!». Trescientos trabajadores se han juntado en menos de media hora. Un fogonero, cachucha en mano, le dice a Rosa, la voz entrecortada: «Esto no lo habíamos visto en años». Rosa no cabe en sí de la emoción. Los ferrocarrileros la tratan con deferencia por ser la señora del compañero Trinidad, la saludan, llevándose la mano a la gorra ferrocarrilera. Es tanta la gente que aparece un reportero del diario *El Sol* de Querétaro y el empleado de Express sonríe: «Va a darle la noticia al pueblo, porque éste sí que es un acontecimiento».

Rosa se posesiona de su papel:

—Estoy preocupada. Apenàs está convaleciendo. Tiene que evitar las emociones fuertes; sólo ahora su organismo empieza a funcionar de nuevo; todavía la capacidad de su estómago es muy pequeña; casi no come, está débil; le puede sobrevenir un mareo... Dijo el doctor...

Los trabajadores no tardan en hacerse oír:

—Trinidad, Trinidad, Tri-ni-dad, Tri-ni-dad, Tri-ni-dad...

Y corean:

—Que ha-ble Tri-ni-dad, que ha-ble Tri-ni-dad.

Rosa jamás ha ido a un mitin por voluntad propia. De pronto, mientras los gritos la ensordecen y una selva de brazos en alto le impide ver a su hombre, surge de nuevo la imagen de la multitud que paralizó la circulación frente a Buenavista y la explicación de su hermano: «Ése sí es un hombre capaz de movilizar a las masas». Trinidad, chaparrito, escuálido, sube a la caja de jabón y arruga la frente. Expuesto a todas las miradas, se ve aún más endeble, su rostro cansado, los rasgos muy marcados. Rosa siente un retortijón en el estómago: «¿Qué va a decirles?». Se hace un silencio expectante, los ojos de los trabajadores convergen en esa figura pequeñita que mantiene los brazos a cada lado de su cuerpo como un escolar regañado antes del saludo a la bandera. Rosa siente aún más aprehensión: «¿Qué va a pasar?». Si la dejaran lo bajaría inmediatamente para llevarlo a la sombra fresca de la casa del doctor Sansores. Trinidad empieza a hablar; apenas si es audible su voz cansada. Enumera despacio los problemas del gremio ferrocarrilero, los abusos de la empresa y su inmoralidad, la obligación absoluta de acabar con los charros y asienta: «Vamos a ver la forma de crear un organismo que aglutine a todos los ferrocarrileros, o cuando menos a la mayoría para iniciar una lucha común, un partido de masas...». A medida que habla, su voz se fortalece. Rosa olvida que este hombre es suyo, que no tiene en el vientre más que una dieta blanda, que pesa unos gramos más de cuarenta kilos y lo escucha con la misma intensidad de los trabajadores. Se le saltan las lágrimas. Ninguno se sustrae a la acción de esta corriente de luz que parece envolverlos. ¡Hasta lo ve más alto! «¡Conque éste es el hombre que yo conocí en la cárcel, éste es el hombre con quien yo estoy haciendo mi vida! ¿Quién diablos es para atraer así a los demás? ¿Con qué piedra imán cuenta para que todos se suspendan de sus palabras?». A pesar del sol, los hombres no se mueven. Allá, sobre la caja de madera, crece un incendio, una fuerza de la naturaleza, un poseído. «Yo también amo a estos hombres, yo también quiero luchar junto a ellos». Rosa jamás ha oído a un ser humano hablar en forma tan cautivadora; como si una pira fuera abriéndose paso y ardiera. Es un brasero viviente. Todos dan pasos hacia delante, los ojos fijos en el líder. Al terminar, los hombres siguen tensos, la voz aún resuena; ellos mismos se vuelven máquina dispuesta a arrancar; sólo falta que el líder destape la válvula de vapor. Rosa se imagina de pronto en el interior de un templo cuyas paredes son estos hombres trabajados por la vida, gastados por la lucha, cargados de rieles y de recuerdos, curtidos por todo el balasto que han vertido en la vía; Trinidad, en su cajón, es la caldera; Trinidad, en lo alto, lejos de Rosa, adquiere su razón de ser; cumple una función a la que ella no llegará nunca porque ni sabe hablarles a los hombres, ni encontraría qué decirles.

A lo lejos, Rosa escucha el silbato de una locomotora. Claro, ya lo conoce pero nunca se ha detenido a pensar en ese sonido que atraviesa el tiempo y que a veces puede oírse como el llanto de un niño que llama a su madre, el testimonio del duro afán de los hombres por arribar a buen puerto, morir en tierra.

La tensión se ha roto, los trabajadores aplauden, algunos lo abrazan, lo levantan en vilo y surgen los gritos, las porras: «Tri-ni-dad, Tri-ni-dad, Tri-ni-dad». A él lo estremece un temblor que no puede controlar y lo hace crispar los dedos de la mano, los labios móviles aún se inflaman con las palabras intactas; el impacto es grande hasta que por fin ríe feliz, mucho más feliz que cuando salió de la cárcel y así lo llevan hasta la salida de la estación y lo acompañan a pie a la casa del doctor Sansores.

—¿Cuándo viene de nuevo, compañero Trinidad?

—Cuando quieran. Lo único que tienen que hacer es formar un comité organizador, sacar algunos volantes avisando del día del mitin… Si lo desean ahora mismo acordamos la fecha…

—Pero Cachito —interviene Rosa—, estás cansado.

Trinidad le lanza una mirada negra.

—También quisiéramos tratar el problema de las reinstalaciones que ha afectado a muchos compañeros aquí.

—Cómo no, compañeros, cómo no.

Rosa los mira afanarse en torno a una hoja de papel; entre cinco o seis redactan el texto de los volantes. Algunos hacen propuestas, otros cuentan por qué no podrán asistir ese día, otros marean a su vecino con la historia de su vida. «Tengo una buena idea». Los demás opinan que no es oportuna. Unos son protagonistas y otros apocados. Tolerancia, tolerancia, cada quién tendrá su minuto de gloria. Sentado en medio de ellos, Trinidad se ha calado los anteojos y lee atentamente, su voz de nuevo cansada, quebrada, opaca. Fijan una fecha para la próxima asamblea en Querétaro, enumeran los puntos a tratar: «Es de vital importancia el problema de los garroteros, la empresa quiere disminuir…». Por fin, después de tantos años de ausencia, el líder está entre los suyos, en su elemento. Pone a sus compañeros al tanto de sus actividades, su mensaje en el mitin del Politécnico, la fundación de un partido de masas, el corte de caja, hace que la vida personal se vuelva colectiva, patrimonio de todos. Por un instante, Rosa cree que les hablará de ella, pero no, nada, ella no importa, la vida privada de un luchador no existe, es más, un luchador no debe tenerla, sólo entorpece su acción y lastra su espíritu.

«¿Tienes hijos?», le preguntó una compañera a Silvestre y él se molestó: «¡Oye, no vamos a hablar aquí de pañales!». La relación con la mujer es vergonzante. Se sobreentiende que todos tienen una señora que los cuide, les lave, les planche y conciba a sus hijos, prueba de su hombría. «¿A qué horas se irán? ¿A qué horas saldrán de aquí para quedarme sola con él? Es mío. Quiero que me abrace; quiero que sepa cuánto lo admiro, lo emocionada que estoy, quiero que me vea, quiero…». Rosa, sin aguantar un minuto más, interrumpe:

—Cachito, ¿te sirvo la merienda?

Su sonrisa desaparece de inmediato:

—Déjanos solos, Rosa.

Lo mismo sucede al regreso, en la capital y en otros mítines en la estación. Él es el rey, ella la doncella, y doncella es una palabra bonita, algo así como damisela. Desde su rincón oscuro, tragándose las lágrimas, Rosa sigue la plática que se reproduce siempre igual desde que salió de la cárcel, parlamentos cortados con la misma tijera; frases sacadas del cajón de sastre de la confección del comunismo.

Trinidad se queda con sus compañeros hasta altas horas de la noche y a la mañana siguiente se presentan sindicalistas, incluso de otros gremios: petroleros, electricistas, constructores, camineros. «No hablan sino de la lucha, no hablan de algo común y corriente». Nada ni nadie puede sacarlos del torbellino en el que están metidos porque si salieran sentirían un enorme vacío, el vacío de después. Entusiasmados por la Revolución Cubana giran como trompos chilladores. Sus dioses son el Che y Fidel Castro. Su galardón es ser antiimperialistas. Ellos mismos se dan cuerda y solos se entienden: la coyuntura, el mitin, la próxima reunión, las redes ciudadanas, las de informantes, nada más valioso que un compañero bien informado, las noticias de las cuarenta secciones, los puntos de apoyo, el «contacto» que es un traidor, de dónde salió, Silvestre lo recomendó, con razón, Silvestre anda mal, sí, pero no hay que cortarlo, es una cuestión política, al contrario, hay que usar a los chaqueteros, no, que no se larguen, tienen experiencia política, pueden servir, saben manejar gente, sí, la difusión, es esencial recurrir a «los medios» como llaman a los periódicos, conseguir la cita con el juez, buscar la avenencia, evitar la provocación, avanzar, replegarse, alcanzar la solidaridad de los compañeros en Estados Unidos, ir a la huelga, sacar al desgraciado del gerente. A Rosa, la repetición la agota y se cierra a todo lo que no sea su problema —este desengaño que no la suelta desde que Trinidad salió en libertad—. ¡Qué gran decepción! Rencorosa, se aísla. Le hacen falta sus hijas, su madre, el ambiente familiar. «¿Qué les pasa a estos hombres? Es anormal que nunca mencionen el estado del tiempo, la familia, la salud, los programas de radio. ¿En dónde viven? ¿Serán marcianos? ¿Por qué no platican como toda la gente? ¿A qué horas ríen? Por más que me he esforzado no logro entrar en su lucha, esa figura abstracta que me amenaza desde el aire. Son unos enajenados y yo no sé qué diablos hago aquí».

Durante dos días Trinidad no hace sino recibir a comisiones de compañeros. ¿Es eso hacer política? ¿Hablar hasta que no puedas hacer otra cosa sino hablar? A Rosa su desencanto la devuelve a los quehaceres de la casa, a las pequeñas desgracias domésticas; como no entiende hacia dónde van los «políticos» se refugia en la cocina; prepara la dieta blanda de Trinidad a la que poco a poco le añade manjares sustanciosos; tardea con la vecina del edificio, escucha una radionovela, pero su irritación va en ascenso, el oído siempre atento a los interminables discursos de Trinidad y sus devotos.

—Vamos a dar una vuelta, señora Rosa, ándele, si quiere podemos ir por el pan...

—Es que puede ofrecérsele algo...

—Como quiera, pero usted también necesita distraerse. En fin, ahora está recién casada, pero más tarde se dará cuenta de que, a los rieleros, lo único que les importa es la lucha... Ahorita porque es el principio, pero después...

«Ésta va a ser mi vida de ahora en adelante; prepararle su comida, plancharle su ropa mientras él se pasa el día discutiendo. Debería rajarme ahora. Llegando a México le digo que no voy a seguir con él».

En la noche, en la cama, la fogosidad de su amante la reconcilia con la vida. ¿De dónde saca tanta fuerza? Si ella provoca ese deseo, debe ser muy valiosa. Él se lo dice: «Bella, eres bella». Y asienta: «¡Qué grande es mi suerte!». «No, Cachito, yo soy la afortunada, comparto la vida de un gran hombre».

«Y el lecho», ironiza Trinidad.

25

—Mira, vamos a salir cuanto antes de la casa de Bárbara. Es imposible caminar en este rumbo por la cantidad de agentes secretos. Mi yerno Venancio Alfaro ofrece una habitación con baño y cocineta en su departamento en Puente de Alvarado. ¡Allá estaremos muy bien!

Rosa mira su rostro pequeñísimo, enjuto y de nuevo le atormenta la idea de dejarlo. Desde su estancia en la clínica del doctor Sansores empezó a tomar conciencia del peligro. Los abogados de la defensa lo repiten: «Si Trinidad vuelve a la acción política, al no haberlo eliminado en la cárcel, el gobierno va a eliminarlo afuera» y aunque el líder exclame: «¡Es fácil atropellarme en la primera esquina. De querer, ya lo hubieran hecho!», Rosa se siente responsable. Pase lo que pase, Trinidad no va a dejar de actuar y Rosa lo ve desprotegido, solo, empeñado en una tarea de titanes. David frente a dos Goliat: el gobierno y el sindicalismo corrupto. «¿Qué no se dará cuenta de que lleva todas las de perder? ¿Qué puede hacer él con sus rieleros frente a los charros?».

Si en la cárcel su relación era sólo con Trinidad, ahora trata a todos los que se le acercan: ferrocarrileros y periodistas, agentes de la Secreta que fingen ser amigos, compañeros expulsados y hasta mujeres que se cuelgan de su cuello y que él recibe en la única pieza, la cama arrinconada, la ropa interior de Rosa tendida en un mecate que cuelga de un extremo a otro, de suerte que para entrar los visitantes tienen que apartar brasieres, fondos y calzones.

Lo primero que hace Trinidad en la mañana es revisar el periódico para después recortar los artículos que le interesan. «¿Te ayudo, Cachito?». Mientras pega en hojas blancas y archiva, Rosa escucha el cansino relato de los trabajadores. Tanta miseria la afecta y a veces se tapa los oídos para no oír de expulsiones, faltas de pago, jubilaciones que nunca se entregan, arbitrariedades. A fuerza de escuchar, descubre que las soluciones que mentalmente encuentra son buenas: «Pues no ando tan desacertada a pesar de no tener formación política». La paciencia del líder, el dominio que ejerce sobre sí mismo la asombra. «Yo ya no puedo más, me estoy muriendo de hambre», Trinidad sigue atento, sin mostrar disgusto alguno a pesar de que son las seis de la tarde y no ha comido. «¡Yo soy rápida, esto lo hubiera resuelto hace más de una hora! Y si no tiene solución, ¡al carajo! ¿De qué sirven tantas disquisiciones?». En la noche, Rosa suele dar su opinión: «Sabes, Cachito, el problema del compañero Ortiz podría resolverse si él se presenta al hospital donde lo internaron y pide una constancia de los días en que lo encamaron para que así tú, al hacerle la carta, anexes la prueba fehaciente…».

—Que se me hace que tienes razón.

—¿Lo ves, Cachito? —ríe Rosa.

Pero en la mayoría de las noches no hay diálogo porque él revisa papeles hasta altas horas y se cansa al grado de caer en la cama como piedra en pozo, sin fijarse en ella y en su absoluta desazón.

Apenas abre los ojos, Rosa le echa un paquete de combustible al bóiler, prepara el desayuno y piensa en la camisa limpia y la muda de ropa interior que pondrá sobre la cama mientras él se baña. A Trinidad le parece normal que Rosa amanezca a su lado y lo atienda, y jamás le pregunta qué siente ni cómo están sus hijas.

«Bueno, ¿y a mí qué me importan los problemas personales de los obreros si yo tengo los míos? ¡Qué ando tratando de resolver conflictos ajenos si tengo clavada en el corazón la separación de mis hijas!». Cada vez que se despide de ellas, la expresión de reproche en los ojos de la mayor, Celia, la persigue: «Oye, mamá, ¿por qué te vas con ese señor y nos dejas solas?».

—Solas no, hija, se quedan con su abuelita.

—Sí, pero tú eres nuestra mamá.

Rosa mira los ojitos negros endurecidos por la convicción del deber:

—¿Quién te dijo eso?

—Pues mi abuela.

—Mira, hija, apenas pueda venirme, lo hago, te lo juro.

—¿De veras, mamá?

—Sí, de veras.

—¿Pero cuándo?

—Vas a ver que muy pronto.

La golpean las palabras de su hija: «¡Ya me está juzgando, mañana va a repudiarme!». La que más insiste es Celia y sus palabras queman. Rosa hasta siente odio por Trinidad, sin embargo sabe que regresará al cuarto aunque viva desgarrada por los remordimientos. A él ni siquiera le pasa por la cabeza que Rosa pueda sentirse mal.

Dentro de los diálogos interminables que escucha, un tema atrae a Rosa mucho más profundamente del que lo sospecha, el de fundar una limpia unión de trabajadores, una organización que reúna a los mexicanos perseguidos porque son sindicalistas independientes, los obreros que repudian a las confederaciones oficiales. De que Trinidad ejerce una gran influencia no sólo en los ferrocarrileros, sino en los petroleros, Rosa lo comprueba con las continuas delegaciones de compañeros que vienen de provincia a buscarlo. ¡Cuánta gente vitoreándolo, cuántas mantas! ¡Cuántos brazos abiertos! No cabe duda, su hombre es un héroe popular. Recuerdan al joven rielero injustamente encarcelado y quieren volver a reunirse con él.

—Busco formar una unidad nacional que aglutine a todas las fuerzas progresistas para acabar con los dirigentes traidores y liberar al obrero y al campesino —les propone entusiasmado.

—Por eso, un partido, Trinidad, un partido...

—No, no, yo no quiero formar un partido electorero, nada más alejado de mis convicciones. ¿Cómo voy a creer que en México puede llegarse al poder a través de las elecciones? ¡Ya nos cansamos de protestar porque el PRI se roba las urnas y hace toda clase de trampas! ¡No soy un demente! ¿Para qué seguir si no se respeta el voto? Jamás formaría un partido político electorero, eso sería hacerle al tonto, y peor que eso, burlarse del pueblo. Yo lucho por una organización revolucionaria que acabe con los falsos líderes sindicales. Quiero unir a las izquierdas, la partidaria y la que simpatiza con nosotros.

—Por eso, Trinidad, por eso... Un partido lucharía contra los traidores y los tramposos, el trabajador ya no estaría a merced del gobierno, de los patrones y de los yanquis que intervienen en nuestra vida y finalmente son los amos.

Allí sí Rosa para la oreja y no sólo eso, se apasiona. Por pura casualidad conoció en una misa cantada por mariachis en Cuernavaca a Sergio Méndez Arceo, que además le pareció guapísimo subido en el altar y, cuando se lo comentó a Rafael, su hermano, compartió su emoción:

—¡A mí también me cae a toda madre ese obispo rojo, pero fíjate que su delito, según los líderes charros, es estar de lado de los obreros y no de los patrones! ¡Como que es primo de Cárdenas cuyo segundo apellido es Del Río!

Rosa coincide con Trinidad: «¿Cómo querer hacer un partido si sus posibles dirigentes pueden ser eliminados cuando le conviene al gobierno? Yo viajo a provincia continuamente, primero para agradecer a los que me apoyaron y segundo para ver cómo pueden unirse obreros y campesinos en una lucha común».

«A lo que yo aspiro —despide Trinidad a Raúl Álvarez— es a un nuevo movimiento sindical. ¿Cómo vamos a hablar de democracia en México si se hace trampa cada vez que se elige una mesa directiva? Del sindicalismo limpio depende la democracia».

La posibilidad de que Rosa viaje con él está descartada de antemano. Esto es cosa de trabajo, no de mujeres.

—Voy a salir de gira por la República. La primera visita será a Aguascalientes, porque esos compañeros fueron los que más impulsaron la lucha durante mi encarcelamiento. Después aprovecharé para ir al Norte.

—Deberías llevarte a uno de tus hijos o a quien sea, no vayas solo.

—Sí, me voy a llevar al más chico, a Vichi.

Rosa regresa a la casa materna y una mañana en que va a Puente de Alvarado a hacer limpieza, Esperanza abre la puerta:

—¿Y ahora? —inquiere al verla—, ¿qué haces tú aquí?

—Vine a preparar el cuarto para el regreso de Trinidad.

—Mira, si tienes vergüenza vete a tu casa.

—¿Por qué? —la desafía Rosa.

—Porque él es casado y tú lo sabes. Tiene siete hijos y no va a preferirte a ti que el día de mañana puedes largarte con uno de sus compañeros más jóvenes.

Muda por la impresión, Rosa se echa para atrás: «Tú lo que quieres —se envalentona Esperanza— es el dinero de mi hermano».

—Bueno, antes que nada quiero que me diga ¿cuál dinero? Realmente estoy perdiendo el tiempo privándome de muchas cosas, así es de que dígame dónde está el dinero, no que me tiene arrimada aquí en un cuartucho insalubre con su yerno.

—¡Qué grosera eres!

—Mire señora, Trinidad Pineda Chiñas, su hermano, ya no es un bebito y sabe perfectamente lo que le conviene. Así es de que deje que sea él quien decida.

—Eres una desvergonzada, una aprovechada, una abusiva, una grosera.

—Bueno, creo que para gentes como ustedes soy lo suficientemente educada.

—¿Qué quieres decir con eso?

—Que no creo que necesiten a una persona con demasiada educación.

Los ojos de Esperanza son dos puñales atravesándole la espalda mientras camina de regreso a su casa.

Al no encontrarla, Trinidad fue a buscarla. Rosa lo abrazó sin más. La situación con su madre y con sus hijas tampoco era buena porque el ritmo de vida de Trinidad resultó tan absorbente que el familiar le pareció insípido, sin nada por qué luchar o por qué pensar. Hasta extrañó las conversaciones de los rieleros mientras pegaba los recortes de Trinidad en carpetas cada vez más abultadas. Sus hijas no la absorbían y, en las horas de escuela, Rosa rondaba por la casa materna como ánima en pena pensando en qué estaría haciendo su hombre. Revivía hasta la obsesión los timbrazos en la puerta: «Señora, con su permiso, ¿podríamos pasar a ver al compañero Trinidad?». «¡Qué contradictoria soy, qué mal estoy de la cabeza! Allá me desesperaba, pero tenía la sensación de que algo sucedía, aquí no voy a ningún lado, a nadie le hago falta. Este hombre me ha enyerbado; ya no me hallo en ninguna parte».

De sus giras, Trinidad regresa envuelto en una atmósfera vivificante, lleno de obsequios; cajas de chocolates, figuritas de porcelana, juegos de escritorio que los ferrocarrileros y sus esposas ponen en sus manos. Todavía trae sobre los hombros y la espalda el confeti de bienvenida: «Estas rosas que ya se marchitaron me las dio una niña. El frasco de miel me lo tendió una mujer en la estación y dejé los blanquillos por temor a que se me rompieran».

La solidaridad lo hace florecer a una nueva vida que le da fuerza para oponerse al gobierno. La menor frasecita le da a Rosa una idea de lo que fue la recepción: «Había más de cincuenta mantas con mi nombre, ¿te das cuenta de lo que es eso?».

—Mira Cachito, yo puedo ayudarte, quiero hacerme cargo de tu correspondencia, enviar tus telegramas. Aunque me tarde y escriba a máquina con dos dedos, con la práctica llegaré a hacerlo bien.

A Trinidad lo sostiene esa gran fuerza que lo hace pasar por encima de ella, de sus hijos, de las mujeres que amó, de Bárbara que gracias a Dios mantiene una airada distancia y esconde sus pensamientos tras sus anteojos negros. Rosa se introduce en su cotidianidad sin sentirlo, porque «parece mentira que entre más va uno aprendiendo de esta clase de lucha más se apasiona uno».

¡Qué distinta la vida anterior de Rosa! Antes salía a pasear con su marido, al cine, de compras los sábados, nunca le faltó nada y cuando él vivía jamás se preocupó por los conflictos de los demás y mucho menos por los del país.

Por eso, al principio, las privaciones la encolerizaron. ¿A cuenta de qué? Trinidad se exige mucho a sí mismo, no se compra un alfiler si no lo juzga indispensable, sólo se acuesta cuando se le cierran los ojos, puede pasar hambres, en fin, es un luchador nato. Cuando una tarde Rosa le comunica: «Cachito, me voy a ir a pintar el pelo», Trinidad se enoja:

—No vas a gastar dinero en semejantes tonterías.

—Pero si ya se me ve la raíz.

—En mi casa no se gasta en ese tipo de cosas.

—Pero se trata de mi persona, de mi pelo. ¡No vas a tener jurisdicción hasta sobre mis cabellos!

—Rosa, has visto demasiada pobreza en torno tuyo en estos últimos meses como para gastar dinero en algo tan inútil. ¿O es que todo se te ha resbalado?

—¿Entonces nunca vamos a vivir mejor?

—¿Por qué? Tenemos lo necesario.

—¿Te voy a seguir sirviendo el desayuno en el escritorio porque no tenemos para un antecomedor?

—El escritorio es una mesa, ¿no?

—Es indispensable un refrigerador aunque sea pequeño; las cosas se echan a perder. Diario salgo a comprar un litro de leche...

—Los demás compañeros no tienen refrigerador, ni grande ni chiquito, y nosotros no vamos a ser más. Vivimos, Rosa, de las ayudas de los compañeros y podemos comprarnos lo estrictamente indispensable. Creí que lo habrías entendido después de estos meses.

—Es que yo a nada de eso estaba acostumbrada.

—Es tu error, Rosa.

—Es que yo viví otra vida y ahora el costo de adaptarse a ésta es muy alto.

Aunque oscuramente, Rosa intuye que la vida de Trinidad es más importante, el peligro la acecha. En Ciudad Frontera, a cinco kilómetros de Monclova, en Coahuila, detuvieron al líder con siete rieleros más, acusándolo de despojo de inmueble y asociación delictuosa. Trinidad apoyó a ciento nueve ferrocarrileros de la Sección 29 del sindicato, a quienes encarcelaron después de celebrar una asamblea en contra de los líderes charros. Avisaron a las autoridades que iban a hacer su asamblea; según los estatutos del sindicato, los rieleros pueden hacer uso de su local cuando lo deseen.

—Ustedes no cometieron delito alguno —acudió Trinidad en su apoyo.

Las autoridades de Ciudad Frontera lo encarcelaron. «Puede salir bajo fianza», señaló el juez al ver las protestas. Indignado, el líder declaró que no pagaría la fianza. Alguien se presentó, la pagó y lo sacaron a la calle por miedo a la reacción de los coahuilenses. «No te alteres, Trinidad», aconsejaron sus compañeros. «Este caso es una auténtica aberración —declaró Trinidad a la prensa—. Primero se fija una fianza, luego al juez le dan miedo las protestas callejeras, inventa que alguien que nadie conoce pagó la fianza y me saca en libertad».

De su experiencia en Ciudad Frontera, Trinidad llegó a la conclusión de que contaba con apoyo en los rincones más apartados. «Esto me alienta a formar una Unidad Nacional».

Al regresar, busca ansioso a Saturnino Maya:

—Es necesario que olvidemos nuestras discrepancias y nos unamos para que la izquierda mexicana deje de ser un partidito dogmático como lo es el Partido Comunista

Mexicano que se mantiene a la zaga de los acontecimientos. En la época de Lenin que tú tanto amas, los bolcheviques se unieron con diversos grupos de izquierda y lograron la transformación de Rusia.

—No seas arbitrario, Trinidad —alega Saturnino para quien el Partido Comunista es la vanguardia revolucionaria, pero queda en avisarle a Silvestre, que una vez fuera de la cárcel, enfermo y triste, optó por compartir su vida con una mujer que nadie conoce y a la que él se refiere como «la señora que me cuida», imitando a Renato Leduc.

26

Trinidad aún no termina de rasurarse, sólo trae puesto el pantalón de la pijama, va a meterse a la regadera cuando tocan la puerta. Son las nueve de la mañana del 29 de diciembre. Debe ser Rosa a quien se le olvidó la llave. Abre y cuatro desconocidos se le echan encima.

—Queda usted detenido.

—¿Dónde está la orden de aprehensión?

—Vámonos —ordena uno de ellos sujetándolo fuertemente.

—¡Déjenme siquiera ponerme algo!

—No, vámonos.

Lo bajan en vilo, ellos mismos se ven espantados. Otros dos hombres con metralletas vigilan la calle, precaución innecesaria porque a esa hora no hay un alma. Atenazado, lo avientan a un automóvil, le echan una cobija encima y el conductor arranca.

—¿Qué les pasa? No hay ningún motivo para que procedan así en contra mía —protesta Trinidad y un puñetazo lo acalla.

Intenta tranquilizarse. Después de una hora de vueltas el coche se detiene. Tres guaruras lo sacan y suben a un camión estacionado a un lado de la carretera, allí le amarran los pies y las manos, le vendan los ojos, vuelven a echarlo en el automóvil cubierto con la cobija y arrancan. Es diciembre y hace mucho frío.

—Ahora sí —deduce Trinidad—, ésta fue mi mortaja, van a llevarme a la carretera y a asesinarme en algún lugar solitario. Debe ser la gente de Ochoa Partida.

A la media hora se estacionan, lo bajan como un paquete e introducen con todo y cobija a una pieza donde le quitan la mordaza, las vendas de las manos y reconoce el separo de la Procuraduría porque ya en alguna ocasión lo han llevado. Siente un frío espantoso porque después de desamarrarlo, los agentes se llevan la cobija.

«Seguramente Rosa le habló a Scherezada y a mi yerno. Ahora mismo han de estar buscándome». Espera en vano todo el día. A medida que se va el sol, el frío y la humedad se intensifican y es imposible recargarse en la helada pared de mosaico. Prefiere caminar a lo largo y a lo ancho de la pieza moviendo los brazos para calentarse.

Un agente debió verlo en paños menores e informó a sus superiores porque un guardia le trae una sudadera, unos pantalones demasiado pequeños y calcetines que se pone de inmediato. Asimismo le avienta una colchoneta que acomoda sobre sus hombros a modo de chal. «Ando sin bañar, con el pantalón de la pijama y hace un frío tremendo».

En la noche, cuatro policías lo conducen a una oficina y dos funcionarios que aseguran ser del Ministerio Público se disponen a interrogarlo:

—Lo que deben hacer es ponerme en libertad —responde Trinidad fuera de sí.

—Lo vamos a soltar siempre y cuando obedezca.

—Si hay alguna consignación, preséntenme el escrito para saber de qué se me acusa y quiénes me acusan, pero no acepto que se me interrogue. La Constitución prohíbe interrogar en estas condiciones y ustedes deben saberlo. No sé por qué me detuvieron y no acepto una sola pregunta.

—Lo que queremos es aclarar algunas cosas para que se te deje en libertad.

—No acepto ningún procedimiento de esa naturaleza.

—¿No vas a declarar?

—No. A mí me sacaron de mi departamento en forma arbitraria y brutal, ni siquiera estoy vestido, por lo tanto exijo que se me ponga de inmediato en libertad.

—Se trata de una investigación...

—Ah, ¿y para una investigación se viola la ley? ¿Para una investigación entran a mi casa, me secuestran, me golpean y me traen aquí? ¡Ustedes no tienen vergüenza! ¡Esto no es una investigación, es un atropello!

Lo devuelven al sótano congelado y pasado un tiempo otros cuatro agentes del Ministerio Público pretenden interrogarlo. Trinidad insiste en que proceden fuera de la ley y si quieren que responda le enseñen la acusación en su contra.

Ese mismo día, 29 de diciembre de 1970, Trinidad cumple cinco meses de libertad: julio, agosto, septiembre, octubre y noviembre. ¡Después de once años y cuatro meses de cárcel ahí está de nuevo tras las rejas! Conserva su reloj porque sólo se lo quita para bañarse. Le dan un café y se acuesta arropándose en la colchoneta. El frío hace que le castañeteen los dientes. En realidad, su única obsesión es el frío. ¡Mentira! También lo obsesiona haber perdido, la infancia, la adolescencia, el matrimonio de Scherezada con Venancio. Sólo ahora han vuelto a tratarse y eso porque Venancio Alfaro es un militante, pero al igual que Scherezada, mantiene su distancia. «Scherezada y yo tenemos un cuarto que ofrecerle», había dicho Venancio y Trinidad saltó sobre esa posibilidad de acercamiento, pero no se había dado. No cabe duda, sus hijos sólo tenían madre. Pensar en ello lo entristecía.

Al día siguiente, dos celadores lo llevan de nuevo para sentarlo frente a un solo agente del Ministerio Público, quien le ofrece un cigarro con dedos ennegrecidos por la nicotina. «No fumo». El agente le informa que él es hijo de ferrocarrilero y pregunta si conoce a su padre; Trinidad guarda silencio y el hombre pretende contarle la vida paterna, el número de kilómetros de vías férreas recorridos, sus recuerdos de infancia entre durmientes, los campamentos de los peones de vía —unas miserables tiendas de campaña levantadas al lado de la vía que en el invierno son neveras y en el verano hornos—, el heroísmo de los rieleros, su hombría de bien, los guardatúneles y los cientos de miles de peones de vía que salen de los campamentos en la madrugada.

—Si tú eres hijo de ferrocarrilero como dices —Trinidad pierde la paciencia—, no deberías prestarte a estas maniobras. El servilismo es indigno de un abogado. A ti te mandaron a ver qué me sacas. ¿Por qué te haces cómplice de estos procedimientos tan viles, tan arbitrarios? ¿De qué se me acusa? Yo no voy a contestar absolutamente nada.

Entonces el agente toma el periódico que lleva bajo el brazo y lo despliega hasta que aparece en grandes letras la palabra: *Sabotaje* y Trinidad lee el encabezado «en los ferrocarriles».

—Bueno, ahora sí sé por qué estoy aquí. Me quieren atribuir un acto de éstos.

—Sí —asiente el inquisidor.

—De todos modos no contesto.

—Trinidad, tómalo para que leas todo lo que ha sucedido.

Trinidad lo rechaza.

—A mí lo que me interesa es la acusación en mi contra. No me importa que me atribuyan un acto de sabotaje, lo que quiero es que se cumpla la ley y no voy a declarar mientras no me enseñen de qué se me acusa.

—Entonces ¿no puedo influir para que respondas? Lo hago por mi padre que fue ferrocarrilero.

—Mira, déjanos en paz a tu padre y a mí.

Cuatro policías lo devuelven a los separos, le dan un segundo café y Trinidad camina a lo largo y a lo ancho del cuarto para no perder el poco calor del líquido ingerido aunque ya se está acostumbrando al frío. «A todo se hace uno», piensa con amargura. Cinco horas más tarde lo llevan de nuevo a la oficina. El hijo de ferrocarrilero ha desaparecido y otro, quien dice ser el jefe de agentes del Ministerio Público, dirige el interrogatorio:

—Mire Trinidad, algunas declaraciones de ferrocarrileros lo inmiscuyen en el terrible acto de sabotaje en la casa redonda. Queremos preguntarle si sabe algo…

—En primer lugar, no voy a contestar, en segundo, si ustedes quieren aclarar el caso investiguen en el lugar de los hechos. Tráiganme la acusación y yo respondo, pero mientras violen la ley no tengo por qué hacerlo.

Esta vez lo devuelven a los separos sin empujarlo, apretarle los brazos o ponerle esposas. Exhausto se tira en el catre. Cada vez que lo suben a la oficina se esfuerza por que sólo se le note el coraje. Nunca admite tener frío ni estar preocupado.

A la mitad de su caminata, cuatro pasos a la derecha, cuatro pasos a la izquierda, los policías le avisan que tiene visita y dejan pasar a Rosa y a Renato Leduc, según ellos «columnista renombrado». A ella la ve muy alterada, le pide agua de limón: «Voy a entrar en huelga de hambre».

Rosa le cuenta cómo encontró la puerta abierta de par en par. «¡Tito! ¡Tito!», todavía goteaba la llave del lavabo, su ropa limpia sobre la cama tal y como se la preparó. «¡Cachito!». En la calle ni señales de vida, nadie se detenía para preguntarle si algo le pasaba. Tomó el teléfono y marcó el número de Scherezada.

—Trinidad no está.

—¿Cómo que no está?

—No, se lo llevaron.

—Ha de ser por el sabotaje del Valle de México.

—¿Cuál sabotaje?

—Usted no se mueva, Venancio va a arreglar esto —le ordenó Scherezada—. Ahorita se lo paso.

—Se lo llevaron con el pantalón de la pijama y descalzo. Acaba de tener una gripa muy fuerte que pescó allá en Ciudad Frontera, una de esas gripas que él acostumbra, si usted se va a hacer cargo de todo, llévele por favor una maleta con la ropa que voy a prepararle.

En la casa, los sonidos de la calle se amplifican, a cada rato Rosa se asoma a la ventana, corre a descolgar el teléfono porque cree oírlo sonar, extraña los timbrazos matutinos:

«¿A dónde están los compañeros? ¿Por qué no vienen?».
«¿Qué les pasa? ¿O se acabó el mundo?», hasta que concluye: «Si me quedo aquí un momento más voy a enloquecer» y sale a la calle. «Yo no sabía que a la gente se la pueden llevar así de un momento a otro, nunca pensé que podría atentarse en esa forma contra la libertad de un ser humano».

—¿Tienen aquí detenido a Trinidad Pineda? —pregunta en los separos de Niños Héroes.

—No. Vaya usted a buscarlo a la Jefatura.

De la Jefatura la mandan a los separos de la Secretaría de Gobernación y ahí un agente se compadece:

—Mire, lo más probable es que lo tengan en San Juan de Letrán. ¿Por qué no va a la Procuraduría? ¿Conoce el Campo Militar número 1?

De nuevo en los separos en Niños Héroes frente a la Alameda un agente la ataja en forma insultante:

—Ya le dije que no hay nadie aquí. En lugar de andar haciéndose pendeja, váyase a ver qué hace en su casa. A este señor no lo tenemos aquí.

Desconsolada, Rosa olvida su intención de dejarlo: no tiene más que un pensamiento: Trinidad, Trinidad, Trinidad. Olvida el rencor, las frustraciones, lo único que desea es encontrarlo. Siente en torno a él una gran indiferencia incluyendo a Scherezada ¿o es que se han acostumbrado a vivir en el filo de la navaja? ¿O es que creen que han hecho suficiente con darle un cuarto? Con el único con quien logró comunicarse fue con Venancio Alfaro, a quien no parece tampoco afectarle la desaparición de su suegro. ¿Por qué los compañeros no buscan a Trinidad? ¿Estarán muertos de miedo? ¿O a nadie le importa? Antes, el timbre sonaba continuamente y ahora el vacío en torno al líder es absoluto.

«¡Qué dura es la gente, caramba, qué canija!».

Es tal su desesperación que decide asistir a la asamblea en el Salón de Actos Manuel Guardia en Magnolia 174. Sentada entre los ferrocarrileros espera a que el marido de Scherezada dé la noticia, pero como no dice nada le sale al encuentro:

—Oiga ¿qué pasó? Yo veo esta situación muy fea, Venancio. ¿Qué no va usted a avisarles a los compañeros que Trinidad está detenido? ¿No habló usted con Bárbara, con Esperanza?

—No es conveniente. Usted no sabe nada de política. La asamblea tiene que llevarse a cabo normalmente, así es de que por favor no interrumpa.

—Mire Venancio, o les avisa usted o yo voy a decírselos.

—¡Cualquier cosa que usted diga, Rosa, no tendrá ningún efecto porque todos desconfían de usted! Además está usted muy descontrolada.

—Se lo advierto, Venancio, les dice usted o subo yo al estrado.

Rosa misma se desconoce, ni siquiera se detiene a pensar de dónde le sale tanta rabia. Más de quinientas personas aguardan en la asamblea del Movimiento Sindical Ferrocarrilero. Venancio sube al estrado:

—Esta mañana —explicó— hubo un accidente en la Terminal del Valle de México. Sólo los que leyeron el *Últimas Noticias* se habrán enterado. A las nueve detuvieron a Trinidad en su domicilio de la calle de Palenque número 17 interior 6, colonia Narvarte.

(«Ese no es nuestro domicilio. ¿Por qué dará una dirección falsa?»).

En la sala reina un silencio absoluto, Venancio Alfaro continua: «Los provocadores ya estarán satisfechos. Una vez más los ferrocarrileros tendremos que pasar la dura prueba, pero de ninguna manera quebrantaremos la ley». «Ya nos entrevistamos con el subprocurador general de la nación, quien nos citó para esta tarde luego de indicarnos que se está haciendo una investigación exhaustiva y nos dará información». «Él, Trinidad, está detenido en la Procuraduría General, pero debemos conservar la calma…». «En lo que a mí respecta, tengo la convicción de que las autoridades llevan a cabo una minuciosa encuesta y no debemos preocuparnos porque todo saldrá bien. No sabemos si fue provocación o si el choque de las máquinas es un ataque contra la actual administración. El gobierno está investigando la verdad».

Antes de bajar del estrado, Venancio Alfaro indica: «Esta asamblea se declara en sesión permanente. Luego se nombrará a los integrantes de la Comisión que irá a entrevistarse de nueva cuenta con el subprocurador. Están aquí representantes de las cuatro secciones de trabajadores ferrocarrileros del Distrito Federal, así como los enviados de las secciones de Jalapa, Monterrey, Monclova, Nuevo Laredo, Puebla y Veracruz».

Como ha oído lo suficiente y cada minuto que pasa es tiempo perdido, Rosa va de nuevo a la Procuraduría. «Voy a pedir audiencia; estoy resuelta a todo, incluso a atravesármele al mismísimo procurador si es necesario, pero de ahí no me sacan hasta ver a Trinidad».

—¿Qué la trae aquí? —pregunta un agente.

—Quiero que me informe si puedo ver a Trinidad Pineda.

—A ver, un momento.

Pasan dos horas, la gente entra y sale, nadie la toma en cuenta, como si fuera peor que basura.

Al ver entrar a Renato Leduc al despacho del subprocurador como Pedro por su casa, desesperada lo aborda:

—Mire, hace diez horas que me tienen aquí esperando a que me den noticias de Trinidad. Me mandaron hasta Satélite, al Campo Militar número 1, a los separos. Todo el día lo he buscado, de la Procuraduría de San Juan de Letrán a la de Niños Héroes, de los Juzgados a la Penitenciaría, de Bucareli a 20 de Noviembre y en ninguna parte me dan razón. Está enfermo y sólo trae puesto el pantalón de la pijama. Anda casi desnudo. Aquí traigo su ropa. Hace tres horas que espero y nadie me hace caso.

Leduc, a quien varios mechones de pelo blanco le caen en la cara, la toma fuertemente del brazo:

—A ver, venga.

—Claro que pueden informarle a esta mujer dónde está Trinidad Pineda Chiñas —se violenta frente al subprocurador—. ¿Cómo voy a creer que no sepas dónde está? Hombre, esta mujer quiere noticias.

Entonces el subprocurador la mira:

—Pídale a Trinidad que declare.

Si Rosa se sintió cohibida, esa frase le quita toda la timidez:

—¡Yo qué tengo que decirle que declare si no sé ni por qué lo tienen detenido! ¿Cómo le voy a pedir algo si no sé de qué se le acusa?

—¡Cómo no va a saber, señora! ¿Qué no ha visto los periódicos? —se enoja el funcionario.

Renato Leduc, que por lo visto es muy amigo del subprocurador, golpea la mesa con el puño:

—Mira, creer que este pobre hombre que acaba de salir de la cárcel es el autor del sabotaje es una pendejada. Tú sabes muy bien que no tiene nada que ver. Es más, sabes perfectamente bien cuál es la hebra de la madeja.

El otro ni pestañea.

—A esta mujer déjenla ver a Trinidad o díganle a dónde lo tienen para que no ande buscando. Es más, se lo trajeron en cueros. Realmente no tienen madre.

—Voy a dar orden de que la dejen pasar a verlo.

A Rosa se le saltan las lágrimas. «Me traen de un extremo de la ciudad a otro con que no está y no está».

De nuevo en San Juan de Letrán y en los separos de Valerio Trujano, dos policías le ponen el alto:

—Aquí no hemos recibido ninguna orden de dejarla pasar.

—Nos vemos en la Procuraduría a las seis de la tarde —le dijo al despedirse Renato Leduc.

A las siete y cuarto por fin llega a la Procuraduría. «Usted es mi última carta. No me dejaron verlo. En todas partes alegan que no saben nada».

De inmediato Renato la introduce en el despacho del subprocurador:

—Ésas son chingaderas de que engañes así a la señora, no la dejan pasar...

—¡Basta de majaderías! —lo para en seco el subprocurador.

Por lo visto se llevan muy fuerte porque Renato ni se

inmuta: «Si no la van a dejar pasar, díselo y que uno de tus canchanchanes le entregue la maleta al detenido».

—Ve con ella para que te cerciores de que sí di la orden.

—Claro que voy con ella.

Llegan a los separos de la Procuraduría y Rosa percibe de lejos la pequeña figura de Trinidad. No creía quererlo tanto. Al verla, Trinidad, muy controlado, le pide una cobija y una almohada.

—¿Y qué quieres que te traiga de comer?

—Agua de limón.

—¿Cómo que agua de limón?

—Sí, porque desde ahora estoy en huelga de hambre.

—Pero Cachito, hace muchísimo frío, estás débil, no puedes privarte de alimentos. ¿No has comido nada?

—No.

—Estás loco, tus defensas andan bajas, acaba de darte una gripa bárbara.

—Sólo quiero agua de limón.

No hay más que decir, el líder tiene atravesado a lo largo del rostro ese rictus de terquedad que Rosa conoce bien. Al poco rato, regresa con la cobija y la almohada y pide a los guardias entregárselas con la jarra de agua de limón.

La casa está tan cerca de los separos que Rosa va a pie a dejarle el agua de limón dos veces al día. Hace frío. «¿Que la gente sabrá que le estoy llevando esta agua a un preso? ¿Podrá imaginarse que Trinidad está de nuevo encerrado?», piensa al caminar. Son días de fin de año, el 31 en la noche, Año Nuevo. Rosa es ahora la señora de Pineda Chiñas, dueña de la situación, y cuando pide de favor al agente del Ministerio Público que les den permiso a Scherezada, Vichi, Pelancha, Bárbara y a ella que pasen a verlo, lo concede y permanecen con él hasta las ocho de la noche.

Al sentarse al lado de Scherezada, Rosa le dice: «Yo preveía que la vida con Trinidad Pineda Chiñas iba a ser dura, pero nunca imaginé a qué grado».

—Mi mamá tampoco.

27

Cuando se van, Trinidad se tiende a dormir envuelto en la colchoneta como la noche anterior.

El día 1, en la mañana, dos policías lo sacan del separo para llevarlo ante el subprocurador Molina Cervantes, paisano de Renato Leduc, ambos del Distrito Federal. Molina Cervantes engola la voz y deja caer con gesto adusto como si estuviera concediendo un favor:

—Por acuerdo del ciudadano procurador de la República, licenciado Néstor Blanco Quiñones, queda usted en libertad bajo las reservas de ley.

—¿Me pudiera decir qué ley? —pregunta Trinidad.

—¿Cómo que qué ley?

—Porque si es la ley del embudo —lo ancho para los que la violan y lo angosto para el pueblo—, entonces no existe esa ley y han violado la Constitución al detenerme sin orden de aprehensión. Por lo tanto ¿cuál es la reserva de ley que quieren aplicarme si ustedes violan la ley?

En su oficina varios secretarios y escribientes toman nota y Molina Cervantes finge leer unos papeles sobre su escritorio para luego repetir sin levantar los ojos:

—Está usted en libertad.

Al salir, uno de los empleados pregunta cortésmente:

—Señor Trinidad, ¿a dónde quiere ir? ¿A quién podemos llamar para que venga por usted?

—Bueno, llamen al número 46 21 37.

Al llegar a su casa lo primero que hace es pedir los periódicos.

—¿No me vas a abrazar? —llora Rosa.

—Ahora no. Los periódicos.

Blanca y negra como esquela de periódico, en Vallarta número 8, la sede de la Confederación de Trabajadores de México rebosa de obreros. Muchos esperan en la calle porque, una vez tratado su asunto, se resisten a irse a su casa. Los pasillos de ese edificio chaparro y ventrudo hierven de reporteros y camarógrafos, fácilmente reconocibles por sus cámaras y su prisa. Suben al primer piso y se arremolinan frente a una puerta:

—Queremos una declaración de Fidel Velázquez.

—Esperen a que llegue.

El corredor de mosaicos que funge como sala de espera es frío y hace que los periodistas prefieran el estacionamiento donde se alinean Cadillacs último modelo. De pronto, entra lenta y poderosamente un Galaxie oscuro y varios hombres corren hacia él. Uno abre la puerta delantera, otro se inclina hasta el suelo, la cabeza doblada, el tercero casi lame el vidrio de la portezuela, el cuarto aguarda en posición de firmes a que emerja del asiento un cincuentón de traje oscuro muy parecido a su coche.

El trato que le dan es idéntico al que acostumbra un ministro o un príncipe de la Iglesia. Aunque el líder no tiende la mano para que se la besen ni reparte bendiciones, su actitud es de perdonavidas. Un enjambre de hombres surgidos de la nada camina junto a él hasta su oficina. «Permítame acompañarlo», «dar unos cuantos pasos a su lado», «el privilegio de sus palabras», «no quitarle más que unos minutos de su valioso tiempo», «tratarle un asunto de suma urgencia». Sólido, fuerte, su puro en la boca, espanta a los pedigüeños con un invisible matamoscas y pisa fuerte con todo el peso de su importancia.

—¿Qué opina del sabotaje?

El líder responde entre dientes mientras sube la escalera:

—Es cosa de Pineda Chiñas.

—¿Podría ampliar su declaración?

—Un boletín de prensa les será entregado a su debido tiempo.

—Estoy haciéndole una entrevista —insiste el reportero.

—No doy entrevistas —responde tajante.

—Señor Fidel Velázquez —corre tras de él un fotógrafo con acento extranjero—, ¿usted creer sabotaje comunista?

—Eso lo leerá usted en el boletín.

Las espaldas de los guaruras levantan una barricada en torno al jefe, ya nadie puede acercarse.

Tras la puerta un campesino, su sombrero entre las manos, opta por sentarse de nuevo después del paso de los bisontes. A la media hora, en forma imprevista, la puerta se abre:

—Don Fidel hará declaraciones.

Fidel Velázquez habla entre dientes, no tiene por qué hacerlo en otra forma, a él nadie le hace falta; al contrario, todos los reporteros, sobre todo en este momento, le sobran.

«Es muy lamentable el suceso ocurrido en la Terminal del Valle de México, tanto más tratándose de un lugar en el que se supone hay absoluto control de trenes, lo que hace robustecer la hipótesis del sabotaje.

«Nadie más que el grupo de ferrocarrileros descontentos que encabezan Trinidad y Cifuentes, pudieron tener interés y (hace una pausa para crear el debido suspenso y darle una chupada a su puro) posiblemente no sea ajeno el líder electricista Rafael Galván, quien en el último número de su revista *Solidaridad* invita a los ferrocarrileros a la rebelión».

—¿Puede comprobarlo?

—Existe una torre de control que mediante mecanismos electrónicos puede parar no sólo a una máquina sino a varias; este control lo conozco bien. De ahí desprendo que no hubo vigilancia en el control y se consumó el plan de sabotaje.

—¿Alguna potencia extranjera ha intervenido en esto?

—No podría decirlo, lo que sí puedo asegurar es que manos criminales destruyen los bienes de la nación. Esto es todo, señores.

En la cafetería del Sindicato Ferrocarrilero la noticia corre como brasa ardiente.

—Un guardavías lo vio todo.

—En la Procuraduría han de estar interrogando hasta al perico, agarraron a más de doscientos hombres del riel y cientos de militares vigilan las estaciones.

Aunque no lo digan, el sabotaje atemoriza a los rieleros y se desahogan unos con otros. «El sabotaje es el arma de los débiles».

—Yo bien decía que la liberación de Trinidad no nos traería nada bueno…

—No digas eso. ¿Qué tiene que ver Trinidad?

—Me cae de madre, este hombre sale libre y a los pocos meses nos chingan a todos.

—¡Hombre, Trinidad es ajeno al sabotaje! ¿Qué interés puede tener en convertir locomotoras en chatarra? ¡Si alguien las ama es él! Las ocho máquinas valen más de 420 millones de pesos. Trinidad luchó por un cambio en todo el movimiento obrero y estuvo a punto de lograrlo, por eso le tienen ganas —interviene Saturnino.

«¡Máquinas hijas de la chingada!», gritó Sebastián en el andén y esa maldición resonó en Buenavista como un mal augurio. ¡A las máquinas no se les trata así! Los trenistas quiéranlo o no, son supersticiosos.

—El acto fue premeditado y quienes lo cometieron aprovecharon la medianoche en que sale un turno y entra otro. Mientras los compañeros se cambian de ropa, transcurren de treinta a cuarenta minutos en que prácticamente no hay vigilancia.

—No hay vuelta de hoja, fue sabotaje —insiste Saturnino, los labios apretados.

—Sí, lo mismo en la casa redonda que en el patio de recibo.

—La 7310 no se puso en marcha sola; alguien le activó al máximo el acelerador y le colocó una zapata para oprimir el pedal de marcha. Sólo un rielero avezado conoce el bloqueo del pedal de seguridad, lo que llamamos «pedal de hombre muerto» para que la locomotora marche sin que nadie la tripule —concluye Saturnino.

En su casa, Trinidad se aprende los periódicos de memoria y se entera de que «las locomotoras se pusieron en movimiento dejándolas solas para que se fueran a proyectar en contra de otras unidades y así interrumpir el tránsito ferroviario, causando daños estimados en trece millones de pesos.

»Durante la madrugada, en los primeros minutos del día, un grupo de cuatro individuos hizo funcionar ocho locomotoras que lanzaron sin tripulación contra un tren estacionado en el patio de recibo de la estación del Valle de México. Cuando los trabajadores no salían de su sorpresa, otras dos locomotoras se estrellaron en contra de las anteriores. Una hora después, una máquina en reparación fue arrojada al foso de la casa redonda.

»Trinidad Pineda y Carmelo Cifuentes, así como dieciséis líderes ferroviarios salieron ayer en libertad con las reservas de ley. Otros cuatro líderes continúan en los separos de la Procuraduría en la Avenida Hidalgo número 16 [...]». En un boletín oficial, la General de la República señala que está plenamente confirmado que la serie de accidentes ocurridos la madrugada del 29 de diciembre en la Terminal de Carga de Pantaco son actos de sabotaje».

Después de recortar la última nota de *Excélsior,* Trinidad decide ir a la Terminal de Pantaco a ver a los compañeros.

—Ven con nosotros al patio de recibo, te vamos a enseñar algo.

Pintado sobre un costado de la máquina 7310 el líder lee en letras blancas: «Los Ferrocarrileros de Puebla con Trinidad».

—Ayer, esta inscripción no estaba ahí.

—¿Por qué están tan seguros?

—Yo cuido a la 7310. Lo mismo hicieron en la casa de máquinas. Pintaron «¡Viva Trinidad Pineda!». Está fresquecito el letrero. Quieren cargarte al muerto.

—Se necesitan dos hombres para echar a andar una locomotora. Los saboteadores debieron ser cuando menos maquinistas o fogoneros, porque sólo ellos saben obstruir el pedal de seguridad.

Trinidad recupera la camaradería de hace doce años. Caminan codo a codo por una estación que saben suya. Se sientan junto a los talleres de reparación y Saturnino Maya abraza a Trinidad como en los viejos tiempos.

—Cuando vi que el convoy venía hacia él, quitó los frenos de la 6813. ¡Más de cincuenta vagones, qué caray! y me lancé hacia fuera. Por eso salvé la vida, si no ahí me quedo prensado. Así reduje considerablemente el choque. Estaba yo viendo cómo había quedado la máquina cuando dos locomotoras también disparadas, sin nadie a bordo vinieron a estrellarse. El estruendo del accidente hizo salir de los departamentos al personal de turno de noche. Nos lanzamos a buscar, pero ni huellas, hermano. El bastidor principal de la 5860 quedó destruido, ¿quién repara una máquina así? A la 5102 se le acabó la cabina… Ya andábamos todos viendo qué hacer, uno de los compañeros corrió a la gerencia, el otro dijo que llamaría a la Procuraduría, cuando se nos vino encima la 7301. Grité como desesperado: «¡Pícale por tu vida!» y corrimos. La máquina se volcó dentro del foso de la casa redonda y destruyó parte de la mesa giratoria. ¡Puros fierros! ¡El motor fregado! Los trucks donde descansan las ruedas salieron disparados. Entonces nos asustamos, como hombre te lo digo, no sabíamos qué estaba ocurriendo. ¡Vente Saturnino, vámonos, no vaya a ser que a nosotros también nos quieran matar!

Instintivamente, los trabajadores se encogen. También ellos temen ser víctimas de atentados. El gobierno los considera enemigos, pero ellos dan la vida por el ferrocarril. Antes que sus locomotoras, son sus mujeres.

Levantan la vista hacia el boquete dejado por la máquina loca aventada a ochenta kilómetros por hora sin tripulación hacia las vías donde se hace el cambio de vagones. La enorme estructura de los talleres de reparación, ahora desgarrada, tiene un aspecto de animal que agoniza lentamente. ¡Todavía en los oídos de Saturnino resuena el estruendo de los fierros golpeados!

—Yo le dije a Saturnino que esto es cosa de los rusos.

—¿Cómo va a ser cosa de los rusos? —se enoja Trinidad.

—Acuérdate que en el 58 corrieron a los rusos.

—¡Ése fue un invento del gobierno! ¡Qué rusos ni qué ojo de hacha!

—Fíjate, entre el taller de diésel y el lugar del choque hay siete cambios de vía y todos estaban puestos de modo que el convoy llegara directamente a la 6813.

—¿Sabes? Creo que lo hicieron los charros.

De pronto oyen una orden:

—¡Oigan, qué se traen! ¡Ya métanse!

La voz del viejo jefe de patio Ventura Murillo tiene la misma angustia que la noche en que vio la locomotora 6813 deslizarse sin frenos hacia el convoy de cincuenta y seis furgones y saltó arriba de la 5526, le quitó el acelerador y la detuvo de golpe.

Su hombría es legendaria. Trinidad tiene devoción por él porque hace años reparó bajo la lluvia los rieles de un puente cuando la tripulación y los pasajeros se habían resignado a esperar a que escampara o llegara un relevo. Retó a sus hombres: «¿A poco somos mariquitas? ¿A poco la tormenta nos va a impedir hacer nuestra tarea? Hay mujeres y niños entre los pasajeros. ¿O no sabemos fajarnos los pantalones?». Sin esperar el relevo, cargaron los rieles sobre sus hombros, resbalaron en el lodo, corrieron peligro, pero la locomotora arrancó y pudo seguir su camino. Los vitorearon. Todavía se comentaba su hazaña en la cantina.

Al igual que Trinidad, los rieleros se levantan al ver a Ventura Murillo acercarse. Trinidad lo abraza. A lo lejos se escucha el silbato de una locomotora, un silbato que instintivamente los hace parar la oreja como animalitos perdidos que reconocen la señal que ha de echarlos a andar de nuevo. A solas con sus recuerdos, porque todos tienen algo del tren qué recordar, los campamentos a un lado de la vía, el hambre de las diez de la mañana, las montañas violetas que rodean las tiendas de campaña de los peones de vía, la paleada del carbón en los fogones de la locomotora que hoy es de diésel, las estaciones huérfanas, tiradas a media llanura como quien pierde una moneda y no vuelve la cabeza para buscarla, las máquinas de cremallera con sus ramas atoradas, su salpicazón de tierra endurecida, sus pájaros reventados, los campamentos de furgones que naufragaron, ya sin ruedas, y se volvieron casas en las que nació el niño Fernando del Paso que más tarde también, a horcajadas sobre alguna cerca, habrá de guardar silencio, absorto ante el paso del tren.

¿Y las señalizaciones?, preguntan. Amanecen todos los días de su vida a las mismas señas, las flechas que apuntan hacia una dirección, la oficina de embarque, la puerta de elección, la salida de emergencia. En la mañana, caminan motivados. Siguen la señalización, tan vulnerables como firmes. ¿Estaré a la hora en el sitio indicado por la señal?, se preguntan. ¿Es éste el Distrito Federal? ¿Seguí bien la indicación o me perdí a medio camino? En este trayecto todo depende de cómo se sigan las instrucciones. A lo mejor la distancia que me separa de mi destino final es incalculable. ¿Cuál es mi tierra? Saturnino los mira con amor infinito. Parecen decirle: «Yo sí quise emprender el viaje y llegar, pero no sé si extravié el camino». «Dímelo tú, Saturnino, dímelo, ¿a dónde he llegado?». A los que más quisiera abrazar Saturnino es a los viejos rieleros como Ventura y ahora Trinidad, a los viejos que ya no pueden volver hacia atrás y caminan con la cabeza baja buscando su vida. ¿Cuál es? ¿Cuál es el destino de todos nosotros sobre la Tierra?

28

Rosa limpia el cuarto cuando llega Albino, primo hermano de Trinidad:

—Oye, me dijo Tito que te espera allá en Nizanda.

Rosa lo abraza del puro gusto. El líder la dejó atrás, pero ahora ella le hace falta.

—Va a ir Bárbara porque ella tiene coche.

—Bueno, ni modo. Nada más aviso en mi casa y recojo mis cosas.

La hija mayor de Rosa corretea en el departamento como si nada, se cayó, sí, pero la gravedad está en el ánimo de la abuela que ya no halla cómo reprimir a su hija: «¿Por qué me has castigado así, Dios mío?». Según ella, ha perdido la vergüenza. «¡Mi hija es una loca de remate, una inconsciente! ¡Mira que canjear a sus hijas por un hombre que le lleva veinte años y no le da sino aflicciones! ¡Mi hija, que todo lo tenía, anda ahora tras de un muerto de hambre que no le ha comprado ni un par de medias!».

Rosa se despide como quien va de la oscuridad a la luz; el departamento materno tiene el olor rutinario de la desesperanza. Ella se va al sur como las aves. Tomará una carretera que serpentea y abrirá grande la ventanilla para que entren aires cada vez más calientes. Rosa vive en función de Trinidad; la existencia junto a su madre es la muerte, el lamento, el lugar común repetido hasta el cansancio, la mezquindad sin más blancura que el tragaluz del edificio: «Yo ya no soy de aquí, mamá», le dijo un día abriendo sus grandes ojos. ¿Para qué contarle de los girasoles en los minúsculos jardines, de las casetas de vigilancia enclavadas en el llano, del tren que va pasando como la vida misma y las hileras de gorriones en los cables que lo acompañan hasta que cae la noche y las luciérnagas relevan a los pájaros?

A las cuatro de la tarde en el Renault que Bárbara maneja con destreza, concentrada en las curvas, Rosa, entusiasmada repasa en voz alta imágenes de Trinidad. Ver cómo lo reciben fuera de la ciudad es su ilusión: «Seguido pienso en Querétaro y me emociona el recuerdo, me hago muchas imaginaciones bonitas, pero a la vez me atemorizo, no le vayan a hacer algo. En este viaje a su tierra quiero verlo todo con mis ojos. Si la reacción es favorable, por fuerza tendrá que salir adelante ¿o no?».

Fastidiada, Bárbara responde con monosílabos. Rosa rememora conversaciones, acumula anécdotas y Bárbara aprieta los dientes. Rosa mira el terco perfil de Bárbara, su enemiga declarada. Habla hasta por los codos para esconder su inseguridad: «Voy a verlo dentro de unas horas, pero… ¿me aceptará su gente?», se pregunta.

Al llegar a Nizanda, Rosa le pide al tío Albino:

—Pasen todos y díganle que no vine.

Rosa mira la bóveda celeste y la invade la noche caliente:

—Pues fíjate, Tito que Rosa no estaba —escucha la voz de Albino.

—¿Cómo que no estaba? —se enoja—. Pues hubieran esperado hasta que llegara.

Grita, sus accesos de cólera son temidos. Rosa entra a la pieza y corre a abrazarlo:

—No, sí vine, Cachito.

—Mira cómo eres, ¿por qué te gusta hacerme enojar?

—Ay, si era una bromita nada más.

A Rosa le ayuda mucho ver la felicidad de Trinidad. ¡Qué hermosa la expresión de su rostro! «Que a mí me mirara siempre con ese arrobamiento», piensa.

—Ay, Cachito, me voy a acostar aquí en la hamaca porque entra el airecito. Con el calor me hincho y me pongo toda papuja, soy alérgica al sol. En esta terraza corre el aire de la puerta hasta adentro, una brisa muy sabrosa...

Erasmo, sobrino de Trinidad, dueño de la casa, aprueba su pudor y habrá de comentar más tarde: «Rosa es una mujer que sabe respetar».

El tío Albino da las buenas noches. Rosa se acuesta en la hamaca. Una pirámide de cascos relumbra en la oscuridad. «¡Cómo toman refrescos aquí!», piensa. Percibe un olor a guayaba. «¿O será el aire que así sabe?».

En la hamaca, se pregunta: «¿Será esto tomar el fresco?». Mira las estrellas durante horas. «Estoy llenándome de todas las buenas vibras del campo». Curiosamente no extraña a Trinidad, se tiene a sí misma, al campo y la luz difusa de la madrugada pronta a levantarse. Comienza a llover, la tierra negra caliente humea y ondas de calor laten en los matorrales y en los tallos y las ramas. Un hervor de espuma negra palpita en torno a ella. Apenas le llega la lluvia, al contrario, el calor sigue atenazándola, la ropa pegada al cuerpo, el peinado deshecho por el sudor. A las cinco de la mañana, teme que la alharaca de unos pájaros enormes y negros despierte a los durmientes, «¡Que esta gente me quiera, que me acepte!», ruega obsesivamente.

Ningún sonido sale de la recámara del líder y decide ir al baño, una caseta en el jardín. Regresa pensando en los pájaros y su parloteo chillón y enervante.

Al verla de pie, tres mujeres ofrecen acompañarla para «hacer hambre antes del almuerzo». Acepta gustosa. «¡Qué bueno que vinieron a saludar, qué buena oportunidad para conocernos!». Isabel, Alfa y Cibeles, con el pelo alisado y las caras igualmente lisas, la miran con curiosidad. Dan una sensación de vastedad; tras ellas se yergue un bosque de verdor; lianas, helechos y ramas entrelazadas, sonidos que vienen a recibirla: «Yo soy Isabel», «yo Cibeles», «yo Alfa». Caminan primero lentamente, pero como buenas mujeres del campo, agarran el ritmo de todos los días. «Podemos irnos por la vía del tren para que conozcas el manantial».

—Ay sí, cómo no.

—Ahí se bañaba Tito de niño —ríen.

—El agua es azul y las maderas cantan.

—¿Cómo que cantan?

—Sí, cuando las cortan se quejan… Y cantan también en la noche. A lo largo corre un pequeño río lleno de lirios y hay pocitas de agua termal para bañarse. ¡Vas a ver qué rico chapuzón!

Rosa brinca un bordito, pisa un durmiente y cae de rodillas, se levanta en un santiamén apenada y sigue a las otras hasta que el chapoteo dentro de su zapato la obliga a ver su pie.

—¿Pero qué chingaos te pasó? ¡Mira nada más, la sangre sale a borbotones! ¿Por qué no nos dijiste?

—Es que de veras, no sentí nada.

—La herida debe ser muy profunda para que te salga tantísima sangre, necesitas puntadas. Mira nada más cómo te recibe Nizanda, mira nada más qué chingadera. Vamos a llevarte a Ixtepec porque sólo allá pueden coserte. ¡Hay que avisarle al cabrón de Tito!

A Rosa se le va el corazón a los talones. No, Tito no, dirá que era previsible que ella causara problemas, que las mujeres no deben andar en giras, todo el encanto de la noche anterior roto por esta estúpida caída. ¡Sólo pensar en la sonrisa irónica de Bárbara, le para el corazón!

—No, por favor, no, no, vamos y venimos, al fin es temprano.

Toman el camión a Ixtepec. Mientras la cose sin anestesiarla, el médico inquiere:

—Usted no es de aquí, ¿verdad?

—¿Cómo lo sabe?

—Por la falda corta… ¿Y dónde se está quedando?

—En Nizanda…

—Ah, por cierto que ahí está el tal Trinidad. ¡Qué idea la de este señor que ya no es ferrocarrilero de andarse metiendo en lo que no le importa! Nadie lo llama y viene a provocar…

—¿Ya terminó? —lo interrumpe Rosa—. ¿Cuánto le debo?

—Son cincuenta pesos y voy a inyectarla contra el tétanos y darle un antibiótico. Mejor no camine porque la herida está en mal lugar.

En la terraza de la casa de Erasmo, los parientes de Trinidad preparan un almuerzo suculento: pescados recién sacados del río acompañados por una salsa de chiles largos y secos que tienen un sabor muy fino, como de mazorca. Cuando Rosa se sirve, Isabel interviene:

—No, Rosa, no comas picante, vamos a asarte un pescado, no debes tomar grasas ni carne de puerco, es malo para las heridas...

—No, qué va, yo me como este pescadito bien dorado y riquísimo.

Todos ríen; hasta Tito, a quien no le preocupa la caída de su mujer.

—Ahora sí, quiero conocer aquí —anuncia Rosa.

—¿Pero cómo vas a caminar si te ordenaron reposo?

—No, yo quiero conocer.

—Por lo visto no todas las del Distrito Federal se chiquean —sonríe Cibeles.

—Ésta sí que aguanta. Bueno, pues vámonos al ojo de agua.

—¿Vas a ir al ojo de agua, Rosa? —pregunta el líder—. ¡Qué miedo le tenía yo de pequeño, pero qué miedo! —toda la concurrencia ríe—. Un día por poco y me ahogo. Me tuvo que sacar mi hermano Nicho que ése sí era buen nadador.

Callan cuando él habla y lo escuchan con veneración. La felicidad de Rosa le viene de Trinidad; es la primera vez que lo ve relajado. ¿O será que la gente que vive cerca del mar tiene mucha más capacidad de ser feliz?

Después del almuerzo, con los codos apoyados en la mesa, Trinidad platica despacio, cosa nunca vista, ya que él acostumbra levantarse de golpe sin concederse un minuto de reposo. Depara con Sergio Chacón Cruz, con Cristina, con Isabel, Cibeles, Alfa, Albino, Erasmo y Bárbara. Por encima de la conversación, Trinidad la mira a ella con orgullo y se la presenta a todos, cosa que nunca hace en la capital, la sigue con la vista, su querencia en los ojos súbitamente risueños hasta que uno de los compañeros, ya viejo, pregunta sin más:

—Oye, Tito, ¿es Ofelia?

—No, no soy Ofelia, yo soy Rosa —responde con coraje.

Imposible enojarse porque en ese momento cuatro hombres entran cargando una marimba y las mujeres colocan sobre una mesa grandes jarras de agua fresca junto a la caja de cervezas; todo el pueblo de Nizanda entra al patio para ver a Trinidad. «¡Venimos a brindar contigo, Tito!». «¡Pero si son las doce del día!». «No le hace». Los músicos entonan: «Naila» y ella escucha cómo «anoche me emborraché con otro hombre, ya no soy Naila para ti». Con sus enaguas floreadas y huipiles de cadena, las mujeres reparten tamales envueltos en hojas de plátano y el aceite rojizo escurre a cada bocado: «Esto sí que está de chuparse los dedos». Siguen las canciones de Chu Rasgado: «Somos tres en este mundo: mi vida, mi alma y mi tristeza». Sobre la tierra apisonada se mecen las faldas cantarinas. Circulan las cervezas. «Tómatela antes de que se caliente». Todo es fácil y sabroso y Rosa olvida a la dichosa Ofelia y los anteojos negros de Bárbara.

—Oye, tú, no seas culero…

Ya ni Rosa vuelve la cabeza, es fácil acostumbrarse a las groserías, ni siquiera en los labios de las mujeres suenan mal, al contrario, son parte de las pencas de plátano verde que cuelgan de los árboles, de los zapotes que caen sobre la tierra. Las mujeres se sientan con las piernas separadas, presumen el oro de sus dientes, los senos se agitan bajo el huipil. Tanta holgura las protege y se permiten posturas y ademanes que no tendrían con vestidos cortos, el vientre palpita sin músculos ceñidores, todo es redondo bajo los pliegues de la enagua.

Escucha a dos tecas hablar del pene de Pedro: «lo tiene del tamaño de un chícharo, el pobre» y le asombra la naturalidad con que ríen, enseñando sus lenguas escarlatas, el interior de su paladar rojo. «Aquí han de coger todo el día», deduce Rosa. Los músicos entonan: «Ay, qué laureles tan verdes», que a Rosa le gusta y unas compañeras se acercan a Trinidad:

—¡Ay, bailen tú y Rosa!

—Es que ella no puede porque se accidentó —alega él.

—¿Cómo no voy a poder? Claro que puedo.

Bailan conscientes de ser el punto de mira. Todos permanecen a la expectativa hasta que Rosa exclama: «¡Ni me había pasado por la cabeza que Trinidad supiera bailar!».

—Los del Istmo dan sus pasitos; traen la música por dentro.

Roto el círculo del pudor, Trinidad la aprieta contra su pecho. A cada paso los interrumpen otras parejas, ancianos y hasta niños. «Tito, Tito, Tito, ¿no me reconoces?». «Soy Chayito, ¿que no te acuerdas?».

Entonces Trinidad, tan parco, tan secote, abre los ojos y se deja poseer. Bárbara no se ve por ninguna parte y cuando Rosa pregunta, Cibeles explica: «Es que está atendiendo asuntos de su tío». Mejor, Bárbara es una cabrona. Ojalá y atendiera los asuntos de su tío en el otro mundo.

—Yo no creí que Trinidad fuera capaz de relajarse.

Desde que llegó a Nizanda la emoción que embarga a Trinidad va en aumento. Agazapada en su garganta, ahora se desborda y anega sus movimientos. Así bailando, los rostros juntos, vueltos hacia la cámara, Cibeles les saca una foto en cuyo dorso Rosa escribirá más tarde: «La fiesta más bonita de mi vida, como yo nunca la había vivido, una cosa de sueño».

El fandango termina muy entrada la noche. «Mañana la pierna va a amanecerme como de palo, pero no importa, este día nadie me lo quita». Hasta el líder, que jamás inquiere si Rosa ha comido o cenado, se preocupa: «¿Ya tomaste tu medicina?». Y esto la hace pensar que la vida puede ser dulce.

Al día siguiente Tito, Rosa y una numerosísima comitiva salen a San Juan Guichicovi. Nadie comenta la ausencia de Bárbara. El líder señala un paraje: «Yo aquí veía a los mixes bajar con su bastimento, mi mamá les compraba sus gallinas». A cada paso recupera algo de su infancia, el primer palo viejo es un surtidor de recuerdos, motivo de alguna anécdota. ¿Te acuerdas? Entonces, con su brazo alrededor de la cintura de Rosa, Tito recuerda cuando se les escapó la vaca negra y la espinada que se dieron buscándola en la huizachera.

Trinidad trae el corazón zarandeado, hasta se inclina para cortar una flor, retener el sabor de alguna brizna de hierba entre sus labios y así como habla de los ferrocarriles, enumera las cosas de su tierra, el chile atole, los totopos.

—Mira, Rosa, ven a ver cómo se hacen... Asómate a este hoyo lleno de lumbre.

Con sus brazos renegridos, las mujeres palmean las tortillas para hacer los anchos totopos. «¿Ves, Rosa, ves?». El líder presume sus tesoros: «¿Alcanzas a ver?». El tiempo pasa como agua aunque Rosa se encela continuamente de las mujeres de gruesos pechos que se acercan a él, lo besan y abrazan, le pellizcan las mejillas, levantan su rostro entre sus dos manos, arriman su vientre al suyo sin el menor recato y le echan los brazos al cuello mesándole el cabello. Una de ellas, al ver el fastidio de Rosa, explica:

—A éste lo conocemos al derecho y al revés. Le hemos visto el pito desde que nació; por eso lo queremos tanto... ¡Tú no te enceles, m'hija! ¡A éste, yo le limpiaba la cola!

En el Sureste, la mayoría de las mujeres se ensanchan con la maternidad y pierden su figura de virgen. Sus grupas fuertes y vastas se mecen al caminar; para ellas ninguna parte del cuerpo es vergonzosa, nada hay que esconder; entre más abundante y más a la vista, mejor.

—Aquí son bien enseñadoras —comenta Rosa con su falda rabona.

Junto a esos seres lujuriosos y primitivos que Rosa ve comer con gula, Trinidad adquiere otra consistencia; su protesta —espada desenvainada— tiene un sentido impre-visible. ¿Cómo pudo salir de esta molicie?

—¿Cómo lograste estudiar aquí entre tantas distraccio-nes? —le pregunta Rosa.

—A la luz de un quinqué.

—No te pregunto eso... Lo que me asombra es que no te hayas decidido por pasarla bien.

—¿Qué no viste la pobreza de las sanjuaneras mixes? ¿No viste sus ojos? ¿No viste el peso que cargan en su ca-beza? —se irrita Trinidad.

—Pues de vivir aquí yo tomaría cerveza, espantaría a las moscas y me tiraría en la hamaca. A esto me invita el clima...

—Es que hoy es día de fiesta; pero deberías verlos entre semana. La gente de aquí es muy hacendosa, muy luchona, muy creativa, muy brava.

Bárbara, que ha regresado de su comisión, interrumpe:

—Tío, a las seis de la tarde van a venir por ti para lle-varte a Matías Romero...

—Ay, sí, de veras.

Cuando se disponen a salir en el Renault, camiones des-cubiertos con más de treinta muchachas vestidas de tehua-nas esperan en la carretera:

—Por favor, Trinidad Pineda Chiñas, pásese con noso-tros porque tiene que entrar a Matías Romero en un trans-porte de su categoría —le señala el presidente municipal desde su pick up.

—Tú también vente —se vuelve Trinidad hacia Rosa.

—No, yo no, mejor te sigo en otro coche...

Una caravana de diecisiete carros cubiertos de flores sigue a Trinidad en la pick up descubierta en medio de los arcos triunfales y de los brazos cubiertos de flores de las muchachas. Matías Romero lo ovaciona. Una tambora y una trompeta resuenan. Rosa sólo puede atisbar la cabe-za del líder entre las cabelleras floridas, los claveles tras la oreja y los trenzados de listones. Varias banderas on-dean: «Bienvenido», «Admiración y cariño», «¡Trinidad! ¡Trinidad!». Todo el pueblo viene a pie llevando pancartas: «¡Regresa a tu tierra Trinidad!». «Aquí te queremos». «Hijo predilecto de Nizanda» y a la entrada de Matías Romero los oaxaqueños extienden una manta con letras rojas: «Trinidad, Matías Romero te saluda y te quiere». Entonces Rosa desciende del Renault. Un mundo de gente grita vivas y aplaude, niños con guirnaldas lo vitorean y bañan de confeti y serpentinas la calzada que entra a Matías Romero apretada de gente que corea: «¡Trinidad! ¡Trinidad! ¡Trinidad! ¡Trinidad! ¡Trinidad!». Por segunda vez, después de Querétaro, Rosa se da cuenta de que la popularidad de su hombre va más allá de la Ciudad de México, la gente se lo dice a gritos y Rosa recibe los puñados de confeti como si fueran chorros de luz, guarda los pétalos de las flores, ríe con las mujeres que la rodean: «¡Cuídelo mucho, Rosita!», «Rosita, vea usted siempre por él», «Rosita, es usted muy afortunada». Hablan de Trinidad como de un santo al que hay que rezarle, se acercan para tocarlo y cuando se enteran de que ella es su mujer, llueven bendiciones que son peticiones: «Déle usted esta carta de mi parte; en sus manos está más segura». «Recuérdele lo de mi reinstalación». «Yo quiero que me cambien al Distrito Federal». «Mi pensión, señora, aún no la recibo, apúntelo por favor para que no se le vaya a olvidar». «Señora Rosa, aquí está mi nombre en este papelito para que usted lo guarde en su bolsa». Jaloneada, Rosa gira en medio del torbellino; entre nubes escucha lo que dice Trinidad en el jardín de la Sección 13, en la calle de Emiliano Zapata. Exhorta a los rieleros para que se unan al nuevo Movimiento Sindical Ferrocarrilero e impulsen un sindicalismo libre, limpio. El parque de Matías Romero y la estación negrean de cabezas redondas levantadas hacia él, el equipo de sonido amplifica sus palabras. Rosa se siente mareada, entre nubes también escucha los platillos de la banda; resuenan como el día del Juicio Final, relampaguea una esclava de oro que las compañeras de los rieleros le regalaron y apenas si alcanza a comprender la voz de una mujer mayor, profunda y ronca, dentro del barullo:

—Oye, Tito, ¿qué no me reconoces? Yo soy Margarita

García Flores, a quien ibas a ver cuando te regañaba tu mamá... Yo te daba tus tacos...

—Ay, Margarita, claro que te recuerdo...

—Tito ¿a que no sabes algo? Yo tengo una foto tuya de niño.

—¿Cómo?

—Sí, tu mamá me la dio a guardar. Ven a mi casa a verla, ven...

Rosa, tambaleante, sigue al líder ayudada por manos amigas y desconocidas. Mareada, le punza la pierna, las cosas empiezan a dar vueltas; le sonríen muchas bocas en las que relumbra el oro, aretes tintinean junto a sus oídos, pulseras y collares cercan su cuello, oro, filigrana, centavitos de oro, monedas y crucifijos de oro que refulgen. Junto a ella se agitan anillos, gruesas cadenas, otras muy finas, collares de cuentas, bolas, palomas, flores, el oro en pleno vuelo, oro, amarillo, mate, blanco, rojizo.

—¿Se quiere sentar, señora Rosa? Mire, aquí está la foto.

Saca un daguerrotipo sepia, en el cual un niñito más sepia aún mira confiado.

—¡Pero qué feo eras! ¡Qué gordito y qué feo eras! —alcanza a decir Rosa mientras vuelan miles de palomas de oro y la ciernen, a vuelta y vuelta, una y otra vez, hasta que ella también emprende el vuelo convertida en una paloma que lleva una carta en el pico mientras su envoltura humana cae pesadamente al suelo.

29

En la ciudad, Bárbara todavía aguanta la pérdida de su tío, pero en su tierra, el amor de Trinidad por Rosa se le vuelve intolerable. También los de Nizanda son insufribles. ¿Por qué aceptaron tan pronto la presencia de la espantosa amante de su tío? Bárbara se desliza entre las enaguas femeninas y a pesar de que saben quién es, las tecas miran sus pantalones y una codea a otra. Todavía es mal vista una pantalonuda, pero a ella le parece mucho peor el atuendo de Rosa, del brazo de su tío, con su estrecha falda corta de olanes, sus sandalias de tacón alto y sus uñas de pie laqueadas de rojo. ¡Pinche gorda cursi, cómo la odio! Su tío le tiende una mano para ayudarla y los ferrocarrileros aguardan respetuosos a que él atienda a esa mona de nailon de cabellos pintados y boca de puchero. ¡Ay, qué fuera de lugar está Rosa, por Dios! ¿Cómo puede gustarle a su tío este celuloide andante?

Al principio, Bárbara soportó a Ofelia, Cecilia, Gladys, Isabel, compañeras de lucha, porque a todas luces los amores de su tío serían pasajeros, pero en contra de cualquier pronóstico, el de Rosa se mantuvo. «¿Será que mi tío se está haciendo viejo? Supongo que mi mal humor salta a la vista. Sólo la imbécil de Rosa pretende no darse cuenta de los estragos que ha causado en la familia. A mí, la separación de mi tío me mata».

Bárbara magnifica las cualidades de Trinidad. No hay más hombre que él. Él es su Juan, ella su rielerita, ella ha recorrido con él todo el sistema ferroviario, ella es su máquina y su cabús, ella su estación primorosa, ella su riel. ¿Por qué entonces ese descarrilamiento? Nunca antes se había salido de la vía, ¿o sí?

Después de la muerte de Julio, Bárbara se enganchó a trenes de auxilio pasajeros y veloces, ninguno dejó huella. Claro, algunos fueron mejores que otros. «Tus orgasmos son cerebrales», le dijo Amaya Elezcano. Erre con erre cigarro, erre con erre barril, rápido ruedan las carros cargados de azúcar del ferrocarril.

Trinidad, la causa de tanto quebranto, sigue su vida como si nada. Nota el disgusto de Bárbara, pero ya se le pasará. Bárbara echa la película para atrás y las imágenes del pasado la mantienen viva. ¡Qué feliz la hicieron las manifestaciones!, ella siempre del brazo de su tío, la fuerza del codo a codo, los ojos atentos de los mirones, «¡únanse, únanse cobardes!». Eran todopoderosos, la calle era su gallina y los rieleros, conocidos por su hombría, la pisaban con sus zapatones, su paliacate al cuello, dueños de los transportes, dueños de los caminos, dueños de México. Y sobre todo dueños de su valentía ahora multiplicada por centenares de voces.

Al salir de la cárcel, su tío le encargó viajar a las distintas secciones para hablar del nuevo Movimiento Sindical Ferrocarrilero. «La sobrina del compañero Trinidad», dicen con respeto, pero no es lo mismo. Antes, las comisiones sabían a fiesta, un ir por la ancha vía pita y pita y caminando. Ahora los recorridos son una obligación y procura darle prisa para encerrarse en el hotel, a pesar de los muros salitrosos, la puerta despintada, la colcha lacia, las sábanas desamparadas. En la cama, insomne, la mente enfebrecida, Bárbara da vueltas a los recuerdos casi hasta el amanecer. ¡Qué calor! ¿Qué se hace contra ese calor? ¿Qué hago yo con el diámetro de mis ruedas motrices, la cantidad y largo de los tubos de calderas, la potencia, la longitud de biela principal de centro a centro, el mecanismo de válvulas, mis inyectores de agua, los tirantes de mis costados, los tubos de calefacción, las placas de tubos del lado de la caja de fuego, qué hago con esa caja de fuego y yo sin lubricador? ¿Qué va a ser de mí? ¿Qué va a ser de mí? ¿Quedaré integrada al acervo de algún museo histórico o tecnológico? ¿Me pondrán en un pedestal de cemento para hacerme monumento al lado de las máquinas de tracción y vapor o me almacenarán lejos de la vista del público? El cuerpo me arde y puedo masturbarme hasta incendiar mi caja de fuego, hasta que acaben doliéndome no sólo la mano sino todos los cilindros y bastidores. «Me voy a romper, voy a morir, me quiero morir». Todo le truena. Hecha astillas, los frenos descompuestos, Bárbara sostiene con su tío mudas conversaciones, yo te dije, tú me respondiste, yo hice, tú no llegaste, yo hablé alto, tú callaste, recompone la relación que la odiosa de Rosa rompió, ella, Bárbara, es la única mujer en la vida del líder, la indispensable a pesar de las amantes y resulta inaudito que su tío permita las intervenciones de una advenediza que nunca se la ha jugado y nada tiene que ver con ferrocarriles.

«¿No vino su tío, señorita Bárbara? Ustedes siempre juntos, es raro verla tan solita…», sus viajes a provincia son una tortura.

Sin Trinidad, Bárbara quiso volver a la iglesia que visitaron en San Cristóbal, bajo el cielo azul de Chiapas. Qué olor irrespirable, a vómito, a cuerpo abandonado, a desecho. En el suelo, los bultos humanos se pasaban la botella sin etiqueta y al terminarla, surgió otra que recorrió el camino de codos que se la empinaban. Mujeres envueltas en rebozos tomaban y Bárbara habría ido a acuclillarse junto a ellas para embriagarse, cuando de pronto un llanto de recién nacido rompió la hediondez y la devolvió a la realidad. Bárbara lloró con el niño, lloró porque el alcoholismo de los indígenas era un escape al que ella no tenía acceso, lloró más que nada por el abandono en que la tenía su tío, el destrozo del equipo, la pérdida de velocidad, el cambio de rieles, lloró porque para ella no había remedio, a su locomotora nadie le daría los primeros auxilios, ninguna casa redonda en la que refugiarse.

«No cabe duda, soy una máquina descompuesta».

A pesar de ella misma, Bárbara es cada vez más eficiente. Claro, se prende del trabajo para no irse a pique. El chaca chaca del tren lo trae en la sangre. Camina a su ritmo. Soy una locomotora humana, se repite, y en sus ojos resuena la canción que su tío le entonaba de niña: «Negrita de mis pesares, / ojos de papel volando, / a todos diles que sí, / pero no les digas cuándo...».

Ahora lo único que le permite ver a ese bendito tío son los acuerdos. «Hoy tengo acuerdo con Trinidad Pineda Chiñas», se dice al levantarse. Sale de la oficina sin un adarme de esperanza. ¡Y eso que ella ya es funcionaria importante! Por setecientos votos la eligieron vocera, jefa de prensa y relaciones públicas, responsable de combatir las mentiras de los políticos y los empresarios millonarios que despilfarran su dinero en Nueva York y en París. ¡Tanto zángano! Repite las palabras de su tío: es indispensable la crítica al gobierno, la acción en favor de los necesitados. Ya no queremos más revolucionarios de cartón. ¿Qué pasa con la Secretaría de Educación Pública? El país necesita producir y en lo único que piensa es en días festivos.

En realidad, Bárbara sangra por la herida, ir a Puente de Alvarado y ver la ropa interior de Rosa atravesando de un extremo al otro la única pieza la mata de coraje. ¿Acaso cree esa puta que la vida de su tío es un tendedero de brasieres y calzones? Trinidad ni parece verlo, o ¿será que está enculado?

Al terminar la entrevista ante un Trinidad indiferente, desciende la escalera a la calle con el corazón en los talones. ¿Hasta cuándo Dios mío, hasta cuándo?

Su tío ya no es el de antes. Recuerda con qué cuidado hacía listas de necesidades y cómo ponderaba cada desembolso, rieles, planchuelas, pilotes de pino, durmientes duros (hacha), durmientes blandos (aserrados), clavos, fierro estructural, ruedas para carro, combustible, carbón de piedra, y cuánto le preocupaba el estado del equipo, las locomotoras, los carros de carga y de pasajeros, las góndolas en un grado avanzado de desgaste y vejez por los años de guerra cuando se mantuvieron en servicio locomotoras del siglo pasado. ¡Qué heroísmo, cuánto esfuerzo, cuánto sacrificio el del gremio ferrocarrilero! En los talleres de Aguascalientes, los mejores del sistema, el material de mala calidad yacía a la intemperie, expuesto al sol y a la lluvia, centenares de trucks comprados para armar nuevos furgones, qué desperdicio Dios mío y también qué corrupción porque Estados Unidos vendía material de segunda, de tercera y hasta de quinta, la madera para la reparación de carros jaulas era nudosa y figuraba como de primera clase. Si esto sucedía en el mejor taller de la República, ¿qué pasaba en los otros? Trinidad entonces se volvía hacia ella y la abrazaba para consolarse. Hacía muchos meses que Trinidad no veía sus piernas fracturadas, su brazo colgante, su cara desfigurada, sus pedazos dispersos sobre los durmientes. «Mira lo que has hecho conmigo, tío».

Si ellos eran una familia ¿qué había venido a hacer Rosa sino a sembrar la discordia? Pelancha y Chanita la detestaban y si Nicho viviera la habría repudiado. Don Trinidad y doña Luisa seguro la corren. «¡Lárgate, puta mal parida!». Ellos, los mayores, desconocían las falsas cortesías de la capital. Bárbara pensaba en Sara. ¡Pobre, cómo había sufrido con su tío tan coscolino!, pero ¿por qué se dio tan pronto por vencida?

Gato boca arriba, Bárbara no podía identificarse con los que aceptan su derrota. Sara decidió volver a su tierra con los hijos y el que se va a la villa pierde su silla. ¿Por qué no defendió lo suyo? ¡Entre Sara y Rosa, mil veces Sara!

Vivir el presente era una tortura y el pasado se volvió su refugio. Ojalá y yo fuera una iguana, ojalá y me cargaran en la cabeza, o de perdida me rajaran como a ellas: «Guchachi' Reza».

A toda hora, como disco rayado, escuchaba la canción de su infancia, allí va un tren cargado, cargado, cargado,

cargado ¿de?: carbón, jitomates, leña, plátanos, sandías hasta que le señalaba un tren cargado de Barbaritas, el mejor cargamento del mundo, concluía en la ternura de una sonrisa que todavía la calentaba.

TERCERA PARTE

30

—Tengo miedo. Que vaya Nicho.

Su padre se volvió a verlo. Más bien feo, mofletudo, envuelto en grasa, Trinidad no era un niño agraciado.

—No, pues ahora vas tú.

—Que vaya Nicho —lo secundó Na' Luisa.

El padre y la madre discutieron en zapoteco.

—Tiene que ser hombre —gritó el padre.

—Tienes que ser hombrecito —repitió ella sin convicción, porque en Oaxaca es mejor llegar a mujer e incluso los varones prefieren serlo y sus madres lo estimulan «así te quedas conmigo y me ayudas al quehacer».

—Me quiero quedar con mi mamá.

—¿Haciendo cosas de mujer? ¡No! ¡Hoy nos vamos!

El miedo afea a la gente y el niño se ve aún más feo. Hubo un tiempo en que de tan gordo creyeron que se asfixiaría por la ropa apretada, lo desnudaron y siguió sin responder, sofocándose, el grito atorado entre los cachetes y la papada, hasta que logró llorar como ahora que le escurrían lagrimones más grandes que sus ojillos negros.

—Te compro un caballo como a Nicho —lo alentó don Trinidad.

¡Cuantas veces lo ofrece se encuentra con el rechazo del chiquillo! Un miedo incontrolable, al campo, a la milpa, al azadón, al caballo, a ir a la escuela. ¡Y eso que a él le gustan los papeles!

—Ni a la escuela pude meterlo —informa su hermano Dionisio que lo tomó de los hombros para empujarlo a la sección de hombres. Una vez dentro, todo se le fue en llorar sin que nadie lograra callarlo hasta que la hermana mayor, Pelancha, intervino:

—Vamos a mi escuela, a ver si ahí se te quita el miedo.

¡Escuelas mixtas, ni soñarlas! Hombres por un lado, mujeres por otro, pero al ver al niño tan pequeño la maestra hizo una excepción.

—Bueno pues... Bendito seas entre las mujeres, Trinito.

Pelancha comprobó que sólo lo tranquilizaban las enaguas; las de su madre, las de sus hermanas.

El compadre Trinidad intentó recordar cuándo había comenzado a tener aversión por el único de los hijos que llevaba su nombre, quizás el día en que vio las amplias enaguas tehuanas revolotear en torno al niño de escasos años y él les pidió la carta recién entregada por el cartero, la desdobló con sus manitas regordetas, fingió leer y formuló despacito: «Man-da, pá-ta-no, man-da-pa-ta-ni-to, manda huevos, manda gallina, manda guajolote, manda mole pa' co-mer» y una cascada de risas rubricó su esfuerzo. «¡Ah, conque el sabio de la familia!». «¡Yo ya me lo he encontrado con su cabecita metida dentro de una revista! ¡Qué rorrito más lindo! ¡Cada vez que viene carta de Coatzacoalcos, él quiere leerla! ¡Fíjate Pelancha qué bien se acuerda del pedido de las pencas de plátano de la última vez! ¡Va a ser bien inteligente!». Riéndose aún Chanita lo levantó en hombros. «¡No tengas miedo, mi vida, no te voy a soltar! ¡Míralo cómo se ve con su barita, parece muñeca de aparador!». Don Trinidad azotó la puerta; no compartía la algarabía familiar, en cambio, en casa de los Pineda Chiñas, hasta los vecinos se desbordaban frente al último de los nueve niños porque desde pequeño ejerció una gran atracción: «¡Ay, déjame cargarlo! Lo quiero sopesar. ¡Pero qué chulo!».

Su hermana Esperanza le cortó puras baritas de mujer amponas y giratorias porque le caían bien a su cuerpo rollizo de trompo chillador. A Trinito le gustaban los trompos e incluso le pedía al Niño de Atocha:

—Óyeme, Niño de Atocha, devuélveme mi trompo; no encuentro el azul grandote, búscame tú el verde con amarillo.

La hilaridad femenina acogía su rezo: «¡Ay, me lo como a besos! ¡Miren nada más, con tal de no moverse y buscar él mismo, le pide al Santo!».

El trompo era el único juguete de hombre que tenía porque a él le encantaban ¡uy! las muñecas, las traía de la mano, las vestía, las bañaba y una risa que les daba a las hermanas verlo apurarse para arrullar a «Rosy».

—¡No, pues éste no va a llegar a hombre! —decían las tres mujeres que quedaban de los nueve hermanos, Flavia, Susana y Esperanza. A los niños de escasos años se los llevaba el tifo, la influenza española, la malaria, el paludismo, pero sobre todo el hambre a raíz de las malas cosechas.

Entonces la madre lo tomaba en brazos. Con él la embargó un sentimiento de culpabilidad porque sus pechos no dieron leche y tuvieron que recurrir a la vecina Evarista Cielo que acababa de tener un hijo y aceptó amamantarlo. Al recuperarlo, la madre lo hizo engordar tanto que un día por poco y se le ahoga en su propia grasa. A ninguno de sus hijos lo atendió como a Trinito, por ninguno se enfrentó al padre:

—Tú llévate a Nicho… A Trinito no le sienta el campo.

—Mira cómo lo tienes metido en tus faldas haciendo cosas de vieja.

—Déjame a mi «shunco», yo sé cómo.

El padre se replegaba sobre Nicho, compañero de pesca, de cacería, del arreo de ganado y la carga de mercancía. De vez en cuando, al ver al otro sentado en el suelo, su bata holgada redondeándose sobre el piso, una revista sobre sus rodillas, don Trinidad embestía, corajudo:

—El lunes me llevo a este chamaco.

El niño rechoncho levantaba hacia él sus ojos de capulín, demasiado fijos, demasiado temerosos sobre todo cuando se posaban sobre la figura paterna.

Don Trinidad no tuvo conciencia de que Trinito le tenía miedo hasta a su propia sombra y vivía entre los espantos porque tanto él como su mujer —fuera de un rudimentario intercambio de palabras— contaban historias en zapoteco sobre aparecidos y ahorcados, y aunque Nicho y Trinito nunca conservaron el zapoteco, lo entendían. Los binizá, los *binnigula'sa'* guiaban en la vida a los pueblos indios, eran sus abuelos y el idioma les parecía infinitamente más dulce a los niños que la castilla. Entendían las metáforas de la mañana hecha flor, de la tarde hecha hueso y el dios cristiano, que castiga con el diluvio universal, les resultaba mucho más temible que los *binnigula'sa'* que juegan a la orilla de los caminos. Unos días antes, el compadre Juan había encontrado a un hombre sin rostro a caballo que llevaba un sombrero grande —en zapoteco le decían *sombrero-hro*— y el sin rostro del gran tocado se puso a platicar con él y en el momento menos pensado desapareció.

Dionisio se dormía sin escuchar el final, pero el niño Trinidad, con los ojos dilatados por el espanto, alimentaba su imaginación con el golpear acompasado de hombres de piedra y muertos que regresan. Por eso, cuando el padre le advertía: «Vamos a irnos al rancho», sus pesadillas se volvían intolerables. Nada le parecía más temible que el monte que había que atravesar para llegar al rancho.

Don Trinidad iba de Santa María Xadani a Santo Domingo Petapa, de Asunción Ocotlán a San Juan Ihualtepec en Silacayoapan, de Tlaxiaco a San Miguel Soyaltepec y a Santa María Zacatepec en Tuxtepec. Recorría Sarabia, San Pedro Comitancillo, El Jordán, Santo Domingo Tehuantepec y Boca del Monte. Se ufanaba de conocer los cincuenta y seis municipios de Oaxaca donde mercaba sus puercos y sus verduras. No importaba que tardara varios días, él llegaba. Sus compadres, Víctor de la Cruz en Miahuatlán y Anselmo Meixueiro en Tequisistlán, lo recibían con los brazos abiertos y el mezcal de las grandes ceremonias. Na' Chiña y Na' Gudelia le daban a probar sus guisos de iguana y tortuga y le regalaban bolsitas de camarones. «Llegaste a tiempo para la Guelaguetza». Temprano agarraba camino montado en su caballo con sus dos mulas bien cargadas y allá iba lejos hasta Huajuapan donde lo esperaban otros amigos. De conocer tantos caminos, había adquirido un antiguo conocimiento de la naturaleza, sus poderes y sus trampas. A veces se iba por la vía del Ferrocarril del Istmo de Tehuantepec porque llegaba más pronto. Muchos lo saludaban con respeto. Para él, caminar era lo propio del hombre, caminar, empuñar la coa, sembrar maíz, mercar frutos, echarles forraje a las bestias y llevarlas a beber al apantle, porque sin agua, tanto las bestias como él morirían de sed.

El padre lo sube en ancas. Lleva su rifle, un itacate con cecina, tortillas y frijoles que recalentar allá en la montaña.

El rancho tiene una extensión de cien hectáreas en arrendamiento por noventa y nueve años. Salen los lunes en la madrugada y si han terminado, regresan al fin de la semana. Duermen al descubierto bajo una techumbre que el padre improvisa, una mísera cubierta de varas de palma, hojas de platanillo y zacate.

El rancho, como orgullosamente lo llama don Trinidad, consta de dos terrenos alquilados a doce kilómetros de Nizanda en los que siembra maíz. El padre abre surcos, Trinito echa la semilla y la tapa. Al atardecer, padre e hijo regresan a la palapa y se tiran a dormir. Antes, el padre hace una fogata grande para que dure toda la noche y sólo tenga que levantarse una o dos veces a alimentarla.

En la noche bajan los tigrillos escurriéndose entre las palmas. A pesar de la fogata para espantarlos, se les oye pasar muy cerca de la palapa; los delata su rugir lento, rauco, hambriento.

—No te asustes; ésos no vienen. La lumbre los ahuyenta.

El niño se encoge de terror y el padre mantiene la escopeta al alcance de la mano.

—Vini, ¿cuándo regresamos a la casa?

—El sábado.

—¡Pero si todavía falta mucho para el sábado!

—Vamos a almorzar.

A lo mejor por el hambre, el almuerzo en el campo es muy sabroso, los frijoles recalentados espesan bonito y la cecina cruje como la leña. Luego, con suerte, el padre caza alguna chachalaca, un conejo y con más suerte algún venado que destaza y entonces la carne fresquecita es un manjar. La de venado es la carne más rica del mundo.

—Y ahora, ¡a trabajar!

Siembran en un llano encajonado por muros de mangle entrelazado. También el calor se concentra entre los montes y el sol doblega los hombros. El llano le da a Trinito una sensación de aislamiento que lo hostiga tanto como su gordura.

—Papá, ¿cuándo volvemos?

Todas las mañanas la misma canción a pesar del cuchillo grande, con una cacha plateada en forma de elefante, que él cree machete, regalo de su padre. Con él, limpia el monte y con él también sacude las ramas de los árboles para que caigan las piñanonas, los mangos, los zapotes como bolas de tierra, las pencas de plátano, las naranjas que llueven sobre sus hombros y se hacen muchas. Estas frutas macizas sueltan unos polvillos «ahuates» que se pegan a la piel y ¡es una comezón en todo el cuerpo!

El niño y el hombre apenas si hablan. En realidad, el padre informa cómo barbechar, en qué época debe sembrarse el frijol, cuándo el ajonjolí, por qué al arroz hay que protegerlo con un bordito en las laderas para que en tiempo de aguas la lluvia no se lo lleve, hasta que advierte: «En el nombre de Dios, vamos a comer» y al mediodía regresan a comer y ¡a trabajar de nuevo hasta la caída del sol! «En el nombre de Dios, vamos a dormir». Ya para entonces lo único que cabe es tirarse bajo la palapa y caer como piedra en pozo. Trinito todavía tarda un poco; sigue con la vista el bullicio sin pausa de los cocuyos y cuando su luz le llena los ojos es porque ha amanecido y lo sobresalta de nuevo la voz: «En el nombre de Dios, levántate». El sol entra y el niño de pantalones cortos se estira para rascarse las piernas pintas por los piquetes de moscos. Al padre también lo pican, pero no tanto.

—¿Cómo a tu hermano Nicho no lo molestan? Es más hombre que tú. Será que tú tienes la sangre dulce. Para la próxima tráete unas medias largas de mujer.

Toda la noche arde la fogata para ahuyentar a los tigrillos. A Trinito, los zancudos le quitan el sueño.

—Hay que hacer humo para alejarlos.

Don Trinidad barbecha en forma totalmente primitiva y su hijo interviene:

—Si una máquina de motor abriera los surcos en vez de la coa, iríamos más aprisa.

Don Trinidad lo mira con desconfianza. ¿De dónde le salen esas ideas?

¡Cuánto esfuerzo! ¡Cuánto tiempo! ¡Qué tormento trabajar la tierra!

—¡Lo que hacemos en el campo es embrutecedor!

—El sábado en la tarde regresamos —lo tranquiliza su padre.

—¡Híjole, falta mucho!

—Mira nada más el señorito…

—Papá, aquí hasta el viento quema.

—Déjate de contemplaciones y trabaja como Dios manda.

—Siempre Dios, siempre Dios. ¿Dónde está Dios?

¡Qué hijo tan irritante!

Los árboles se alzan en coro, las ramas entrelazadas le cierran el paso codo con codo y Trinito las mira con aprehensión: «Se me vienen encima y no hay por dónde salirse». «En el nombre de Dios» del padre retumba en el muro de árboles y el eco lo devuelve. «En el nombre de Dios, en el nombre de Dios, en el nombre de Dios». Nunca ven un alma, sólo Trinito alega que una noche se le apareció un hombre con sombrero, sí, un jinete y su montura. No, no era el calor, él lo había visto, negro, contra el cielo rojo, negro como un recorte. El padre lo amonesta: «Tito, no seas

311

tonto, tú no viste a nadie, por acá nunca anda nadie». «Sí, los chaneques, papá, los chaneques». Enojado, el padre calla al hijo y se hace el gran silencio del campo, un extraño silencio sideral como si la Tierra fuera un planeta nuevo, un planeta sin órbita. Sólo de vez en cuando los chillidos de los monos los hacen levantar los ojos. Chillido y salto, salto y chillido, colgados de rama en rama, acompañan con sus gritos a los intrusos. «Mira, la hembra brinca con su hijo bien agarrado a su espalda o colgado de su vientre», se admira Tito.

Aunque los changos son un buen entretenimiento, lo remiten a su madre: «Ahorita estaría pegado a ella como el mono». La recuerda bajita, hacendosa, dos trenzas cayéndole sobre la espalda, el huipil del diario y la enagua floreada, su rostro redondo cacarizo de viruelas. A él le gustan estos huequitos que reconoce con la yema de los dedos.

Su madre intercede a su favor: «Mejor llévate a Nicho...». Trinidad ayuda en los quehaceres de la casa, arma huacales y sobre todo se arrellana junto a ella en la noche:

—Mamá, no me gusta el campo —llora hasta que ella lo quiere mucho.

Sin embargo, Trinidad anhela complacer al padre. Ve cómo lo respetan los campesinos de los alrededores, los mixes y los zapotecos se dirigen a él con reverencia, le piden consejo como aquella vez en que el niño en ancas sobre el caballo paterno escucha a un campesino:

—¿Qué tal Ta' Trinidad? ¿Qué tal, cómo está? ¿A dónde va?

—Voy al rancho a ver clarear la milpa. Y tú, compadre Benjamín Pérez, ¿qué pasó contigo, cómo está tu milpa?

—¡Ay, Trindidadito! ¡Aaayyy! ¡Ay de mí, Ta' Trinito! ¡De noche te jodo y de día temprano te jodo con todo y tu familia!

El compadre Trinidad se despide y el hijo, agarrado a su cintura, siente cómo lo sacude la risa refrenada frente al compadre Benjamín Pérez. Ta' Trinidad tiene muchos amigos, lo invitan a las velas, comparte el tequio, el «gozona» a la hora de la boda y a la hora del entierro. Al compadre Benjamín Pérez le va mal en su milpa porque de noche baja el mapache a comerse la semilla y durante el día los tejones se acaban las mazorcas.

La señal de regreso la da el padre al pisotear la lumbre, «échale tierra». Recoge el azadón y la coa, un costal a medio llenar de maíz y un conejo colgado de las orejas.

Con el hijo en ancas va abriéndose paso con el machete. Los matorrales llenos del zumbido de insectos, de serpientes dispuestas a saltar, la coralilla y la víbora sorda con un cascabel tan sonoro que en el Istmo los músicos lo amarran a la cuerda de la guitarra para tocar más fuerte.

—Papá, ¿las víboras no oyen?

—Quién sabe. Un día te agarro una…

Tito se estremece sobre el caballo. En un viaje, el padre apresó una bejuquilla verde que no se distinguía de los bejucos, y ésta, al querer escapar, dio de fuetazos y le pegó tan fuerte a don Trinidad que la dejó ir ante la mirada aterrada del hijo. No entendía el gesto temerario de su progenitor, su risa, su lucha contra el reptil, el juego entre el hombre que reía y la culebra que se debatía. ¿Para qué? ¿Para qué correr ese riesgo si la mayoría de los animales ganan? Desde entonces, Tito regresó a su casa mirando hacia arriba para que no lo sorprendieran los matorrales movedizos y cambiantes como los peces cuya sombra veía deslizarse en el fondo del agua o como el agua estancada, hirviente de insectos en la que chapotea y resbala el caballo.

A pesar del clima caluroso llueve mucho y la lluvia nutre el pantano. Encima de su cabeza están los cedros, la leche maría, qué dulce nombre, de la que los leñadores sacan unas tablas muy resistentes para los techos ¡mi casa techada de leche maría!, el guayacán, que rompe el hacha porque tiene el corazón negro, los encinos, montañas de bosques cruzados por loros de alas estridentes y faisanes gordos como guajolotes que vuelan mal, lastrados por su propio peso, y que el padre mata de un tiro y amarra a su montura, la sangre escurriendo sobre el pescuezo del caballo.

Entonces entran al paraíso del patio umbroso y sale ella secándose las manos en el delantal:

—¿Ya vinites, mi Tito?

¡Qué sensación de amplitud y de frescura!

Lo toma en brazos. Nunca lo ha llamado por su nombre: Trinidad. Se le dificulta tanto la castilla que sólo alcanzó a decir «Trinito» y con el tiempo derivó en Tito.

Cada vez que el niño oye el sonido de cascos o el galope atropellado de algún animal, se repega a su padre, el rostro vaciado de todo color. «¿Qué tienes?, ¿qué es lo que te pasa ahora?», pregunta irritado por encima de su hombro al hijo sentado en ancas y Tito responde avergonzado: «Es que me acuerdo de los marines». El padre entonces dobla el brazo y le palmea un muslo no para reconfortarlo, sino porque lo sorprende la memoria de su hijo: «Si estaba usted muy chiquito, ¿cómo se acuerda?». Tito lo irrita y lo sorprende a la vez.

Una manada de marines entró a Nizanda. Detrás del «tambor» que encabeza la manada y señala el camino, venía la tromba de puercos salvajes. Negros. Color carbón. Negros como el diablo. «¡Los marines, son los marines, córranle, corran, enciérrense, pueden matarnos!». Tenían la fuerza de un caballo y la brutalidad de un jabalí. Los niños se escondieron, única reacción ante lo inesperado, la tierra empezó a retumbar bajo los cascos y no tardaron en oírse los tiros de las armas de fuego, un escándalo de relámpagos y estallidos. Tito vio por una rendija a los vecinos apuntando con su escopeta; veinte animales del rebaño se desplomaron, revolcándose, el hocico partido, los cazadores habían dado en el blanco. Los otros seguían adelante apretándose los unos contra los otros en una larga cabalgata hirsuta y negra.

Cuando se apagaron los tiros, los niños fueron a ver la tierra levantada por la horda de jabalíes y los cuerpos tumbados aquí y allá, encharcándola con una sangre espesa. Algunos aún gimoteaban, sus patas se sacudían mientras la sangre fluía trazando un arroyo bajo el cuerpo abatido. A pesar del miedo, Trinidad vio los ojos de uno de ellos, luminosos, expresivos:

—¡Niños! ¡A comer marines!

Las mujeres bajaron de la azotea unas cazuelas hondas desconocidas, incluso las había de cobre, e hicieron fogatas. Empezaron a destazar los animales, unas con cuchillo, otras con la sola fuerza de sus manos. Metían en las ollazas los enormes trozos de carne sanguinolenta. La carne de marín es como la del chivo: para que no apeste hay que quitarle la paleta, una bolsa verde oscuro en la cola, porque amarga, pero ese día como tanta gente mató marines y los destazó a toda prisa, algunos la olvidaron y la carne se corrompió. ¡Tantísima carne y no poder comerla!

—Vamos a tirarla al agua —dijo uno de los hombres.

—Al fin que el río desemboca en el mar y se la comen los pescados.

Estaban por rodar las asquerosas piezas al margen del río cuando intervino el compadre Trinidad:

—¡No hagan eso, no ven que envenenan el agua! A los peces hay que cuidarlos. ¿Qué tal si se mueren?

—Mejor quememos la carne.

En vez de cavar una fosa, hicieron grandes fogatas y durante días se esparció la fetidez de los marines. «Nos vamos a asfixiar con este aire». La gente se hizo cruces. Una neblina putrefacta, un caliche amargo cubrió al pueblo y hasta Ixtepec llegó el hedor abyecto del destripadero.

—Esto es horrendo —le dijo Tito a su padre.

Los marines fueron el gran tema hasta que llegaron al pueblo otros «marines», trescientos hombres comandados por dos generales. ¡Pura gente rubia y blanca, ajitomatada por el sol y con los pantalones y las camisas endurecidos por el viento y la lluvia! Entraron al pueblo de noche y lo despertaron al tocar de puerta en puerta. «Queremos comer». En casa de la familia Pineda Chiñas, las hermanas, encogidas de miedo, se acercaron al comal a echar tortillas.

—No, de ésas no, háganlas de harina...

En el patio de carga de la estación de Nizanda, treinta furgones repletos de maíz, piña, frijol, gallinas aguardaban. «Mañana salen a Coatzacoalcos». «Pues fíjense que ya no».

Los extranjeros vaciaron los furgones, sacaron la harina y la repartieron.

Así fue como Nizanda aprendió a hacer tortillas de harina.

Mientras se abastecían y se secaba su ropa, los marines acabaron con el pueblo, la comida, el agua de río, el aire y la respiración de las muchachas, temerosas y curiosas a la vez, con quienes pretendían chancear olvidando la bravura de las tehuanas.

Las madres encerraron a sus hijas y los marines se echaron para atrás porque su gallarda figura imponía más que la de los hombres.

Los rebeldes saquearon tres tiendas; colgaron trozos de cecina del cuello de los caballos y ataron gallinas con cinchos de cuero a la cabeza de su silla. En un saco metieron la sal que comían a puñitos y sobre los lomos de las mulas subieron costales de harina, frijol y pastura.

A la madrugada siguiente, alguien les dio el pitazo de que venían otras fuerzas, entonces vistieron sus trapos secos y le prendieron fuego a la estación. Hijos de la chingada. Espolearon sus monturas y salieron rumbo a la sierra. Se oyó un ululato, algunos fogonazos y luego el silencio. Gracias a Dios llovió todo el día, porque si no se acaba el pueblo, la mayor parte eran casas de palma. La lluvia, en cambio, no pudo preservar los furgones y su llamarada alumbró la población entera. Muchas boñigas ensuciaban el andén; los marines habían convertido la estación en caballeriza. El crepitar del fuego se oía hasta en los parajes más alejados, el espeso humo blanco subía como la espuma de la leche. Nadie pudo acercarse a la estación porque un viento de lumbre azotaba la cara. Luego se apagaron los chispazos y el resplandor se hizo ceniza. Todavía hoy, cuando se le pregunta a la gente quiénes eran los güeros dicen que no lo saben; sólo aseguran que si no llueve ese día, el pueblo se acaba.

Durante muchos años, al atardecer, el compadre Trinidad recordaría a los temerarios del norte. Él, que no se doblegaba nunca, atento a la menor ofensa, dispuesto a morir, embozado en su poncho oscuro, vigiló día y noche. Apagado el incendio, cuando ya no hubo gente en el pueblo, se metió a su casa y ordenó a su familia: «Vamos a echar una dormida».

La vida volvió a su curso de río, al fluir de las enaguas que caen de la cintura para abajo, a la tierra apisonada donde se amortigua el ruido.

Mientras se afanaban en la tarea diaria, los mixes que bajaban del nudo montañoso del Zempoaltépetl, a más de tres mil quinientos metros sobre el nivel del mar, sólo hablaban unas cuantas palabras de español. Creían en el espíritu del maíz, en el huracán, en la lluvia y les hacían ofrendas de copal. Se detenían azorados a observar los ires y venires de las hermosas hijas de don Trinidad, su andar cadencioso, sus brazos fuertes. Se asomaban al patio trasero y uno de ellos llamó:

—Oye Ta' Trinidad, quiero casarme con Chana.

—¿Ya le hablaste a Chana?

—Bueno, si Chana no quiere aunque sea Pelancha.

—Tendrás que pasarte un año en nuestra casa para ver cómo eres —reía don Trinidad.

Los mixes solían acuclillarse bajo un árbol frente a la casa de la familia Pineda Chiñas. Ahí permanecían al acecho, temblando cual venados. Hasta que Chana, la dulce, la dócil Chana los bañaba a cubetazos: «¿Qué hacen estos indios piojosos aquí? ¿Qué tienen que andar viendo? ¿Por qué han de pararse en mi casa?».

A partir de los marines, a don Trinidad, humillado por los güeros del Norte, le dio por desaparecer días enteros. Imposible olvidar esos días de suplicio, tanta ofensa y no poderla contestar. Sabía sortear peligros y encontrar soluciones inmediatas, pero a pesar de su valentía, los güeros lo habían derrotado.

—Los marines me cambiaron la suerte.

Sus hijos iban a recogerlo a la cantina. «Usted no es el único —le informaron—. También al presidente Madero lo asesinaron».

31

—¡Bárbara! ¡Bárbara! ¡Bárbaraaaaa! ¡Bárbaraaaaa!

Bárbara oyó cómo las últimas vocales se mecían en las ramas más altas y siguió adelante como si todavía la persiguieran. Cuando ya no pudo más, dejó de correr y se puso a hablar en voz alta, con el poco aliento que le quedaba. Tenía la costumbre de dialogar consigo misma durante horas para quejarse de su suerte. Hacía tanto calor que se quitó su falda de enredo, su huipil y su tlacoyal. «Si alguien me ve, se lo dirá a Na' Luisa, y qué me importa, al cabo y al fin ni es mi mamá». Este pensamiento le dio el miedo que da enfrentarse a la verdad. Tenía la nuca empapada de sudor bajo la espesa mata de pelo destejido de los estambres del tlacoyal que caía negro y rizado; el sudor también le caía en la espalda, mojaba su fondo hasta llegar a los calzones. Entonces se lo quitó y lo hizo bulto. Ahora sí, el torso al aire como las indígenas, se sentó junto a unos breñales. El calor zumbaba como el horno de la locomotora que la emprende a México. «¿Y yo cuándo me largaré de aquí?». El calor seguía girando, pero no iba a ningún lado; se detenía en sus hombros y los horneaba. «Está como lumbre». A esa hora se hinchaban las guanábanas y los plátanos bajo su cáscara, la tierra era un hervidero de insectos y culebras, Bárbara se limpió el pecho mojado con la mano: «¿Cuándo me saldrán los corazoncitos? ¿Cuándo?». Las chachalacas y los loros con sus gritos burlones le hacían eco. Entonces empezó a llorar.

Bárbara se acostumbró a llorar sobre sí misma. Su imagen ante el espejo le humedecía los ojos. El labio superior se deformaba y los ojos desaparecían dentro de la piel enrojecida, la nariz mojada como la de un becerro. Los ojos le ardían cual brasas mientras rumiaba sus rencores. Al principio sus tíos inquirían: «¿Qué tienes? ¿Qué te pasa?», le ponían el brazo alrededor de los hombros y Bárbara entonces se hacía del rogar, moqueaba con la esperanza de que siguieran interesándose por ella, pero terminaban por fastidiarse y dejarla a solas con su resentimiento. Na' Luisa sentenciaba: «¡Es una caprichuda!».

La condena la seguiría a lo largo de los años.

Era cierto. Centrada en sí misma, la niña se consentía, pero sus lágrimas tenían mar de fondo. Huérfana, compartía el hambre y el ambiente rígido de la casa de sus abuelos. De pequeña, caminó tras de ellos enredándose en las enaguas de Na' Güichita y de su tía Esperanza, su tía Chana, su tía Flavia:

—¿Qué quieres, niña?

—Hazme cariño.

Primero reían y la alzaban en brazos, pero más tarde las fastidió:

—¡Pero qué criatura tan empalagosa! ¡Qué cariño ni qué nada! ¿Qué crees tú que no tenemos quehacer?

—Mamá, arrúllame…

—¿Ahorita? ¡Pero si no es hora de dormir! ¿Pues cómo te tendría Olivia para que se te ocurran semejantes payasadas?

—Entonces voy a buscar a mi papá Trinito.

—No me digas papá —se cabreaba Trinidad.

Todos eran mamá, papá, papá Tito, papá Nicho, mamá Pelancha, mamá Chanita, mamá Flavia, pero llegó un momento en que esta multitud de padres y madres protestaron y Tito la amonestó:

—Mira, sobrina, apenas si te llevo unos años.

Despechada, Bárbara siguió chiqueándose. Se aferraba a la cuna como la negrita a quien se le salen *loj piej* de la canción cubana; abandonó la mamila como si la lanzaran al vacío. El plato sopero era un mar embravecido en cuyas orillas no podía aventurarse, el vaso de leche no tenía fondo, hubo que pegarle para que dejara de chuparse el pulgar deformado por tanta succión.

Ávida de ternura, creció a jalones, las manos siempre extendidas; «¿Yo qué tengo? ¡Nada! ¡Nada...! Todos en Nizanda tienen algo y yo nada más corro de una casa a otra buscando a alguien que me haga caso».

—Niña, todos te quieren...

—Sí me quieren, pero no como yo quiero que me quieran.

Había tanta autenticidad en su voz que Trinidad no tuvo más remedio que mirar largamente a su sobrina. ¿No era ése el destino de todos, que nos quieran, pero no como queremos que nos quieran?

—Bárbara —le ordena su abuela, Na' Luisa—, ve a cortar tulipanes.

A Bárbara le choca cortarlos porque tiene que sacudir la rama y el rocío la empapa. En cambio, la huerta y la enramada de flores de cera junto al corredor son de todo su gusto porque las flores parecen artificiales, blancas como pabilos, su aroma se hace más penetrante a medida que sorben el agua que las levanta altas como santas de iglesia. Bárbara rasga sus pétalos carnosos con la uña, entonces lloran y se secan al instante, caen al suelo como grandes sobres blancos y perfumados.

—Ya las maté, ya acabé con ellas —siente una secreta satisfacción.

En el Istmo, hombres y mujeres construyen una pieza para dormir, otra para recibir, otra para cocinar. Entre la cocina y la casa, Na' Luisa levantó un puente de madera y de cada lado plantó un croto de hojas de ala ancha atravesada por estrías anaranjadas, amarillas, azules, violetas, rojas como venas a punto de reventar. Los crotos forman un arco encima del puente, de suerte que el que cruza emerge mojado de rocío. La huerta amanece con un tendido de tulipanes y esta blancura ejerce sobre Bárbara una fascinación que la hace tirarse pecho a tierra, el rostro escondido entre las flores.

—Miren nada más a esta niña, echada como gusano barrenador.

Bárbara se come los tulipanes, su huerta es lo más íntimo, lo más profundo, su jardín es ella misma y sobre todo, el descubrimiento de su sensualidad. Bajo sus yemas, la textura de los pétalos macizos que sólo se dan con mucha agua la perturba como la inquieta el calor húmedo que rezumba de día y de noche; adquiere entonces un sentido muy fuerte del misterio de la vida; cada planta tiene algo desproporcionado que la hace más deseable.

—Bárbara, ¿los tulipanes? ¿Qué no ves que vamos a ir al panteón?

—Bárbara, la ropa, ¿cuándo vas a tenderla? ¿No te das cuenta de que se percude?

—Bárbara, las ramas frescas para barrer el horno del pan.

El pan se hace en casa y el más rico es el de Na' Luisa. «Es porque tiene tanto huevo». Cuando terminan de arder los leños y quedan las puras brasas, Tito se encarga de traer ramas frescas para barrer el horno, pero la niña lo ayuda como también ayuda a la colecta del café. «Por meterte al río sin permiso, ahora vas a cortar café». Nada tan laborioso como recoger esas bolitas duras que se dan en racimo y nunca se acaban porque las ramas que crecen entre los árboles de guayacán, de caoba y de cedro cuelgan hasta el suelo de tan cargadas.

La guanábana es una planta muy noble que necesita sentirse mimada para dar de sí, dejarse venir, aflojarse, desprenderse del árbol, ablandarse en la tierra caliente y entonces soltar su perfume. Los árboles de guanábana crecen en el jardín bajo una llovizna delgadita que cae durante la noche y en la madrugada se desploman con un quejido húmedo y gelatinoso y Trinito le dice a Bárbara: «Mira, tú eres igual a la guanábana, requieres de muchos cuidados y si no te los dan te enojas».

Bárbara reconoce a las guanábanas por el olor. Salta de la cama y efectivamente dos o tres parecen esperarla. Reventadas en el suelo, su perfume es aún más fuerte. Entonces Na' Luisa y ella las despulpan, sacan las semillas negras de la masa blanca y olorosa y la convierten en refresco para mediodía porque es la fruta preferida de don Trinidad.

En la huerta crecen dos árboles de mango, uno de mandarina y otro de naranja japonesa, un cocotero que no da, pero es tan frondoso que le perdonan su esterilidad y tres palmeras de dátiles que sólo adornan porque quedaron en promesa. «¡Cuántas cosas quedan en promesa!», dice Na' Luisa cuando pasa junto a ellas. Crecen las palmeras, sus hojas como rastrillo, sale el cogollo con su cosecha de dátiles, pero se seca y cae a tierra, vencido.

El tío Nicho lleva a la sobrina a caballo al pocito de La Ceiba, a sacar un agua fría que el pueblo utiliza sólo para beber. Camino a La Ceiba en el monte un olor los detiene y los dos se miran: «¡Ya cayó una piñanona!» y bajan del caballo a buscarla. Como la guanábana, la piñanona es verde por fuera y naranja encendido por dentro, como si una brasa líquida se hubiera hecho fruta. La comen de prisa antes de que se deshaga entre sus manos.

Nicho y Tito le jalan los pies a la sobrina consentida: «¡Ya levántate!» y le tienden la canasta. La niña los alumbra con la lámpara de petróleo mientras ellos recogen los nanches amarillos y rojos. Su olor penetrante, incluso encerrado en el fondo de un ropero, se esparce en toda la casa. Por su aroma, Na' Güichita curte al nanche en alcohol y lo hace licor de amores. A Bárbara le gusta sentir contra su lengua y su paladar ese deleite agridulce, macizo, de fruta que sabe lo que vale.

—Bárbara, pon unos cuantos nanches entre las sábanas del ropero…

—Sí, tía Pelancha.

—Tía, ¿qué son estas cartas? ¿Por qué las escribió mi mamá? —Bárbara, temblorosa, llamó a su tía Pelancha.

—¿Qué andas esculcando tú? Yo no te dije que metieras tu nariz en los cajones; te dije que sacudieras el ropero, eso es todo…

—¿Pero qué son esas cartas, tía Pelancha? Dímelo.

—Ésas no son cosas de tu edad. Mira nada más, ya te ibas a poner a examinar las actas de nacimiento y la documentación de toda la familia. ¡Quítate, voy a acabar de guardar las sábanas, ándale, no quiero verte aquí!

Bárbara, desterrada, se preguntó: ¿Qué había hecho Olivia, su madre, para que no la dejaran regresar a la casa? ¿Por qué la dejó atrás a ella, su hija? Bárbara amanecía con los ojos papujos. Una tarde en que estaba sola con su tía Chanita, preparando masa para hacer el pan, le preguntó:

—¿Tía, qué pasó con mi papá?

—Ese ni te conoció, murió de viruelas.

—Tía, ¿cuántos años tenía yo cuando se fue mi mamá?

Y Chanita, que rompía los cascarones y echaba un huevo tras otro a la masa, contestó sin pensarlo dos veces.

—Dos añitos, sí, dos años… o quizá tres, no lo recuerdo. Oli no parecía tu mamá, cuando tú naciste tenía quince años.

—¿Y cuántos años tenía ella cuando murió?

—Diecinueve. Tu Na' Luisa llegó en el momento en que clavaban el ataúd. Todos la lloramos mucho. Contigo, Oli se desesperaba porque eras muy traviesa, muy desobediente, muy querendona y ella no tenía paciencia. A ella le gustaba correr por el campo, bañarse en el río… Haz de cuenta tú, ahora. Tu madre, era más desobediente y rebelde que tú, así que imagínate nada más qué clase de diablo habrá sido.

—¿Pero por qué se fue?

—Se fue a Salina Cruz a vivir con otro.

—¿Y a mí por qué me dejó?

—Los abuelos dijeron que no podía llevarte.

—¿Por qué no?

—Por respeto.

—¿Por respeto a qué?

—Por respeto… Además, no sé por qué preguntas tanto, si ella no te tenía paciencia.

A Bárbara la invadía una ola de inconformidad. La ligera figura de Olivia, esa muchacha que corría por el campo, se le metió muy dentro y sintió un amor agradecido por su joven madre que escribía tan dolorosamente que la dejaran ver de nuevo a su hija. Porque era eso lo que la niña había leído ahí detrás, protegida por los batientes del ropero: «Papá, déjame ver de nuevo a mi adorada Bárbara». Que su madre la regañara estaba dentro del orden de las cosas, pero ellos ¿por qué? Olivia en cambio podía matarla a palos, por algo era su madre, pero los abuelos, ellos sí que habían sido malos al impedirle llevarse a su adorada Barbarita. Los hijos tienen que estar con su madre, en ningún otro lado sino con su madre. Bárbara acusaba a sus tías, a sus tíos, a Nicho y hasta a Tito, el más querido. Repetía en voz alta para convencerse: «Madre, madre, tú sí me quieres. Los que no dejaron que me llevaras contigo fueron ellos, ellos…».

A partir del descubrimiento de las cartas, Bárbara inventó una relación con su madre, sobre todo en la noche en que le hacía una larga lista de agravios. «Mamá, me hicieron… mamá, me dijeron…». Se hundía en sí misma, en su pequeña jaula de huesos cubierta de piel elástica y se sentía bien dentro de esta humedad llorosa. Era como llegar al centro de sí misma; un espacio suavecito, un cojín de ternura sólo para ella. Se guardaba dentro de su madre. Murmuraba como encantación: «Tápame mamá, mamá tápame». Hasta muy tarde en su vida, Bárbara hablaría consigo misma. Le pedía a la muerta que le curara las rodillas raspadas, le quitara el cólico, le ayudara a barrer, a trapear y a lavar la ropa. Antes de dormirse repasaba con ella los acontecimientos del día y entraba en el sueño acariciándola mentalmente hasta que una tarde, por una conversación escuchada tras la puerta —porque a la niña le gustaba espiar— supo que Oli, su madre muerta, se había largado tras un hombre y con él había tenido otro hijo.

32

Don Trinidad llevó a sus dos varones a Tehuantepec a casa
de su hermano Benigno Pineda Chiñas.

—Lo único que le gusta a Tito es la lectura; tiene mucho afán.

—Pues aquí pueden asistir a la escuela de la señora Juana Cata Romero, que es muy conocida. Una multitud de
peones cultiva sus tierras.

El señor cura le aconsejó a la hacendada poner una escuela, aunque fuera de palo, para los hijos de la peonada.
«Así los tiene usted encerrados y dejan de comerse su fruta».

Si dependiera de él, Benigno Pineda se la habría pasado
en la hamaca, pero su esposa se desvivía por «los centavos». «¡Qué señora tan económica!», comentó Trinito a
su hermano después de quince días de abstinencia. La tía
miserable les daba una limitada ración de arroz y otra de
guisado. En la casa paterna comían hasta llenarse aunque
fueran frijoles. Por eso aguardaban con ilusión las dos ros-
quitas de pimpo de maíz, manteca y canela que el tío Benigno les brindaba desde el mostrador de la tienda.

—Tito, ¿te fijaste que la tía Hortensia roe como rata
para que le dure más la comida?

Los ojos muy juntos, la voz avinagrada, la tía echaba
miradas recelosas a diestra y siniestra. A cada instante abría

cajones para verificar su contenido. Contaba las tortillas y partía los totopos. Ignoraba que la gente del pueblo le decía la Parca y tampoco imaginó jamás que Benigno reposaba su blanca cabeza en carnosas redondeces. De enterarse se habría consolado con sólo abrir la caja registradora de la tienda.

Mamá Luisa vino a ver a sus hijos:

—Ya no queremos estar aquí —se colgaron de su brazo.

—¿Pero por qué?

—Porque son muy católicos y nos miran como a bichos raros.

La tía Hortensia obligaba a los niños a dejar la tarea o el juego y devanar oraciones ininteligibles, sobre todo para Tito, que se esforzaba por comprenderlas: «Ave María, llena eres de gracia, el señor es contigo… bendito es el fruto de tu vientre…».

¿Qué diablos quería decir eso?

Nadie parecía conocer tampoco el sentido de las oraciones, ni siquiera el bonachón del tío Benigno, quien respondió con voz blandengue: «Pues sepa la bola. Además tú no andes preguntando lo que no. En todo caso díselo a doña Juana, porque ella tiene estudio». ¿Cómo era posible que la gente repitiera frases sin inquirir siquiera por su significado? Tito resolvió entrevistar a Juana Cata Romero.

Envuelta en sus encajes negros, doña Juana esperó la pregunta:

—¿Cuál es el Padre Nuestro que está en los cielos?

—Pues Dios, criatura —condescendió doña Cata.

—¿Dios? ¿Cuál Dios?

—Dios, el que hizo la Tierra, los cielos, lo que ves en tu derredor, Dios el que está siempre en todo lugar.

—¿Cómo puede estar en todo lugar?

—Es invisible, pero aquí está, nosotros lo sentimos.

—¿Pero cómo hizo las cosas de la Tierra? ¿Con qué?

—Con su poder divino.

—No entiendo…

—Sí, con su solo deseo hizo que brotaran los árboles, los ríos y cubrió la Tierra de cosas hermosas.

Juana Cata Romero estaba encantada consigo misma. No en balde había sido la querida de don Porfirio, a su lado había aprendido a reflexionar. Se abanicó con la punta de su mantilla. Al ver que el niño permanecía silencioso continuó:

—A Eva la sacó de una costilla de Adán.

—¿Cómo puedo comprobarlo?

—Con la fe.

Doña Juana sonreía dulcemente envuelta en sus certezas y el perfume esparcido tras de sus viejas orejas. Todo ello la hacía compadecer a este niño pobre, parado frente a ella que no lograría llegar a nada, y mucho menos con esas preguntas de indio incrédulo. Con razón el mocoso de pelo rizado era tan prieto —los negros entraron por el Pacífico, los chinos también—, todos los feos de la Tierra habían caído como plaga en esta región del país.

—¿Pero cómo me cercioro?

—Lee la Biblia, los Testamentos, los Evangelios, cualquier libro de ésos. Dios nos habla de sus grandezas en su creación. ¿Están colmadas ya tus dudas, niño?

—No, señora.

—¡Cómo que no! Dios en su infinita bondad hará que se ilumine tu cerebrito. Entonces comprenderás su infinita justicia.

—¿Justicia? ¿Por qué entonces hay ricos y pobres? ¿Por qué hay gente que trabaja y otra que se sienta en su dinero y manda a los demás?

—¿Y acaso dirigir no es trabajo? ¡Anda, impertinente, no sé por qué estoy perdiendo el tiempo contigo!

—Tampoco entiendo el Dios te salve María, sin pecado concebida, ni lo del fruto de tu vientre Jesús...

—¡Lárgate, cochino, mal pensado, no tengo por qué perder el tiempo contigo!

Le temblaron los cachetes y el polvo se le hizo grietas, lárgate mocoso de porra, se irguió de su sillón el brazo en alto. Paralizado por la furia incomprensible de la vieja, Trinidad tardó en moverse. ¡A ella, la máxima figura de Tehuantepec, por obra y gracia de don Porfirio, ella la inmaculada, la primera dama del Istmo, la desafiaba un escuincle de mierda a quien seguramente le había faltado desarrollo uterino!

Don Trinidad no vio con gusto el regreso de aquella figurita un tanto simiesca con sus ojos negros demasiado fijos, en cambio las hermanas acogieron a Trinito entre risas al ver sus rodillas grandes y saltonas para sus piernas de popote.

—Ahora sí van a hacer cosas de hombre, ahora sí, hijo. Mañana nos vamos al Malatengo en Mogoñé —invitó don Trinidad.

Dos ríos cruzan Mogoñé; el Malatengo, que baja de la sierra más arriba de San Juan Guichicovi, pasa por Matías Romero y se solaza en Mogoñé. Aunque es un río con poca corriente, en Mogoñé alcanza profundidades en las que se refugian los peces. Ya para morir se une al Coatzacoalcos, que desemboca en el mar y ése sí es caudaloso; le llegan afluentes del sur, del este, del oeste y, aunque no pueden penetrarlo trasatlánticos, la draga lo recorre para que entren cargueros, grises paquebotes de la Marina Nacional, Petroleros, mercantes holandeses y norteamericanos, botes pesqueros, lanchas de motor que abren el agua como cuchillo.

El segundo río es el Mogoñé, que desciende de las montañas y en época de secas casi no trae corriente, pero en alguna temporada de lluvias hasta se llevó el puente del ferrocarril.

En el Mogoñé —familiar y cálido— se baña la gente y las mujeres lavan la ropa de la semana.

—Vamos a pescar con dinamita —dijo el padre.

Nicho enrojeció de placer; nada le gustaba tanto. Se esmeró en preparar los cartuchos largos que se parten en pedazos; les metió una mecha, luego la pólvora y los cerró con un casquillo para apretar la mecha. El padre lo miraba hacer con orgullo; Nicho siempre sería útil. En cambio quién sabe qué sería de Trinidad.

Por alguna oscura razón, Trinidad se arriesgó a ir a la pesca. Sería porque su padre dijo como una afirmación:

«Tú no vas, ¿verdad Trinidad?» y ante el reto, el muchacho respondió: «Sí voy».

Salieron el padre, el hermano y otros dos amigos, cinco en total y se encaminaron a una margen del río que tenía un remanso hondo y los pescadores sabían que allí pululaba el pescado. Trinidad había visto al viejo Matías pescar con su caña, atento al pequeño jalón y al lomo plateado del pez, el reflejo del agua en que podían solazarse anhelos y pensamientos. A Tito le gustó ver a Matías escoger el hilo, cuidar su caña, pintarla, buscar la mejor carnada y enderezar el anzuelo martillándolo o bien quedarse horas en la margen del río, solo con el murmullo del agua y decirle con su voz humilde: «Aquí hay mucho que pescar».

Pescar así tenía sentido, lo otro era una matazón.

«¿Allí van a echar la dinamita?», se alarmó Tito. «Sí, claro». «¡Pero les van a volar su sitio a los pescadores! Ya no podrá venir don Matías». «Cómo no, cómo no, el río es grande».

El compadre Trinidad ordenó: «Vamos a lanzar a un mismo tiempo todos los cartuchos». Se veía feo, con su cara un poco fofa, la nariz ensanchada, el pelo crespo, en las manos los cartuchos de dinamita. Tito permaneció en el extremo más alejando adivinándolos a distancia.

Varios habían muerto al encender la mecha con un cigarro, no alcanzaron a tirar el cartucho y les explotó en la cara. Don Trinidad, Nicho, el compadre y los dos compañeros arrojaron la dinamita, reventó en el agua y un borbotón de pescados salió a la superficie.

—¿Y la sangre? —se acercó Tito, quien pensó que el agua enrojecería.

—No, si no hay tanta sangre. La dinamita sólo revienta a los que agarra muy cerca, pero los demás mueren con la pura presión. ¡Métanse ya a sacarlos! —ordenó don Trinidad.

Nicho y los dos campesinos tiraban los peces muertos en la orilla cuando Tito se enrolló los pantalones. Lo había poseído una gran ambición por recogerlos y aunque oyó a Nicho gritarle: «¡Cuidado, no los agarres así, agárralos por la boca!», los siguió tomando a manos llenas. Los aventaba a la orilla y volvía a meter las manos con voracidad, jadeando de gusto sin fijarse que entre los peces resbaladizos había bagres y jolotes de espinas muy grandes. Por sexta vez metió las manos dentro del abultamiento húmedo y escurridizo, cuando pegó un grito de dolor, una espina se le había enterrado y empezó a llorar, la mano se le hinchó ostensiblemente, la espina era larga. Don Trinidad, sus dos amigos compadres y Nicho salieron del agua:

—Si nomás es una espinita. Ahora hay que sacártela para que no se te infecte.

—No —dijo el padre enojado—, después.

Veía al hijo con desprecio. También la cara de su hermano Nicho se había endurecido. Incluso lo oyó murmurar: «¿Para qué diablos viene si no aguanta?». Regresaron al agua, había que darse prisa porque el pescado se despedaza y ahora sí, la sangre enrojecía el agua, ¡qué carnicería!, algunos restos de pescado flotaban en la superficie. Nadie parecía verlos, salvo Tito.

—Jamás vuelvo a pescar.

De reflexionarlo, se habría dado cuenta de por qué había venido.

Una noche fue a candilear en lo oscuro con su padre, su hermano y otros campesinos. A los candiles —unos botes de hoja de lata llenos de petróleo— se les mete una mecha que sale por una hendidura en la tapa y alumbra. La llama de los candiles se refleja como estrella en el agua del río. Nicho, aficionado a candilear, regresaba horas más tarde de un mundo mágico y lejano y le enojaba que en su casa durmieran indiferentes a la emoción que a él lo estremecía. Por eso Tito decidió acompañarlo —con tal de desentrañar el misterio—, pero cuando vio que irían caminando en fila india por la orilla del río, pensó: «No, yo no sigo, no vaya a salir una víbora por allí» y le gritó a Nicho:

—Me regreso y me llevo el candil para alumbrarme.

Ahora, contra toda predicción, había accedido a acompañarlos y cómo se arrepentía.

En la noche de Mogoñé los peces salen a recostarse sobre la margen del río y entonces los campesinos los agarran dormidos. Algunos pescadores llevan una fisga, una vara de otate con una punta filosa y una lengüeta que engarza al pez. De día también tiran la fisga y son tan diestros que ensartan al pez dentro del agua. A Tito le enfermaba la indefensión de los peces.

—¡Si están durmiendo! —protestaba.

Al día siguiente, Na' Luisa hacía un espléndida sopa con cebolla, jitomate, hierbas de olor y mucho pero mucho pescado. Y luego su limoncito. Su padre lo miraba con algo más que ironía:

—Pescar no puedes, pero bien que comes.

Na' Luisa inmediatamente tomaba partido:

—Con él no te pongas, ponte conmigo.

«Yo hago cosas de hombre». Y porque Nicho las hacía, él y su hermano menor se separaron. A Tito le gustaba más leer que ir a la cantina, a la que Nicho muy pronto se aficionó. Salía a caballo con el machete de cacha de elefante que relumbraba al sol que don Trinidad primero le regaló a Trinito y luego le pasó a Nicho. Lo mismo sucedió con la escopeta. Nicho entonces le cantaba a su hermano: «Toquen, toquen, toquen, / clarines y tambores, / y tengan escarmiento / todos los desertores». Aunque no lo decía, también para don Trinidad su «shunco» era una decepción.

33

Cuando Tito oyó la frase esperada: «Puedes pasar a segundo», su maestro de primaria lo abandonó. «Hasta casa me ofrecieron en la cabecera del municipio». De nuevo sin maestro, don Trinidad retomó las riendas y envió a sus hijos a la huerta. «A recoger fruta, mis cuates». Pero esta vez Tito sabía lo suficiente para lanzarse a leer solo. Si le habían fascinado las estampas de la primera revista que cayó en sus manos, ahora las letras lo desafiaban; él las dominaría y empezó a unir las sílabas en voz alta, atarlas a las ramas de los árboles, extenderlas sobre la hierba, escucharlas en la cáscara de las piñanonas, extraer su sentido, acostado sobre la tierra de cara al cielo.

Cualquiera se habría conmovido ante los esfuerzos de este niño solitario, no así don Trinidad que lo hostilizó. «No me vaya a salir un inútil». Al consentirlo, sus hermanas lo empujaban por un camino desconocido y no se diga la babosa de Bárbara, con sus ojos dilatados por la admiración. ¡Qué escuincla tan mañosa, la Bárbara!

«Si es tan chingón ¿por qué ninguno trata de seguir su ejemplo?». Nicho ya tiene oficio de hombre, merca puercos y gallinas, lleva su escopeta al hombro y en la noche se larga a la cantina mientras Tito lee a la luz del quinqué. «Se te van a acabar los ojos», regaña Na' Luisa. «Éste lo que quiere es ser un cagatintas», gruñe enojado don Trinidad. El menor de los Pineda no tiene beneficio; los muchachos de su edad salen al campo y él se quema las pestañas sobre unas letritas negras. Además mortifica a los vecinos haciéndoles preguntas para las que no tienen respuesta.

—Allí viene el espantajo —dicen.

Tito acompaña a Na' Luisa a embarcar la mercancía. Le fascina ver al jefe de estación llenar los formularios, juntar las hojas triplicadas y hasta quintuplicadas y, sobre todo, atisbar ese sonido misterioso, inhumano, venido del más allá, el tap, tap, tap, tap, tap del telégrafo. El despacho del jefe de estación es otra piedra imán con su olor a tinta, a engrudo, a humo de cigarro porque don Valerio fuma como chacuaco.

Ver arribar al tren lo llena de asombro. A vuelta de rueda, una rueda más alta que él, la máquina hace su entrada lentamente, sacándole a los rieles un lustre de años hasta cubrirlos por completo. Jadea, lanza un inmenso suspiro de alivio, se afloja a dejarse ir, por fin ha llegado, todavía flotan en la bóveda unas bocanadas de humo negro, la máquina se sacude estrepitosamente hasta que suelta el cuerpo agradecida y de plano se asienta encima de los rieles. Resuella, desfallecida. Entonces descienden el garrotero y el maquinista, los viandantes se acercan a las ventanillas, en la sala de espera se oye un cacareo de gallinas, el jefe de estación sube rápidamente a la locomotora.

De tanto rondar la estación, Tito aprende a oír el tren mucho antes de que llegue. Pega su oreja al riel, pero incluso sin hacerlo intuye su llegada con una certeza amorosa, así como también lo mira partir en silencio, frente a los guardagujas detenidos en el tiempo, sus brazos todavía en actitud de «pase», sus banderas de señales en la mano, convertidos en estatuas observadas con reverencia.

Tito examina la locomotora sin cansarse, lo imanta como la luz roja de las señales de cambio. Espera el hondo sonido de los muelles al asentarse, pero también el arranque de las ruedas cuando parece que la máquina resucita. El enganche y entrechoque de los vagones es también un sonido de ultratumba. Hace pensar en el infierno y en el paraíso.

—Mamá, háblele al jefe de estación, pregúntele si puedo trabajar en su oficina.

De tan erguida Na' Luisa parece alta y todos la respetan:

—Quiere mi hijo venir a practicar con usted. Ya lee y escribe.

—Bueno, pues.

«¡Chícharo! ¡Chícharo, ven para acá! ¡Chícharo, tráete las etiquetas!». Tito, desconcertado, ni siquiera vuelve la cabeza hasta que el jefe de estación le grita: «¡Chícharo!, ¿qué no te estoy hablando? ¿Estás sordo?». Llaman chícharo al que atiende el telégrafo porque su zumbido tiene mucho de chicharra y, entre otras tareas, el practicante debe aprender a manejarlo.

La oficina con su mesa de madera pulida por el uso y el juego de aparatos telegráficos, las órdenes de tren, los esqueletos que hay que rellenar, los bloques de papel, el tintero, la pluma, la pesada silla de brazos del jefe de estación le impone al adolescente. La resonancia metálica de los aparatos morse le llena los oídos. El telegrafista aplasta la tecla de cobre con el dedo y su insistente monotonía llega hasta el último rincón. Cuando don Valerio Bernal, el jefe de estación, se adormece, su cachucha sobre los ojos, sus piernas sobre el escritorio, Trinidad hace sus pininos. Aprende a redactar telegramas.

—Tienes que ser breve porque las palabras le cuestan al cliente y a Ferrocarriles. Así es de que cuenta las palabras y cuando te dicten: por la presente lo mando saludar deseando esté bien de salud, tú nada más escribe «saludos».

En la noche, cuando don Valerio Bernal pregunta: «¿Quién va a cubrir el turno vespertino en los telégrafos?», a Trinidad se le antoja responder: «¡Yo!».

En el rincón esperan dos linternas y tres banderas de señales, una roja, otra blanca, la tercera verde. Sobre un tablero de madera el jefe apunta las órdenes que los maquinistas deben seguir al pie de la letra para evitar accidentes. «¡Es una gran responsabilidad!», sacude la cabeza don Valerio. Tito lo escucha recibir mensajes por telégrafo así como observa al expendedor de boletos abrir su ventanilla, sacar sus *tickets* de colores, billetitos casi de juguete.

Tito también funge como empleado del Express y llena los talonarios de los paquetes envueltos en papel manila, listos para subirlos al tren. En la estación se da cuenta de que el primer año de primaria no basta. «Sé sumar y multiplicar, pero necesito la división». Aunque don Valerio Bernal es accesible, el muchacho sólo quiere interrumpirlo cuando es indispensable: «¿Cómo se hace esto? ¿Cómo se hace lo otro?» y un día, ya en el colmo de la impotencia, le confía:

—No sé lo suficiente para trabajar aquí.

—No te preocupes, así empezamos todos; ya te encaminarás. Vas bien.

—No, me siento mal.

—¿De qué te quejas si un indio zapoteco como tú quedó huérfano a los tres años? Si un pastor puede hacerlo, uno que comía quelites sin huevo porque ni a carne llegaba, cuantimás tú que tienes a tu madre.

Ese día Tito descubre a Benito Juárez.

Cuando llovía durante quince días seguidos y verdaderos arroyos de agua achocolatada corrían por la calle rumbo al río, de por sí crecido, sentados en los pórticos de ver llover, los hombres bebían cerveza en espera de que amainara. En esa época, don Trinidad enfermó y en medio de su afección, extrañamente le dio por llamar a Tito.

Una mañana amaneció frío. Vinieron muchos compadres con su familia y Na' Luisa se ocupó de que el café y el aguardiente no faltaran en torno al féretro.

De tanto atender a las visitas, la familia Pineda se olvidó de sí misma. A la mañana siguiente, Na' Luisa dio el ejemplo; barrió la sala en la que habían velado el cuerpo y abrió grande las ventanas. Terminada la faena tiró la basura y de pronto se arrodilló junto a la escoba y recargó su frente en el suelo. Cuando Tito la levantó vio cómo en un día había envejecido cien años.

Puso ceniza a la entrada de la puerta y una ofrenda al dios del rayo y otra a la Matlacihua que causa el infortunio de los hombres. La tona de don Trini había sido un lagarto.

El ritmo de la casa se intensificó, las hermanas empacaron fruta y verdura para venderla en el puesto del mercado de Coatzacoalcos que atendía Chanita. Enviaban legumbres y piñanonas no sólo a Coatzacoalcos, sino a Salina Cruz y ya no se diga a Ixtepec, tan cerca de Nizanda.

Ya con la autoridad del padre, Dionisio daba órdenes respaldado por su escopeta, su caballo, sus caballitos de tequila. «¡Jálate este cajón, echa para acá los plátanos, acomoda la mejor fruta arriba y la más pequeña abajo! Tito, quítate de ahí, ¿qué no ves que estás estorbando? Si no vas a ayudar, ¿para qué vienes?».

Fuera de la siembra y de la cosecha, ¿qué otra cosa hay en Nizanda sino la estación del Ferrocarril? A Tito lo maravilla esta maquinota extraterrestre que aparece en un pueblo donde nunca sucede nada. En la estación está lo desconocido, la vida por continuar.

«El medio aquí es muy reducido, la gente se conforma con trabajar, comer y dormir. A mí no me gusta el campo y si practico en la estación seré algo más que campesino. Quiero conocer otras cosas». «¿Qué cosas?», pregunta Na' Luisa descontenta. «Las que he visto en la estación. Aquí apenas si saben leer y escribir, no hay con quién hablar».

Na' Luisa se hace cruces. A esta hora ya Nicho está en su bien amada milpa, pero Tito… ningún hijo le ha dicho semejante cosa, sus palabras aún le laten en las sienes.

—¡Ay, hijo, sigues siendo un dolor de cabeza!

Tito, su Tito crece y a su pecho ensanchado le cabe mucho aire pero ¿qué será de él con ese desamor al campo? En Nizanda todos aman la tierra, las milpas fuertes y bien dadas lo atestiguan, el sembradío de piñas escurre miel, su olor penetrante atrae a todos menos a este hijo desamorado. ¿Por qué tanto desapego a la parcela si les da de comer? Ahora que murió su marido, Na' Luisa mira al hijo con aprehensión como se ve a lo que no se entiende. Antes lo defendía, pero muerto el acusador, ya no tiene por qué. Como lo exigía tantas veces el difunto, su hijo menor no puede seguir colgado de sus enaguas. Por eso se echa para atrás cuando Tito le pide para comprar un libro.

—Arréglatelas tú, ya estás grandecito.

Atento al repiquetear del telégrafo, tiquitaca, tacataca, tacataca, el misterio de los sonadores, su zumbido de abeja diligente, con la práctica Tito envía telegramas. La misma emoción lo embarga cada vez que espera a la locomotora y entra a la hora prevista. Lo que más le preocupa es su falta de preparación, hojea los periódicos y le desespera no encontrar respuestas, cómo se escribe tal o cual palabra, cómo se saca la raíz cuadrada.

Hasta después de medianoche estudia sentado en la silla de don Valerio que se ha ido a dormir: cómo y cuándo deben aplicarse las tarifas, a qué horas cerrar la taquilla, cuántas maletas por cada pasajero dentro del vagón. Inicia la revisión de documentos y circulares. Al anochecer se encienden las lámparas de petróleo. Sin luz eléctrica, el jefe se duerme como las gallinas y se levanta antes que el sol.

—En la estación espantan. ¡Hasta dos jefes han muerto del corazón!

«Espantan». Esa palabra devuelve a Tito a su infancia, cuando en la noche, junto a la lumbre, los adultos contaban en zapoteco la historia del hombre sin cabeza que anda a caballo por los montes mientras que las llamaradas de la fogata encendían y oscurecían los rostros súbitamente irreconocibles, la oquedad en la que se hunden los ojos y los relatos que lo hacían temblar de miedo. Además de la mesa del telégrafo, hay otras dos, la que él ocupa frente a la pared y la mesa despachadora junto a la ventanilla de los boletos.

En el reglamento de jefes de estación y telegrafistas se estipula que al terminar la jornada deben aislarse los aparatos y para que no suenen se introducen unas clavijas en el conmutador que los inutilizan.

Valerio Bernal olvidó hacerlo en varias ocasiones para solaz de Trinidad, que entonces podía oír los telegramas enviados de una estación a otra, hacer conexiones, localizar el sitio del desperfecto cuando había una interrupción, en fin, practicar en vista del examen que le harían más tarde.

A Trinidad le apasiona esa vida misteriosa producida por hombres sin voz ni rostro que se comunican por medio de sonidos exactos casi imperceptibles, ta, tat, tat, tat, tat, luego un silencio y de nuevo tat, tat, tat, tat, recorriendo durante kilómetros de espacio y de luz, los cables que escoltan al tren y que los pasajeros siguen con la vista desde la ventanilla del vagón. Pensar que él es el conducto entre tantas voces que viajan lo exalta.

«Hoy en la noche, voy a aislar los aparatos para sentarme a memorizar los instructivos». Lee en silencio, dándole la espalda al telégrafo. Sólo puede oírse la hoja del manual cuando le da vuelta y el zumbido de unas palomillas revoloteando encima de la lámpara de petróleo.

A pesar de que los primeros días extraña el parloteo de las mujeres en la cocina, hace mucho tiempo que Trinidad se ha disciplinado. Nadie sabe de la heroicidad de un niño que quiere superarse, nadie sabe de su renuncia. Lee en silencio dándole la espalda al telégrafo, cuando de pronto empieza a sonar tas-tas-tas-tas-tas.

—¡Mamá!

Se levanta de la silla dispuesto a salir como alma que lleva el diablo, pero lo detiene el recuerdo de una lectura escolar: «Hasta los fenómenos más raros tienen explicación». Para darse valor repite: «No hay espantos», pero su voz no cubre los sonadores del telégrafo. «¡Están aislados, es imposible!». Y sin embargo el sonador se levanta, baja y acciona la clave de puntos y rayas: tas, tas, tas, tas... «No hay espantos», «No hay espantos», el sonador puntea sus palabras con su tas-tas, tas, tas, tas, tas, como si un espíritu diabólico se riera de él y pisara la palanca desafiándolo.

Con miedo, se acerca hasta quedar junto a la mesa del telégrafo y en ese mismo instante el aparato deja de sonar. Recorre el muro con los ojos, examina los alambres y de pronto, entre los cables, ve los ojos de una rata que lo mira aterrada. Cada vez que se mueve jala los cables y hace sonar el aparato. Se le echa encima para escapar entre sus piernas y el chícharo instintivamente se hace a un lado.

La rata le confirma que muchos fenómenos son incomprensibles porque nadie intenta aclararlos. «Si yo hubiera salido corriendo de la oficina, seguiría creyendo en los espantos».

Tampoco sus ganancias como chícharo alcanzan para escapar de su pueblo, pero encuentra otra forma de salir: leer los periódicos que llegan a la estación.

La lectura lo lleva muy lejos: sueña con irse de Nizanda para conocer más gente y aprender lo que en su pueblo ya nadie puede enseñarle. Regresará a salvarlos, se jura a sí mismo que gracias a él, además de la consabida cancha de futbol, algún día habrá secundaria, maestros, un hospital, una biblioteca y talleres de zapatería, carpintería, talabartería, forja, higiene, costura, corte y confección. A los maestros les pagará bien para que no se larguen.

Valerio Bernal todo lo remite a Benito Juárez. «¡Qué bien hizo Juárez en estudiar!». «¡Indito, indito pero bien que llegó a ser presidente!». «Esto no pasaría si Juárez viviera». «¡Qué bueno que Juárez hipotecó los bienes de los curas!». Por Valerio Bernal, Trinidad empieza a saber de la Invasión francesa. Si no sabía quién era Juárez, mucho menos Maximiliano o Víctor Hugo, o el eterno peregrinar del Benemérito de pueblo en pueblo, «atacado en las cavernas como una bestia feroz, acosado en el desierto, proscrito por generales, algunos desesperados, por soldados, algunos desnudos. Ni dinero, ni pan, ni pólvora, ni cañones» escribe Víctor Hugo defendiéndolo. «Nada de monarquía, nada de ejércitos, nada más que la enormidad de la usurpación en ruina y sobre este horroroso derrumbamiento, un hombre de pie, Juárez, y al lado de este hombre, la libertad». Trinidad, exaltado, se jura a sí mismo que al igual que Valerio Bernal, Juárez será su guía.

—Mamá, yo quiero estudiar.

Por tren llegó una carta de Pelancha, la hermana casada con un reportero a quien le estaba yendo muy bien porque el gobernador de Veracruz lo había nombrado fotógrafo oficial de sus giras por el estado.

Pelancha propone que Tito y Bárbara pasen una temporada en Jalapa para seguir estudiando.

Una maleta, unos huacales de fruta y unos pollos amarrados son su equipaje. Por primera vez Tito siente los rieles debajo del vagón. Tras del vidrio, los sembradíos de maíz, los árboles y las montañas lo estremecen con la velocidad de su paso. De tanto oír a los rieleros comentar en la estación las peripecias del viaje, también Tito reconoce las señales del conductor, los cortos y repetidos silbatos en las bajadas, el peligro de que la máquina se chorree, los vagones que se enganchan o desenganchan.

Bárbara, presa de una excitación que la enrojece, grita al asomarse a la ventanilla en la curva a ver cuántos furgones los siguen:

—Éste es un tren como de quince carros. Vamos hasta adelante, pegados a la máquina.

En Jalapa, Pelancha y su marido los reciben en el andén. Su casa frente al Jardín Morelos tiene una terraza por el lado de la calle de Juárez y un jardín por el de la calle de Clavijero.

—Tú vas a entrar a tercero —le dice Pelancha a Tito.

—¿Pero cómo? ¡Si no sé nada!

—No te preocupes, te inscribimos y se acabó.

Desde que ve su ansiosa figurita acercarse de puntillas a darle su nombre y apellido y preguntarle dónde se sienta, Tito conquista a la maestra y a la hora de la escritura, la letra del primerizo la hace exclamar:

—Tienes muy buena letra Palmer.

—Practiqué en la estación.

Trinidad escribió para conjurar la soledad frente a los aparatos telegráficos, en medio de las telarañas, los manchones de tinta y las cagarrutas de moscas que salpicaban las paredes. Aun sin entenderlas, copió páginas enteras del primer libro a su alcance.

Bárbara, persuadida de que su tío lleva a cabo estudios superiores, lo ve con la devoción que sólo puede sentirse por un santo. Asida a su mano como la miseria al mundo, la niña le pone los nervios de punta: «Yo voy contigo, yo te acompaño, no me dejes sola». Pelancha la rechaza: «No seas encimosa, Bárbara». Tito es su refugio, su razón de ser y lo sigue a todas partes. Muy quieta, sentada junto a él, lo mira hacer la tarea.

—Me estás ciscando.

—Si no te veo siquiera.

—Déjame en paz, lárgate.

Trinidad vive otra vida lejos del círculo familiar: la del cine que le abre puertas a lo inimaginable. Cada vez que cambian la película en el Roxy, se precipita a acomodarse en una butaca y espera a que lo invadan las imágenes; es el primer deslumbramiento de su vida y el mayor de todos. Dejarse tragar por los héroes que desatan a la muchacha y se escapan entre balazos, lo deja sin aliento. Los rascacielos de Chicago ¡qué deslumbrantes! ¿Así es de que hay edificios de esa altura? «Tito, come» o «Tito, ve a hacerme este mandado» lo regresan de mala gana a la tierra y mira a Bárbara como si la viera por primera vez. En cambio, el rostro de Deanna Durbin es real.

—¡Tito, ve al mandado!

Del gasto saca Trinidad dinero para la matiné. «Si no me llevas, te acuso», lo descubre Bárbara y Trinidad la lleva de mala gana. «Este domingo no puedes ir, la película es sólo para adultos». Cada vez más despechada, Bárbara lo acusa a gritos:

—Mi tío Tito te roba el dinero, te pone un precio y lo compra a otro.

—Trinidad, no puedo con ustedes, mañana mismo se me van.

—Por favor, tía Pelancha —interviene Bárbara.

—Imposible, además espero un hijo.

Hacía mucho que Tito no lloraba, pero esa noche empapa su almohada.

34

Porque Flavia la quería entrañablemente, Bárbara vivió en Coatzacoalcos la época más feliz de su infancia.

Después de la muerte de don Trinidad, Flavia y Chana mantuvieron a la familia con su puesto en el mercado. Surtían comestibles a los barcos: gallinas, frijol, maíz y verduras. Los mayordomos descendían al malecón en la madrugada a recoger puercos y becerros vivos que embarcaban junto con las cestas de gallinas, limones, chiles, chayotes, zanahorias, jitomate, plátano, un arca de Noé vegetal.

La neblina aún no desaparecía cuando ya Flavia y Bárbara habían descargado la mercancía del tren de Nizanda. Caminaban como burros tres largas cuadras hasta llegar al mercado. Cuatro o cinco piñas coronaban su cabeza y Bárbara se ensartaba, en los brazos, gallinas colgadas de las patas. Después de la jornada, en la noche, a Bárbara el dolor la hacía llorar, pero antes de que saliera el sol volvía a acarrear las canastas de huevos, de mariscos, los huacales de fruta.

Cuando clareaba era porque ya la tía Flavia tenía la fruta y la verdura listas para exhibirlas: los tomates rojos en una pila, la pirámide de calabacitas, la de chiles, la sandía atrincherada y los zapotes a un lado de las piñanonas. Las frutas hacían gala de sus colores, la entrega de las verduras era más humilde.

Flavia abría el puesto en la oscuridad y metía las verduras frescas.

Vender junto al mar, respirar su aire salado cuando aún no salía el sol, escuchar las olas reventar en la playa daba una sensación de vida primigenia que las vigorizaba. «¡Qué bonita tarea la nuestra!», decía Flavia y Bárbara asentía apretando contra su cuerpo los manojos de perejil, los de rábanos, los tallos largos del apio, el corazón de las lechugas.

—Toma, muchachita, para tus garnachas —le pagaba Flavia.

Bárbara almorzaba en medio de los manojos de espinacas, de papaloquelite, los huauzontles y la vaina para los canarios, olores a cilantro y a epazote, a salsa verde con mucha cebolla. Hacía cola frente al puesto de Na' Chole, quien freía en manteca los más deliciosos manjares.

«¡Salen unos chilaquiles con sus frijolitos!», grita de espaldas a sus clientes. «¡Un bisté con papas!». Los demás vuelven la vista hacia el del bisté porque es lo más caro. «Una carne de puerco con verdolagas». Na' Chole pone el plato frente al cliente en la mesa. «Siéntese, siéntese que se le va a enfriar». «Ándile, acábeselo para que le pueda servir otro poco».

—A ver, niña, ¿qué va a ser hoy? —inquiere mirándola de reojo afanándose en sus cazuelas.

—Mis buenas garnachas, mi vaso de café con leche y todo el pan dulce que me quepa —se consiente Bárbara, para quien acodarse en la mesa rasposa frente a la fondera es un regalo de los dioses.

—Ándale mi reina —la insta afectuosa la cocinera—, éntrale al almuerzo.

Bárbara se siente reina.

—Pasas a comprar tapa de aguayón y tortillas, pelas papas y las cortas en trocitos, a las zanahorias me las tienes listas en rodajas finas para que cuando yo llegue nada más me ponga a guisar —le ordena la tía Flavia.

Bárbara barría y lavaba el piso con agua y lejía; tallaba los huacales con escobeta y todavía le daba tiempo de sacar la ropa chica de su tía Flavia y sus calzones de niña, servilletas, fundas, delantales que tendía al sol en una maleza que crecía en el patio. Cuando llegaba la tía Flavia tenía la casa albeando, las tortillas calientes y los huacales escurriendo contra la barda.

Flavia era la más sonriente de todas. Hasta su falda parecía traer campanitas en la orilla. Caminaba taconeando y mostraba sus dientes de maíz blanco a cuanto pedigüeño se le acercaba. Por eso era la mejor vendedora del mercado; la requerían por el gusto con que despachaba, la frescura de sus comestibles abrillantados por el agua.

Aprendió desde niña a ser generosa. Qué le costaba añadirle dos jitomates al kilito; más valía regalarlos a que se pudrieran. Los marchantes la sabían desprendida: «¿No me presta una tacita de azúcar?». Na' Luisa repartía a manos llenas el pan hecho en casa, el café, la manteca. Flavia ofrecía en medio de risas: «Llévese su pilón... Ándele, se lo dejé a tres por cinco... Ahí le va otro diez de cilantro... tome estas zanahorias para que se las eche al caldo...». También para Bárbara, esa tía que la ponía en bien frente a los demás era una bendición. «¡Uy, Barbarita es rápida, nunca tengo necesidad de decirle haz esto, haz lo otro, sola se adelanta al trabajo!».

—Oye, en la radio están pasando «Hambre de amor» a las ocho de la noche. ¿Quieres oírla?

¡Cómo no va a querer Bárbara si eso es lo que le sucede!

Estos años quedarán irremediablemente ligados a la tía Flavia y a «Hambre de amor».

La tía Flavia se casó en Coatzacoalcos y cuando Bárbara iba a entrar a tercero de primaria vino a dar a luz al lado de Na' Luisa y, una hora después, su hija en brazos, murió de parto.

—Ándale, Bárbara, tú cuida a la niña, ¿no que querías tanto a tu tía Flavia? Ándale, hazte cargo.

A la criatura le decían la Negra porque era morena y Bárbara, rencorosa, la dejaba llorar. «¡Ni para eso sirves,

Bárbara! ¡Cambia a esa criatura!». Nadie se dio cuenta de que la muerte de Flavia enmudeció a Bárbara. La tía Chanita cubría de arrullos, consejos, ternuras a la hija de Flavia, palomita, torcacita, rorrita, palabras que Bárbara nunca oyó referidas a ella. También Pelancha le prodigaba amor a la recién nacida. «¿Cómo a mí nunca me han dicho torcacita y yo tanto que les ayudo? ¿Cómo a mí nadie me consiente? ¿Yo qué tengo? ¡Nada! ¡Nada...! Todos en este pueblo tienen algo y yo nada más corro de una casa a otra».

—Bárbara, acompáñame por el huevo.

—Barbarita, quiero tender las sábanas y sola no puedo.

—¡Ve a darle una vueltita al niño!

Lo que ordenan los mayores es irrebatible.

Bárbara acudía contenta de que la llamaran aunque fuera para utilizarla. Era un poco recuperar el amor de la tía Flavia. Con el afán de que la quisieran, entraba a las casas y ofrecía echar tortillas, lavar huacales, cargar canastas, hacer las bolsitas de camarón, las de ciruelas, las de totopos, llevar recados.

Cada vez que algún vecino construye casa en el Istmo, el pueblo entero ayuda. Los ricos traen dinero, los pobres su trabajo. Las mujeres preparan ollas de mole, arroz, frijoles y a los que sólo traen dinero también les dan de comer.

Bárbara cargaba a domicilio la olla cubierta con una carpeta. Chana amarraba cinco pesos en un pañuelo bien planchado y ordenaba:

—Llévale esto a Cristina y te quedas a ayudarle.

La niña se convirtió en mandadera: «Bárbara, vete a la mercería por una tira bordada, Bárbara, endulza el agua y métela en los garrafones, Bárbara, sírveles a los que van llegando».

Atajar a las sanjuaneras mixes era una de sus obligaciones:

—Cuando las veas, las detienes y me las mandas para acá.

Descendían de la sierra, altas y sigilosas, sin mirar a nadie. Si tardaban, Bárbara escondía su vestido hecho bola en el hueco de un árbol y se metía al río a nadar, cosa que Na' Luisa le tenía prohibido.

Como el cabello tardaba en secársele, la abuela descubría la desobediencia.

Cuando veía las canastas sobre la cabeza de las indias coronadas de papayas, chayotes y camote, Bárbara las conducía al puente para que la abuela fuera la primera en comprar.

A Bárbara le llamaban mucho la atención estas mujeres que se deslizaban frente a ella como seres de otro mundo, indiferentes y secretas. Parecían reinas con sus faldas rayadas enredadas a la cintura y su huipil corto que les dejaba el ombligo al aire. «Me voy con ustedes», les decía. Remontarse a la sierra con ellas, seguirlas por los senderos que las llevaban a lo alto era uno de sus sueños.

—Ahora vete a sacar el dinero del Express.

Ya el jefe de estación, Valerio Bernal, la conocía por Tito y Na' Luisa. Con el tren de mediodía Chanita mandaba el dinero de la venta de verduras en Coatzacoalcos.

—Vete a poner el giro por Express.

¡Ésa sí era una responsabilidad! ¡Cuántas veces acompañó Bárbara a la tía Flavia a la estación, pero sola jamás! De estar viva Flavia, las dos entregarían el dinero del giro en la ventanilla, esperarían el recibo y de premio irían a pasear al río. Flavia la habría convidado: «¡Vente, vamos a comprarnos una rebanada de jícama con chile y limón! ¿O prefieres una de sandía?».

Ahora el jefe de estación le entregaba el dinero a Bárbara, ¡qué responsabilidad!, y ella salía rumbo a San Juan Guichicovi junto con dos ancianas rancheras mixes que la gente del pueblo utilizaba como cargadoras.

San Juan surtía una amplia región de gallinas y de huevos y, a las seis de la tarde, Bárbara reunía dos o tres docenas de gallinas para la venta del día siguiente. La niña pasaba la noche en casa de las Toledo, las ancianas dormían a la intemperie y a las cinco de la mañana Bárbara regresaba a Nizanda con ellas. Entre ellas hablaban «la idioma» y hacían que Bárbara entrara a un espacio antiguo, a algo que ella tenía adentro, quizás al hueco de su orfandad, a esa gruta oscura, el sepulcro de su madre. «También ése es mi idioma», decía Bárbara. «Ésa es mi gente». ¡Qué nobles se veían las dos sanjuaneras mixes con sus faldas de enredo! ¡Qué gallarda su cabeza de cabello blanco trenzado! A veces, el xicapastle lleno de plátanos las coronaba. Traían las aves ensartadas en una vara larga que colocaban sobre sus hombros. No se conformaban con ésas sino que sobre el brazo izquierdo ensartaban media docena de gallinas y, sobre el otro, otra media docena para balancear el peso y caminaban así engallinadas. Poco a poco, mareadas por el calor, las aves se iban callando, sus cuellos pendían lastimeros y sus ojitos rojos terminaban cerrándose. A Bárbara el polvo del camino, seco y caliente, la hacía toser. Durante el trayecto, ni una carreta, ni un peón siquiera para aliviar la carga.

Las cargadoras nunca se detenían en medio del camino agreste, espinoso, seguramente porque su sangre y su osamenta eran más fuertes que la suya. «Son unas reinas, son unas piedras». Caminaban solas en medio de un calor suspendido. «Si estas viejitas que ya se están cayendo de años pueden, yo no me voy a quedar atrás». Bárbara llevaba en vilo una canasta de huevos frescos, el corazón palpitante, la cabeza zumbándole, el brazo engarrotado por el peso, a tal grado doloroso que al final su mano no tenía fuerza para tomar un vaso de agua, dejaba su canasta en la mesa de doña Luisa.

Dentro de sus harapos, las cargadoras esperaban su paga sin moverse. Nadie les prestaba atención, mucho menos Na' Luisa, atareada con los huacales. Las ancianas no pedían ni agua y no había quien se las ofreciera. Ni siquiera Bárbara. La casa entera se afanaba en torno a las verduras que debían embarcarse en el tren de las diez, el mismo que horas más tarde Flavia recibiría en Coatzacoalcos.

En cambio, había muchos tiempos muertos en la vida de las mixes, los tiempos muertos de su infancia que ahora eran los mismos, los de su vejez.

En medio del ajetreo, las ancianas pintadas en la pared aguardaban, hasta que por fin Na' Luisa se acordaba de ellas. «Aquí están sus centavos». Entonces se iban sin decir palabra.

Muy pronto Bárbara sintió que ellas eran las que le daban fuerza y lo que de ellas había en ella la haría resistir. Se lo dijo a su tío:

—Es algo aquí adentro, algo muy profundo.

—Ya estarás tú, iguana, porque ésas no son mujeres, son lagartijas.

—Vente, Bárbara, vámonos.

Bárbara levantó la mirada y vio a su tío Nicho, rifle al hombro.

—Ándale, vámonos al Chorro.

Bárbara no cabe en sí de gusto. El Chorro es una caída de agua en la montaña y su tío la lleva en ancas sobre su yegua alazana. La vereda sigue por una elevación donde la vista se extiende hasta el horizonte, quizá hasta México.

—Tío, ¿allá está la ciudad? ¿Allá? ¿Detrás de las montañas?

—Yo creo que sí.

El tío Nicho tiene una colección de armas, retrocargas, carabinas, rifles, máuseres, escuadras calibre 22, 25 y su consentida, una 38 colt, caballito. En el Salto de Agua, dispara. La cascada apaga el ruido de los disparos.

—Bárbara, te voy a enseñar a disparar con la retrocarga. Detén el arma.

A los trece años, la puntería de Bárbara enorgullece a su tío Dionisio.

—Ésta es de mira... Ten cuidado. Cierra un ojo.

Bárbara, segura de sí misma, aprieta el gatillo. En el momento de la detonación, los casquillos de dos cartuchos grandes vuelan para atrás y el impacto es tan fuerte que se cimbra de pies a cabeza. «¡Me voy a caer! ¡Me voy a morir!», y avienta el arma.

—Ya me morí —grita.

—No seas tonta —ríe Nicho.

—¡Ya me morí! —aúlla tirada en el suelo.

—No, Bárbara —el tío intenta levantarla—, así es la retrocarga; los cartuchos vuelan para atrás.

Le tiende la mano, pero su sobrina solloza a gritos, la cara contra la tierra.

—¡Nooo! ¡Ya me moríííí! ¡Tú también me quieres mataaaar! ¡Tú tampoco me quieres, nadie me quiere!

—Bárbara, levántate ya —se irrita Nicho.

—¡Me quiero moriiiir!

La niña se revuelca en el suelo. El tío la mira sin comprender. ¿Qué le pasa? Con razón dicen que es payasa, hay algo indecoroso en su retorcerse. Sin embargo su voz tiene un acento desesperado. ¿Debe abrazarla o pegarle?

—Barbarita, ándale, tira de nuevo para que te des cuenta.

La niña siempre se ha dado cuerda sola y lleva sus emociones hasta el paroxismo, ahora le duele el vientre de verdad, le duele el hombro contra el cual chicoteó el arma. Nicho la levanta hecha un guiñapo. La niña se limpia el rostro con otro guiñapo, su vestido. Dispara, aguanta el golpe, se vuelve a limpiar.

—Dispara otra vez.

Dispara hasta cinco veces con esa arma casi tan grande como ella.

A la caída del sol, Nicho la sube en ancas sobre la yegua alazana y ya no escucha su voz aguda. Si no fuera porque los brazos de la niña rodean su cintura, creería que ha muerto.

Cuando Nicho termina de vender sus cochinos, va a la cantina, bebe y apuesta y vuelve a beber hasta caer al suelo. Él y sus amigos cantan «Naila» y lloran, de veras la mujer es una perdición, cómo friega la vida de los pobres venaditos. Al amanecer, el dueño barre a los borrachos fuera de la cantina.

En una de esas jugadas, Nicho discutió con el agente municipal, quien mandó a los soldados a aprehenderlo. «¡Tito, se van a llevar a tu hermano!», le avisaron. Trinidad tomó el machete de empuñadura de cabeza de elefante pero en el camino al pueblo se arrepintió, no usaría la fuerza, recurriría a la ley. Sabía mejor que nadie cuáles eran los derechos de los ciudadanos. «Yo lo voy a sacar por las buenas —consoló a su madre—. Voy a pedir un amparo». Envió un telegrama al juez de Distrito. Enfebrecido, vivió la primera experiencia legal de su vida. Su argumento resultó tan convincente que no sólo lo sacó libre, sino que logró la destitución del agente municipal, que nada tenía que hacer en las cantinas.

A los tres días de su liberación, Dionisio Pineda Chiñas volvió a beber.

—Para el vicio, madre, no tengo remedio.

35

—Oye ¿tú no quieres figurar en el bailable del 20 de noviembre?

—Sí, cómo no.

—Viene el presidente municipal, tienes que lucirte.

Bárbara se sintió agradecida con la maestra a quien Tito
vio bajar del tren de las once, que por cierto llegó a las doce
cincuenta. Era redondita como paloma torcaz. Empezó a
visitarla en la tarde, a hablarle de sus lecturas y la maestra
le enseñó otras.

—¿No has leído *Alma* de Juan T. González? Si quieres
te lo presto. ¿Y no sigues en *El Universal* la polémica de
Lombardo Toledano con Antonio Caso? Puedes comprarlo en la misma estación porque el tren trae el periódico,
quizá hasta te lo presten.

Trinidad la mira azorado; que la mujer le hable de los
derechos obreros, le señale que cualquier persona que
presta sus servicios a otra tiene el derecho de exigir un salario, lo estremece. «Debe reclamarlo con dignidad y no
en forma sumisa». Además la maestra se parece a las hojas
de los árboles que escurren gotas de lluvia. Las tardes son
llovederas y las ramas de los árboles brillan tersas como
el rostro pulido de la recién llegada. «¿Por qué no lees *El
poder de la voluntad* de Marden? Lo edita la Casa Jackson.

Pídelo por correo. Creo que hasta lo venden en abonos. En los periódicos salen desplegados de editoriales anunciando libros. Puedes pedirlos por correspondencia. Con un giro los tienes a vuelta de correo».

Leer la crónica del viaje de Lombardo Toledano a la Unión Soviética lo hizo soñar con otro sistema de gobierno. Pidió *El impuesto sobre las especies* de Lenin, que creía versar sobre la nueva política económica de la Unión Soviética y se preguntó: «Bueno, ¿y por qué pagan allá en especies?». «No entiendo nada, necesito más estudio».

En la solapa del libro venían títulos que se referían al socialismo y Trinidad encargó *El Capital*, que le produjo sueño. Jamás se lo confesó a Pía para que no fuera a hacerlo menos. Unos tomos pequeños de pasta roja atrajeron su atención y de nuevo invirtió en ellos. Le gustó la carátula de *El jorobado de Notre Dame* y cuando recibió el libro corrió a abrirlo bajo un árbol, cerca del río. Era la primera novela que leía en su vida y eso sí se lo confesó a la maestra.

Su presencia despertaba en él un afán competitivo: «¿Cuándo podré ganarle la partida?». En sus sueños giraban palabras de la Pía Elizondo, fragmentos de su cuerpo; su boca era una sentencia, sus pupilas verdades absolutas, las líneas de su rostro tan perfectas como las fórmulas matemáticas y los análisis gramaticales. «En realidad los dioses han sido creados por el hombre, por su temor a lo desconocido. En la Unión Soviética se lucha contra la religión que somete a los hombres».

La maestra descorrió un velo. Antes se hubiera avergonzado de hacerle preguntas a una mujer. Pía echaba abajo sus estructuras mentales. Cuando entraba al salón de clases lo miraba a los ojos en una forma que al principio a Trinidad le pareció hasta ofensiva.

Sentada frente a su escritorio, insistía en montar una biblioteca, en discurrir acerca de la ley de la jornada de ocho horas, explayarse sobre la vida en la Unión Soviética y, sobre todo, en admirar a Lombardo Toledano. Claro, Trinidad era menor y la maestra podía derrochar su sabiduría. Segura de sí misma, fuerte, altiva, su cabeza de inusitados cabellos cortos se erguía muy derecha sobre unos hombros extraordinariamente delicados. Tenía las uñas pintadas y rotas y Trinidad se encontró de pronto repitiendo algunas de sus frases: «Actuar es cambiarse a sí mismo, pulirse, forjarse, como el herrero que le da al metal la forma que desea».

Según ella, Lombardo y Caso tenían una concepción de la universidad totalmente distinta. Para Lombardo, la educación superior debía ligarse a la vida del país y a sus necesidades inmediatas, responder a la política del Estado, implantar la educación socialista y Caso creía indispensable la libre discusión de las ideas y exigía la libertad de cátedra.

—¿Es mejor la libre discusión de las ideas? —preguntaba Trinidad.

—Claro —respondía la maestra—, todas las ideologías deben tener cabida. Una de las grandes banderas de Vasconcelos fue la autonomía universitaria. Vasconcelos todavía vive. Lombardo pretende que el Estado se haga cargo de la educación gratuita y obligatoria, pero es importante que en una universidad se discutan todas las ideas. Hablar de marxismo en México es difícil, inmediatamente te tildan de comunista.

—¿Comunista?

A Trinidad se le abría un abismo, el de su ignorancia. En la noche practicaba la respuesta que jamás se atrevería a darle a la maestra:

«Sí, Pía, he leído las narraciones de Lombardo sobre su viaje a la Unión Soviética y me interesó la nueva situación de los Soviets. Es comparable al sufrimiento de nuestros campesinos, la falta de incentivos, la forma ancestral en que se cultiva la tierra con estaca, el embrutecimiento. Sin embargo, al ver a las mixes bajar a vender fruta y semilla, pensé: "Esta gente debe ser más feliz porque no se preocupa más que de trabajar lo suficiente para comer, casarse, criar a sus hijos, celebrar a sus santos patrones. Arraigados a su tierra, incluso en las condiciones más duras no abandonan su parcela. No les importa saber ni por qué llueve, ni por qué crece la milpa, porque finalmente lo descubren con sólo levantar la vista: saben que en determinada época del año hay que sembrar, en otra cosechar y en otra barbechar, así como conocen el ciclo de la fertilidad de su cuerpo"».

—Eso es fatalismo.

—¿Qué?

A Trinidad le enfermaba tener que preguntarle a Pía el significado de una palabra. Prefería hacerlo al jefe de estación.

—Don Valerio, ¿qué significa fatalismo?

Valerio Bernal sacaba un grueso libro colocado junto al no menos grueso de las tarifas, buscaba con el índice fijando los ojos en las columnas de palabras en orden alfabético.

—¿Y ese libro?

—Es un diccionario.

—¿Y cuánto vale uno de ésos?

Trinidad pudo mandar pedir a México un diccionario de la lengua española. En un cuaderno rayado apuntó las palabras y entendió por fin lo que eran sinónimos sin preguntárselo a Pía, para que ella viera cómo día a día aumentaba su vocabulario. «No entiendo nada, ni siquiera conozco el significado de las palabras. Es tan poco lo que sé que apenas si logro captar lo que leo».

Encargó un libro de historia universal, el *Pequeño Larousse*, otro diccionario de sinónimos. ¡Cuánta ilusión al abrir el paquete dirigido al señor Trinidad Pineda Chiñas, remitente Editorial Botas! Por más que regresaba a su lectura, Tito se dormía sobre *El Capital* sintiéndose tonto. «¿Qué cosa será plusvalía?». Esta vez tampoco Valerio Bernal pudo sacarlo del aprieto. A Tito lo que más le gustó de *El Capital* fueron sus pastas. En la noche le daba vueltas a los enigmas que le planteaban su lectura y la vida apática y miserable de los habitantes de Nizanda.

Pía Elizondo lo estimulaba: «me sacude el cerebro como un coco» y un día lo fascinó al hablarle de un poeta: Ramón López Velarde, que según la maestra había viajado en tren unas cinco veces entre México y Jerez, su tierra zacatecana, y le leyó: «Suave patria: tu casa todavía / es tan grande que el tren va por la vía / como aguinaldo de juguetería. / Y en el barullo de las estaciones, / con tu mirada de mestiza, pones / la inmensidad sobre los corazones».

Pía le abría la puerta a un mundo desconocido y el libro de *La sangre devota* estaba muy manoseado. «Yo nunca había leído poesía, creí que eso era cosa de mujeres». Pía se enojó: «¡No seas tonto!». Y le siguió leyendo: «Yo tuve, en tierra adentro, una novia muy pobre: / ojos inusitados de sulfato de cobre. / Llamábase María; vivía en un suburbio, / y no hubo entre nosotros ni sombra de disturbio. / Acabamos de golpe: su domicilio estaba / contiguo a la estación de los ferrocarriles, / y ¡qué noviazgo puede ser duradero entre / campanadas centrífugas y silbatos febriles!». «Pues yo no estoy de acuerdo —sonrió Trinidad—, porque yo te vi bajar del tren y se hizo el silencio. Cada día de mi vida digo: "Gracias locomotora, gracias tren de pasajeros por traerme a Pía y bendigo los silbatos febriles que anunciaron tu llegada". Además para las muchachas, la única posibilidad de cambio son las estaciones». «¡Mal conjugado el verbo!», repuso Pía, alegre «la única posibilidad de cambio ES la estación».

Pía derramó sus perfumes no sólo en Trinidad sino en Bárbara. «Te voy a poner en primera fila en la fiesta del 20 de noviembre». Bárbara, loca de emoción, bailó como nunca. Semanas después, los vecinos murmuraban que la maestra enamoraba al joven Pineda Chiñas.

Severina y Sixta se apresuraron a visitar a Na' Luisa:

—¡Qué leer ni qué leer! Tito anda con ella en otro plan, Güichita... ¡Semejante traste viejo!

—Tiene los veintidós entrados a veintitrés, seis o siete más que tu hijo. Dicen que viene de la capital y de allá son todas las enfermedades.

—Esta mujer está tísica. Yo la oí toser.

—¿Qué tiene ella que andar haciendo con un chamaco? Las chilangas son unas güilas.

—A ver díganme, ¿qué mujer decente viaja sola?

—Lo que sea de cada quien parece camelia.

—Es la tuberculosis. Se la va a pegar a Tito.

—¡Vieja pervertidora de menores! ¡Yo la enderezaría a palos!

—Ni le contesto el saludo.

Sentada en la hamaca, Severina era la más virulenta. Gorda y lasciva, había iniciado a Tito en el misterio del coito. «Súbeteme encima, anda» y esperó a que el adolescente aturdido encontrara por accidente, a través del movimiento, su propio ritmo hacia el orgasmo. «Vente a la noche, pero no vayas a decirle a tu mamá». Varias viudas o mujeres sin hombre alzaban con facilidad sus enaguas. El calor, la humedad, el lento mecerse en la hamaca, contribuía a que el acto amoroso fuera fácil. «Es lo único que le da sentido a la vida». Alguna vez, Severina declaró, los labios ensalivados, a medio jadeo: «Es mi diversión», y apretando el sexo del muchacho en su mano, «y éste es mi juguetito». Solía además untarse el semen en las mejillas, en la frente: «Es muy bueno para el cutis, entre más joven el güey, mejor». Severina gritaba: «La fuereña le puede pegar la enfermedad».

Na' Luisa cruzó su rebozo sobre los hombros como cananas en señal de guerra y salió en busca del agente municipal:

—Fíjese que mi hijo anda en éstas y no voy a permitir que una mujer de edad le meta mano.

—No se preocupe, Güichita, hoy mismo demando a la maestra.

—Si usted no le llama la atención, yo misma iré a la escuela para ponerla en su lugar, fíjese bien en lo que le digo.

Atenta a los chismes, la relación de Bárbara con la maestra peligraba. Ya no habría corona de flores ni bailable en su futuro. Severina y Sixta hacían correr la voz de que el agente municipal avergonzó a la maestra: «Una mujer de su edad no debería meterse con un adolescente». ¡Qué vergüenza! ¿Qué le habría contestado Pía Elizondo?

Trinidad regresaba al alba de la casa de Pía para amanecer en su cama. Aún no entendía cómo una mujer tan superior a él se le entregaba como si amarse fuera lo más natural del mundo. Una noche, después de explicarle lo que era el materialismo dialéctico, Pía simplemente le abrió los brazos. Trinidad dormía sobre su hombro infinitamente agradecido, y después de besar el rostro limpio, los cabellos cortos y valientes, el cuello de muchachito de Pía Elizondo, sonreía al regresar a su casa.

Al día siguiente en clase, sin rastros del afán de la noche anterior, Pía lo saludaba tendiéndole una mano fuerte. Nada que ver con la lascivia de la mustia Severinita.

—Tito —decía Pía—, aquí hay otra polémica que puede interesarte; mira el artículo de Aquiles Elorduy.

Sediento, ansiaba estar a su nivel. «No es como las demás». Algunos domingos, al encontrarla en el zócalo, lo exaltó la franqueza de su mirada, el desafío en sus ademanes. Tito habría comprendido que lo ignorara. Su audacia lo estremecía. ¡Qué distinta a las beatas persignadas! ¿Qué diablos tenía adentro esa mujer? ¿Sería eso la libertad? ¿No dio sus clases bajo un árbol cuando le advirtieron que el techo de la escuela iba a caerse? ¿Y no comenzó a levantar ella misma los adobes hasta que los hombres vinieron a ayudarla? La gente la evitaba como si fuera a cimbrar lo establecido.

Alguna vez, en la intimidad, Tito le preguntó por su niñez y ella respondió, con una voz súbitamente aniñada por el recuerdo, que era hija de español y que no había gente más revolucionaria que los republicanos; que él, su padre, había sido el primero en hablarle de Lenin.

Trinidad se acostumbró a dormir poco. También Na' Luisa se la pasaba en vela del coraje. Sus hijos, Nicho y Tito, eran de ella, sólo de ella. ¿Qué tenía Tito que andar haciendo con semejante traste viejo, como muy bien había comentado Severina? Na' Luisa buscó de nuevo al agente municipal y Bárbara, pegada a su abuela, se hizo presente en la pieza que fungía de Palacio Municipal:

—Ya demandé a la maestra, Na' Güichita, hasta su hijo se enteró. Hice la demanda por perversión de menores —le aseguró el agente— y ahora mismo se presentará la güila ésa.

—¿Qué tonterías estás haciendo, madre? —preguntó Tito muy enojado.

—Mira hijo, el pleito no es contigo. Aquí todo el mundo te conoce. En cambio la fuereña es una piruja. Tu mamá viene a poner una queja en contra de ella, así es de que haz el favor de comportarte y no le faltes al respeto —intervino el agente.

—La que me está faltando al respeto es ella.

Tito seguía al pie de la letra los consejos de la maestra: «No dejes que te falten al respeto, nunca».

Esa misma noche sacó su ropa en cajas de cartón y recogió los libros de su niñez. Al ver que se llevaba su aparato telegráfico, prestado por el jefe de estación, Bárbara lloró a gritos. En la noche, su tío acostumbraba ponerse una visera verde y la casa se llenaba del zumbido de las cigarras: tas-tas-tas-tas-tas, un sonido que hace que llamen chícharos a los telegrafistas, y Bárbara se dormía pensando en su buena suerte:

—Ya acuéstate, Tito, ya es muy tarde —decía Na' Luisa.

—Ahorita.

Hasta altas horas, la madre mortificada escuchaba la presión del manipulador del telégrafo que transmitía el mensaje.

Cuando Na' Luisa se dio cuenta de que su hijo se iba, descolgó una reata del tendedero, los reatazos cayeron en espalda, hombros y pecho y Tito, acuclillado junto a sus tesoros, intentó proteger su cabeza.

Bárbara salió al patio a gritar a voz en cuello.

—¡Ay, ay, ay, le están pegando a mi tío! ¡Le están pegando a mi Tito!

—¡Cállate la boca, escuincla! —la jaló Pelancha.

En Palacio, Tito se enfrentó al agente municipal, quien le dio dos fuetazos. Entonces el muchacho sacó una pistola calibre 22:

—¡Tito! ¿Qué vas a hacer? —gritó Na' Luisa.

Le alzó el brazo y evitó el disparo. Trinidad echó a correr, brincó unas trancas y escapó. «¿A dónde vas? ¡No huyas!», gritó de nuevo Na' Luisa. Un destacamento de soldados lo detuvo y encerró en una cabaña que fungía de cárcel.

Para que la reconociera, Bárbara cantaba a través del muro:

—«El tren que corría por el ancha vía/muy pronto se fue a estrellar,/con un aeroplano/que andaba en el llano/volando sin descansar». ¿No quieres agua, tío?

—No quiero nada.

—¿Te voy a traer comida?

—No.

—Te quiero ayudar, tío.

—Llévale un recado a la maestra.

Dos días más tarde, Valerio Bernal abogó por él.

—Son locuras de juventud, su mamá ya lo perdonó, suéltenlo, hombre —le dijo al agente municipal.

Al salir libre, don Valerio le dio albergue en la estación y le ofreció el puesto de ayudante de Express.

—Espúlgame, porque creo que me llenaron de piojos unas soldaderas —le pedía Trinidad a su sobrina.

—Ahora sí te puedes ir al río a bañar, aquí está tu muda, tío —Bárbara sacaba su ropa del baúl, la escondía bajo su vestido y corría a la estación.

Así pasaron tres meses.

Una noche, cuando Na' Luisa tomaba el fresco en la mecedora, Bárbara la escuchó decir:

—No sé por qué me da en el corazón que viene mi hijo en ese tren.

—¡Qué va a venir!

—Yo lo presiento.

Tito entró cantando.

36

—Me nombraron jefe en Matías Romero. ¿Por qué no vienes conmigo, Trinidad? Salgo dentro de dos días —le avisó Valerio Bernal.

—Mire, cuando esté allá, si todavía quiere que vaya, escríbame.

El hombre que más impacto le había causado era este luchador inquieto, el primero en enseñarle un diccionario.

Valerio Bernal se hizo jefe en estaciones perdidas en lo alto de la sierra y dormía sentado frente al telégrafo de tanta soledad. Si a medianoche un tren pasaba resoplando, el conductor se seguía sin las órdenes porque el jefe ya había caído en el pozo del olvido. «Para aguantar, yo me echaba mi tanguarniz, si no me habría vuelto loco. El tren nunca aparecía y cuando lo hacía yo ya ni me enteraba de tanto esperarlo».

«En la sierra las estaciones son corrales. Lo único vivo es la chicharra y ese repiqueteo, en medio del abandono, es la mayor esperanza».

«Aunque tuviera yo cachucha con letras de oro, ser jefe en esas lejanías era caer al fondo del abismo. Allá no nombraban a un gringo ni por equivocación; las estaciones de quinta eran para los mexicanitos. En las zonas tropicales pegan las calenturas, ¡cuánto paludismo!, y la empresa tenía que darnos una carabina para defendernos. Yo maté a una víbora de un balazo. De vez en cuando, en aquella inmensidad, se oía el disparo de un rifle. Y entonces era peor. ¿Quién disparó? ¿De dónde diablos salió el tiro? La discriminación en contra nuestra era tan insultante que hasta los periódicos porfirianos criticaron a los yanquis».

Valerio Bernal hablaba con las manos y hacía pasar un tren frente a los ojos apasionados de Tito. Contaba las luchas de antes con un idealismo de ronda infantil. Promovió una huelga en julio de 1909. «Un mexicano no valía lo que un "*American Citizen*" y los trenistas gringos invadieron todo el sistema. Nos impedían escalar. Ningún mexicano en un puesto importante. En Estados Unidos los rieleros tenían puestos de quinta, aquí subieron de escalafón, se volvieron maquinistas y nos trataban a mentadas, "*fuck you son of a bich*".

»Claro que hubo uno que otro buena gente, no digo que no, pero además del maltrato, nos pagaban mucho menos. Llegaron al extremo de decir que juzgarían a los culpables de accidentes en Estados Unidos.

»El idioma oficial en los ferrocarriles era el inglés, ¿te imaginas? De por sí, todos los términos ferrocarrileros son yanquis. Por cualquier cosa nos discharchaban. Yo sé decir *operator, advise when number 77 is ready, good bye brother, good morning mister, sure Mike, very fine, so long, oh, chit!, fuck you, son of a bich*, total, hablo un inglés tan bueno como los cara de bolillo a medio cocer».

Trinidad siguió atendiendo el Express hasta que una mañana llegó una carta de Matías Romero para él.

—Mire madre, se la voy a leer: «Aquí, como el trabajo es mucho, te vamos a pagar cien pesos mensuales».

—Es un dineral.

Trinidad prepara su ropa con gusto, coloca en su maleta camisas y pantalones planchados por Bárbara, dos mudas de ropa interior, dos pares de calcetines y sus libros.

Feliz con su pase, casi dueño del ferrocarril, sentado en el vagón al lado de la ventanilla en un asiento rojo de los que sólo se ven en el palacio de gobierno, observa el paisaje bajo la limpidez del cielo. Es tanta que piensa: «Aquí la luminosidad del aire se oye, tiene una resonancia que se le sube a uno a la cabeza». Hace cálculos de lo que va a ganar para poderse comprar libros de Víctor Hugo, Alejandro Dumas, Balzac, Michelet, un *Larousse* más reciente, otro diccionario de mexicanismos. «Voy a buscar novia y seguro encontraré con quién platicar, quien quite hasta un maestro, porque Matías Romero es una estación importantísima».

«¡Deslumbrante, mi cuate, ésta es una estación formidable!» —le dice don Valerio entusiasmado.

En Matías Romero, el jefe de estación y el chícharo tienen que correr a despachar órdenes de salida, verificar llegadas, es tan grande el movimiento de trenes que se congestiona el patio. Los silbidos de las locomotoras afilan el aire y a su llegada se desploman con una tos casi humana. Trinidad, alucinado por los talleres, visita a las locomotoras en reparación. «Aquí les tenemos su hospital», ríe un garrotero. Trinidad se siente en una catedral, la de Oaxaca que visitó de pequeño con su señor padre. ¡Qué grandiosidad! Fuera de la estación, entre los árboles, se alinean los chalets de los ingenieros. «Son ingleses. Así los construyeron para no extrañar a su país. Son igualitos a su casa del otro lado del mar». ¿Cuál mar? Debe ser enorme como todo en esta estación en la que se multiplican las tareas y los superintendentes a quienes hay que obedecer. Aquí ni retrasos ni incumplimiento con los clientes. Aquí la obsesión es el progreso del ferrocarril y se habla de una máquina diésel que puede recorrer más de ochocientos kilómetros sin abastecerse de agua o combustible, una máquina muy superior a la de vapor, un portento de la tecnología que permanece cuarenta y ocho horas sobre la vía pite y pite y caminando en vez de las doce horas de una de vapor.

Cada llegada de tren es un acontecimiento. Puntitos rojos como clavos ardientes aparecen a lo lejos rompiendo la espesa oscuridad, un ruido como de trueno estremece el paisaje, luego surge la locomotora, entra despacio, haciéndose del rogar, llenándole no sólo los ojos sino el entendimiento porque hay que atenderla en todo. Con razón Bárbara le espeta un día: «La mujer que más amas es Na' Locomotora».

Le conmueve ver a los rieleros apearse con el cuello levantado y la gorra metida hasta las orejas porque vienen del frío. También le conmueven los empleados y los carretilleros estibadores del Express porque los ve correr y cargar hasta caer exhaustos. Trabajan bajo las órdenes de los jefes de estación y ellos les pagan y los tratan como se les da la gana. La empresa no da prestaciones ni cumple con el contrato. «¿No te basta con ser ferrocarrilero?».

Allá en Nizanda, Trinidad se macheteó los estatutos de Ferrocarriles. Gracias al ejemplar de los contratos de trabajo descubrió que las injusticias de la empresa nacionalizada superaban a las de los *misters* norteamericanos.

Cuando por fin la máquina resuella a la luz de las linternas, el andén se cubre de pisadas ansiosas y rápidas, el chícharo apenas si distingue los rostros, las enaguas de las tehuanas barren el piso, ellas mismas se dan indicaciones en zapoteco. Encargan a sus criaturas mientras van por otro cajón de fruta o verdura.

En la madrugada aparecen los hombres en el patio de carga. Tres garroteros han visto a dos moscas saltar de un tren antes de llegar a la estación. ¿Serán los mismos que viajaron entre las varillas debajo de un vagón? Con todos sus músculos, con toda su alma, con uñas y dientes se agarran de las varillas de su escondite manteniéndose en un precario equilibrio. Viajar así es un suplicio porque el cansancio pone la vida en peligro. Si se sueltan, la rueda los guillotina. Al conectarse los vagones, pueden salir disparados los moscas.

—Cada vez son más los que viajan de mosca —comenta el jefe de estación—, y es que cada vez somos más pobres.

Los polizontes son miles. Suben en Lechería, menos vigilada que Buenavista, y a veces en Tlalnepantla esperan el nocturno. «¿Qué hacen allí, tales por cuales?». Cuando las máquinas empiezan a pasar, saltan encima del tren y se aferran al primer ténder. Cuando los ven los echan a empellones, el tren en marcha. «¡Bájense o los bajamos!».

A las ocho de la mañana las máquinas listas, bien alimentadas, esperan la orden de partida, las «chanclas» van y vienen arrastrando carros entre estruendosos choques, silbatos y gritos de patieros. Muchos ferrocarrileros se arremolinan en el patio, los pasajeros hacen cola en las cuatro ventanillas y Trinidad ve correr a los carretilleros estibadores, que no se dan abasto con tanta mercancía.

—¿Traes los boletos, Efrén?

En Nizanda las horas transcurrían despacio, Tito podía leer *El Capital* y dormirse de tedio sobre sus páginas sin que nadie apareciera para pedir un servicio. Había modo de practicar el telégrafo, de seguir los durmientes con la vista y el pensamiento hasta que se perdieran en la lejanía, pero ahora ni tiempo de consultar los libros traídos de su casa. Lee el periódico a las volandas y no como le gusta, marcando cada columna con una palomita. A lo largo de toda su vida conservará esa costumbre. «Así puedo hacerle una síntesis del artículo a los compañeros, así palomeado se me graba en la memoria».

En Matías Romero, Trinidad escucha por vez primera la palabra *sindicato*. «¿Por qué no te recibes como telegrafista para poder entrar al sindicato? Si no, nunca vas a pasar de chícharo y nunca te pagará la empresa».

El jefe de estación, Valerio Bernal, lo gratificaba con treinta pesos mensuales y Trinidad era el responsable de toda la documentación del Express: liquidación, venta de boletos, y aunque todavía no era muy diestro con el telégrafo hacía su trabajo a conciencia. Subir al vagón del correo express lo emocionaba porque adentro reinaba un orden esplendoroso, el carro de madera era un primor, una librería andante con sus repisas de madera pulida, sus «palomeras» en las que debían colocarse las cartas según ruta y destino. Las cajas se archivaban en otro espacio, los paquetes bien cerrados metidos en un costal se colgaban de un gancho en lo alto al pie de la vía incluso antes de detenerse el tren. Otras bolsas colgadas de ganchos esperaban dentro del vagón tan reluciente como los casilleros y espejeaban las dos mesas largas para separar el correo y clasificarlo. Incluso había un compartimiento para guardar valores. «Servicio Postal Mexicano» se leía en un costado del carro al igual que en las bolsas cerradas. «Servicio Postal Mexicano». El peso del carro era de 43 350 kilogramos, su longitud, de 19 metros 29 centímetros, su ancho, de 3 metros 10 centímetros y sobresalían sus entrañables letreros: «*Mind your step*», «Peligro», «Válvula de emergencia», «Válvula de conductor», «Freno de mano», «Pise con cuidado», al lado de la escalerilla de descenso. «Tu carro está tan ordenado que parece quirófano de hospital», le diría Bárbara al visitarlo.

En la estación de Nizanda, Valerio Bernal tenía buena comisión: recibía quinientos o seiscientos pesos al mes y llegó a gratificar a Trinidad hasta con sesenta pesos mensuales. Además le dio la ventaja de vender etiquetas.

—Hay que mandar comprar las etiquetas a México. Luego te llegan por Express.

—¿Cuántas?

—Un millar.

Trinidad ganaba tres centavos por cada una, pero los desquitaba con creces porque escribía la dirección, pegaba los timbres, apuntaba el remitente. Dejaba caer con fuerza el sello sobre los timbres para que se viera claro y anudaba de nuevo el mecate para afianzarlo.

—Con la lengua no, mójela con la esponjita —se irritaba escudado tras la ventanilla.

Acostumbrados a empleados de telégrafo que hacían su agosto esquilmándolos, los campesinos se engreían con este chícharo tan servicial.

A la hora de mayor movimiento, encontraba tiempo para afianzar paquetes, rotular sobres, cerciorase del nombre del destinatario: «¡No se entiende la dirección! A ver, ¿para dónde va?».

«¡Ah, qué chícharo tan consciente!», comentaban los usuarios. A Tito en cambio lo encolerizaban quienes reincidían en el error.

—¿No le dije la última vez cómo hacer el paquete?

—Sí, pero al cabo usted me lo compone.

—Pues ya no lo voy a hacer, así es de que fíjese.

¿Sería desidia? «¡Ay pues ni modo!». El «ni modo» lo sacaba de quicio. ¿Cómo que ni modo? ¿Cómo era posible que cultivaran la tierra exactamente como hace cien años sin preguntarse siquiera por alguna fórmula renovadora? ¿Era normal que las madres aceptaran la muerte del hijo sin pensar que tenían derecho a atención médica? ¿Por qué aguantaban que el cura les hiciera recitar latinajos en vez de darles consejos prácticos si él tenía estudio? ¿O le importaba poco que la gente se hacinara en un cuarto y muriera de enfermedades curables? ¿Sería la apatía del agua estancada en los pantanos la que hacía que la gente no reaccionara?

Don Valerio sonreía: «Fui como tú de joven, pero muy pronto me di cuenta de que lo único que puede uno cambiar es a uno mismo y a veces ni eso».

Algo raro sonaba en la caja de cartón cuando Trinidad se dispuso a meterla con los demás paquetes. Todo el peso se fue para un lado y oyó un levísimo quejido. A riesgo de violar el secreto postal, deshizo el paquete que no tenía remitente. Siete gatitos lo miraron con sus grandes ojos huérfanos. ¡Dios, qué inconsciencia de la gente y cuánta crueldad! Según el destinatario, los gatos iban a San Luis Potosí. Morirían antes de llegar. Trinidad les dio leche y pidió permiso de salir un momento. Trajo una caja con arena y a la semana saltaban sobre su escritorio y maullaban en sus oídos. «Se ve que a usted le gustan los animales. ¿Cómo se llaman?». «No tienen nombre y no son míos», respondía. Con un gato trepado en un hombro, rasguñándole la oreja, preguntaba a los usuarios: «¿No quiere un gato para sus ratones?». A las dos semanas, los gatos le habían tomado la medida. Orinaban los oficios y afilaban sus dientes con los embalajes del Express. «¿Qué va a ser de mí que soy incapaz de matar a un gato?». Trinidad empezó a ponerles nombre, Bolita a la más gorda, Palillo al más delgado, Monsiváis al más inteligente. Hasta que

Valerio Bernal le ordenó deshacerse de ellos. «Va a venir el superintendente y te va a consignar». «No puedo, jefe, no me pida eso, es lo único que no puedo hacer». «Pues yo sí, déjamelo a mí». Valerio Bernal nunca le dijo qué hizo con ellos y el chícharo tampoco lo preguntó. Sabía que era un hombre bueno y no se preocupó demasiado.

Ahora en Matías Romero, Trinidad ya casi no tiene tiempo de hablar con el jefe de estación. Recibe sus órdenes, corre a cumplirlas, el ajetreo de los andenes impide las sabrosas pláticas hasta que una tarde Valerio Bernal le avisa:

—Me nombraron jefe de estación en Tonalá, Trinidad. Me gustaría llevarte, pero es imposible. Ya estás encarrilado y de ahora en adelante te va a ir a toda *mother*.

—De tanto oír a los gringos aprendió inglés, ¿verdad, don Valerio?

Valerio Bernal había sido el primero y quizás el único maestro.

Con el nuevo jefe aumentó el trabajo en Matías Romero, porque la comisión que él recibía era muy superior a la de Ta' Valerio.

—En los Ferrocarriles —lo urgió Natividad González con sus bigotes lacios que le escurrían a un lado de la boca— se asciende por riguroso escalafón. Te tienes que examinar de telegrafista. Ándale, ponte chango. Podemos ayudarte en el sindicato.

Cada tercer día, a la hora del cierre, un agente viajero se presentaba a depositar dinero. Trinidad le advirtió en dos ocasiones que su retraso entorpecía el funcionamiento de la oficina, pero el hombre de la mirada torva siguió llegando fuera de horas de servicio.

—Se lo advertí —Trinidad se negó a atenderlo.

El hombre regresó a la ventanilla con el jefe de estación:

—Pineda, recíbale el dinero.

—Sí, con la condición de que sea la última vez, porque me quedo hasta muy noche haciendo el informe.

El agente viajero volvió a llegar tarde y esta vez Trinidad se mantuvo firme:

—No puedo.

—O lo atiendes o te corro del trabajo —ordenó el jefe.

—Pues córrame. El que quiere quedar bien es usted.

—Te voy a levantar un acta por indisciplina.

—Yo no le sigo trabajando en estas condiciones. Ahí está la contabilidad y la liquidación, allá el corte de caja, le entrego la oficina, yo me voy.

—¡Escuincle malagradecido! Ningún jefe de estación volverá a contratarte, de eso me encargo yo.

—Los derechos del obrero son sagrados, lo leí en un libro que me prestó Valerio Bernal, ese sí un verdadero jefe de estación. ¿Cómo no voy a hacer respetar mis propios derechos? Usted recibe una buena comisión y nunca nos paga tiempo extra. Usted patea a los trabajadores y se comporta como un cacique.

De común acuerdo con el contador viajero, el jefe lo «boletinó», lo cual era grave porque la Superintendencia enviaba una circular a todo el sistema y otros jefes de estación se negarían a contratarlo.

En vez de regresar a casa, Trinidad viajó a Coatzacoalcos. «No tengo personal de confianza y te voy a ocupar a pesar de la orden para que me ayudes en San Cristóbal, Veracruz», le ofreció otro jefe de estación. Pidió por escrito que le levantaran el castigo a su nuevo telegrafista y la Superintendencia aceptó, pero a los tres meses a él lo cambiaron de estación y a Trinidad lo llamaron a cubrir un interinato en Jesús Carranza, Oaxaca.

—Bueno, allá podré leer porque hay poco movimiento.

Un domingo, mientras lee, se le acerca a Trinidad un campesino de ojos muy negros y luminosos:

—¿Qué dice tu libro?

Al ver su seriedad, responde:

—Es el Código Agrario. Habla de los derechos de los campesinos; del pago que deben reclamar.

Jonás, que así se llama, se aficiona a acompañar a Trinidad en sus tareas. Lo que más le gusta es verlo escribir a máquina.

—Trinidad, hazme este escrito —le pide una tarde.

—¿Y por qué no aprendes tú? Me has visto enviar telegramas, escribir cartas, te sabes los términos, estoy seguro de que puedes.

—Es que sólo cursé hasta tercero —Jonás se ensombrece.

—¿Y qué? Yo también.

—¿Tú también? —se sorprende el campesino—. ¿Y cómo es que escribes a máquina?

—La necesidad, Jonás. No escribo con todos los dedos, sólo con cuatro.

—Es imposible salir de tercero de primaria con buena ortografía. ¿Cómo le hiciste tú?

—Pedí libros de gramática a la capital; mandé traer un diccionario, le pregunté a cuanta gente sabe.

Mientras crece el entusiasmo de Tito, Jonás se hace más temeroso.

—No, Trinidad, no puedo.

—Pero Jonás, claro que puedes, eres inteligente.

—Soy campesino, toda la vida he cultivado tierras que no son mías. Tú no sabes lo que es el cacique de esta región, nunca nos va a dejar salir adelante, ni siquiera a ti que eres tan arredrado.

Entonces y por primera vez Trinidad descubre algo que le causa una profunda desazón: el miedo a la libertad.

A partir de los diálogos con Jonás, Trinidad se propone un nuevo objetivo: luchar por la fundación de Comités de Defensa Campesina.

Cuando Jonás se despide, Tito recuerda cómo ansiaba encontrar a alguien con quien hablar, y al día siguiente, en vez de sentarse en la banca de la estación, va a buscarlo. «Vengo a echar una platicadita». Dos compadres de su amigo lo esperan, luego cuatro, luego seis. Primero les cuenta una que otra historia, luego les lee las crónicas del viaje de Lombardo Toledano a la Unión Soviética, de cómo los rusos se unen para cultivar la tierra: «También podemos hacerlo aquí». Lo escuchan con expresiones graves, y una tarde lo exhortan:

—¿Por qué no nos enseñas?

A los veinte días, Jonás y dos de sus compadres regresan a la estación:

—Levantamos un galerón para que sea tu escuela.

Un jacal con techumbre de paja abre los brazos. Se parece a las casas de Nizanda.

—Bueno —se conmueve—, les voy a dar clase, aunque no sé mucho.

Al atardecer, Tito recibe a un número cada vez mayor de campesinos y se da cuenta que al explicárselos muchos enigmas a él se le aclaran. Además de enseñarles hasta tercero de primaria —los únicos años que cursó—, al terminar la clase sus alumnos le plantean conflictos:

—Baldomero Andrade quiere quedarse con un pedazo de mi parcela. Tengo escritura.

—No te dejes, tienes que hacer una demanda, dirígete al Departamento Agrario.

—¿Pero cómo, Trinidad, cómo?

—Bueno, yo te hago la demanda. Aquí están las leyes sobre las que puedes apoyar tu defensa. Ahora sí, ya te enseñé a firmar, no hace falta que pongas tu huella digital.

«También sabe hacer amparos telegráficos», comentan admirativos.

Cuando uno de ellos le tiende un billete, Trinidad se hace para atrás:

—Yo tengo mi sueldo de ferrocarrilero.

—Deberías armarte —le aconseja Silvestre Roldán—, te traen ganas. La mayoría de los compañeros andan armados.

—Yo no hago lo de muchos.

Ya lo habían amenazado, pistola en mano, en un café de Coatzacoalcos. Trinidad intentó huir, pero cuatro policías lo esperaban en la calle y lo golpearon en la cabeza con la cacha de la pistola. Inconsciente lo encarcelaron. Al soltarlo a la semana, Silvestre volvió a la carga: «¿Todavía quieres andar desarmado? Es obvio que se trata de una intimidación».

Al día siguiente de su liberación, se levantó a recibir el tren de las cinco de la mañana. Todos los días aguardaba ese momento privilegiado en el andén. El amanecer lo armonizaba con la naturaleza. Luego iría a tomar café con sus hermanos del alma, Silvestre y Saturnino.

Allí estaba, listo para entregar las órdenes al maquinista cuando vio a dos hombres correr, creyó que eran moscas que iban a saltar sobre la plataforma para viajar gratis, pero se le echaron encima. Intentó verles la cara mientras se empeñaban en llevárselo y uno de ellos lo hubiera logrado a no ser porque Silvestre Roldán, que venía llegando a la estación, lo descontó de un puñetazo. Trinidad forcejeó con el otro y pudo zafarse y correr a encerrarse en la oficina. Allá adentro tenía, guardada en un cajón, la pistola de la empresa en caso de algún asalto; la tomó, pero ya Silvestre dominaba la situación y los dos asaltantes salieron huyendo.

Arrancó el tren. Ahora sí, Trinidad la había visto muy de cerca. Circulaban historias siniestras acerca de la costumbre de llevar a los enemigos políticos a la playa para aventarlos al mar con una piedra al cuello. Mientras forcejeaba, Trinidad había recordado la frase: «¡A la playa, a la playa!».

Sus solicitudes de amparo llegan a los oídos de Baldomero Andrade, el cacique de Jesús Carranza. «Cuídate, tiene fama de matón y anda armado».

Cada vez más campesinos acuden al jacalón:

—Baldomero dice que eres comunista y que tu patria es Moscú. Sé de estas cosas y debes irte cuanto antes porque su gente mató a Policarpo Reyes y a Rubén Azuara. A Rubén le dieron el tiro de gracia en un ojo. Los pistoleros de Baldomero no se arredran ante nada —le advierte preocupado Jonás.

A pesar de su ecuanimidad, una cuadrilla de campesinos lo recoge en la estación para llevarlo al galerón y regresarlo por la noche.

—Mejor lárgate, te andan rondando.

—A menos de que me liquiden a traición, no veo cómo puedan matarme. Ustedes no me dejan ni a sol ni a sombra. Además, yo también traigo a mi compañera...

—¿Cuál?

Trinidad presume su pistola.

En la noche, oye platicar a sus amigos junto a la estación, se turnan, algunos cantan corridos. Jamás vuelve a estar solo ni a comer solo, las mujeres le envían guisos y tortillas recién palmeadas, le dejan fruta todavía húmeda de la lavada en una canasta con un mantel bordado.

Así transcurre medio año hasta que Bárbara, quien lo visita con frecuencia, lo apremia:

—¡Tío, es imposible vivir así! Estoy en zozobra continua.

El día de su partida, hombres y mujeres cierran filas en la estación:

—Trinidad, tú nos ayudaste y eso nunca lo vamos a olvidar.

Jonás, el primero en preguntarle qué leía, le pide:

—Déjame tu libro.

Trinidad pone en sus manos el Código Agrario.

37

En San Cristóbal, Veracruz, se le apareció a Trinidad el que sería su amigo de toda la vida, Silvestre Roldán. Toda su altura estaba en su torso poderoso porque sus piernas no eran tan largas. Sus ojos, muy separados, miraban a los ojos. Todas las cosas que importan, ojos, boca, manos, las tenía bien. Pocos días después, surgió Saturnino Maya, poseedor de una sonrisa privada como si sólo sonriera para sus adentros. Daba cierto pudor verlo cuando así sonreía, pero a Trinidad, en ese momento, lo que más le llamó la atención fue la belleza de su mujer embarazada. Y sin más les auguró:

—Van a tener un hijo muy hermoso.

—Yo te meto a la asamblea —aseguró Silvestre—. Aquí Saturnino y Dalia, ambos sindicalistas, nos van a acompañar…

Ante los ojos de los dirigentes, que no esperaban semejante intervención, Trinidad tomó la palabra, interpretó el estatuto aprendido en tantas noches de trabajo solitario y al someterse a votación, la asamblea lo admitió como miembro del Sindicato Mexicano de Ferrocarrileros.

Provisto de su credencial, regresó a Matías Romero:

—Cuando menos para sentar escalafón —le comentó el jefe de despachadores.

—Hay la oportunidad de que hagas una suplencia hoy mismo como telegrafista en Chivela.

San Blas Atempa, El Jordán, Ciudad Ixtepec, El Zapote, El Mezquite, Chivela, Almoloya, Nizaconejo, Barrancones, Matías Romero, El Bajo, Río Pachiñe, Sarabia, Palomares, Tolosita, Estación Uvero, San Martín, Donají, Boca del Monte, las estaciones se suceden y en sus oídos suenan como castañuelas.

Con la cabeza fuera de la ventanilla, Trinidad siente que la máquina es parte de su propio cuerpo, lloran las zapatas, crujen retirándose los frenos, los rieles aúllan en las curvas al ser mordidos por las ruedas y le duelen los brazos y las piernas y siente punzadas en el estómago. La velocidad lo marea, el tren va como un dragón escupiendo fuego. Los rieles lastiman la tierra con sus líneas rectas encajadas en su corteza, la crucifican, ¿o no han visto el tamaño de los clavos para remachar rieles? Cortan el paisaje, lo asaetan, agujerean las montañas, las perforan, violentan la naturaleza. ¿No ejerce la fuerza motriz de la locomotora la misma fuerza que ejercemos en contra de nosotros mismos? El continuo rodar y el ritmo monótono de las ruedas controla el tiempo en forma aún más inquietante que el tic tac del reloj. Al levantar la vista cruzan parvadas de guacamayas y pericos. Verdes cortinajes se abren al paso de la locomotora. Las floraciones pegadas a las rocas, la jungla oscura, los tajos abiertos en la montaña, los campos sembrados de maíz y de ajonjolí, el arrozal —inmensa esmeralda—, los pastizales con manchas aquí y allá de ganado y el ardiente clamor de la selva, ¡qué gloriosa felicidad la suya! «Tengo que ajustarme siempre al reglamento. Las normas son lo principal», se repite en su primer trabajo como sindicalista.

El tren mece sus sueños. Provee suficientes horas de introspección como para cubrir muchos kilómetros, tantos como vueltas dan las ruedas sobre los rieles. El tren lo hace preguntarse no sólo a dónde va sino quién es. «En el tren he adquirido mis mejores certezas», le dijo una tarde Saturnino Maya. En un viaje anterior, el tren lo había llevado al mar. El negro sonido del agua llegó a grandes lengüetazos casi hasta los rieles. «Parece un perro tomando agua», pensó. El agua fluía al lado de la vía. El viento barriéndolo todo en el techo del vagón respiraba al igual que la noche negra. Así como los sacudimientos del tren podían romperle las costillas, habían roto también algunos de sus prejuicios. México, qué diverso. Afuera, sólo podía verse la negra caligrafía de las palmeras. Sólo al bajar al muelle Trinidad pudo oler el mar y mirar al viento hinchar las sábanas puestas a secar en los tendederos. ¡Ah cómo añoraba ese primer viaje!

—¡Chivela! —el grito lo saca de sí mismo.

Por la ventanilla, un garrotero le tira su maleta y el tren parte dejándolo a la mitad de la vía. El vacío lo golpea. Cerca de los rieles se levanta una choza de palo cubierta con un mal techo. Abre la puerta. Adentro, una mesa coja con un juego de aparatos telegráficos, unos bloques de papel, un tintero. En un rincón las dos linternas y las banderas de señales. «No cabe la menor duda, ésa es tu estación», se dice y se desploma en la silla.

Algunas estaciones son tan pequeñas que no hay ni qué comer salvo huevos y gallinas, si es que los habitantes quieren venderlos. «Le merco unos blanquillos». La soledad del campo lo toma por asalto. ¡Ni báscula de piso, ni ménsula de señales, ni torres de vigilancia, ni carros tanques petroleros, ni una grúa, nada de lo conocido en qué afianzar sus ojos! ¡Cuánta desolación! Aunque Trinidad se dice: «Tengo que vencerme a mí mismo, aquí sí voy a forjar mi voluntad, aquí sí voy a poder estudiar sin interrupciones», la estación lo hostiga. «Si al menos tuviera yo una mujer», se lamenta.

¡Cuántas ilusiones se le hacen polvo! Había pensado que su amor a la locomotora le crearía un nuevo concepto del tiempo porque gracias al viaje poseería un espacio mucho más vasto que el límite rutinario de una oficina. Pero no es así. El tiempo y el espacio lo encierran. No hay movimiento posible. El tiempo y el espacio lo matan y lo encajonan. Afuera los pericos parecen burlarse de él.

¿Cuál cambio? El tren había concretizado para él la idea del cambio al llevar mercancías de un lado a otro, al lograr que aparecieran forasteros y extraños con ideas nuevas, pero todo es inmensamente igual a su desencanto interior.

Yo soy mi propio viaje. ¿Será esto buscar la verdad de la vida?

Al domingo siguiente, aprovecha la falta de movimiento para ir a Coatzacoalcos a ver a su hermana Chanita, que lo recibe orgullosa:

—¿Cómo le va a mi jefazo? ¿Qué tal el nuevo jefe de estación?

—Sí, hermana, soy jefe de un mundo perdido, atiendo una estación fantasma. Los únicos que pasan son trenes cargueros jalados por tres máquinas que apenas pueden con los vagones y carros jaula y patinan sobre los rieles. Me siento aislado de todo. La gente, de tan sola, no habla. Lo que oigo es el zumbar de las moscas. Los hombres van a su quehacer y sólo he hablado con dos campesinos que, por borrachos, durmieron en la estación. La chicharra del telégrafo suena una o dos veces a la semana y cada vez que un silbido estremece la barraca, salto de mi asiento.

—Te voy a mandar algunos víveres, Tito.

El nuevo jefe de estación se concentra en su vida interior alimentada por libros enviados desde la capital. Abrir el paquete es un agasajo; lo hace con cuidado, conservando la envoltura para forrarlos. Siempre ha sido meticuloso, pero ahora todo lo que desembarca del tren es un tesoro, los libros, el huacal de fruta de Chanita, las piñas que aún no maduran, la penca de plátano, el costalito de frijoles.

En cuanto a los libros, después de escribir el título en el exterior sobre una etiqueta blanca de filos rojos, lee con reverencia y desazón, tratando de entenderlos. ¿Seré tonto? Pasa a un cuaderno las ideas que lo atraen, las palabras difíciles: «A mí nadie me va a agarrar desprevenido». También se esmera en sacar porcentajes, en resolver problemas de aritmética: «Si un hombre tiene un campo rectangular que mide 469 metros de ancho y 758 de largo y quiere ponerle postes cada tres metros y medio, ¿cuántos postes deberá comprar?».

Trabaja con desesperación, pero jamás duda acerca de la utilidad de su estudio.

Los anteriores jefes de estación azotaron la puerta y se fueron para no volver. Trinidad no ceja:

—Jefe, mis órdenes.

Se las tiende y le da la mano al conductor. Siente orgullo de ser jefe, pero cuando el tren se retira lentamente, dejándolo a la mitad de la nada, piensa que está solo en el mundo.

Con los escasos viajeros que descienden del tren trata de informarse acerca de otros libros relacionados con doctrinas sociales. Alguna vez, un miembro del Partido Comunista enviado a una comisión inició un diálogo en la sala de espera: «¡Por fin alguien con quien hablar!», pero su regocijo duró poco porque el tren, para su gran sorpresa, llegó a tiempo y el camarada se despidió.

—Camaradita, oiga usted, camaradita, retrase un poco su viaje.

¿Qué grito de soledad lo obliga a rogarle al desconocido que le palmea la espalda y lo consuela diciéndole que ya mañana será otro día?

Dan las ocho de la noche sin novedad, Trinidad domina su nerviosismo. Quiere aprender a identificar las ruedas por su número, las delanteras, las de tracción, las de arrastre, las que no tienen arrastre y llevan el número cero y sueña con viajar alguna vez en un tren con coche dormitorio —nadie sabe hacer la cama mejor que un trenista, según Silvestre, y nadie hace mejor el amor—, coche bar, coche comedor con alfombras francesas atendido por el mejor chef de alto gorro blanco. En una época llegaron verdaderas multitudes de chinos que no se reconocían por su nombre sino por número y en su mayoría se hicieron buenos cocineros, pero también jornaleros, carpinteros, mayordomos. ¡Ah, qué los chinos! A Trinidad le encantan los martinetes que llevan toda la herramienta del mantenimiento. En 1867, Maximiliano logró construir la vía de México a

Apizaco y de Veracruz a La Soledad, y después de fusilar-lo, Juárez siguió con el ramal de Apizaco a Puebla. La vía ancha le ganó a la vía angosta porque daría la posibilidad de construir ferrocarriles más grandes y pesados.

Falta poco para que arribe el tren que va de Ixtepec a Tonalá.

Entra el tren, desciende el conductor por su orden de salida y con sólo mirar sus ojos inyectados de sangre, Trinidad sabe que ha bebido.

—No le puedo entregar las órdenes.

—¿Por qué, mi cuate?

—Porque está tomado. Voy a reportarlo.

El conductor regresa con otro compañero que aboga por él:

—Mire, aquí mi carnal se echó unas copas, pero yo voy a conducir mientras a él se le bajan.

—¿Quién es el conductor del tren, usted o él?

—Él.

—A usted no puedo darle las órdenes de salida, a menos que el despachador me diga que se las entregue.

—Mire, si lo reporta van a correrlo, ayúdenos por favor.

Trinidad los mira a ambos con enorme desazón. Se ha propuesto ajustarse a los reglamentos y allí están dos ferrocarrileros implorándolo. Los casos de embriaguez se sancionan con la destitución definitiva. Recuerda cómo los gringos discharchaban a los mexicanos. ¿A él no acaba de correrlo el jefe de estación? Y sin embargo a este beodo no puede dejarlo salir.

—Bueno, pero usted me va a firmar las órdenes —y se las tiende al amigo del conductor.

El hombre firma y Trinidad ve el arranque de la locomotora con el alma en un hilo. A partir del momento en que se aleja, se sienta frente al tablero a revisar el movimiento de trenes. Son pocos los que el conductor solo no pueda atender. Sopesa la posibilidad de que algún inspector aborde el tren, pero a esta hora y en este desierto es improbable. «Hice bien. No voy a ser yo el que plantee el despido de un rielero en mi primera noche de trabajo».

Al día siguiente deja su reporte en Matías Romero. A los seis meses de prender su quinqué una noche sí y otra también para leer frente a la mesa del telégrafo y acostarse en un catre cuando se le cierran los ojos, lo llaman a Tres Valles a cubrir un interinato y Trinidad acepta porque quiere sentar escalafón como telegrafista y como jefe de estación.

Tres Valles es otra estación perdida, pero Trinidad aguanta como los meros buenos. Termina su estadía y de nuevo avisa en Matías Romero.

«Llámenme cuando haya otra vacante».

Transcurren dos meses y se desespera.

—Me dijeron que había vacantes, aquí tengo la lista —se presenta Trinidad en la oficina.

—A mí me ordenaron comunicarte que no las hay —se encona el jefe de estación.

—¿Por qué?

—Hay mal ambiente en contra tuya. Dentro de la especialidad telegráfica algunos se oponen a que trabajes. ¿Por qué no ves al jefe de despachadores? Enséñale tu lista de vacantes.

—¿Por qué no me quieren dar una de estas vacantes? —inquiere Trinidad ante el jefe de despachadores.

—Hay otro personal con mayores derechos.

—Pero si me dicen que en el servicio falta personal.

—Pues aunque falte, la respuesta es no.

Los demás jefes de estación y telegrafistas, celosos de su puesto y conocedores de su mal carácter y sus convicciones revolucionarias, se oponen a que lo incluyan en el escalafón. Trinidad, aburrido de tantas gestiones, le escribe al representante de los telegrafistas:

«Si me reconocen los derechos de telegrafista saldré a ocupar los interinatos, pero si no, ustedes me lo impedirán porque no aplican lo que establece el contrato ni los estatutos del sindicato».

Nadie lo llama a ocupar un interinato.

—¿Para qué me empeño en el ferrocarril? —se pregunta desesperado y al verlo, tan triste, Na' Luisa y Chanita lo apremian:

—Tu padrino en Ixtepec tiene una tienda de abarrotes y con él puedes aprender comercio.

—Bueno, iré a conocerlo.

Edmundo Toledo y su mujer Isela, padrinos de bautizo, le explicaron cómo subirle el precio a la mercancía.

—Tú les dices que vale ocho cincuenta.

—¿Tanto, padrino?

—Si te regatean le bajas, pero si no se los envuelves.

—Pero si no los vale…

Durante el día, oleadas de calor subían del piso y en él se mezclaban perfumes y hedores, un aire espeso cortado por el polvo de las semillas que al verterse lastimaban la garganta. «Ya cayó una mosca en la miel». «Tú no te fijes, sácala y despacha». «Pero es antihigiénico». «¿A ti qué? Saca la mosca».

Los tíos vendían desde brillantina para el cabello hasta manteca traspaleada en un cazo bajo el mostrador.

La madrina Isela cerraba unos párpados tan pesados y grasientos como la manteca en la charola de la báscula. A las tres de la tarde la atmósfera era irrespirable y Trinidad, amodorrado, atendía a los escasos clientes:

—¿Cuánto es de esto?

—Pues ocho pesos.

—¡Qué barbaridad! ¡Cómo ha subido! El gasto no le alcanza a uno para nada. Nomás traigo cinco. Luego paso a completarle.

—Olvídelo, no se preocupe.

Le enfermaba la ingenuidad de la gente.

Mientras despachaba, dejaba de oírse el vaivén de la mecedora de la madrina Isela.

—Tito, ¿qué no viste el letrero: «Hoy no fío, mañana sí»? ¿Por qué regalas lo que no es tuyo?

—Pero si ya con los cinco pesos, madrina, tienen ustedes una buena utilidad.

—Son muchos los gastos, escuincle, entiende.

—No me gusta el comercio —avisó a sus padrinos.

—Voy a escribirle al presidente de la República.

Silvestre Roldán lo mira con admiración y Saturnino Maya lo apoya.

—Tienes razón, ¿por qué no?

—A lo mejor te responde antes que los charros del sindicato —ríe Silvestre.

La gravedad con la que habla Trinidad impresiona a Saturnino. «Va en serio. Le va a escribir al presidente de la República. Este hombre es a toda madre».

Como no obtiene respuesta, su indignación lo lleva a acompañar durante unos días a Silvestre y a Saturnino. «No te preocupes, voy a presentarte a un dirigente petrolero muy combativo, Hugo Guevara, para que veas cómo defiende él los derechos de los petroleros».

Se habla mucho de Carmelo Cifuentes en Petróleos Mexicanos porque allí trabajó de oficial tubero cuando las compañías petroleras eran la Royal Dutch, la Corona, El Águila, que competían con la Standard Oil. A diferencia de otros que no terminaron ni la primaria, se dice que Cifuentes llegó hasta segundo de secundaria y calcula y encauza mejor que nadie los movimientos de patio. Cada vez que se bloquea el patio, lo llaman a él.

En esa época llegaban a la costa los barcos petroleros de todos los países y, entre otros puertos, Tampico se hizo famoso por su cantidad de marineros. Ferrocarriles Nacionales es otro puntal de la región. Transporta el petróleo.

—Ese Cifuentes es como tú, compañero Trinidad, porque no bebe. Nunca lo verás probar una gota de alcohol —le informa Saturnino.

—Yo sí me echo una cerveza de vez en cuando.

—Él ni cerveza. Creo que hizo una promesa...

El clima caluroso del trópico deshidrataba a petroleros, fogoneros, mayordomos de patio y qué mejor que una cerveza helada para reponerse. En la noche, la cantina es el lugar de reunión, la posibilidad de escuchar a Hugo Guevara.

—El desprecio al obrero lo he sentido en carne propia —le dice Trinidad a Hugo Guevara.

—¿Y hasta ahora vienes?

Como Trinidad conoce el contrato, los estatutos y la ley, asesorado por Hugo, no sólo se defiende a sí mismo sino que interviene como defensor de compañeros ferrocarrileros, pero también de petroleros, campesinos, jornaleros que como él nacieron en el Istmo.

—No te pueden destituir, Mateo, porque la falta de la que te acusan no consta en la Ley de Ferrocarriles. Ni en el contrato, ni en los estatutos aparece que se suspenderá a un obrero por la rotura de la chaveta de un carro de tren. Por lo tanto tienen que reinstalarte, si no iremos a México con tu expediente.

—¿A la capital?

—Claro, con tu sola presencia los presionarás.

—Nunca he salido de aquí.

—Ya es tiempo de que ustedes aprendan a exigir sus derechos. ¿Qué no saben que el sindicato está para defenderlos?

¿De dónde le sale tanta audacia?

Hasta entonces los líderes sindicales pactaban con el patrón, unos por timoratos y otros por corruptos. No se atrevían a levantar la voz y por lo tanto no defendían al gremio. Trinidad habla con fogosidad. Para él es indispensable comunicarse con los trabajadores, fiarse de ellos, citar a juntas, a mítines, manifestarse en la calle, creer a pie juntillas en la buena fe de los demás, asegurarse de qué piensan igual que él y comparten el mismo ideal. Si aprenden a protestar sorprenderán a las autoridades y éstos, destanteados o atemorizados, les harán justicia. Al cielo por asalto. Sólo hay que saber pararse ante el juez, el cacique, el patrón, y reclamarle en su cara.

—Trinidad, cálmate —le aconseja Silvestre.

—Lo más importante es tener confianza en sí mismo y yo la tengo.

Trinidad no toma en cuenta la persecución. A pesar de que la actividad de los comunistas es legal, hombres como

Carmelo Cifuentes se pasan la vida en la cárcel. Héroes de su talla guían a los mexicanos hacia el socialismo. Trinidad, que ya de por sí escribe entre cinco y siete cartas al día, decide hacer un periódico: *Lucha*, que denuncie ataques en contra de los rieleros, los petroleros, los obreros y también las mujeres. «Circulará por medio de suscriptores. Escribiré artículos en vez de tantísimas cartas dando indicaciones de cómo llevar a cabo tal o cual defensa. Recurriré a las mujeres. Hace mucha falta el sector femenino en la lucha».

En las reuniones, Trinidad afirma que las mujeres son algo más que fábricas de hijos; tienen un potencial de combate hasta hoy desaprovechado. «No olviden que son capaces de sacar fuerzas de donde no las tienen. Allí están siempre, son más numerosas y longevas que nosotros, más tenaces también. Por eso deben estudiar para poder participar, porque entonces se darán cuenta de su fuerza política. Si se refugian en la iglesia es porque están insatisfechas. En el periódico *Lucha* vamos a hacer que vayan más allá de la procreación. *Lucha* les va a abrir los ojos. Ellas son las verdaderas constructoras del México nuevo. Son indispensables a la lucha de la izquierda».

¡Imposible prever que sacar su periódico adelante es tan espinoso como el camino al socialismo!

Trinidad cita a asambleas a las que no se presentan, habla de planillas de coalición y lo miran sin entender. Hace un berrinche tras otro, escribe cartas al procurador de Justicia sin obtener respuesta. «¡Qué sistema judiciario el nuestro! ¡Los jueces no se merecen el sueldo que devengan! ¡Ni siquiera conocen la Constitución!». De repente, enfurecido, asegura. «Yo voy a estudiar leyes». Sus desplantes hacen que el señor cura lo mire con recelo.

La fama de Trinidad crece y lo llaman de Matías Romero y de Tonalá, de Ixtepec donde lo conocen bien y hasta de Orizaba. Salvo sus gastos de hospedaje y comida, no cobra un centavo y en muchas ocasiones pone de su bolsa. «Si es necesario tengo un pase para viajar en tren hasta la capital con los expedientes».

No sólo lo buscan los ferrocarrileros, sino viandantes despojados, mujeres dispuestas a acusar legalmente al marido golpeador, una sirvienta explotada por su patrona que le retiene el sueldo durante once meses hasta que Trinidad le gana el pleito, «con ese dinero, compañera, puede abrir hasta una pequeña fonda, haga algo, no se quede con las manos cruzadas», y campesinos que aún no escrituran sus parcelas. Guardan su título de propiedad como un documento sagrado y se refieren a él con un respeto supersticioso, «la escritura», prueba de que no somos basura, de que algo tenemos y por lo tanto valemos.

38

—Oiga, señorita directora, ¿con quién pongo a mi hijo?

—Pues llévelo con Sarita.

De los treinta y cuatro grupos en el Centro Escolar José María Morelos en la calle Juárez de Coatzacoalcos, la directora recomendaba el de la maestra Sara Aristegui. También los inspectores la ponían de ejemplo a otros maestros:

—Antes que nada quiero que observen cómo imparte su clase la maestra Sarita.

Durante el sexenio de Lázaro Cárdenas, un grupo de maestros fundaron en Coatzacoalcos una célula del Partido Comunista y la única mujer entre ellos fue Sara Aristegui, nombrada secretaria de actas. Se reunían en la célula cada semana. Sara oía decir: «Tiene la palabra el compañero Trinidad Pineda Chiñas», y le llamó la atención la fuerza con la que hablaba el comunista de reciente ingreso. «¿Es muy apasionado, verdad?», le comentó a Silvestre Roldán, a quien conocía de años.

—Es un poseso como tú —respondió Silvestre.

Al no obtener respuesta del Ayuntamiento al aumento de salarios, Sara organizó la huelga de maestros y mandó imprimir los volantes que debían repartirse al público. A un lado de la bandera rojinegra, instaló la tienda de campaña, el anafre a flor de banqueta, las sillas plegadizas, los garrafones de agua potable. Hacían guardia día y noche para que los esquiroles no entraran. A Trinidad le intrigó esa muchacha aguerrida de pie frente a la puerta del Centro Escolar José María Morelos:

—Necesitamos que otros gremios se nos unan —pidió ella.

En la tarde, Trinidad le llevó un documento en que la Federación del Sur daba su apoyo.

—Señorita Sara, usted y los demás maestros pueden contar con los ferrocarrileros.

A partir de ese momento, Trinidad pasó todos los días frente a la escuela al ir a recoger su correspondencia al apartado de correo. Cuando lo veía llegar, Irene, la maestra de sexto, le decía a Sara:

—Allí viene el Empachadito.

—¿Por qué le dices así?

—¿No ves lo pálido y delgado que está? Tú le sonríes porque te dijo: «Señorita se ve usted muy bonita frente a la bandera roja y negra», pero ese muchacho está tísico.

—Bueno, señorita Sara, ¿y usted de dónde es? —preguntó Tito.

—Soy de Cosamaloapan, Veracruz.

Ganada la huelga, se reanudaron las clases y Trinidad se aficionó al ventanal del salón de Sara para verla de pie frente a sus alumnos. Le impresionó su seriedad. Dar clase puede ser cosa de vida o muerte. De toda su persona emanaba una modestia que lo marcó. Delgada y pequeña, blanca con el pelo negro y los ojos castaños claro, un cuerpo muy fino, su expresión voluntariosa dejaba adivinar un temperamento exaltado. Daba clase como si de ello dependiera su vida. Trinidad la oyó responder a un niño que le decía que quería volar como los pájaros.

—Tú no eres un pájaro, eres un niño, lo cual es infinitamente mejor y si te lo propones, pueden salirte alas por dentro.

Alas por dentro. Seguro la maestra se refería al poder de la mente y Trinidad regresó a la estación súbitamente cohibido. Sara removía las cenizas de otro tiempo, cuando otra mujer, también maestra, lo había emocionado. «La mujer que camine conmigo de la mano debe comprender mi lucha». Por ello, Sara lo atrajo. Las compañeras rieleras del sindicato podían ser más aventadas —allí estaba Marcela Monges, que había levantado con su discurso a toda una comunidad en contra de los esquiroles, allí estaba Amelia Salazar, que repartía volantes hasta caer exhausta—, pero no tenían alas por dentro. Trinidad cerró los ojos. Sería bueno vivir junto a una mujer como Sara.

La escuela organizaba festivales danzantes, concursos, rifas para comprar el mobiliario de las aulas. Al baile para recaudar fondos se presentó el Empachadito:

—Señorita Sara, ¿me permite esta pieza?

—Haga el favor de llevarme a sentar —le ordenó ella cuando él se atrevió a preguntarle cuándo le correspondería.

Esa noche, Sara Aristegui recibió una carta y al día siguiente otra, pero como su abuela le aconsejó hacerse del rogar, no respondió. La tercera misiva fue de reprimendas: «¡Uy, pues ahora menos le contesto!». Otros la pretendían, un maestro del campo petrolero de Aguadulce, un dentista e incluso el novio de otra de las maestras.

—Ay, Sarita, ¿por qué no le correspondes a Trinidad? ¡Fíjate que en México fui al concierto y vi a un violinista igualito a él! —la alentó Irene.

—¡A lo mejor era él! —rio la directora—. Dicen que es de los líderes más preparados. A cada rato viaja a la capital porque él es a quien envían a los congresos de la CTM…

—Es comunista. No hay peor marido que un comunista —sentenció otra maestra—. No le hagas caso. Vas a pasarte la vida llevándole un portaviandas a la cárcel. Además de ser muy enamorado —ya se juntó con su vecina, una tehuana—, todos saben que tiene un genio de los mil demonios.

Algunos de los alumnos de sexto año de Sara Aristegui empleados en el Ayuntamiento le informaron:

—Por votación, Mariano Celis, el candidato a presidente municipal, ganó la gubernatura, ¿pero sabe qué, maestra Sara?, los comunistas son tan crédulos, tan inexpertos, que confiaron en los soldados, quienes después de la trifulca fueron a echar las urnas al pantano. Claro, el cacique Baldomero Andrade se declaró vencedor. A su amigo el líder Trinidad lo tienen amenazado de muerte.

Sara recordó cuánto había trabajado su pretendiente y sintió verdadera rabia. Trinidad había propuesto a Mariano Celis, de la Sección 11 de Nanchital, como presidente municipal e hizo campaña para él en Aguadulce, Las Choapas, Nanchital, Francita, Minatitlán.

—Compañeros —anunció—, se aproximan las elecciones para designar presidente municipal de Coatzacoalcos. Como ustedes saben, el nuestro es un Ayuntamiento muy codiciado por su elevado presupuesto, la población aumenta, hemos progresado. Ser presidente municipal es un ascenso en la carrera política. De ahí se salta a diputado local y de local a federal.

Aún resonaba en su mente la frase de su jefe de estación, Valerio Bernal: «Es un error que los sindicatos participen en cuestiones políticas electorales», pero la desoyó.

—Trinidad, ese cuate es muy ambicioso y para colmo le gusta el trago —le advirtió Silvestre Roldán.

—Lo he visto responder a las amenazas de los pistoleros de Baldomero Andrade y no se arredra ante nada, necesitamos a un valiente.

Para Trinidad, Mariano Celis era «muy» bueno, «muy» honesto, «muy» luchador.

—Estamos dispuestos a jugárnosla con usted, profesor, pero no sabemos hasta dónde quiere llegar —lo confrontó Trinidad—... si es necesario tomar el Ayuntamiento, lo tomamos, si no, de plano que la Federación del Sur no presente candidato.

En un mitin, Mariano Celis abrió los brazos al cielo de Veracruz y gritó que llevaría la lucha hasta sus últimas consecuencias. A pesar de su timidez, aseguró que si las autoridades no respetaban la voluntad del pueblo, él mismo tomaría el Ayuntamiento. «Estoy seguro de que voy a ganar», les dijo a Trinidad, Silvestre y Saturnino.

—¿Por qué, profesor? —preguntó Trinidad.

—Aquí entre nos, la madre del candidato del PRI a la presidencia me apoya. Somos medio parientes y venimos de la misma región.

—¿Pero qué tiene que ver en política una señora que teje calceta? —protestó Trinidad.

—Por lo visto desconoces la política mexicana —intervino Silvestre—. ¡Qué mejor garantía que ser la madre del futuro presidente de la República!

—En México la madre lo es todo —ironizó Saturnino Maya.

Trinidad se frotó los ojos. «La política mexicana es inaudita: lazos de familia, compadrazgos, compañeros de banca, madres, madres, madres».

—Todo se lo debo a mi mamacita —rio Silvestre.

—Bueno, si es así le entramos —concluyó Saturnino Maya, no sin ironía.

Mariano Celis iba y venía en su automóvil de Jalapa a Nanchital y un día, borracho, salió de la carretera, pero su coche se atoró en un árbol. El auxilio vial lo rescató. Al día siguiente el encabezado del periódico rezaba: «Un político muy borracho, pero con mucha suerte».

El contrincante de Mariano Celis, el cacique de la región, Baldomero Andrade, tenía una banda de matones. Era muy cercano al Bocachueca Fernando López Arias. Trinidad exclamó ante rieleros, petroleros y campesinos. «¡Con sus nefastos antecedentes, Baldomero no puede ganar! ¡Ladrón, asesino, mentiroso, demagogo, lo vamos a sacar de la contienda!». «Al contrario, ésos son los mejores atributos de un político mexicano», aclaró Saturnino Maya.

A pesar del despliegue inaudito de policías, acordaron encontrarse en el parque junto al Palacio Municipal:

—Bueno, ¿y el profesor? —preguntó de pronto Trinidad.

—Pues no está.

—¿A dónde se fue?

—Pues a La Chingada.

—Bueno ¿y ahora qué hacemos? Si el profesor se fue a la chingada, ¿nosotros a dónde vamos a dar?

Le explicaron a Trinidad que así se llamaba el rancho del profesor Mariano Celis: La Chingada.

—Pues ni modo, vamos a tomar el Ayuntamiento sin el profesor. Así lo convenimos con el pueblo y no vamos a fallarle.

Se concentraron en el parque doscientos cincuenta cargadores de Obras Marítimas y Terrestres. De la tierra subía un día blanco y sin transparencias, como la leche. Dispuestos a defender el voto con su vida, como no tenían armas lo harían con los puños o con lo que tuvieran a la mano. De pronto una salva de balas estalló en el aire: «¡Es el ejército!», gritó uno. A esa voz, los cargadores echaron a correr. El Negro, un pistolero de Baldomero Andrade conocido de todos, le disparó a Saturnino, pero sólo le rozó la pierna.

Trinidad, loco de rabia, se puso a gritarles a los soldados: «¡Ya ven ustedes lo que hacen! ¡Proteger a los pistoleros! ¡No defienden al pueblo sino a los matones del cacique! ¿Cuánto les pagan? A ver, ¿cuánto les pagan, mercenarios hijos de su puta madre?».

Los soldados cargaron con las urnas y cinco horas más tarde el cacique Baldomero Andrade anunció que había obtenido la mayoría.

—Si no entra el ejército habríamos tomado el Ayuntamiento —aseguró Saturnino en su cama de hospital.

Quizá por el peligro que corría o quizá por el robo de los votos, cuando Trinidad le pidió: «¿Quieres ser mi novia?». Sara respondió:

—Sí, pero con una condición. Por respeto, escríbele a mi padrastro a Minatitlán.

A los diez días regresó con la respuesta en la mano:

—Lee, por favor, esta respuesta.

—No tengas cuidado, Tito, voy a hablar con mi mamá —le dijo al doblarla.

—¡Mire en qué forma tan pesada le contestó mi padrastro a Trinidad! No hay derecho. Soy mayor de edad y quiero casarme.

—Bueno, pues dile a tu novio que venga a verme a mí, aunque creo que podrías encontrar algo mejorcito.

Formalizado el noviazgo, a las siete en punto, Trinidad visitaba a Sara y se sentaban en dos sillas muy separadas en el corredor de helechos y jaulas de canarios. Irónico, la desafió:

—¿A que no haces tu asiento más lejos aún?

—¡A que sí!

Movió la silla cuatro metros y cuando acordó, su novio furioso había salido de la casa azotando la puerta. A los dos días Sara devolvió cartas y regalos.

—¡Sólo porque me atreví a retarlo! —constató Sara.

Las jornadas de Trinidad iban mucho más allá de las ocho horas reglamentarias. Trabajaba con petroleros y azufreras y resolvía problemas sindicales de unos y otros.

Tres meses más tarde, tocó a la puerta y sin más espetó:

—Sara, vamos a casarnos el 7 de noviembre, Día del Ferrocarrilero. Habla con tu mamá.

Durante su ausencia, algunos amigos inquirían: «¿Te vas a casar con Trinidad, Sarita?». «A mí no me ha dicho nada». «Pues a mí, sí». Sara solicitó un mes de permiso en la escuela y la directora declaró frente a la junta de maestros: «Sara es tan buena enseñante que merece tres meses de vacaciones».

Unos días antes, Tito le avisó a su madre.

—¿Otra vez una maestra mayor que tú? —fue su único comentario.

El día de la ceremonia civil, Trinidad apareció tarde ante los invitados, entre ellos los maestros de la escuela de Sara. El juez y dos escribientes del Juzgado Civil de Coatzacoalcos se habían trasladado a su casa como una deferencia a la maestra. A Sara le extrañó que su futuro esposo llegara armado. Le pidió permiso para esconder su pistola bajo una almohada en la recámara.

Cuando Sara vio que iba a faltar hielo, salió al patio, metió un bloque enorme en una tina y lo partió con un picahielo. A los cinco minutos entró Trinidad: «Estúpida, ¿qué estás haciendo?», le arrebató el picahielo, le arrancó el delantal y a empujones la regresó a la sala.

De la sorpresa y el coraje, Sara habría escapado, pero en el zaguán se agolpaban los invitados: «Voy a sacar la pistola de este mequetrefe y a entregársela al presidente municipal. Yo no me caso», pensó.

La mirada de Trinidad la sobrecogió.

—¿Qué te pasa, Sarita? ¿Ya no te quieres casar? ¡Vente! —la tomó por los hombros y la condujo frente a la mesa tras la que esperaba el juez.

Al finalizar la lectura de la epístola de Melchor Ocampo, el juez le preguntó si aceptaba a Sara como esposa y respondió sí de inmediato, pero cuando a ella le tocó dar su aquiescencia, guardó silencio.

—Dilo fuerte, nadie te oyó.

Hasta la cuarta vez, Sara consintió entre dientes.

Esa misma noche, concluido el brindis, la pareja salió a buscar un taxi en compañía de Na' Luisa para ir a casa de Trinidad a sacar su maleta para el viaje de luna de miel.

—Tú siéntate allí —le ordenó a Sara señalándole una silla en el pasillo.

—Te ayudo a arreglar tus cosas —ofreció ella que no conocía el rencor.

—No te muevas. Estaba yo pensando en ir a México, pero te irás tú sola, yo no voy a ninguna parte.

Sara guardó silencio. ¡Con qué extraño personaje se había casado!

—Bueno, ¿qué no te vas a acostar? —volvió a oír su voz que la llamaba desde la recámara.

Al día siguiente, Tito y Sara se levantaron contentos y salieron en tren a Veracruz con todo y maleta. Trinidad era un buen amante y Sara, saciada, sonreía.

En los portales resonaban las arpas, las marimbas, las jaranas de Rutilio Parroquín, el de Tlacotalpan, los güiros, las maracas, chocaban los vasos y las fichas de dominó, las risas y los taconazos de los que zapateaban en la plaza. ¡Ay, cuánto huapango! «Soy el toro requesón / que bajó al abrevadero, / dicen que me han de lazar / con una riata de cuero. / Seguro me lazarán, / pero revuelco al vaquero». La brisa atravesaba los pasillos de techo alto, movía las hojas de las palmeras, revoloteaba en los cabellos de las mujeres. Las aspas de los ventiladores también contribuían a esa sensación de levedad y al ambiente festivo en las mesas redondas. ¡Qué bonito dejarse vivir, así como hojita de papel volando!

—Oye, Tito, ¿le das permiso a Sarita que baile este danzón conmigo? —solicitó un maestro, amigo de Sara.

—Sí, cómo no.

Sentado en una mesa, Trinidad pidió una agua de jobo, al ritmo de «Juárez no debió de morir, ay de morir, porque si Juárez no hubiera muerto…». Se despidieron del amigo, y en el hotel anunció:

—Vámonos a México.

Tenía una forma inesperada de tomar decisiones que seducía a Sara.

A través de los ojos de su mujer, Trinidad descubrió en el Distrito Federal las palomas de San Fernando, el cementerio gris y húmedo de arcadas en el que descansa el Benemérito. Con reverencia, Sara y Tito rodearon el mausoleo protegido por rejas de águilas doradas, lo único rescatable en medio del deterioro. ¿Qué pensaría el autor de las Leyes de Reforma que separan el Estado de la Iglesia de estar enterrado en San Fernando? Podían escucharse los rezos de los fieles, padre nuestro que estás en el cielo, mientras que Trinidad leía en voz alta: «Benito Juárez, 21 de marzo de 1806, 31 de marzo de 1872, mira también aquí está Margarita, murió un año antes, el 2 de enero a los cuarenta y cuatro años, él le llevaba veinte años, falleció de sesenta y cuatro». Desde la iglesia, una potente voz de barítono cantaba dichosos los invitados a la cena del señor,

señor yo no soy digno, tú que reinas por los siglos de los siglos. Junto a Juárez su cabeza en el regazo de la Patria, una blanca Dolorosa de mármol, Sara comentó: «Mira, le dejaron un pie al descubierto, los fieles podrían besárselo como el de la *Pietà* porque el escultor no extendió bien la sábana traída de Carrara». Cordero de Dios, tú que quitas los pecados del mundo. Francisco Zarco se erguía en medio de columnas tan rectas como el letrero RIP, *Resquiescat in pace*, 1829, y a un lado, cómodamente sentado en su sillón de bronce, Juan de la Granja, creador de los Telégrafos Nacionales. «A él deberíamos traerle flores como a don Benito», propuso Sara. Ignacio Zaragoza le ganó a los franceses el 5 de mayo en 1862 RIP, Juan Alonso, marzo 19 de 1809 RIP, Josefa Septién de Béistegui, 7 de diciembre de 1869 RIP, cuántos RIPS, tú que quitas el pecado del mundo, Leandro Valle, Vicente Guerrero, perdónanos señor como nosotros perdonamos, Miguel Lerdo de Tejada RIP, José María Lafragua RIP, Melchor Ocampo RIP, «Sí, Tito, sí, es él, él nos casó con su epístola, perdónanos señor, acabamos de oírlo y mira nada más, aquí nos lo encontramos esculpido en su traje para la posteridad».

Sara era la que señalaba lápidas, leía nombres, reconocía personajes y para cada tumba tenía una explicación. «Son mis héroes, ésta es una lección de historia, qué contenta estoy», sonreía, no nos dejes caer en tentación más líbranos de todo mal, «cómo me gustaría traer aquí a mis alumnos».

—¿Cómo es que yo he pasado por aquí y nunca vi nada de esto? ¡Tú eres una bruja!

Sara reía feliz. La capital le parecía bonita, la gente amorosa. ¡Ay, Sara! «¡Todo es más barato que en Coatzacoalcos, la vida aquí debe ser fácil!». Comparaba precios. «¿Cuándo habríamos encontrado en Coatzacoalcos un cuarto así de grande, un baño así de bueno por ese dinero? ¡Ni locos!». Las noches con Trinidad eran infinitas. Hacían el amor como sólo saben hacerlo los que se aman. Varias veces. Amanecían llenos de fuerza. Recorrían de la mano las avenidas arboladas de Álvaro Obregón y Chapultepec, se besaban en los parques públicos, entraban al café de chinos, Trinidad le compró a Sara una falda plisada vista en un aparador; la vida fluía dulce si Sara podía vivirla tomada de su brazo y en esos primeros días no la dejó ni un momento. «Tú eres la música de mi alma», le dijo una noche. ¡Hasta la llevó a conocer la sede del Sindicato Ferrocarrilero y le presentó a amigos y conocidos! «Mi mujer, quiero que conozcan a mi mujer». «Aquí vienen delegaciones de toda la República», comentó el compañero que los recibió. «Sí, pero el partido debe tres meses de renta», bromeó con desenvoltura Trinidad.

Sara descubría a un hombre seguro de sí mismo, satisfecho con su vida y con una capacidad crítica insospechada. «El partido anda mal. Hay muchas divisiones». Como Trinidad era el nuevo y flamante secretario de la Federación del Sur, lo trataron con algunos miramientos que a Sara le encantaron: «¡Pero si tú conoces todo México!», exclamaba admirativa, y Tito, halagado, reconocía ese cuerpo joven y dulce que palpitaba con una vitalidad ávida, jubilosa. «Esto es lo que se llama felicidad», pensaba.

Al llegar al restaurante Dos Gardenias, Trinidad pedía varios platillos: bisteces con papas, huevos, leche en vaso y le servían unas órdenes muy vastas, y como Sara no terminaba al mismo tiempo que él, salía a la calle sin esperarla. «¿Por qué me haces esto?». ¡Es que me exasperas! ¡Tienes que agarrar mi ritmo! ¡No nos vamos a estar aquí todo el día!».

Bajo el hechizo de esos días, Sara y Tito, amantes, empezaron a parecerse. Entre los dos encontraron su ritmo, el mismo, el del amor. Se esperaban, se observaban. «Te escucho», decía Sara y de veras lo hacía. De la mano, en una suerte de mimetismo, con una seña, aprendieron a entenderse. Ahora, sus conocidos se dirigían a los dos, a Sara y a Trinidad. ¡Qué reconfortante era el amor, qué amable Sara, sí, ésa es la palabra! Amable viene de amor ¿o no?

«Contigo siento que todo puede ser mío», le dijo Trinidad. «Siento lo mismo a la orilla del mar, que todo puede ser mío».

Al regreso, Sara quiso pasar a Minatitlán a ver a su madre, pero les quedaban veinte centavos y ¿cómo iban a presentarse sin un fierro?

En Coatzacoalcos vieron abierta la puerta de la casa de Trinidad. Adentro, junto a la estufa se afanaba Na' Luisa.

—¿Y qué es lo que haces tú aquí? —Se llevó a su madre al patio trasero—. Si quiere Sara, te quedas, si no te vas...

—No, pues doña Luisa sabe lo que te gusta y cómo te gusta, si ella quiere, que se quede —intervino Sara con el corazón en los talones.

A Na' Luisa le daba por visitar a cada uno de sus hijos, unos en Oaxaca, otros en Veracruz.

—No quiero que tú guises, así es que vamos a la calle.

Desayunaban en un sitio, comían y cenaban en otro. Amanecían en los brazos el uno del otro. Se besaban a espaldas de Na' Luisa, que además iba y venía, «unos días con una hija, otros con otra». Trinidad nunca dejó a su mujer tras de él, al cabo su madre barría la casa, lavaba y planchaba la ropa:

—¿Qué andamos haciendo si yo puedo cocinar? Me es fácil dejar la comida hecha antes de ir a la escuela —aseguró Sara.

—A mí me gustan los bisteces no muy tostaditos, sólo un poco dorados, como los hace mi mamá.

A Trinidad le agradaron los chiles en caldillo, el picadillo con papitas picadas muy finamente, la pancita sin grasa que Sara le dejaba preparada, porque además de la escuela, el próximo nacimiento de su hijo la entorpecía. En el atardecer, sentados al fresco, los sillones muy juntos, Tito y Sara acordaban: «A nuestros hijos vamos a ponerles nombres especiales, no aquellos que están muy sobados como Juan o Luis, no, vamos a escoger un nombre que cueste trabajo...».

—Sí, al mayor le pondremos Nabucodonosor.

39

—¿Ya viste los diamantes en el cinturón de Miguel Serra Guízar?

—No conozco los diamantes.

—Pues yo sí, Tito, y te aseguro que son buenos —se impacientó Sara—. Mira, fíjate bien, no sólo los trae en la hebilla sino encajados en el cuero del cinturón. Tú como eres bueno tienes fe en él, pero ya se te pasará.

Trinidad percibe otra reverberación en una mano del aspirante a gobernador de Veracruz. Habla levantando los brazos, la voz fuerte, el ademán amplio como su cara ancha. Vestido con un traje caqui y media tejana Stetson —de Sonora a Yucatán se usan sombreros Tardan—, destila la sospechosa alegría del político en ascenso. *Pujante*, dicen de él, ¡híjole qué horrible palabra!

Además de líder y miembro de la Federación de la CTM, su amistad con Lombardo Toledano le allega la simpatía de los obreros. El mitin es su única posibilidad de fiesta. Más tarde irán a celebrar en la cantina. Con razón alguna vez Carmelo Cifuentes le dijo a Trinidad: «Usted es como yo, ¿verdad compañero? No bebe». En las tiendas de abarrotes, las botellas refulgen como diamantes y el licor puede ingerirse en la primera esquina. Al cierre de la cantina, los hombres ya borrachos se acomodan en el muro de la calle, hoscos, ya no pueden hablar y si lo hacen escupen unas cuantas palabras. De repente una mentada de madre tensa el aire. La violencia comienza con el qué me ves de la borrachera.

—A mí me convence —murmuró Trinidad. Es totalmente obrerista y su posición es de lucha.

—¿Por qué habla en contra del gobernador Fabio Cerdán, al que todos llaman Cerdón? Así son todos al principio; convencen, pero espérate a que éste llegue al poder.

Trinidad observa a su mujer, sus aretes de filigrana, sus ojos inteligentes.

«¡Ay, Sara! —piensa—. ¡Ay, Sara, qué bueno que me casé contigo!».

—Sí —concluye irónicamente Sara—. Fíjate bien en Serra Guízar porque vas a verlo durante muchos años. Es la imagen misma del político mexicano chaquetero y voraz.

Qué fácil es amar a Sara, su inteligencia fluye así como sus medias sobre sus piernas blancas, su blusa sobre sus senos duros, el collar de conchas sobre su cuello erguido. Qué bonito ver su espalda recta, sus hombros echados para atrás y pensar: «Todo esto es mío, es mi mujer, todo esto tan querible me pertenece».

El candidato a gobernador de la izquierda, Serra Guízar, representa la lucha por la independencia del movimiento obrero veracruzano y por eso arrastra a varias organizaciones. «Somos mayoría», se entusiasma Trinidad, pero no convence a Saturnino. ¿Presentirá su falta de firmeza?

—Si Serra Guízar no llega a gobernador, por lo menos será senador y como tal podrá defendernos.

—¡Qué iluso eres, Trinidad, ha de ser porque te la pasas leyendo! —se irrita Silvestre—. Primero te fías del beodo profesor Celis y ahora te clavas con éste.

Sin embargo, desde que volvieron de su luna de miel la vida no ha sido fácil. La misma noche del regreso, cuando salía de su casa para ir a la reunión del Comité de la Federación del Sur, Sara oyó el grito de un compañero que vivía cerca de ellos: «¡Ten cuidado, Trinidad!», y vio que dos hombres acechaban la casa tras unos matorrales y al oír el grito salieron destapados. En otra ocasión, Sara tuvo que correr ella misma y llegar sin aliento a avisarle a su marido: «Entraron tres enmascarados a la casa, pistola en mano, por un momento pensé que iban a disparar y grité. Entonces uno de ellos preguntó si estabas y cuando le dije que no huyó y los otros dos lo siguieron».

Decidida a todo, como leona, la recién casada defiende a su hombre:

—Voy a ver al jefe de la Guarnición a pedirle garantías y a decirle que el cacique Baldomero Andrade se ha propuesto asesinarte. Van dos veces que lo intenta en el curso de unos días.

Sara resulta aún más brava que Trinidad. Cuando denuncia el atraco en la Jefatura de Policía y el comandante le ofrece: «Siéntese, niña, siéntese, no se sulfure», responde:

—Mire, la ciudad entera sabe que son unos asesinos y usted me pide que me siente.

—Es que así no se arreglan las cosas.

—Ustedes son los que nunca las arreglan; defienden a los caciques, no al pueblo.

Trinidad no sólo intervenía en cuestiones de su gremio, sino en la política del Estado en tanto que secretario de organización del Comité Ejecutivo de la Federación de Trabajadores del Sur. No perdía una sola oportunidad de hablar mal de los charros y denunciar sus fechorías. Hacía lo mismo con los políticos menores, los secretarios de Estado y hasta el presidente de la República. En las delegaciones de la Federación del Sur, algunos lo admiraban, otros lo detestaban. (O le tenían envidia, que es una forma de odio). «No hay que acercarse a los iluminados». La delegación de la Sección 13 tenía fama gracias a él y lo buscaban trabajadores de las secciones petroleras, la 10 de Minatitlán, la 11 de Nanchital, así como organizaciones de albañiles, sindicatos de choferes, empleados de comercio, electricistas y hasta cinematografistas:

«Creen en ti y en la Federación perteneciente a la CTM», se enorgulleció Sara. «Sí, Tito, confían en ti».

A Pemex se acercaban multitudes pidiendo trabajo. «¿No tienes algo para mi prima de taquimeca, de secre?». «¿Sabe escribir en máquina?». «No, si ni siquiera sabe leer». «Bueno, no importa. Aquí la capacitamos», pero eso no era nada al lado de las concesiones de Pemex a empresarios privados. Recursos naturales de crudo que podrían producir billones de dólares al año estaban en manos de ineptos y de corruptos. La fuerza natural del petróleo burbujeaba hasta en el agua de mar y los pescadores reportaban líneas negras de aceite sobre la superficie. Cada vez acudían más hombres y mujeres a Ciudad del Carmen, a Minatitlán, a Poza Rica, a Coatzacoalcos, a Campeche, cada día llegaban de otros estados con su familia —un tambachito de miseria— a buscar trabajo. «Aquí sí la vamos a hacer». Tamaulipas, Tabasco, Chiapas, Veracruz eran gallos de oro, estados petroleros. ¡Y ni hablar de Veracruz, un país por sí solo! «Yo me responsabilizo nada menos que de la Secretaría de Trabajo y Conflictos de Veracruz, la más difícil», se ufanaba contento Trinidad aunque la danza de los millones en torno a Pemex lo empavorecía. «Me parece excesivo y deshonesto que se asigne a veintiocho hombres en un solo pozo cuando sólo diez son necesarios». También Sara sacudía la cabeza. «Mucho tiempo perdido, mucho dinero, Pemex despilfarra, pierde la brújula, la corrupción lo está drenando».

En tanto que secretario general del Comité Regional de la Federación del Sur, el líder se hizo de poderosos enemigos y cuando supieron que denunciaba trácalas y cohechos, Trinidad se convirtió en un peligro para la mafia. Terco como él solo, se empeñaba en inculpar a charros y, lo más peligroso, a caciques. Denunciaba el derrame de barriles de crudo y protegía a los pescadores afectados, el daño al río Coatzacoalcos y hablaba hasta de los pelícanos manchados de chapopote.

—Chínguense a ese negrito —ordenó de nuevo el cacique y ahora presidente municipal Baldomero Andrade.

Si el poder de los caciques del siglo XVI era absoluto, el de los caciques del siglo XX no se quedaba atrás. Al igual que el gordo cacique de Cempoala, antes de la llegada de Hernán Cortés, Baldomero Andrade era una figura temible. ¿Ser matón es inherente a la naturaleza humana? En los dominios de los hacendados y los políticos, la crueldad y la inmoralidad eran moneda de todos los días.

Aunque era su primer puesto sindical, Trinidad emplazaba a huelga, hacía demandas de obreros despedidos y su prestigio llenaba la casa de pedigüeños. Primero Sara, compadecida, hizo algunos escritos, pero después se dio cuenta de que nunca estaba a solas con su marido, a veces ni en la noche porque había que darle albergue a unos y a otros.

—Compañero Trinidad, vine a arreglar este asunto, pero no tengo ni dónde echar mis huesos...

Empezaron las malas noches.

¡Ay, Sara!

Durante la campaña, en varios mítines, Trinidad denunció los crímenes de Baldomero Andrade y gritó a voz en cuello que ese asesino no acataría ningún programa de gobierno, salvo el de sus malos instintos.

Vivir entre el peligro no era fácil. «Cuídate, Tito de mi corazón», le decía Sara todos los días al despedirlo.

A raíz de la Expropiación Petrolera, varios líderes obreros tomaron las riendas de la industria. Ahora sí el poder sería del pueblo o al menos de uno de ellos, un obrero, un campesino, no de un extranjero que farfulla el español y huye con el dinero a su país o de un prestanombres o un mal político que reparte concesiones de pozos petroleros. ¡Pemex, qué gran relajo, qué pachanga formidable, qué sensación de tener al mundo entre las manos! Seguro, cuate, bajo mi casa hay un pozo petrolero. Soy un concesionario en potencia.

—¿A poco ya estás en la dirección? —les preguntaban azorados sus compañeros.

—Sí, y es bueno que te vayas acostumbrando.

—¿Y cómo se sube de escalafón?

—Cambiando las circunstancias de la empresa. El secretario general del Sindicato de Petroleros se convirtió en gerente general y los secretarios de secciones, en gerentes de zona.

A lo mejor Serra Guízar, en quien creía Trinidad, confrontaba al gobernador priísta no tanto por apoyar un movimiento obrero independiente como por hacerse ver o porque había conseguido algún apoyo del centro.

La profecía de Sara también lo desmoralizaba. ¡Cuánta ambición en los contendientes! ¡Cuánta ambición en cualquiera que se codeara con el poder, aunque fuera para defender a los obreros! Hasta Lombardo Toledano aparecía en el periódico de pie junto al presidente de la República como si fuera parte de su gabinete. «¿Qué diablos hace allá arriba con ellos?». «Es una garantía, la forma de protegernos. Es un hombre muy político, se las sabe de todas, todas», lo tranquilizó Saturnino Maya. «Pero ¿está con nosotros o con ellos?». «¿Qué hace concretamente salvo repetir que tenemos que apretarnos el cinturón para que el país salga adelante?». Saturnino Maya, el pensante, el intelectual del trío, repetía: «Hay que evitar a toda costa una confrontación directa. Eso nos debilita». «No veo por qué». «Es austero. Siempre le veo el mismo traje, la misma corbata». «Sí, pero tiene cien trajes iguales». Trinidad tampoco podía adivinar que Lombardo Toledano, sinuoso como la seda, convertiría a la CTM en un apéndice del Estado. Muchos obreros lo seguían, aunque en la Ciudad de México era cada día mayor el ausentismo político. Nadie votaba.

A Sara le hace gracia ver juntos a Silvestre Roldán, Saturnino Maya y Trinidad. «Se ven como el gordo, el flaco y el enanito». Saturnino Maya escucha ávidamente, parpadea sin cesar como si lo sorprendieran en algo malo. Imposible que su rostro al acecho permanezca inmóvil. Cuando su mirada encuentra la de Trinidad parece descansar, apoyarse en la fortaleza de ese hombre más joven que él y sin embargo, sólido como una roca. Silvestre Roldán, el más alto de los tres, desgasta la suela de sus zapatos en menos de dos semanas. «¿Para qué caminas tanto? ¿Acaso no hay transportes públicos?». «Así estoy más en contacto con mi gente», alega. Sus camisas caqui sudadas, sus pantalones arrugados molestan al líder, siempre meticuloso. Bajo sus bigotes mal cortados —si es que se los corta— fuma puro, o al menos lo detienen sus labios, que se han aflojado. Sin embargo, es un líder nato. Tanto él como Saturnino Maya conocen a su gente y saben mandar. «Lo que importa es ser eficaz», afirma Trinidad y ambos asienten, conscientes de su compromiso.

Silvestre, Saturnino y él discutían apasionadamente, sobre todo Saturnino, que era cafetero y recorría sus días y sus años con un libro bajo el brazo. Leía a todas horas y hablaba sin parar de la necesidad de convertir a México en una nación moderna. «Sólo son fuertes los países que tienen una clase media poderosa». Lo angustiaba la corrupción a más no poder, «hasta me estoy quedando calvo», y la evasión de impuestos. «Todo se lo llevan a Estados Unidos». «¡Todo se va para su tierra. México es su mina de oro. Pinches colonialistas, tantos años de saquear al país, sanguijuelas, sí, sí, chupasangre, eso es lo que son!».

La Segunda Guerra Mundial había repercutido en América Latina, pero sobre todo en el estado de Veracruz. El hundimiento de tres petroleros en el Golfo de México hizo que el país entrara en guerra al lado de los estadounidenses. La Secretaría de Gobernación andaba tras de cualquier posible agente internacional. Desde luego, los comunistas eran los primeros sospechosos, no los nazi-fascistas que se ponían de pie en el cine para aplaudir el paso de ganso del ejército de Hitler. Agentes de la Secretaría de Gobernación empezaron a seguir al líder y en ese año el gobierno añadió el delito de «disolución social» al artículo 145 del Código Penal.

La solidaridad de Sara con Trinidad no tenía límites. Si él ponía a los obreros ante todo, ella hacía grandes cazuelas de arroz, hervía kilos de frijoles negros con epazote antes de irse a la escuela porque los camaraditas siempre recalaban en su casa.

—Mañana tengo que salir al Distrito Federal, Sara.

A ambos la huelga de los madereros los tenía en ascuas y Sara había mecanografiado escrito tras escrito en apoyo a Trinidad. El líder no tuvo más remedio que viajar al Distrito Federal para vigilar el amparo ante la Suprema Corte de Justicia. Entonces vivió de las ayudas de los compañeros. La maderera estadounidense se instaló en Coatzacoalcos a raíz de la guerra. Talaba árboles y los llevaba en trozos a Estados Unidos. Al terminar la guerra, la empresa se negó a revisar el contrato colectivo y en vista de las grandes utilidades, los mexicanos emplazaron a huelga. Trinidad actuó como representante de los trescientos aserradores. La empresa le ofreció cien mil pesos para traicionarlos. «Les pagamos una compensación a estos cuates y se clausura el asunto». El líder ganó, la empresa indemnizó a los obreros y se retiró de Coatzacoalcos.

¡Qué satisfacción enorme esa victoria!

—Nunca me he sentido tan útil.

El sentido común de Sara ponía de buen humor a Trinidad porque lo hacía reír. A cualquier problema que le planteaba le encontraba solución.

—No se necesita mucho cacumen para darse cuenta de que están equivocados, cualquier ama de casa resolvería esto en un santiamén. Nadie protege a la gente, tú sí.

Resulta que un usuario transportaba por Express de Guanajuato a México costales de cacahuate y según la tarifa, al cacahuate con cáscara se le aplica una cuota más elevada que al pelado; lo mismo sucede con el piñón y la nuez.

—No es justo, ¿por qué me quieren poner esa cuota? —se presentó el vendedor en la oficina del Express.

—Es lo que establece la tarifa, pero yo estoy de acuerdo con usted en que no es posible que cobremos más caro por el cacahuate con cáscara.

—Los de cáscara deben ser más baratos que los limpios… ¿No es posible que haga usted una excepción, señor?

—Creo que tiene usted razón. Le voy a cobrar la tarifa más baja con una condición, si en México no aceptan mi forma de resolver el problema, usted tendrá que pagar la diferencia.

Sara y Trinidad se abrazaron en la noche, por fin quedaba resuelto ese problema. Trinidad conocía bien el tema de las tarifas, la de la Fruit Growers Express, la de la General American Transports, la de la American Dispatch, la de la Union Fruit Car Company. Sabía cargar desde las góndolas hasta las jaulas para ganado, y ya no se diga los carros tanques y los furgones y plataformas. Apuntaba en columnas primorosas Primera Clase, Doceava Clase y los precios de cada clase para los Nacionales de México, el Ferrocarril del Pacífico, el Noroeste de México, El Mexicano y hasta el Kansas City sobre nuestras vías, en ocasiones y en diversos tramos, muy descuidadas. «Hay trigo, pero no hay transporte». «Claro que hay transporte, aquí están nuestros carros». Amaba la nobleza de los furgones y consultaba el *Year Book of Railroad Information* para estar al día. A la mañana siguiente la contaduría notificó que Trinidad debía presentarse y empezaron los conflictos. El ferrocarrilero señaló que la tarifa estaba equivocada y el contador insistió en que se aplicara. Entonces Trinidad se dirigió a la Dirección General de Tarifas de la Secretaría de Comunicaciones y Obras Públicas, pero ignoraba que en esa misma Dirección un empleado pagado por los Ferrocarriles, partidario de Baldomero Andrade, la traía en contra suya. El pobre cacahuatero tuvo que pagar la diferencia y el contador en jefe ordenó que se investigara a Trinidad por «inusitada defensa del usuario». «Como agente empleado del Express, este pobre diablo se está sobrepasando, toma disposiciones que no le corresponden y su papel no es el de enmendar tarifas establecidas hace años ni ponerse del lado de los usuarios». Ferrocarriles lo destituyó por insubordinación.

—Sara, me acaban de correr. Pero esto no se queda así, voy a México a pelear —Trinidad se crecía al castigo—. Ahora ni siquiera fue por defender a un trabajador. Me destituyen a pesar de que les demostré que la insubordinación tiene lugar cuando un jefe ordena y el empleado se niega a obedecer, cosa que no hice. Tú, Sara, me ayudaste a plantear una flagrante injusticia contra un usuario. Tarde o temprano tendrán que corregir la tarifa.

—Estoy segura de que en México lograrás tu reinstalación, Tito —lo apoyó Sara—. Yo te acompañaría, pero mira… —señaló su vientre de siete meses de embarazo.

Al día siguiente Trinidad salió a México a gestionar su reinstalación.

A pesar de que eran charros, Trinidad conocía a algunos dirigentes en Coatzacoalcos, especialmente telegrafistas, y cuando vino a la capital se conectó con uno de ellos y le explicó su caso.

—El subgerente de Ferrocarriles es quien puede reinstalarte —respondió.

40

A Trinidad le dio gusto volver al Hotel Mina y una madrugada le atenazó el recuerdo de Sara recién casada, girando de felicidad en medio de la recámara.

¡Ay, Sara!

El subgerente de Ferrocarriles, un hombre de traje café con un feo pisacorbata y ojos protuberantes, le dijo:

—Vamos a reinstalarlo, pero sin pagarle salario. Como se atraviesa el 1 de mayo, venga el día 2 para que giremos la orden al superintendente de División con copia al agente de Express.

El día de su reinstalación, Trinidad almorzó con sus inseparables Saturnino y Silvestre. Al pasar frente al Teatro Arbeu vieron el anuncio: «Mitin: hablarán Vicente Lombardo Toledano y Valentín Campa».

—Vamos a oír qué es lo que dicen —invitó a sus compañeros.

—Yo no. Estas cosas acaban a cocolazos y me espera mi mujer —se excusó Saturnino—. La traje a pasear y no voy a salirle con que el mitin y la fregada...

—Pues yo sí puedo ir porque mi tren sale hasta en la noche —aseguró Silvestre.

Trinidad tenía un gran deseo de escuchar por fin a Lombardo Toledano. Envuelto en un periódico llevaba el expediente relacionado con el cacahuate y varias denuncias en contra del superintendente general de Express.

Cuando él y Silvestre subieron a gayola había poca gente hasta que grupos de quince y veinte hombres fueron entrando —a veces se llenaban cinco filas de golpe—, y cuando Lombardo Toledano y Campa subieron al escenario, los aplausos retumbaron en el teatro en el que ya no cabía un alfiler.

—La mitad de los presentes son agentes —advirtió Silvestre.

—¿Cómo? Si todos se ven tan entusiasmados.

—Es el nuevo truco de Gobernación; mandan agentes y luego nos detienen. ¡Orden del presidente!

Primero habló Lombardo Toledano. Bien trajeado, el ademán suave, la voz serena, una aura de tranquilidad emanaba de su persona. «Yo creí que era más alto», pensó Trinidad. El pelo chino, flaco, la boca también ondulada, Lombardo hacía pausas y se escuchaba a sí mismo, así como bebían sus palabras cientos de oyentes. «¡Qué gran orador, qué gran político!». Algunas mujeres vestidas de traje sastre, el pelo muy corto, lo seguían con el ceño fruncido para concentrarse mejor. Era cierto: decía cosas esenciales. «Esas que lo escuchan con devoción son compañeras del Partido Comunista». Lombardo citó a Marx y a Engels, habló de lógica dialéctica, de filosofía materialista, de ligar a México con las grandes corrientes universales del socialismo, del ejemplo magnífico de la Unión Soviética. Una bella mujer, el rostro inflamado por la emoción pasó junto a ellos. «Es María Asúnsolo», señaló Silvestre. Otra mujer cejijunta, una raya dividiendo sus dos trenzas tejidas con listones de colores se apoyó en una butaca. «Es Frida Kahlo, la de Diego Rivera», informó de nuevo Silvestre. «Ese Diego Rivera cambia de ideología como de calzones». Un fotógrafo delgadísimo, de expresión interrogante, comía una jícama, su mujer a su lado, el rostro alerta, disparaba el obturador de su cámara. «Es Lola Álvarez Bravo», explicó de nuevo Silvestre. «El flaquito es Manuel». Como eran menos las mujeres que los hombres, se distinguían inmediatamente y la mirada se detenía en ellas. «Aquellas dos de traje sastre son Elena Vásquez Gómez y Teresa Proenza. Viven juntas. La Teresa es secretaria de Diego Rivera». «Mira, allá, esa güerita delgadita, sí, sí, la bonita, es Rina Lazo y le ayuda a pintar a Diego Rivera».

Trinidad tampoco podía dejar de ver a la gente que subía y bajaba por los pasillos. Filas y filas de obreros, muchos con sus sombreros en la cabeza, escuchaban atentos. «Son las bases», le explicó Saturnino a su hijo Rodrigo. «¿Las bases de qué?». «Las de la democracia». Había mucho más hombres que mujeres. En un rincón, un hombre alto y despeinado sacó una libreta y empezó a bosquejar a Valentín Campa. Terminaba un apunte y seguía con otro. No parecía importarle que algunos se asomaran a ver sus dibujos, al retirarse sonrió a los mirones y fue a apostarse en otra esquina. Allí adentro todos eran compañeros. El proletariado se compone de compañeros que se caracterizan por su solidaridad. Más tarde, Trinidad lo vio de nuevo en el fondo del teatro. «¿Viste? El que dirige el Taller de Gráfica Popular está allí tomando apuntes», murmuró Silvestre. «Es Leopoldo Méndez».

En medio del gentío, el líder del sureste encontró a otros amigos y al salir del teatro Silvestre les preguntó:

—¿Quién va a pagar el café?

—No traemos dinero —respondieron y Trinidad terció: «Sólo tengo lo del pasaje porque hoy salgo para Coatzacoalcos. ¡Así es de aquí nos despedimos!».

—Yo también voy a Buenavista, te acompaño —ofreció Silvestre.

Habían recorrido cuadra y media cuando un automóvil disminuyó la velocidad, se detuvo al borde de la acera y dos agentes se le echaron encima:

—¡Quedan ustedes detenidos!

—¿Por qué?

—¿Cómo que por qué?

—¿Por qué? A ver, ¿quiénes son ustedes? ¿A qué se debe que nos arresten? —gritó Trinidad.

—Ustedes estuvieron en el Teatro Arbeu.

—Bueno, ¿y qué? ¿Es delito asistir a un mitin?

—Sí, porque allá adentro hablaron en contra del gobierno.

—¿Hablamos nosotros? ¿Por qué nos detienen a nosotros? ¡Detengan a Lombardo y a Campa!

—Mire, cállese, si no lo callamos.

—Pues no señor, a mí no me calla nadie.

Silvestre Roldán lo jaló de la manga y esto enojó aún más a Trinidad.

—No te dejes. ¡Opón resistencia! ¡Por aquí pasa mucha gente, se va a dar cuenta y nos van a ayudar! ¡Tú dales en la madre! —le gritó Trinidad.

—No, tú no sabes cómo son —Silvestre se entregó.

El líder quiso librarse a patadas, pero a Silvestre lo habían metido al automóvil en el que después lo aventaron a él.

—¿A dónde nos llevan, cabrones?

—¡Cállense o les parto la madre! ¡Mira tú, tan chiquito y tan bocón!

Al entrar a la sexta delegación, la peor de todas, Trinidad y Silvestre reconocieron a muchos compañeros del Arbeu detenidos a medida que salían del teatro.

A Trinidad lo encerraron en una celda de olor insoportable porque unos soldados fumaban mariguana. Para que supieran que ya les traían su mota, su contacto chiflaba la canción de «La burrita» desde la calle.

Al día siguiente lo sacaron a asolearse a un patio con los demás compañeros. Trinidad saludó a varios petroleros. Pedro Zárate tenía mucho miedo —le temblaba la quijada sin que pudiera controlarla— y un obrero viejo lo tranquilizó:

—Mira, cuando se acerca el desfile del 1 de mayo detienen a los obreros para que no vayan a armar borlote. Por eso automáticamente, el 30 de abril, encarcelan a los más combativos. ¡Ya verás cómo mañana o pasado, a más tardar, nos sacan libres!

Efectivamente, al día siguiente salieron porque cuando Trinidad pasó al patio a tomar sol no encontró a nadie. Ni luces de Silvestre.

—Bueno, ¿y usted por qué sigue aquí? —se acercaron dos presos del delito común.

Trinidad se preocupó, pero pensó:

«Bueno, al no verme, Silvestre y Saturnino van a moverse».

Incomunicado, Trinidad esperó tratando de conservar la calma. Pasaron los días hasta que lo llamaron a la reja:

—¡Te hacíamos en Coatzacoalcos! ¡Hasta ahora nos avisaron los compañeros que no habías salido! —se presentaron Silvestre y Saturnino.

—¿Han dicho por qué me tienen aquí?

—No, nadie responde, en Ferrocarriles nadie sabe nada, en el partido tampoco y no puedo creer que tengas una semana aquí.

—Podría haberme muerto sin que nadie se enterara.

Al día siguiente, en vez de sacarlo al patio a asolear, los guardias llamaron a Trinidad:

—¡Queda usted en libertad!

—Pues ustedes me tienen que decir por qué me detuvieron —reclamó enojado.

—Lo único que puedo asegurarte es que la orden tuya vino de arriba.

Cuando Trinidad pidió sus documentos, le informaron que el jefe de la Policía los había confiscado. Después supo que el superintendente de Express que lo había destituido por el asunto del cacahuate tenía a un hermano que trabajaba en esa jefatura de policía y como Trinidad lo acusó de anomalías en el Express, al ver entre sus papeles el expediente del cacahuate decidió dejarlo más tiempo en la cárcel: «Vamos a darle su merecido».

En Coatzacoalcos, Trinidad y Sara escribieron una carta al presidente de la República. Abundó en detalles sobre la razón de su encarcelamiento y dio nombres de los responsables.

Para su gran sorpresa, los suspendieron del servicio.

41

Después del primer parto, Trinidad juró no volver a asistir a otro porque una hemorragia casi se lleva a Sara. «Me da horror recordar cómo te vaciaste de sangre».

—La misma preocupación le impide acercarse —lo justificó Sara.

«Ni partos, ni visitas de hospital, ni sepelios tienen cabida en mi vida», argumentaba. Bastante tenía con los despidos de obreros, injusticias y traiciones vividas en carne propia.

«¿Y un hijo no lo vive en carne propia? ¡Sí, qué fácil!», alegaba su suegra. «Él, que se desvive por los demás, a ella no la acompaña».

Quizá lo habría comprendido si Trinidad le confía que de niño en Nizanda vio en un nido recién hecho, dos huevitos. «Va a venir la lluvia y se van a mojar», pensó.

Los tapó con una hoja de árbol. Al día siguiente volvió. La pájara los había picoteado.

¿Temía Trinidad destruir a sus hijos con la misma mano con la que cubrió el nido?

El recién nacido dormía totalmente a salvo. Trinidad apenas si se asomaba a la cuna. «¿Qué quieres que haga? Ni modo que le dé chichi». El asunto del dique seco ocupaba todos sus pensamientos, los trabajadores confiaban en él.

—Ni te enteras de cómo amanece tu hijo.

—Ya sé que está bien, en cambio otros están mal.

Bajo el sol, el dique se veía muy blanco.

—¿A qué sindicato pertenecen ustedes? —preguntó Trinidad.

—Al del Departamento de Marina, que a su vez es de los Trabajadores al Servicio del Estado.

Un obrero, sus labios protuberantes, su pelo chino quemado por el sol, una aureola en torno a su rostro, dijo con rabia:

—No nos pagan ni el salario mínimo.

—¡Pero si ustedes dependen del Departamento de Marina, hay que dirigirse a ese sindicato!

—El sindicato dice que la empresa constructora de las obras del dique seco es responsable de nosotros, pero a la empresa la contrató el Departamento de Marina.

—En vez de estar aquí parados, vengan al local de la Federación para examinar el problema.

—Es una compañía particular, quién sabe quiénes sean los dueños.

Resultó fácil descubrir que la compañía era de familiares del secretario de Marina.

—Los gastos de construcción corren por cuenta del Departamento de Marina y el contrato de los obreros es de alzada.

—Además, los expertos señalaron que el terreno pantanoso minaría la obra.

A pesar de los malos augurios, la constructora levantó el dique.

—Llevamos dos años sobándonos el lomo en el dique y no nos han dado un centavo. Cuando vamos al Departamento de Marina nos dicen: «La constructora es la que debe pagarles».

El gobierno, tan pantanoso como el terreno, esquilmaba a los obreros. Vivían a salto de mata, sin garantía ninguna. Una mañana Sara los miró trabajar y se veían elásticos,
altos y hermosos. Iban poniendo ladrillo sobre ladrillo con
movimientos precisos, de gente que ama lo que hace. Se oía
el rasquido de la cuchara al colocar la mezcla entre cada ta-
bique y luego el cuidado para emparejarla, que no sobrara
o faltara, los golpecitos de la paleta sobre el ladrillo a que
sonara. En la noche, los ladrillos guardaban aún el color
rosa del atardecer. En la madrugada, los hombres amodo-
rrados empezaban con desgano, arrastraban los pies, sus
brazos caídos, pero a medida que avanzaba el día, algo los
hacía creer en su trabajo y se volvían luminosos. «Parecen
pájaros», pensaba Sara al verlos subir, bajar y afanarse contra el cielo azul.

—¿Hemos avanzado, verdad? —le sonrió un trabajador al verla, su niño en brazos.

—Sí, mucho —respondió Sara, contenta de que la reconociera—. ¡Qué noble gente la mexicana! —le comunicó
a Trinidad su emoción.

—¿Dónde están los que los contrataron? —les preguntó Trinidad.

—Por ahí andan.

—Pero ¿quiénes son?

—El que nos reunió fue un tal Trejo Retes.

Cada vez que Trinidad pretendía hablar con los dueños
de la empresa, desaparecían.

Convino con los quejosos en que la única forma de presionar era emplazar a la compañía a huelga.

El día en que iba a estallar, marinos de la Armada Nacional se apostaron en el dique y dieron paso a los esquiroles.

—Nosotros sabemos nadar, podemos llegar desde el
mar y darles en la madre —se enojaron los huelguistas.

—No. Hay que evitar choques sangrientos.

Las autoridades de la Secretaría del Trabajo declararon
la huelga inexistente: «Ustedes son trabajadores al servicio
del Estado».

Trinidad pidió amparo.

—Para este asunto va a ser necesario ir a México —se quejó Silvestre Roldán.

—Pues vamos a México —se indignó Trinidad.

El líder no contaba con el rechazo de Sara, su recién nacido en el regazo.

—¡Sara, es imprescindible arreglar el asunto de estos hombres!

—¿No puedes esperar unos días? ¡Podría yo acompañarte!

—¿Cómo vas a acompañarme con el niño en brazos? Éste es un asunto peligroso porque atañe a los intereses del secretario de Marina y voy a andar de aquí para allá. No te queda otra más que esperarme, al menos que quieras regresar con tu mamá.

—¿Y qué le digo a mi mamá? —se enojó Sara—. ¿Que tengo un marido para quienes todos los problemas son más importantes que su mujer y su hijo? ¿Eso quieres que le diga?

—Sara —se suavizó Trinidad—, habíamos quedado en que tú y yo jamás tendríamos ese tipo de discusiones. ¡Ésta es la lucha, mujer, nuestra lucha!

—¡Es que nunca pensé que fuera tan duro! —lloró Sara.

Trinidad miró por un momento el rostro doliente de su mujer. Nunca se quejaba de nada, nunca pedía nada, en realidad jamás le había causado la menor molestia y ésta era la primera vez que lloraba. La maternidad agudizaba sus emociones. ¡Pobre Sara, ojalá y regresara pronto a la enseñanza, eso la tranquilizaría! De veras que a las mujeres les iba mal.

«¡Pobrecitas las viejas, pobrecito el mujerío!».

Trinidad pensó también en Bárbara, a quien no veía desde hacía tiempo, en sus hermanas, pero al día siguiente, en el trayecto a México en tren, las olvidó por completo. Tenía la capacidad de concentrarse en el instante. Así es la lucha, todopoderosa. Absorbía como absorbe la pasión. Ni siquiera en la noche, antes de dormir, Trinidad recordaba a su mujer, su casa, su hijo porque hacía un programa del día siguiente, ordenaba pensamientos y citas. ¿Qué les voy a decir, cómo se los voy a decir? El presente, el presente, la lucha, la lucha, la lucha, aquí y ahora. Eliminaba de un manotazo cualquier preocupación que no fuera la del problema inmediato. «¡Si fuera yo como Saturnino, que a todo le da vueltas, ya me habría dado un tiro!». Mañana se presentaría en la Secretaría de Marina y hoy, en su cuarto del Hotel Mina, tenía que recuperar fuerzas para ganar el pleito.

Después de innumerables antesalas lo recibió el secretario particular del secretario de Marina.

—Mire, la solución está en sus manos —informó Trinidad con ánimo conciliatorio—. Lo único que pedimos es que paguen los salarios mínimos y el tiempo caído por el emplazamiento de huelga.

Con suaves ademanes y un anillo de oro que hacía juego con su colmillo derecho, el secretario particular pasó a Trinidad, a Roldán y a Maya con el general Victorino Parra, de pelo blanco y expresión aniñada.

—Le prometo que voy a intervenir aunque el problema depende del Sindicato de Trabajadores al Servicio del Estado —concluyó el general.

—Está usted equivocado, general, se trata de una compañía que tiene un contrato con el Departamento de Marina que usted encabeza. Lo que sucede es que la compañía constructora es de sus parientes y por eso los defiende —se enojó Trinidad.

El general, que había asaltado trenes durante la Revolución, lo miró ofendido. ¡Cómo se atrevía! ¡A él, un héroe reconocido por todos! De poderlo lo habría fulminado allí mismo; un relámpago de rabia atravesó sus ojos de niño.

—Insisto en que usted, señor Pineda, vea al secretario general del Sindicato de Trabajadores al Servicio del Estado.

Trinidad, Silvestre y Saturnino buscaron al secretario general, quien confirmó que los empleados no eran trabajadores al servicio del Estado.

—No puedo hacer nada —alegó.

—Lo que pasa —se indignó Trinidad—, es que ustedes son cobardes y sinvergüenzas. Dicen que defienden un estatuto, ¿cuál? No es más que el cancionero «Picot», sólo sirve para cantar.

Los tres decidieron acudir a la recién creada Secretaría del Trabajo y Previsión Social.

—Vayan a la Junta Federal de Conciliación y Arbitraje —indicaron en la nueva Secretaría.

Los responsables le apostaban al desgaste de los quejosos. «Ya se cansarán». Pero Trinidad recorría la ciudad con su pesado legajo. Los tres amigos comían en el primer café de chinos e intentaban paliar su hambre con lo más barato, café con leche y un cocol de anís o de canela. «¡Ah, que daría yo por una pancita en el mercado!», decía Silvestre, que conservaba su buen ánimo hasta que Trinidad perdió la paciencia. Aunque intentaba esconderlo, el coraje le quitaba el sueño y Saturnino exclamaba a la mañana siguiente: «¡Mira nomás qué ojerotas! ¡Apenas se resuelva esto, nos echamos una pancita!».

—De veras que lo político se vuelve personal, afecta la propia vida. Pobre de nuestro país con sus jefazos corruptos, sus líderes charros, sus burócratas pendejos y güevones.

—También lo personal es político —sopeaba Silvestre su bolillo en el café con leche.

—Es asquerosa la burocracia de esta infame ciudad —coincidía Saturnino—. Si a nosotros nos va como nos va, ¿te imaginas lo que sufrirán los campesinos cuando vienen a arreglar sus asuntos?

Un juez administrativo en el Distrito Federal amparó a Trinidad, quien regresó a Coatzacoalcos a esperar el fallo de la Junta Federal de Conciliación y Arbitraje.

Trinidad encontró a Sara más tranquila y a Nabuco sorprendentemente despierto. A su lado recuperó confianza en sí mismo. Fueron unos días buenos en que hubo tiempo para platicar. Trinidad le contó a Sara la mala impresión causada por el general Parra. «¡Fíjate nada más, un héroe de la Revolución Mexicana!».

—Sabes, ese general tiene la debilidad de ser ingenuo —respondió Sara—. Y en política ser ingenuo es lo peor. ¿No te acuerdas cuando vino a Coatzacoalcos y le pedimos que pavimentara las calles? Respondió, quién sabe si por hacer un chiste o por salir del paso: «¿Por qué no recogen las conchas de la Barra de Santa Ana y las acomodan en el suelo?».

Hablar con Sara era mejor que hacerlo con un compañero de la Federación. Mayor que él, Sara formulaba sus pensamientos con gran inteligencia y el líder se felicitó por haberla escogido.

—Mi mujer tiene una instrucción muy superior a la mía —le confió a Saturnino.

—Las mujeres siempre son más sabias que uno —sonrió Saturnino.

La Junta Federal de Conciliación y Arbitraje falló en contra de los trabajadores por ser construcción estatal y ellos sujetos al estatuto jurídico del Estado, y no les pagó ni los salarios caídos.

—¿Ahora qué va a ser de todos estos hombres sin trabajo y sin protección legal? —se preocupó Sara—. Tú tienes amigos petroleros. ¿No podría la Federación encontrarles trabajo en Petróleos?

—Sí, Sara. La Federación los va a ayudar.

—¿No te has fijado, Trinidad, en la cantidad de compañías gringas en nuestro país y cómo se enriquecen los jarochos-gringos en el poder? Yo siempre había considerado al general Parra como un defensor de la clase obrera y campesina y mira nomás, el canijo envió a la Marina a sacar a esa pobre gente de la construcción del dique... Por lo visto los revolucionarios enterraron sus ideales.

El rostro de Trinidad se ensombreció tanto que Sara le mesó los cabellos.

—¡Mira qué chinos tan bonitos! Mañana es día de fiesta. Van a echar al agua el barco con cascos de cemento y los niños y yo queremos verlo.

Hasta el sol amaneció de fiesta, como si el espectáculo lo regocijara. Desde muy temprano los empleados municipales adornaron el muelle. Milagrosamente el viento de Coatzacoalcos dejó de regar arena en la calle. Las autoridades permitieron que los vendedores deambularan a la orilla del mar.

A las cuatro de la tarde, la población endomingada —después habría baile— llegó al dique. Mucha pólvora de coheteros estalló en los oídos de mujeres y niños, y los pícaros echaban buscapiés entre las piernas de los paseantes que corrían riéndose. La banda tocaba junto al dique abarrotado de refresqueros y fruteros. «Piña para la niña, melón para el varón».

«¡Es un gran acontecimiento!», exclamó Sara, su mirada fija en el barco de cemento. «Lo construyeron técnicos mexicanos apoyados por extranjeros». «¡Va a ser el descubrimiento del siglo!». «No, si dicen que esos barcos ya existen». «No es cuento, va a ser nuestra aportación a la humanidad». «Pues ahora sí —dijo la voz autorizada de Trinidad— vamos a ver cómo zarpa al famoso barco del general Victorino Parra».

El barco avanzaba pesadamente, como si tuviera conciencia de ser el centro de todas las miradas. Todavía estallaron algunos cohetes o balas de salva para acompañarlo en su viaje. El dique se abrió, entró el agua, el barco siguió su camino náutico, el mar su elemento, despacio, despacio y ahí, ante los ojos de miles, se hundió con una rapidez que los dejó despavoridos. «¿Y el barco?», preguntaban los niños, «¿dónde está el barco?».

Cesaron los cohetes y la banda de música se esfumó, las familias consternadas tomaron el camino de regreso a casa, pero en la noche, en la cantina, brotaron los chistes y las malas palabras y al día siguiente los periódicos aprovecharon el fracaso para atacar al general Victorino Parra. No había día en que no se publicara una nota sobre el gobernante y la nula capacidad de los ingenieros para mantener a flote la genial creación del barco de cemento mexicano.

Esa noche, Sara le avisó a Trinidad que esperaba otro hijo.

No había recuperado su cintura.

42

Aunque Trinidad no fuera niñero, se preocupaba por la educación de sus hijos. Por iniciativa de Sara, y como secretario de la Federación, propuso un gran centro escolar para Coatzacoalcos en el que se pagara bien a los maestros eliminando el pago de cuotas para libros y útiles, uniformes, disfraces y ceremonias del día de la primavera, los días de la madre y del maestro, entre otras festividades. «Los maestros deben recibir un sueldo decoroso». Pedía también que se les impartieran cursos propedéuticos porque muchos eran malos enseñantes. Lanzó otra petición, la de la compra de un aparato de radiología para el hospital civil, así como una mejoría en el servicio. «Si no tienen suficientes sábanas para cambiar las camas, menos equipo médico para atender emergencias». Según Trinidad, a la comunidad la beneficiaría la construcción de una cárcel modelo, un verdadero centro de rehabilitación con un departamento de psiquiatría y talleres de artes manuales, herrería, carpintería, talabartería. Cuando le alegaban que no había presupuesto respondía: «Claro que lo hay. Coatzacoalcos es muy noble, da para mucho. Si ustedes no se embolsan el dinero, verán que hasta va a sobrar para otras causas».

Algunos domingos, Trinidad y Sara iban a la playa: «Vamos, Tito, para este placer no se necesita dinero». Los niños jugaban en la orilla y Sara los vigilaba, atajándose del sol mientras Trinidad leía. Niños solos, su padre jamás les ayudó a hacer un castillo de arena. La playa era su único paseo, salvo el 16 de septiembre en que acudían a oír la banda del quiosco y veían a la gente girar entre los puestos de aguas frescas y collares de semillas.

A vuelta y vuelta los vecinos saludaban a Sara:

—Buenas noches, maestra, ¿cómo le ha ido?

—¡Maestra, no sabe cómo la extraña mi hijo! ¡Lo enviamos a la secundaria en Jalapa y dice que no se ha vuelto a encontrar una maestra igual!

—¿No podría usted darse un tiempecito para enderezar a Efrencito, maestra? Anda muy atrasado en las divisiones.

Trinidad, orgulloso, entonces la abrazaba: «Lo cierto es que tengo una mujer que le saca mucho a las horas; con ella dan de sí y se estiran hasta hacerse de más de sesenta minutos».

Aunque daba a luz en Minatitlán, los alumbramientos de Sara le pesaban a Trinidad. «¿Otra vez?». Cuando se sentaba como globo de Cantoya a mecerse en el corredor, Trinidad desviaba la vista. Durante los cuarenta días en casa de su madre, Trinidad iba a verla los fines de semana y el lunes temprano regresaba a Coatzacoalcos. ¡Qué alivio! Se sentía liberado al almorzar en alguna fonda con Silvestre y Saturnino. Apenas su mujer se desinflaba, a Trinidad se le iba el enojo. Verla encinta lo disgustaba y la inconsciente iba de embarazo en embarazo.

—Es indispensable que tomes medidas para no embarazarte cada nueve meses —ordenó Trinidad.

—El que me embaraza eres tú, sola no puedo.

—Sí, pero hay medidas preventivas.

—¿Y por qué no las tomas tú?

—Es que eso es cosa de mujeres.

—Pues sí, y como soy mujer yo soy la de los hijos.

—Sara, no puedes vivírtela encinta. Hay inyecciones, pócimas, tés, hierbas, tripas, qué sé yo, ni debes saber.

—¿Así es de que me pides que aborte?

—Lo que no entiendo es cómo una mujer tan progresista ni siquiera acepte hablar del asunto.

—Bueno, ¿a ti te pesan los hijos? ¿Acaso los ves? ¿Acaso los crías? Tu vida es la lucha, bastante me lo restriegas, los hijos son míos, soy yo quien los educa, para eso soy maestra.

Estuvo a punto de gritar: «¡Yo soy quien los mantengo!», pero su innata nobleza la retuvo. Sin el trabajo de Sara no habrían podido vivir, pero eso por sabido se callaba.

—Es anormal que una mujer tenga hijo tras hijo. Actúas como si yo fuera a quitarte algo. ¡Pareces una leona defendiendo a sus cachorros!

—Pues sí, ¿qué no te has dado cuenta que mis hijos son mi riqueza? —gritó Sara.

Al no tenerlo a él, se replegaba sobre los hijos, o ¿eran los hijos lo único que tenía de Trinidad?

Al dar a luz, Sara perdía esa pesantez rumiante que la poseía. Lenta, todo en ella disminuía, la blancura de su tez, el brillo de sus ojos, el esmalte de sus dientes. Si Trinidad la hubiera visto en la escuela le habría sorprendido la autoridad con la que daba clase, pero en la casa aflojaba el cuerpo y caía en la somnolencia. Recibía a su hombre como un molusco, totalmente entregada a lo que se gestaba dentro de ella.

—¿Cómo puedes permanecer al lado de un hombre constantemente amenazado y que además no te da nada? —inquiría la madre.

Sara tenía siete meses de embarazo y mucho trabajo en la escuela, y como Trinidad no llegó, le dejó su comida y se fue a dar clase. Al otro día, Trinidad le reclamó:

—Oye, entrégame los dulces que sobraron ayer.

—¿Cuáles dulces?

—Los que traje, sobraron cuatro.

—No te puedo entregar algo que no vi. Tal vez se los diste a los niños y no te acuerdas, pero si quieres mando a uno de ellos a la tienda a comprártelos.

—No, tú me los vas a entregar.

Sara le repitió de nuevo que mandaría a uno de los niños por dulces.

—No, yo no quiero otros, quiero los de ayer y si no me los entregas te voy a pegar —Trinidad levantó la voz.

Sara tomó un ladrillo para defenderse y echó a correr, pero Trinidad la alcanzó, la obligó a soltarlo y le pegó. Era más fuerte que él. Lo sacaba de quicio la forma de ser de su mujer, pinche vieja tan virtuosa, cómo le chocaba.

—Hoy mismo le escribo a tu hermana Pelancha para decirle qué clase de hermano tiene.

—No te metas con mi familia.

—En este momento te voy a demandar, vas a ver.

Cuando la oyó, Trinidad le quitó los zapatos. Sara caminó descalza hasta el árbol de mango y las vecinas la rodearon.

—¡Váyanse, porque si no es capaz de venir aquí!

—Pues que venga. Demándalo. Es mucho lo que aguantas.

La niña Scherezada corrió a abrazarse de su madre.

—Oye, Shere, tráeme mis zapatos.

—Mamá, ya no está el cajón de los zapatos, ni hay nada de ropa tuya —regresó la niña.

Sara se mantuvo debajo del mango y sólo entró a su casa cuando vio salir a Trinidad.

—Me da pena atravesar el parque y entrar a la Alcaldía sin zapatos, por eso no lo demando —le explicó a las vecinas.

—Son chismes de vecindad —Sara ocultaba el maltrato de su marido.

—¿Quieres que me lleve yo a tus hijos y los traiga el sábado?

—Sí, mamá, estaría bueno.

El niño Nabuco le contó de los pleitos a su abuela.

—Hija, ¿es cierto que te pega tu marido?

—No, mamá. ¿Quién le dijo eso?

—Nabuco.

—¡Sí es cielto! —la desafió el niño—. ¿Qué tan plonto se te olvidó? ¿No te acueldas cómo te dejó la cala?

—¡Nabu, cómo eres mentiroso!

—Yo digo la pulitita veldad.

Además de su lealtad, Sara tenía otras cualidades, como la de aceptar las continuas idas de su marido a México. «Sara, ahora sí te has fogueado en la lucha», constataba él sin ver la mirada amarga que nunca se preocupó por dilucidar. Sara había descubierto que Tito entraba a una vivienda de techo de lámina igual a la suya, a la que día y noche acudían hombres. Dos paisanas le informaron:

—¿Estás bordando un huipil mientras tu esposo te pone los cuernos? No seas pendeja, se mete con esa mujer que llegó del Istmo. ¿No la has visto en el patio cuando se baña?

El baño y el escusado, separados de la casa —costumbre del trópico—, se abrían a las miradas. La mujer de los mil hombres salía desnuda y atravesaba el patio más desnuda aún, el pelo escurriéndole en la espalda, mojándole las nalgas. Se sentaba al sol con las piernas abiertas. «Quiere que la vean para que luego entren», explicaron las cizañosas. A Trinidad le dio por regresar a casa a las cuatro de la mañana. «No, no me acompañes», le ordenaba a Sara cuando quería encaminarlo a la estación.

—Anda con la mujer de los mil hombres —insistieron las chismosas.

El canto de las chicharras inundaba el espacio encima de las casas de lámina.

—¿Así que esto es el amor? —se decía Sara.

Pasaron los días, los meses, los años, los alumbramientos y Sara salvó en ella lo que había de maestra y se aferró a la escuela. Se hizo de muy pocas palabras, apenas las suficientes, y ni siquiera se dio cuenta de su silencio. Los niños comían sin hablar y Sara guardaba su energía para la clase. Por eso a sus hijos les gustaba ir a la escuela, para oírla. Después de Nabucodonosor vinieron Chébichev, como el matemático ruso, Gundebaldo, audaz en el combate, Ulianov por Lenin, Vissarionovich por Stalin y Scherezada, nombres que Trinidad escogió, pero que a los pocos días de su nacimiento los vecinos abreviaron a Nabuco, Chebi, Gune, Uli, Vissari y Schere porque era más fácil.

Sara consultó a la dueña de una maternidad en Coatzacoalcos, quien le aconsejó añadirle el jugo de un limón coladito a un litro de agua y lavarse después del coito. Los lavados de Sara no eran de un litro sino de dos, hasta que la bolsa de hule se agujereó y se embarazó de Zoroastro, el justiciero de Irán.

Trinidad hacía el amor hasta tres veces en una noche. Su mujer tenía que levantarse, atravesar el patio, ir al baño en el otro extremo de la casa, hervir el agua, llenar la bolsa, colgarla de un gancho y muriéndose de sueño acuclillarse penosamente sobre el piso de mosaicos para el lavado e introducir la cánula hasta llenar su vagina como globo. «Trinidad me parte la noche, me parte la vida, me parte la madre».

Ajeno a todo, él dormía.

Apenas supo que la había preñado de nuevo la llamó tonta y buscó a un médico para que la inyectara:

—Su mujer tiene la matriz muy sana y no va a poder tirar el feto —informó el médico.

Trinidad se adentraba cada vez más en la lucha. Ocupada en la escuela, la casa, la comida y, sobre todo, la educación de los hijos que él dejó totalmente en sus manos, «para eso eres maestra ¿o no?», Sara se sintió hecha a un lado. A la única a quien el líder atendía era a la niña Scherezada, a pesar de que quiso desaparecerla antes de su nacimiento. Durante el poco tiempo en casa, la miraba con curiosidad. A sus hijos no se les acercaba, al contrario, había que alejarlos, era malo que dependieran de él, la relación afectiva podía romperse en cualquier momento. «Un líder no tiene vida personal, un líder no tiene vida familiar. Si no estoy con mis hijos es para su bien, pueden desaparecerme, no quiero que sufran», alegaba frente a una Sara recalcitrante. «Sé lo que hago, corro peligro».

Desde el corredor los escuchaba platicar y una vez lo hizo sonreír Vissarionovich al preguntarle a Sara:

—Mamá, ¿qué es un esquirol?

—Es un rompe huelgas, Vissari.

—¿Y por qué es malo eso?

—Cuando los obreros se ponen en huelga, cuando se niegan a trabajar para conseguir que les paguen más, en vez de unirse a sus compañeros el esquirol se ofrece para hacer el trabajo.

—¿Mi papá no quiere a los esquiroles?

—Claro que no, nadie quiere a los esquiroles.

—Pero ¿cómo se mejoran las condiciones de trabajo?

—Con el diálogo.

—¿Eso es lo que hace mi papá?

—Sí. Tu papá es un gran hombre.

—¿Por eso nunca está con nosotros?

—Bueno, ahorita aquí está.

Sin embargo, Vissari no se atrevía a hablar con su padre y mucho menos a treparsele encima como lo hacía Schere. Ella sí que lo abrazaba y él le devolvía los besos.

Scherezada montaba en bicicleta y por poco y la atropella un autobús que la aventó hacia la acera y eso la salvó. Trinidad salió a la calle temblando de miedo.

La niña se alió a su padre, no comía hasta que él llegara, le contaba de la escuela y en la noche se metía a la cama matrimonial y dormía entre ambos.

Al juzgar a Trinidad tan severamente, Sara lo alejaba aún más. El mudo reproche en sus ojos, que nunca habría de borrarse, a él lo sulfuraba. Como las parejas que rumian sus rencores, Sara no esperaba ya nada bueno de su unión con Trinidad. Su mutismo rencoroso la envolvía como un rebozo. Un día Vissari al columpiarse en su silla se fue de espaldas y al llegar al suelo se mordió la lengua con tal fuerza que Sara perdió su presencia de espíritu, Trinidad tomó al niño que sangraba profusamente, lo llevó al médico que lo anestesió y lo cosió. «¡Por poco y se queda sin lengua nuestro muchachito!», reclamó Sara rencorosa a Trinidad. Le era imposible reconocer que él lo había salvado.

La vida familiar también entristecía a Trinidad. Su madre había muerto. Bárbara, a quien quería como una hermana menor, casi una hija, vivía en la capital con un petrolero. ¿Lo quería? Alguna vez ella lo desafió: «Las mujeres se aficionan a lo que más les hace sufrir, pero yo no soy masoquista». Quién sabe qué iría a ser de ella con ese carácter tan pasional e imprevisible. Sus hermanas Chanita y Pelancha también se habían mudado al Distrito Federal con sus hijas, mujeres solas que necesitan protección. Y ahora él tenía a esta hija, Scherezada, que lo seguía como antes su sobrina. «¡Pobrecita, es mujer!», pensaba Trinidad. Lo invadía una compasión infinita por ese ser débil e indefenso que lo miraba con ojos confiados y algo se le removía por dentro. «Sara —se decía hablándose a sí mismo—, te dije que nuestra vida iba a ser dura, que no me acercaría a los hijos por las razones que conoces, que tú llevarías toda la carga afectiva, y ya no me siento seguro de nada, no sé si he hecho bien». Trinidad y Sara ya no dialogaban y en la mirada de su mujer se acendraba una expresión agria, como si quisiera cobrarse.

Invariablemente, cada quince días Trinidad enviaba un pequeño huacal de frutas por Express a nombre de su sobrina Bárbara Henestrosa Pineda.

—¿Sabes, papá? Vissari para huevos.

—¿Qué?

—Sí, papá, Vissari puede parar un huevo.

—No te entiendo, Schere.

—¿Has visto a alguien parar huevos? Ése es tu hijo. Tráete un blanquillo, Vissari.

A las primeras de cambio, el niño acomodó el huevo sobre la mesa. Quedó de pie como un obelisco.

—¿Viste, papá, viste el huevo parado?

—¡Qué proeza! Vamos a poner un letrero aquí afuera: «Se paran huevos a domicilio». Vamos a alquilar a Vissari…

Pero ni la pericia de Vissari logró sacarle una sonrisa a Sara, por más que a Trinidad le hizo mucha gracia y convocó a los vecinos.

43

¡Qué difícil expulsar a los antiguos dirigentes y sesionar en el salón de actos de los charros! Hasta Silvestre Roldán se echó para atrás.

—Trinidad, ¿estás seguro de que quieres que la asamblea sea en ese salón? Los charros nos han amenazado de muerte. Tienen vigilado el local. ¿Qué pasa si no lo abren?

—Haremos el mitin en la calle, frente al edificio sindical.

—La gente no va a responder, los charros los tienen amenazados.

—Vamos a volantear.

—¿Qué? ¿Estás loco? ¡No hay tiempo! ¡Sólo tenemos unas horas! ¿Dónde la imprenta? ¿Dónde el papel? ¿Dónde el texto de la convocatoria?

Trinidad lo redactó sin la ayuda de Sara, a quien extrañó:

—Bueno, ¿quién va a repartirlo? —preguntó Silvestre.

—Nosotros —espetó Trinidad furioso—. Vamos a los talleres, a las oficinas, a los comercios, a la calle. No hay tiempo que perder. Toma tus volantes.

También el líder temía que la gente no acudiera. Repartir volantes no era ninguna garantía, muchos transeúntes los recibían con reservas, otros de plano los tiraban. Media hora antes de la asamblea, Tito, Silvestre, Saturnino, Guillermo Petrikowsky, gran amigo de Sara, y otros se apostaron cerca de la puerta.

A Petrikowsky se le veía la bondad en los ojos a pesar de su evidente afición a la cerveza. Creía en los demás, también eso se veía a leguas, así como su sorprendente talento para la fotografía. Admiraba el buen juicio de Sara, su bondad, la fidelidad a su hombre hiciera lo que le hiciera. ¡Qué buena madre era Sara! ¡Híjole, qué pésimo padre, Trinidad!

Pasó la hora, nadie se acercó.

—Ya ves, te lo dije, no van a venir.

—Espera, uno nunca sabe a ciencia cierta cómo va a reaccionar la gente. Si vienen o no es aún un enigma, compañero Roldán —insistió Petrikowsky.

—¿Qué no ves que no hay nadie? ¡Hasta dónde puede llegar tu terquedad! —se enojó Silvestre.

Para Trinidad, la hora de espera fue terrible; también Silvestre, nervioso, reflexionaba sobre cuál sería la reacción de los compañeros. De pronto, a unos cuantos pasos de la puerta vio a un pequeño grupo. Apagaron sus cigarros en el suelo cuando él se acercó. Poco a poco, el número creció.

—Hay suficiente gente, pero el local está cerrado, ¿a dónde vamos a sesionar? —insistió Silvestre.

Algunos trabajadores saludaron a Trinidad, a Roldán, a Maya y a Petrikowsky y los alentaron diciéndoles que los compañeros vendrían porque su audacia al querer sesionar en el local de los charros había llamado la atención. Ahora sí, muchos ferrocarrileros miraban la puerta cerrada con candado.

—¿Dónde vamos a meter a esta gente?

Petrikowsky señaló uno de los muros laterales del edificio.

—Tras del puesto de refrescos de doña Jovita hay una puerta que comunica al edificio. Por allí podemos entrar sin violar el candado. Lo único que hace falta es que llegue…

Al rato, Jovita abrió su puesto y los ferrocarrileros entraron en fila india. El salón de actos se llenó.

Muchos hombres recargados en los muros laterales y en la puerta de salida esperaban de pie. Los rieleros de los Nacionales y los de la Compañía Terminal de Veracruz eran los más numerosos. La presencia de varias mujeres, algunas con sus hijos en brazos, alegró a Silvestre.

A las doce del día, el salón de actos de Tierra Blanca hervía de gente y en el rostro de los compañeros hervía también la impaciencia. Tito intuyó entonces que los ferrocarrileros de la Sección 25 de Tierra Blanca, Veracruz, sostendrían la lucha hasta el triunfo. Un estruendoso aplauso rubricó sus palabras.

—No va a ser fácil, como no fue fácil sacar a los charros de Matías Romero.

Arriba en el presidium, Trinidad les contó que la Sección 13 de Matías Romero fue la primera de la República en desconocer a un Comité Ejecutivo Local charro y designar a uno nuevo, pero en vez de ocupar de inmediato el edificio sindical, ingenuamente pidió al comité depuesto que entregara documentos, dinero y enseres y esto les dio tiempo a los charros de Matías Romero de ponerse de acuerdo con los del Distrito Federal, que les dijeron que no entregaran nada.

«Hasta ese momento habíamos sesionado en el Cine López de Matías Romero a cargo del compañero Gabriel Herrera, que simpatiza con nosotros. Con la documentación y los archivos en la mano, decidimos emplazar a huelga a la empresa: trescientos cincuenta pesos de aumento o de lo contrario se harían paros escalonados en la División del Sureste».

«¡Huelga! ¡Huelga! ¡Huelga! ¡Huelga!». «¡Abajo los charros!», se enardecieron los compañeros en la asamblea de Tierra Blanca. «¡Qué ambiente tan chingón!», murmuró una mujer al lado de Silvestre Roldán para luego gritar: «¡Ratas, buitres, hay que sacar a patadas a ese Comité Ejecutivo que le hace el juego a la empresa!».

Trinidad señaló la actitud entreguista y servil del secretario local, que quiso suspender la asamblea.

El salón de actos hervía de emociones encontradas, los ojos fijos en el presidium, los compañeros esperaban una orden que les cambiaría la vida.

Antes de iniciar la asamblea, los compañeros le dijeron a Trinidad que el charro jugaba a las dos cartas: no rompía con el Comité Ejecutivo General bajo el mando del líder corrupto ni se ponía en contra de los trinidistas. Deponer a un charro era difícil porque sus seguidores lo defendían. Vendido a la empresa, el charro les hacía creer que les conseguiría aumento y prestaciones y a los trabajadores el cambio los atemorizaba. Se habían acostumbrado a esperar. Ahora, tres ferrocarrileros alborotadores —Trinidad, Roldán y Maya— llegaban a tirar lo establecido.

—O ustedes presiden o nosotros —se enojó el charro.

Cuando el charro pretendió sabotear la proposición de aumento de salarios fue abucheado. Enojado, profetizó:

«Van a ver cómo en México las cosas no son tan fáciles. Esta propuesta ha salido de una sola sección, la 15. ¿Creen que los van a dejar seguir adelante? ¡No hombre! ¿Creen que van a responderles en el Distrito Federal? ¡No hombre, ni locos!».

Los trabajadores le chiflaron, patearon el suelo, golpearon sus asientos y el charro abandonó el salón con su Comité Ejecutivo. ¡Qué gran victoria! Indignados, los rieleros acordaron continuar la sesión y nombraron un presidente de debates, Silvestre Roldán, un secretario de actas, Saturnino Maya, un presidente de la comisión, «¡Viva el Plan del Sureste!». «¡Viva el compañero Trinidad!». «¡Viva la Gran Comisión Pro Aumento de Salarios que preside Trinidad!». «¡Viva nuestro nuevo Comité Ejecutivo!». Rechazaron los doscientos pesos propuestos por el ex secretario local. «Sólo aceptaremos trescientos cincuenta pesos de aumento y el plazo de sesenta días concedido a la empresa». Sorprendido, desde Villahermosa, Tabasco, Carmelo Cifuentes le envió un mensaje de felicitación a Trinidad. «Compañero, la suya es una proeza que constará en la historia del sindicalismo ferrocarrilero. Lograron hacer su asamblea, elegir democráticamente a su Comité Ejecutivo y emplazar a la empresa».

Una atronadora ovación estalló en el recinto y se desbordó hasta la calle cuando los obreros levantaron la mano al unísono diciendo que suspenderían labores.

—Lo hacemos por solidaridad, cabrones —gritó Conchita, que era muy mal hablada.

Ahora en Tierra Blanca el entusiasmo era el mismo. «Vean ustedes compañeros cómo todo se puede». En el colmo de la euforia, Trinidad envió a Silvestre Roldán de avanzada a Tonalá para preparar la suspensión de labores en vista de la huelga y regresó a encabezar las manifestaciones de apoyo en Matías Romero, hasta que el compañero Guillermo Petrikowsky lo llamó para decirle que no había ningún indicio de suspensión de labores en Tonalá. ¿Qué estaba haciendo Silvestre, quien tenía la responsabilidad de reunir y convencer a los ferrocarrileros?

Guillermo Petrikowsky aseguró que Silvestre había acordado verse al día siguiente con él para dejar todo listo, pero ni siquiera se presentó.

—Es indispensable que vengas personalmente porque aquí nada se ha hecho para secundar los paros.

—¿Cómo?

—Pues sí. Silvestre anda de enamorado y mandó todo al carajo con tal de seguir a la muchacha. Tienes que salir esta misma noche. Hemos convocado una asamblea en Tonalá.

—¿Silvestre? —repetía Tito incrédulo.

—Se ha de haber ido a la playa con alguna muchacha, así es él, pero yo me comprometo a ayudarlos, tengo acceso a los mimeógrafos y podemos sacar la convocatoria rápidamente —ofreció Guillermo Petrikowsky, uno de los ferrocarrileros más responsables y escuchados, cuya colección de fotos de locomotoras de vapor y estaciones hacía las delicias de sobremesas domingueras.

Trinidad precisó que en la zona sur había tres secciones «firmes y decididas» a suspender las labores: la 13 de Matías Romero, que fue la iniciadora, la 26 de Tonalá y la 25 de Tierra Blanca, y si ellos, los de la 28, secundaban el movimiento, serían cuatro. Aclaró que los delegados que recorrían el sistema tenían buenas noticias porque las secciones 12 de Jalapa, 21 de Puebla y 22 de Oaxaca se habían unido a la lucha.

«No he agregado ni quitado nada para agrandar o minimizar los peligros de esta lucha», concluyó Trinidad. «Miren, compañeros, cuando menos en el Sureste vamos a suspender labores para exigir el aumento. Es la única forma que tenemos de presionar. Si nuestra actitud no es de combate, nunca nos tomarán en cuenta. Es lógico que el Comité Ejecutivo General en México no se preocupe por reconocernos si no hacemos presión. Tenemos que aprender a exigir y a defender lo nuestro. Si no lo hacemos nosotros, ¿quién, a ver, quién? Por lo tanto daremos un plazo de diez días a la empresa, y si al vencerse no ha resuelto nuestras peticiones, iniciaremos un paro general de dos horas que aumentará diariamente dos horas hasta obtener respuesta».

«Nadie debe olvidar que se correrán riesgos y pueden destituirnos, pero si todos nos unimos, ganaremos la huelga. Como el tiempo corre en contra nuestra, será esta sección y las del sur las que se jueguen el todo por el todo, si no es posible conseguir que las del centro y del norte secunden nuestro movimiento».

El silencio era absoluto. Todos los asambleístas querían comprender el alcance de sus palabras.

La huelga se aprobó por unanimidad, Trinidad armó una comisión de vigilancia contra actos de sabotaje y en la noche, exhausto, él y Saturnino Maya regresaron a Matías Romero.

—Pues ya resolvimos lo de Tonalá —suspiró Trinidad.

¡Pinche Silvestre tan enamorado y tan informal! Y sin embargo, era el primero en entrarle a los cocolazos.

De regreso, Saturnino, exacerbado, criticó la informalidad de Silvestre Roldán. Curiosamente, Trinidad lo calló: «¡Ya déjalo en paz, tú no sabes lo que es el deseo!». «Claro que lo sé, antes de casarme también yo me eché a cantidad de viejas». «Sí, pero el deseo por una sola no sabes lo que es, yo sé lo que siente Silvestre».

¡Qué imprevisible y qué raro era su hermano del alma Tito! Saturnino creía conocerlo y el otro le daba cada sorpresa que lo dejaba temblando. «Todos somos frágiles y quizá nuestra intimidad sea lo más intocable, lo más fácil de quebrarse», concluyó el líder.

También la respuesta de Saturnino a Trinidad lo había tomado por sorpresa, porque a todas luces amaba a su mujer y a su hijo sobre todas las cosas.

A las cuatro de la mañana una comisión de trabajadores encabezados por Petrikowsky acompañó a Trinidad y a Maya a la estación y permaneció con ellos hasta que abordaron el tren.

Cuando descendieron en Acayucan, Trinidad preguntó:

—¿Así que aquí tampoco han hecho nada?

Cada falla en las secciones, cada mitin fracasado le recordaba a Silvestre Roldán. ¿Cómo que todo estaba listo si no había nada? La simpatía de Roldán era irresistible. Eso decían las mujeres. «Es un hombre subyugante. Desborda don de gentes». A Bárbara la seducía porque además de servicial y entusiasta la hacía reír y con él todo se volvía fácil. «Éste no se me va». Soltero empedernido, Bárbara pensó conquistarlo alguna vez y en sus encuentros, le coqueteaba descaradamente. ¡Qué fuerte era la atracción sexual de Silvestre! ¿O era la del tren? Durante años, Silvestre acostumbró hacer el amor en el tren, se llevaba a alguna mujer asida de la mano a la desenfrenada búsqueda de un compartimiento vacío y contaba que a una le tapó la boca porque no tenía empacho en decir en voz alta: «Quiero coger». A Silvestre lo habían visto en infinidad de ocasiones salir del carro dormitorio con una hembra espléndida del brazo. «Regresan siempre. Las literas, sobre todo la de arriba, tienen el don del vuelo. Es el movimiento del tren el que las calienta, es el bamboleo el que las trae locas y de plano se aficionan a los trenistas». Entregarse en ese estuche de terciopelo era un lujo inaudito, y las mujeres veían al tren como un nido de amor.

Silvestre se veía muy apuesto con su uniforme y su cachucha de jefe de estación. «¡De veras, qué guapo!», decían las mujeres y se daban de codazos a su paso. «¡Parece artista de cine!». Allá en la estación los conductores sobresalían por su apostura. Eran príncipes de revista de modas con sus corbatas bien anudadas. Los botones dorados de sus sacos refulgían en los pasillos.

A la estación Colonia llegaban las señoras de la noche, las criaturas del pecado, las trotonas del andén. No cabe duda, el tren es un fabricante de quimeras. Durante muchos años, una especie escandalosa circuló ligada a Silvestre Roldán: «El cogelón del tren». «¿Así es de que tú eres el que las hace gritar, tú eres un oficiante del amor inútil?», le preguntó una vez Saturnino Maya. «¿Por qué inútil?». «Porque no conduce a nada». «¿Y el placer, qué?» «Yo amo a mi mujer —respondió Saturnino—. Y tú, Silvestre, eres un hedonista».

Caminar a lo largo del pasillo del tren pasajero, vagón tras vagón buscando un dormitorio era penetrar por los vericuetos del deseo, acendrarlo, llevarlo al mismo grito de la primera amante de Silvestre, la esplendorosa, la del acostón.

A pesar de la irresponsabilidad de Silvestre en Tonalá, a pesar de todas las fallas, ríos de solidaridad profunda fluían hacia Trinidad. La sorprendente respuesta de los ferrocarrileros lo alentó, nadie pensaba que el Plan del Sureste lograría en tan corto tiempo la adhesión de todas las secciones.

Al día siguiente, el Comité Ejecutivo del Plan del Sureste giró un telegrama a todas las secciones.

—En la capital no hay señal alguna de suspensión de labores. Tienes que ir tú al Distrito Federal.

Trinidad no quería dejar Matías Romero porque le importaba ver cómo se harían los paros en el Sureste.

Antes de partir, esta vez en autobús, dijo a sus compañeros: «Salir a la Ciudad de México en este momento es un sacrificio, porque mi mayor deseo es estar con ustedes. No les digo adiós ni hasta luego, porque presiento que tengo una cita con el destino».

Mientras el autobús corría en la carretera transístmica, Trinidad reflexionó: «Hace meses y meses que no veo a Sara ni a mis hijos».

La última vez, Sara no escondió su despecho:

—De haberlo querido, nos habríamos ido contigo.

—Pero Sara, ¿cómo crees si apenas tenía con qué vivir?

—¿No tenías para tu adorado Hotel Mina? —inquirió sarcástica.

—Sí, pero no es lo mismo el costo de uno que el de una familia.

Del Hotel Mina salió a casa del delegado de la Sección 26, el más viejo, Ventura Murillo, en la Calzada de Guadalupe.

—¿Por qué no han enviado alguna notificación de huelga a la empresa? Nosotros ya estamos listos.

—Esperábamos a que los delegados regresaran del norte.

—¿Así es de que si no regresan ustedes no hacen nada?

La Sección 25 de Tierra Blanca, la 28 de Veracruz, la 12 de Jalapa, la 21 de Puebla y la 22 de Oaxaca secundaban a la 13 de Matías Romero y la 26 de Tonalá. «¡Huelga!». «¡Huelga!». «¡Huelga!». Irían a la huelga si la empresa no concedía el aumento de salarios para el día 26 de junio y si el Comité Ejecutivo General del sindicato no reconocía al nuevo Comité Ejecutivo Local de la Sección 13 de Matías Romero.

El entusiasmo de Trinidad, Roldán y Maya no amainó. En el sur, el apoyo de las secciones, empezando por Matías Romero, los hacía concebir todas las esperanzas, pero en el Distrito Federal un balde de agua fría les cayó en la cabeza. Las secciones 15, 16, 17 y 19 no habían designado siquiera su comisión pro aumento de salarios. ¿Por qué lanzar entonces su convocatoria? ¿Sólo para engañar a la provincia?

Recurrieron al presidente del Comité Ejecutivo General del sindicato charro. «Nuestra misión es el aumento general de salarios». Como Alfonso Ochoa Partida creyó que su petición no trascendería, respondió a la ligera:

—Cómo no. Incluso les ofrezco pagar sus gastos en la capital, darles un espacio para sesionar y pasarles nuestro estudio económico para fijar el monto del aumento. Tenemos datos de 1939 basados en el costo de la vida de entonces.

Los tres amigos se miraron con sorpresa. ¡Cuánta amabilidad inesperada!

—El poder adquisitivo es cada vez menor. Para nivelarlo con el costo de vida actual, en vista de la carestía y de las dos devaluaciones de la moneda, hemos llegado a una conclusión —contestó secamente Trinidad.

A Trinidad no le intimidaban ni la capital ni el local del sindicato. Era extraño ver cómo un modesto empleado de Express se imponía en cada sesión. «¿Quién es?». «Es un delegado desconocido». Su innato don de mando hacía que callaran cuando tomaba la palabra. Desde la primera reunión, varios de los treinta y ocho delegados preguntaron: «Bueno, ¿y ése de dónde viene? Sí, sí ya sabemos que es de la Sección 13 de Matías Romero, pero ¿quién es?, ¿qué hace?, ¿cuál es su especialidad? ¿Sólo un empleado menor? ¡Qué raro, habla con autoridad! ¿Cómo es posible que conozca así los estatutos?».

A lo único que quería llegar Trinidad era al aumento de los trescientos cincuenta pesos y en ello ponía toda su inteligencia y sabía argumentar. Nunca perdía su presencia de espíritu.

Los delegados de las cuarenta secciones se apasionaron por el aumento de salario.

«Este Trinidad está capitalizando el problema a su favor», se atemorizaron los charros y uno a uno tomaron la palabra.

«A lo más que puede aumentarse el salario es a doscientos pesos. Una alza como la que él pide representa un problema para la empresa». «Ferrocarriles es patrimonio de todos los mexicanos. El aumento a pedir es de doscientos pesos».

Aunque no le concedieron la palabra, Trinidad gritó:

—Esto es una farsa. Al hacer nuestro estudio vimos que

la petición de trescientos cincuenta pesos es la justa y la empresa puede pagarla, al bajar la suma a doscientos pesos, ustedes sabotean y dividen a los trabajadores. Lo que debemos construir es un frente unido ante la empresa, que obtiene millones de pesos de utilidades y puede darnos el aumento y aún más prestaciones.

—El que tiene la última palabra es el gerente —gruñó entre aturdido y enojado el charro.

El charro que presidía el Comité Ejecutivo General invitó a Gerardo Peña Walker, gerente de Ferrocarriles, a examinar la petición de aumento y respondió que no conocía las condiciones económicas de la empresa y debía estudiar el caso.

—¿Cómo? ¡Un gerente que después de seis años no conoce la situación de la empresa que regenta! ¡Qué pendejada es ésa!

El charro miró a Trinidad con rabia. Ese chaparrito del sur se estaba volviendo por demás conflictivo.

—El gerente ya les dijo a ustedes que necesita sesenta días para estudiar la economía de la empresa y decidir la cantidad a conceder. Voy a llamar a asamblea para saber cuál es la voluntad de los trabajadores, no sólo la tuya, Trinidad.

Gerardo Peña Walker mandó decir que sólo discutiría el problema en presencia del secretario general de su confianza, Alfonso Ochoa Partida, cuya intención era disolver bajo amenaza de despido a la Gran Comisión Pro Aumento de Salarios. «¡Nada va a hacerse antes de sesenta días!».

—Es su responsabilidad —le espetó Trinidad a Peña Walker—, porque nosotros vamos a cumplir el acuerdo de los paros hasta que la empresa conceda lo que pedimos.

—Ten cuidado, Tito, la mayoría va a atemorizarse con la amenaza de despido y cárcel y va a regresar a su casa.

—Eso vamos a ver.

Al llegar a su hotel en la noche Trinidad marcó el número de su sobrina Bárbara Henestrosa Pineda.

—Mira, Bárbara, creo que ahora sí voy a quedarme algún tiempo en México porque estamos pidiendo un aumento de salarios. Si no estás cansada te invito al teatro y a un café después para explicarte lo que estoy haciendo.

—¡Ay, tío, qué bueno!

El sufrimiento había afinado el rostro de Bárbara, mucho más delgada parecía más alta y se había estilizado. Sus ojos agrandados lo miraban con una intensidad mayor, su pelo amarrado en cola de caballo la aniñaba y sus manos de uñas sin pintar temblaban. «Es más hermosa que antes», pensó.

—Posiblemente vayamos a figurar en los periódicos. Pueden hablar bien, pero lo más seguro es que hablen mal, puesto que vamos a ir en contra de los intereses del gobierno. Te lo hago ver por tu estado de nervios y para que no vayas a apurarte. Creo que por fin vamos a hacer algo bueno por los ferrocarrileros.

Bárbara le dio los números de teléfono de sus dos trabajos, uno en Petróleos y el otro en una oscura oficina de Telégrafos. A partir de ese momento, todos los días, antes de salir a sus diligencias, Trinidad se reportaba.

—Si algo se te ofrece me buscas en la Sección 15 o si no en la noche aquí en el hotel.

—Bueno tío, ándale.

Bárbara recuperaba la esperanza perdida.

Trinidad había cubierto todos los requisitos y el movimiento estaba listo para iniciar los paros.

44

Bárbara subió al tren con Trinidad y ambos cayeron de nuevo bajo su embrujo. El tren ocupaba el primer lugar en su vida y a Bárbara se le humedecieron los ojos al preguntarle: «¿Cuánto tiempo hace que no subíamos al *pullman*, tú y yo, tío?», y sin esperar respuesta se puso a tararear: «El tren que corría por la ancha vía / muy pronto se fue a estrellar / contra un aeroplano / que andaba en el llano / volando sin descansar». La locomotora aún no arrancaba y entraron con arrobo al compartimiento con sus clásicos asientos color vino. ¡Era como regresar al vientre materno! ¡Qué fiel a sí mismo es el tren, qué igual a sus días y a sus horas, qué manera de perforar el tiempo sin cambiarlo! «Así debería ser yo», pensó Bárbara al pasar la vista por los maleteros niquelados, las pequeñas cortinas de terciopelo que se cierran a la hora del crepúsculo y hacen caer la noche encima del paisaje, la mesilla entre los dos asientos, la luz eléctrica en el impoluto cielo raso.

Aún no se movían los vagones y Bárbara sentía dentro de su cuerpo el mecimiento que pronto los acunaría. Adentro ellos, el mundo allá afuera, afuera los otros, adentro sólo ellos, «sólo nosotros, nosotros solos», murmuró Bárbara en voz alta. Pronto cambiarían de imagen, pronto ellos mismos serían otros, pronto estarían fuera del tiempo. El tren que liga meridianos y paralelos los proyectaría lejos de este espacio íntimo y confidencial, el coche cama que era ahora la alcoba privilegiada de Bárbara los recibiría después del largo túnel de la ausencia de su tío. El tren los transportaría fuera del globo terrestre, la esfera azul, café y amarilla inflada sobre el escritorio del maestro en la escuela. ¿Qué diablos podía ser la Tierra sino un globo? El tren era el sitio atípico e intemporal que los sacaba de la realidad, y sin embargo, gracias a él lo imposible se hacía real, la terquedad de los rieles y su transitoriedad hacían camino al andar como lo quiso el poeta Antonio Machado. Porque esto que iba a ocurrir sería transitorio, sucedería entre una estación y otra, dentro de la movilidad forzada de las ruedas sobre los rieles; después de todo, el tren siempre había sido el presagio de la conmoción, su función era trastornar el orden, resquebrajarlo, estrellar la paz.

«Pinche traidor de mierda, vendido a Moscú», recordaba Trinidad al diario *Excélsior* acusándolo de perversión cuando la gran huelga de 1959. «Si la Revolución Mexicana no tuvo que ir a abrevar, en cuanto a sus doctrinas y principios, a ningún país extraño, sino que fue producto de la ideología y esfuerzo de nuestro pueblo, es inadmisible e intolerable que en 38 años, después de que se inició la Revolución Mexicana y se hizo gobierno se pretenda hacer comulgar a los trabajadores y al pueblo con la falsa teoría de que la liberación de las masas debe venir de más allá de las fronteras y ser obra de agentes extranjeros o de nacionales descastados».

Al igual que los patrones, *Excélsior* había llamado a los trabajadores al saneamiento moral de sus cuadros directivos ante la ola de perversidad, corrupción y traiciones obreras del país en todas las industrias, y a Trinidad le dolió profundamente que lo consideraran enemigo del pueblo de México.

¿Era él eso, un manipulador, un ambicioso, un perverso? ¿Perverso él?

Estaba a punto de preguntárselo a Bárbara cuando ella se le adelantó:

—Tío, tengo algo que decirte.

—Dímelo muchachita —respondió Trinidad con la dulzura de años atrás.

—Voy a tener un hijo.

Trinidad se enderezó en su asiento, la boca abierta.

—¿Tú? ¿Un hijo?

—Sí, yo, un hijo.

El tableteo del telégrafo se le ensanchó en los oídos, llenándoselos del estridente zumbido de una chicharra. ¡Qué va, eran mil chicharras! Su insistencia se repetía en todo el vagón. Todo el carro comedor era ahora una caja de resonancia. Los teletipos imprimían en la cinta de su cerebro la pequeña frase emitida por Bárbara. Hubiera podido pegarla en la hoja de un telegrama. Empezó a contar las palabras: yo, una, voy, dos, a, tres, tener, cuatro, un, cinco, hijo, seis. Volvió a contarlas y las escribió en el mantel blanco. Telegrafista al fin, se repitió: «Son seis palabras». «Léelo y fírmale aquí», le dijo a Bárbara, quien vio cómo las había trazado con la uña sobre el mantel.

—¿Dónde firmo? ¿Aquí?

—¿Un hijo? —repitió incrédulo, el pánico en los dedos que tecleaban temblorosos—. ¿Un hijo? Pero si ya no estás en edad.

—Sí, voy a ser una madre vieja, pero espero ser una buena madre.

—¿Hijo de quién?

—¡Ojalá y fuera tuyo!

—¿Un hijo mío?

—No te preocupes. Voy a ser la única responsable de ese hijo.

—¿No corres peligro?

—Siempre he vivido al borde del precipicio.

Cuando Bárbara sintió náuseas la primera vez, jamás lo atribuyó a una posible maternidad. A los cuarenta y tres años, dejar de tener la regla era común y corriente. Jamás se había retrasado por embarazo. Amaya Elezcano le advertía del peligro hasta que se convenció: «No cabe duda, eres una mula». Ahora Bárbara tenía la prueba en su bolsa de mano. Encinta de cuatro meses, su desidia, su incredulidad la hizo dejar pasar el tiempo. Todavía ayer pensaba en abortar, hoy mismo al subir al tren con Trinidad, antes de sorprenderlo a él y sorprenderse a sí misma, estaba persuadida de que ésa sería su decisión, pero un impulso que venía de quién sabe dónde, quizá de su infancia en Nizanda y del árbol de mango o de los tulipanes que Na' Luisa la hacía recoger en la madrugada, la orilló a decirle a su tío, así, a lo loco, de buenas a primeras: «Voy a tener un hijo». Bajo su cuerpo, el tren puesto en marcha, los llevaba a Oaxaca y ambos tuvieron largo tiempo para mirarse. Lo hicieron sin desviar su mirada, sin volverla hacia la ventanilla para ver el paisaje, sin despegar los ojos el uno del otro, se miraron hora tras hora. Trinidad veía en ella a la niña que él había cargado, a la que nadie quiso, y Bárbara veía en él al hombre avejentado y golpeado por tantas cárceles. «Tío, tienes canas», le sonrió.

—Antes que nada, soy un luchador social.

—Sí, tío, lo sé.

—Un luchador social y tu tío.

—¿Me ves tío, me ves? ¿De veras me estás viendo? Tengo la impresión que ésta es la primera vez que me ves...

—Siempre te vi, ahora me doy cuenta de que una corriente subterránea que fluía entre nosotros sigue fluyendo...

Ambos callaron. En el anuncio de Bárbara, en su agudo: «Tío, voy a tener un hijo» en medio del tracatraca del tren, Trinidad revivía las siete veces en que su mujer, Sara, se le había parado enfrente con la misma noticia. ¡Y el disgusto! ¡Qué pobre disposición a la felicidad, la suya! Salvo el primero, la noticia no le había traído sino angustia. Ahora, la anunciación de su sobrina, además de estupor, lo devolvía a su vida pasada, al abandono de sus mujeres, todas idas, todas lejos, Rosa que una noche simplemente se despidió, «ahí te ves», después de la última huelga de hambre, «les hago falta a mis hijas, Cachito, tú siempre vas a seguir en la lucha, yo ya no puedo ni contigo ni con ella», como también huyó Ofelia, «tu vida rebasa mis fuerzas», como se marcharon todas, «yo me retiro» anunció Valeria a los tres meses, ninguna se embarazó jamás, eran mujeres fogueadas, «me voy, Trinidad, arréglatelas tú solo», hasta llegar a Sara, aniquilada por la lucha. «No son tus infidelidades, es mi cansancio, es mi descreimiento».

¡Cuántas mujeres, cuántas y todas se habían ido! La única que permanecía era la lucha, esa señora abstracta que lo atenazaba como la Niágara, aunque ahora en el nuevo Movimiento Ferrocarrilero, de vez en cuando, él, Trinidad, todavía lograra encandilar a las muchachas de cintura delgada y cabellos largos que le coqueteaban. «Maestro, usted es un héroe, cuéntenos, ¿verdad que su novia es la lucha?».

Pero ya no era lo mismo. «Voy de salida». «Vamos de salida —le sonrió una mañana Saturnino—, y me parece muy bien. Rodrigo, mi hijo, quiere entrar a Astrofísica en la Universidad y parece que más tarde le van a dar una beca para irse al extranjero. En ese caso nos iríamos mi mujer y yo para estar cerca de él». «¿Encima de él?», ironizó Trinidad. «No, junto a él, a la mano, para cuando nos necesite».

También Silvestre desapareció, viejo y cansado, con la mujer que se quejaba de los chiflones, y Saturnino canjeó sus idas a la estación por la Universidad. «También yo estoy siguiendo unos cursos: me dijo un caricaturista, Antonio Helguera, que dibujo muy bien y voy a entregar de vez en cuando caricaturas a su periódico».

Total, ya cada uno se iba tras de su vida y el silbato del camotero suplía a la hora del atardecer el ulular del tren.

La lucha, la locomotora y Bárbara, ésas eran las constantes de su vida, porque ahora mismo Bárbara, sentada frente a él con las piernas cruzadas, lo miraba sin parpadear hasta que él le dijo, tendiéndole la mano:

—Vente, muchachita, vente, vamos a ordenar un opíparo banquete.

Ya una vez habían cenado juntos a la luz de los cristales, los de las copas, los de la ventanilla, los de las fuentes de ostiones y langostinos en un ágape de reyes.

—Son afrodisiacos, sabes tío.

Trinidad recordó a las desmanchadoras de café y cómo le habían agradecido su intervención frente a las autoridades. ¡Ojalá y vinieran ahora mismo a desmancharme la vida! ¡Cuánto había luchado! Y toda su vida se concentraba en ese anuncio hiriente: la maternidad de Bárbara. Ojalá y él mismo ahora fuera una locomotora de más potencia, ojalá y no se sintiera tan desgastado frente a los acontecimientos, ojalá y todavía pudiera sacarla como Jesús García, el héroe de Nacozari, cargada de dinamita como cargaba Bárbara a esa vida de cuatro meses, «todavía me faltan cinco», había dicho con una sonrisa, ojalá, pero no, todo estalla, todo vuela por los aires, todo se disloca como en un grabado de Posada, la locomotora se deshace en una lluvia de metal sobre Nacozari, rieles rotos y hechos pedazos hienden el aire convertidos en objetos volantes, agujerean tejados y obligan a hombres y animales a correr en busca de refugio. La locomotora hierve, humo y polvo, todo se ha acabado, *consumatum est*, la explosión es tan fantástica que las góndolas cargadas de pólvora desaparecen por completo. Estalló la dinamita al lado de unas casas junto a la vía y en las ruinas de las viviendas se encontraron diez muertos entre ancianos mujeres y niños. Si Jesús García no saca el tren de Nacozari, habrían muerto miles.

El tren se retuerce sobre la vía, bueno, lo que queda del tren, los carros consumidos, fundidos, su vida como la nuestra fundida también, la caseta destruida. La locomotora fuera de la vía ha cavado su propia tumba, un cráter humeante acaba de agujerear la tierra. A Trinidad, como al héroe Jesús García, lo identifican por sus zapatos de trenista, zapatos boludos. Empavorecidos, nadie lo recoge, nadie y cae un aguacero feroz como nunca se ha visto.

—Mira, tío, está lloviendo. ¡Ah, cómo me gusta que llueva cuando viajo en tren! ¡Mira qué bonito corren las gotas sobre la ventanilla! ¡Son mis diamantes!

Trinidad regresa a la realidad. No, no es el héroe de Nacozari, ni está haciendo méritos para ascender a maquinista. El tren en la vía de Nacozari consistía de cuatro carros, los dos primeros pegados a la locomotora eran góndolas descubiertas cargadas con sesenta cajas de pólvora y los otros dos llenos hasta el tope de pastura. Estaban tan repletos que uno de la tripulación temió que de la pastura se perdieran algunas pacas y acomodó dos en la carga de pólvora, una chispa de fuego de la máquina cayó en la pastura y empezó a llamear. Al verlo el maquinista le gritó al fogonero que saltara del tren porque la explosión causaría centenares de muertos: «¡Brinca del tren, brinca del tren, sálvate, salta hacia fuera te digo, salta, te ordeno, no quiero que mueras conmigo, la explosión va a ser fenomenal, todos vamos a desaparecer!». «¡Brinca, vas a morir si no brincas, brinca tú también, tienes que salvar el pellejo!», le rogaron, pero Jesús García no obedeció y sacó el tren de Nacozari a todo vapor. El tren se había alejado media milla del pueblo cuando ocurrió la explosión.

Era el gran héroe del ferrocarril mexicano.

—¿Qué te pasa, tío? ¿Estás triste? —pregunta Bárbara—. No te preocupes por mí, yo siempre salgo adelante.

—Estaba yo pensando en que era yo el héroe de Nacozari y viendo cómo volábamos en mil pedazos hasta tu pequeño cabús. Así que se acabara todo, que todos fuéramos fierros volantes en el cielo, pero claro, una mujer encinta no quiere hacerse pedazos, quiere dar a luz. Dar a luz.

—Sí, tío, quiero dar a luz.

Cabús.

Entonces Trinidad, acostumbrado a un solo canto, como mula con orejeras, volvió al tema de su vida, el tren, la administración obrera de los Ferrocarriles Nacionales de México que si a él le tocara ahora no sería un desastre como en tiempos de Cárdenas porque él, Trinidad Pineda Chiñas, él, el líder, sabría imponer disciplina y capacitar a sus hombres. Sin embargo, algo había cambiado, su voz, la voz de un solo hombre se hizo más amplia. Bárbara no se había dado cuenta hasta qué grado Trinidad sabía del irresistible encanto del tren y de la estación ferroviaria, tampoco pensó que sabría tanto de la parte romántica del tren y que podía hablarle del Orient Express, de Agatha Christie, del Trans Europe Express beige y rojo con sólo compartimientos de primera clase de incrustaciones doradas, y hasta del vagón de lujo que el coronel García Valseca mandaba enganchar al tren presidencial. ¿Así es de que Trinidad sabía de Agatha Christie y del Orient Express? Bárbara pensaba que sólo eran temas de Saturnino Maya. Sabía hasta de otros autores ligados a la historia del tren. Le había impresionado sobremanera un grabado de Leopoldo Méndez de unos nazis de casco en la cabeza que abren, linterna en mano, en la oscuridad de la noche, un vagón de tren en el que se apretujan judíos a punto de ser llevados a Auschwitz. Las locomotoras de los alemanes eran terribles, iban de Berlín a Danzig, de Berlín a Munich, imponentes repartidoras de terror, y qué bueno que acabaran en un deshuesadero de trenes con su kilómetro y medio de viejos y crueles vagones que ojalá y se oxidaran en el infierno de toda eternidad. Y a partir de entonces se interesó en los trenes que transportaron millones de judíos, millones de gitanos a los campos de concentración. Después de la Revolución de 1915, los comisarios soviéticos recorrían Rusia sembrando el terror a bordo de largos trenes grises que cruzaban la nieve como látigos. Hitler tenía su tren, Goering tenía el suyo, Himmler también. Además de lujosos, los trenes poseían baterías antiaéreas y todas las armas en caso de ataque. Llegaban a la Gare du Nord, a St. Lazare, a la Gare de Lyon que Bárbara había soñado con conocer algún día. ¡Cuánta dicha le habían proporcionado los trenes a Trinidad! «Tío, ¿cuándo leíste tú la *Ana Karenina* de Tolstoi?». «Mi mujer hizo que la leyera, hasta leímos juntos algunos capítulos». «¿Tu mujer? ¿Cuál mujer?». Entonces Bárbara se dio cuenta de que se refería a Sara, a quien finalmente de todas consideraba su mujer, su esposa, la madre de sus hijos, esos hijos para quienes él no había sido un buen padre. Muchos artistas se habían obsesionado por el tren. El mismo Tolstoi había muerto en una estación de tren y antes escribió a propósito de Ana, la suicida: «Y exactamente en el momento en que el espacio entre las ruedas se emparejó con ella, con un movimiento ligero, como si fuera a levantarse otra vez de inmediato, cayó de rodillas... una fuerza enorme e implacable la empujó por la espalda. "¡Dios, perdóname por todo!", murmuró». ¡Qué gloriosa historia la del tren! En los treinta, como México dependía de la economía estadounidense, los empresarios insistieron en la decadencia del ferrocarril. En Europa el tren es fundamental, pero en América Latina nadie supo oponerse a la imposición yanqui, nadie pudo rechazar el impulso «modernizador». Estados Unidos quería lanzar su industria automotriz: carreteras en vez de rieles, ése era el futuro. ¿Quién pudo argüir que nada era mejor que la tracción del ferrocarril capaz de jalar un tonelaje muchísimo mayor que esos tráilers que se volcaban en la carretera y embotellaban las calles de la ciudad? «Los ferrocarrileros siempre hemos tenido razón, Barbarita», y Trinidad se remontaba a la huelga en contra de don Porfirio que Silvino Rodríguez, de la Unión de Mecánicos, planeó en Chihuahua en agosto de 1906. «No cabe duda, los más bragados son los norteños. Ésos sí merecen sus gorras de tres pedradas y sus paliacates al cuello. Juraron rodilla en tierra, la mano sobre el corazón, no dar un paso atrás hasta lograr la victoria. Pedían igual pago por igual trabajo». «Mexicanos y gringos valen lo mismo», dijo Silvino. Las tropas movilizadas para reprimir el movimiento de Cananea fueron enviadas a Chihuahua. Como la empresa no cedía, Silvino recurrió a don Porfirio, que le daba garantías a los gringos. «Los trabajadores no pueden pretender intervenir en la administración de la empresa. Son incapaces», se enojó el dictador. Hoy, nada ha cambiado y el actual presidente habla como don Porfirio del interés supremo de la patria. «Sean patriotas, apriétense el cinturón. El gremio ferrocarrilero siempre ha beneficiado a la agricultura, a la industria, a la minería que le deben su auge. Ustedes son agentes de cambio, olviden sus necesidades inmediatas y piensen en la patria. Dejen el manejo de los negocios a quienes saben y entréguense a su trabajo. El gobierno sabrá recompensarlos». «¡Qué recompensa ni qué ojo de hacha, Barbarita!». Barbarita lo observó con todas sus fuerzas. ¡Qué rápido se dejaba invadir por el ferrocarril! En el fondo, era lo único que le importaba. Era su coartada para no enfrentar la vida personal. Ahora mismo, en vez de hablar de él, de ella, de la criatura por nacer, huía en el ferrocarril.

—De ahí la variedad de los equipos usados, escotillón y trazado, nada embonaba —rememoraba.

—¡Pero tío, la administración obrera de los Ferrocarriles Nacionales de México fue un desastre!

Bárbara miró a su tío. Se veía vencido, solitario y sobre todo cansado. «Tengo todo el tiempo del mundo, Bárbara, y es para ti», le había dicho, pero no era verdad porque el tiempo de Trinidad sólo había sido para el tren o para la huelga: «El país entero ha respondido a nuestro llamado». Una luz atravesaba su mirada exhausta, pero hablar de sus recuerdos lo revitalizaba. Parecía que las vías, los puentes, los carros tanque, los túneles, las terracerías, el balasto de la vía férrea, las señales que habían destruido los revolucionarios pasaban frente a sus ojos. ¡Qué glorioso! Ahora, perdidas las locomotoras, ya no había trenes de carga ni de pasajeros. Tampoco se construían nuevas vías férreas, los bárbaros revolucionarios las habían pulverizado. ¡Ah, qué la Revolución de 1910! Los rebeldes se montaron en las locomotoras, las hicieron sus amantes y las soldaderas de carne y hueso parieron en la zanja y amamantaron al hijo en su rebozo, cargaron el máuser y cuando Juan soldado moría, dispararon.

Y de pronto hizo un alto en su interminable discurso:

—¿Así es de que vas a tener un hijo?

—Sí, tío, voy a tenerlo.

La resonancia metálica de los aparatos telegráficos subió a sus oídos desde el fondo de la infancia. Aquella repercusión había sido la música de su vida. «Tú, Bárbara, has sido mi música de fondo», quiso decirle, pero miles de chicharras se confabularon en un ruido ensordecedor, agresivo, y Trinidad hizo un movimiento como para taparse los oídos, cubrirse los ojos. ¡Cuánta falta le hacía en ese momento su cachucha de visera larga!

—¿Vas a llorar, tío?

Las chicharras le impedían ver, lo aislaban y Bárbara lo miró con inquietud.

—Tío, quien va a tener un hijo soy yo, no tú.

—Pero yo soy el que recibo las señales del más allá. Es en mí en quien funcionan los teletipos, yo soy el que tengo la cinta engomada adentro, yo soy el del código de los puntos y de las rayas, es ese código el que le ha dado un orden a mi vida que tú vienes a hacer volar por los aires.

Bárbara no acertó a emitir palabra.

Sin saber lo que iba a suceder, regresaron al compartimiento y se sentaron muy juntos, recargados en los brazos de la noche y en su terrible anticipación. Lo que habría de acontecer ahora tensaba la larga cuerda del deseo hasta que alguno de los dos cediera y fuera el primero en tocar al otro. A Bárbara le electrificaba la lentitud, el moroso acto de escoger desear y ser deseada. Miraba a Trinidad intensamente, pero no se movía, apenas si respiraba y él permanecía al acecho, pero tampoco hacía un solo ademán. Extrañamente quietos, los dos aguardaban. El arrebato de la entrega iba precedido por una jornada de quietud, y aunque ninguno de los dos podía esperar un minuto más, no parpadeaban. A Trinidad siempre le ganaba la urgencia y acostumbraba aventársele a la mujer deseada, pero ahora actuaba como el Sol, que poco a poco va despertando a la Tierra adormecida. Trinidad iba insinuándose, las luces fuera de la ventanilla eran sutiles, apenas si se posaban en su perfil ansioso, en la boca de Bárbara, malherida. La luz echaba unas cuantas gotas de rojo en la entintada atmósfera del compartimiento; la luz aumentaba la resonancia, Bárbara empezó a desear violentamente a ese sol idealizado desde niña. Lo había creado a lo largo de muchas horas y ahí estaba sólo para ella. Era su creación, tío y amante, y la devolvía al sueño de su niñez.

—¿Así es que de veras vas a tener un hijo?

—Sí, sí lo voy a tener.

Trinidad pensó en Scherezada, a la que más quiso, ahora casada y lejana. Recordó con tristeza a los hermanos de esa niña tan amada. Quiénes eran, cómo eran sus hijos. «He sido un mal padre». «La única con la que realmente he hablado ha sido con la locomotora. Con nadie más». A ella sí había sabido hacerla partícipe, los demás lo habían estorbado. ¿Era bueno que una vida creciera dentro de esa Bárbara que era finalmente la niña de sus ojos, la mujer de su vida? ¿Una criatura inocente que los redimiera y de paso salvara al Movimiento Ferrocarrilero?

A lo mejor toda su vida había sido de castigo por ser huelguista. Imposible desvivir lo vivido, imposible regresar al pasado, imposible ser otro. De pronto se dejó vencer por el misterio que ya latía en el cuerpo de Bárbara, el misterio que rescataría los rieles sobre el balasto y las góndolas sobre los rieles y la magna estación de Buenavista y el Puente de Nonoalco con su madeja de rieles que los niños ven desde arriba preguntándose a dónde van, a dónde van.

ÍNDICE